KU-134-741

9030 00002 3018 5

POLECAMY:

JEFFERY DEAVER Tańczący Trumniarz
Panieński grób
Kamienna małpa
Ogród bestii
Mag
Dwunasta karta
Zegarmistrz
Śpiąca Laleczka
Błękitna Pustka
Spirale strachu

MICHAEL CONNELLY Cmentarzysko
Zagubiony blask
Kanał
Wydział spraw zamkniętych
Adwokat
Muzyka z kufra
Kroniki kryminalne
Echo Park

PATRICIA CORNWELL Wyspa Psów
Ślad
PREDATOR

COLIN FORBES Burza krwi
Bez litości
Śmierć w banku Main Chance

GEORGE PELECANOS Nocny Ogrodnik

JEFFERY DEAVER

KOLEKCJONER KOŚCI

Przełożył Konrad Krajewski

Prószyński i S-ka

Tytuł oryginału
THE BONE COLLECTOR

Copyright © 1996 by Jeffery Deaver
All rights reserved.

Ilustracja na okładce
Dariusz Kocurek

Redaktor serii

LONDON BOROUGH OF WANDSWORTH	
9030 00002 3018 5	
Askews & Holts	26-Apr-2012
AF KOLE	£6.00
	WWX0009192/0001

ISBN 978-83-7469-690-6

Warszawa 2008

Wydawca
Prószyński i S-ka SA
ul. Garażowa 7, 02-651 Warszawa
www.proszynski.pl

Druk i oprawa
Drukarnia Wydawnicza im. W.L. Anczyca S.A.
30-011 Kraków, ul. Wrocławska 53

Mojej rodzinie:
Dee, Danny'emu, Julie, Ethel i Nelsonowi...
Jabłka nie upadają daleko od jabłoni.
I Dianie.

Podziękowania

Jestem zobowiązany Peterowi A. Micheelsowi, autorowi „Detektywów", i E.W. Countowi, autorowi „Rozmów policjantów", których książki nie tylko były pomocne przy pisaniu tej powieści, ale stanowiły również doskonałą lekturę. Dziękuję Pam Dorman, której talent redakcyjny widoczny jest na każdej stronie. Dziękuję też mojej agentce Deborah Schneider... co ja bym zrobił bez Ciebie? Wyrażam wdzięczność Ninie Salter z Calman-Lévy za uwagi na temat projektu tej powieści oraz Karolyn Hutchinson z REP w Alexandrii, w stanie Wirginia, za nieocenione informacje dotyczące sprzętu używanego przez ludzi sparaliżowanych. Dziękuję również Teddy Rosenbaum za jej wysiłek edytorski. Studenci prawa mogą być zaskoczeni strukturą organizacyjną nowojorskiej policji i FBI, przedstawioną w powieści – jest ona wymysłem autora. A, jeszcze jedno... każdy, kto chciałby przeczytać „Zbrodnie w starym Nowym Jorku", może mieć problemy ze znalezieniem egzemplarza. Oficjalna wersja mówi, że istnienie tej książki jest fikcją literacką, chociaż słyszałem o zamieszaniu wywołanym kradzieżą – przez nieznanego lub nieznanych sprawców – ostatniego istniejącego egzemplarza z Biblioteki Publicznej Nowego Jorku.

J.W.D.

I
Król dnia

Teraźniejszość w Nowym Jorku jest tak wszech-
obecna, że przeszłość nie istnieje.

John Jay Chapman

Piątek, 22.30–sobota, 15.30

Rozdział 1

Myślała wyłącznie o spaniu. Samolot wylądował dwie godziny temu, jednak długo czekali na bagaż i zamówiona limuzyna odjechała. Musieli wziąć taksówkę. Stała w kolejce z innymi pasażerami, dźwigając laptop. John prowadził monolog o kursach akcji, nowych sposobach zawierania transakcji, lecz ona myślała tylko o jednym: Jest piątek wieczór, wpół do jedenastej. Chcę się umyć i położyć spać... Patrzyła na sznur taksówek. Ich jednakowy kształt i kolor kojarzył się z owadami. Ciarki przeszły jej po plecach, gdy przypomniała sobie, jak w dzieciństwie wraz z bratem znajdowała w górach martwego borsuka lub lisa na mrowisku czerwonych mrówek. Długo wtedy patrzyła na kłębiącą się masę owadów.

Powłócząc nogami, T.J. Colfax podeszła do taksówki, która podjechała na postój.

Taksówkarz otworzył bagażnik, ale nie wysiadł z samochodu. Sami musieli włożyć bagaż, co wyprowadziło Johna z równowagi. Był przyzwyczajony, że ludzie mu usługują. Tammie Jean nie zwróciła na to uwagi. Wrzuciła swoją walizkę do bagażnika, zamknęła go i wsiadła do taksówki.

John także wsiadł i zatrzasnął drzwi. Wytarł nalaną twarz i łysinę, jakby to włożenie torby podróżnej do bagażnika strasznie go wyczerpało.

– Najpierw pojedziemy na Siedemdziesiątą Drugą – mruknął.

– A potem na Upper West Side – dodała T.J. Pleksiglasowa szyba oddzielająca przednie siedzenia od tylnych była porysowana i T.J. nie mogła dokładnie przyjrzeć się taksówkarzowi.

Po chwili taksówka pędziła już w kierunku Manhattanu.

– Spójrz, dlatego były takie tłumy na lotnisku – powiedział John.

Wskazywał na billboard witający delegatów na rozpoczynającą się w poniedziałek konferencję pokojową ONZ. W mieście będzie około dziesięciu tysięcy gości. T.J. zerknęła na billboard – na czarnych, białych, żółtych, którzy uśmiechali się i machali rękami. Jednak kolory i proporcje były dobrane niewłaściwie. Wszyscy na billboardzie mieli ziemiste twarze.

– Handlarze żywym towarem – burknęła T.J.

Jezdnia odbijała niepokojące, żółte światło lamp ulicznych. Minęli starą bazę marynarki wojennej i przystań na Brooklynie. John w końcu zamilkł, wyjął palmtop i zaczął wstukiwać jakieś liczby. T.J. patrzyła na chodniki i na ponure twarze ludzi siedzących na kamiennych brązowych stopniach. Wydawało się, że wszyscy w ten upalny wieczór zapadli w śpiączkę.

W taksówce też było gorąco. Poszukała przycisku do otwierania okien. Nie zdziwiła się, że nie działał. Tak samo ten po stronie Johna.

Brakowało klamek u drzwi. Dotknęła miejsc, gdzie powinny się znajdować, ale chyba zostały odpiłowane.

– Co się stało? – zapytał John.

– Drzwi... Jak je otworzymy?

John spoglądał to na jedne, to na drugie drzwi, gdy mijali tunel Midtown.

– Hej! – Zastukał w szybę. – Zapomniał pan skręcić. Dokąd jedziemy?

– Może pojedziemy przez Queens – zasugerowała T.J. Droga przez most była wprawdzie dłuższa, ale unikało się opłaty za przejazd tunelem.

Uniosła się na siedzeniu i zastukała obrączką w pleksiglasową szybę.

– Jedzie pan przez most?

Nie odezwał się.

– Hej!

Po chwili minęli zjazd do Queens.

– Cholera! – krzyknął John. – Dokąd pan nas wiezie? Do Harlemu? Założę się, że wiezie nas do Harlemu.

T.J. wyjrzała przez okno. Obok nich jechał samochód. Zaczęła walić w szybę.

– Pomocy! – krzyknęła. – Proszę...

Kierowca tamtego auta spojrzał na nią, odwrócił wzrok i po chwili znów się przyglądał, marszcząc brwi. Zwolnił i zaczął jechać za nimi, jednak taksówka zmieniła pas i gwałtownie skręciła w aleję prowadzącą do Queens. Znaleźli się w opustoszałej dzielnicy magazynów i hurtowni. Pędzili ponad sto kilometrów na godzinę.

– Co pan robi?

T.J. zaczęła walić w pleksiglasową szybę.

– Proszę zwolnić. Gdzie my...

– O Boże, nie – wyszeptał John. – Spójrz.

Taksówkarz miał na twarzy maskę.

– Czego pan chce?! – wrzasnęła T.J.

– Pieniędzy? Nie ma problemu.

Wciąż się nie odzywał.

T.J. gwałtownie otworzyła torbę i wyjęła laptop. Wzięła zamach i uderzyła komputerem w szybę. Rozległ się głośny łoskot, który mógłby przestraszyć nawet głuchego, ale szyba pozostała cała. Taksówka skręciła w bok – omal nie uderzyła w czerwoną ścianę budynku, który mijali.

– Pieniądze?! Ile? Mogę dużo dać! – wołał John bełkotliwym głosem. Łzy spływały mu po tłustych policzkach.

T.J. znów walnęła laptopem w szybę. Odpadł ekran komputera, ale szybie nic się nie stało.

Spróbowała ponownie.

Tym razem laptop rozleciał się i wypadł jej z ręki.

– Cholera...

Gwałtownie rzuciło nimi do przodu, gdy taksówka nagle zatrzymała się w ciemnej ślepej uliczce.

Kierowca wysiadł z taksówki. W ręku trzymał mały rewolwer.

– Nie, proszę – błagała.

Podszedł do tyłu taksówki i zaczął się wpatrywać przez zamazaną szybę. Stał tak dłuższy czas, podczas gdy T.J. i John siedzieli skuleni przy drzwiach.

Taksówkarz osłaniał oczy przed światłem latarni i przyglądał się im uważnie.

Nagle rozległ się głośny huk. T.J. zadrżała, natomiast John krzyknął. Na niebie za kierowcą pojawiły się czerwone i niebieskie ogniste smugi. Kolejne wystrzały i świsty. Taksówkarz odwrócił się i zaczął patrzeć na ogromnego, pomarańczowego pająka rozprzestrzeniającego się nad miastem.

Fajerwerki – T.J. przypomniała sobie, że czytała o pokazie w „Timesie”. Pokaz ogni sztucznych został zorganizowany przez burmistrza i sekretarza generalnego ONZ na powitanie delegatów uczestniczących w konferencji.

Kierowca przestał podziwiać widowisko, z głośnym trzaskiem pociągnął za klamkę i powoli otworzył drzwi.

Telefon był anonimowy. Jak zwykle.

Nie było więc możliwości sprawdzenia, o których miejscach myślał informator. Centrala przekazała: „Powiedział Trzydziesta Siódma w pobliżu Jedenastej. To wszystko".

Miejsce to nie należało do szczególnie niebezpiecznych.

Mimo że była dopiero dziewiąta, upał mocno dawał się już we znaki. Amelia Sachs przedzierała się przez wysoką trawę – przeszukiwała teren. Nic. Schyliła się do mikrofonu przypiętego do granatowej kurtki.

– Funkcjonariusz 5885. Centrala, nic nie mogę znaleźć. Macie jakieś dalsze informacje?

Monotonny, szorstki głos odparł:

– 5885. Nie mam więcej informacji o miejscu. Ale... informator powiedział, że ma nadzieję, iż ofiara nie żyje. Uchroniłoby to ją przed czymś znacznie gorszym. To wszystko.

– Zrozumiałam.

Ma nadzieję, iż ofiara nie żyje?

Sachs przeszła nad zardzewiałym łańcuchem i przeszukała kolejny pusty plac. Nic.

Chciała opuścić to miejsce: zadzwonić pod 10-90, oznajmić, że informacja była nieprawdziwa i wrócić do Deuce, do swojego rejonu patrolowego. Bolały ją kolana, było jej bardzo gorąco. Parszywy sierpniowy upał. Chciała znaleźć się z puszką mrożonej herbaty w basenie. O 11.30, za dwie godziny, opróżni swoją szafkę i pojedzie na szkolenie.

Teraz jednak nie mogła zlekceważyć anonimowej informacji. Przeszła rozgrzanym chodnikiem i między dwoma opuszczonymi domami i dotarła do kolejnego zarośniętego chwastami placu.

Włożyła rękę pod policyjną czapkę i poprawiła długie rude włosy. Podrapała się po głowie. Pot zalewał jej czoło i oczy.

Moje ostatnie dwie godziny na ulicy. Wytrzymam, pomyślała.

Gdy weszła głębiej w zarośla, po raz pierwszy coś ją tknęło.

Ktoś mnie śledzi.

Gorący wiatr poruszył uschnięte krzewy. Samochody osobowe i ciężarówki z hałasem wjeżdżały do tunelu Lincolna i wyjeżdżały. Pomyślała – tak jak często to robią policjanci podczas patrolu w podobnych sytuacjach – że ktoś za nią idzie, jest blisko, bardzo blisko, i ma nóż. A ona nic o tym nie wie.

Unosi nóż...

Szybko się odwróciła.

Nikogo, tylko liście, zardzewiałe maszyny i śmieci.

Wchodząc na stertę kamieni, wykrzywiła twarz z bólu. Trzydziestojednoletnia – już trzydziestojednoletnia, powiedziałaby jej matka – Amelia Sachs cierpiała na artretyzm. Chorobę odziedziczyła po dziadku, podobnie jak smukłą budowę po matce, a urodę i zawód po ojcu. Tylko nie wiadomo skąd wzięły się rude włosy. Kolejny atak bólu, gdy wychodziła z uschniętych krzaków. O mało nie wpadła do stromego, dziesięciometrowego wykopu. Zatrzymała się krok przed nim.

Wykopem biegły tory kolejowe.

Zmrużyła oczy i spojrzała w dół.

Co to jest?

Rozkopana ziemia, wystająca niewielka gałąź. To wygląda jak...

Mój Boże...

Na ten widok wstrząsnęły nią dreszcze. Zrobiło jej się słabo, poczuła, że piecze ją skóra. Przez chwilę chciała odejść i udawać, że niczego nie znalazła.

Ma nadzieję, iż ofiara nie żyje. Uchroniłoby to ją przed czymś znacznie gorszym.

Podeszła do metalowej drabinki, która schodziła w dół. Chciała chwycić za poręcz, ale w ostatnim momencie cofnęła rękę. Cholera, przecież przestępca mógł tędy uciekać. Zatarłaby ślady. Okay, trzeba w inny sposób dostać się do wykopu. Poczuła ból w stawach, gdy wciągnęła głęboko powietrze, i zaczęła schodzić, wykorzystując szczeliny w skale. Ostrożnie wsuwała w szpary starannie wypastowane buty, które włożyła w pierwszym dniu swojego nowego przydziału. Gdy znalazła się metr nad torami, zeskoczyła na ziemię i podbiegła do grobu.

Jezu...

Z ziemi wystawała nie gałąź, ale ręka. Ciało zostało pochowane w pozycji pionowej. Całe było przysypane ziemią, z wyjątkiem sterczącego na zewnątrz przedramienia. Spojrzała na palec z brylantowym pierścionkiem. Z palca ściągnięto skórę i mięśnie – pierścionek znajdował się na obnażonej, zakrwawionej kości.

Sachs uklękła i zaczęła kopać rękami.

Zauważyła, że nieuszkodzone palce były naprężone. Oznaczało to, że ofiara w czasie zakopywania jeszcze żyła. Być może wciąż żyje.

Sachs z furią kopała nieubitą ziemię, kalecząc przy tym rękę o rozbitą butelkę. Jej ciemna krew zmieszała się z ziemią. Ukazały się włosy i czoło ofiary. Z powodu braku tlenu skóra posiniała. Kopała dalej, aż ujrzała oczy i usta wykrzywione w śmiertelnym grymasie. W ostatnich sekundach życia ofiara usiłowała unieść głowę i zaczerpnąć powietrza.

Mimo że denat miał na palcu pierścień, nie była to kobieta, ale otyły mężczyzna około pięćdziesiątki. Umarł, gdy przysypano go ziemią.

Zaczęła się cofać, przypatrując się twarzy mężczyzny. Niemal potknęła się o tory. Jej głowę zaprzątała uporczywa myśl: nie można umrzeć w ten sposób.

Po chwili doszła do siebie. *Zrób coś, odkryłaś miejsce zbrodni, jesteś tu pierwszym policjantem. Wiesz, co robić.*

APORT

A – aresztować przestępcę.

P – poszukać śladów, świadków i podejrzanych.

O – oznakować miejsce przestępstwa.

R...

Co oznacza R?

– Funkcjonariusz 5885 do centrali – odezwała się do mikrofonu. – Podaję informacje. Jestem na torze kolejowym w pobliżu Trzydziestej Ósmej i Jedenastej. Zabójstwo. Potrzebni detektywi, ekipa do zbadania miejsca i lekarz.

– Roger, 5885. Przestępca został aresztowany?

– Brak przestępcy.

– Zrozumiałem. Czekaj.

Sachs spojrzała na pozbawiony mięśni palec z pierścionkiem, oczy, wykrzywioną twarz. Cholerny, koszmarny uśmiech. Na obozach Amelia Sachs pływała wśród węży; przechwalała się, że nie odczuwa żadnego lęku przed skokiem na bungie z wysokości 30 metrów. Jednak myśl o uwięzieniu... o znalezieniu się w pułapce – bez możliwości poruszania się – napawała ją przerażeniem.

Dlatego bardzo szybko chodziła i prowadziła samochód niemal z prędkością światła.

Gdy się poruszasz, nie dopadną cię...

Usłyszała jakiś odgłos i uniosła wzrok.

Dudnienie narastało.

Kawałki papieru uniosły się w powietrze. Wzbity, wirujący pył skojarzył się jej z duchami.

Rozległ się niski sygnał.

Mająca 175 centymetrów policjantka Sachs nie wystraszyła się trzydziestotonowej lokomotywy. Czerwono-biało-niebieska kupa żelastwa zbliżała się z prędkością piętnastu kilometrów na godzinę.

– Proszę się zatrzymać! – krzyknęła Sachs.

Maszynista jednak zlekceważył jej polecenie.

Sachs wbiegła więc na tory, stanęła w rozkroku i uniosła rękę. Lokomotywa musiała się zatrzymać. Maszynista wychylił się z okna.

– Nie może pan tędy przejechać – powiedziała.

Zapytał, co to znaczy. Pomyślała, że tamten jest chyba za młody, by prowadzić tak dużą lokomotywę.

– Znajdujemy się na miejscu zbrodni. Proszę wyłączyć silnik.

– Proszę pani, nie widzę żadnej zbrodni.

Ale Sachs go nie słuchała. Patrzyła na zerwany łańcuch na wiadukcie w pobliżu ulicy Jedenastej.

Tędy przestępca mógł niepostrzeżenie przynieść ciało. Zaparkował na Jedenastej i szedł wąską alejką w kierunku wykopu. Na Trzydziestej Siódmej z okien mogło go widzieć mnóstwo ludzi.

– Ten pociąg... musi tu pozostać.

– Nie mogę tu stać i czekać.

– Proszę wyłączyć silnik.

– Nie wyłącza się silników w takiej lokomotywie jak ta. Pracują bez przerwy.

– Proszę skontaktować się z zawiadowcą lub kimkolwiek innym. Nie mogą tędy przejeżdżać pociągi.

– Tego się nie da zrobić.

– Spisałam numery pana pojazdu.

– Pojazdu?

– Powinien pan natychmiast zadzwonić, by zatrzymali pociągi.

– Co zamierza pani zrobić? Wypisać mandat?

Ale Amelia Sachs już zaczęła się wspinać po kamiennej ścianie. Bolały ją chore stawy. Ciężko oddychała, wciągając do płuc pył z wapienia i gliny. Czuła zapach potu. Przebiegła aleję, którą dostrzegła z wykopu, i zaczęła obserwować ulicę Jedenastą oraz Javits Center. W holu kłębili się ludzie: widzowie i dziennikarze. Ogromny transparent głosił: „Witamy Delegatów ONZ". Jednak wcześnie rano, gdy ulice były puste, przestępca mógł łatwo znaleźć tutaj miejsce do parkowania i niezauważony przenieść zwłoki. Podeszła do ulicy Jedenastej i zaczęła przyglądać się sześciopasmowej jezdni zatłoczonej pojazdami.

Zrób to.

Wkroczyła na jezdnię i zatrzymała strumień samochodów. Niektórzy kierowcy postanowili jednak kontynuować jazdę. Musiała w końcu zabarykadować ulicę, używając do tego koszy na śmieci. Teraz miała pewność, że lojalni obywatele będą respektować polecenia policji.

W końcu przypomniała sobie, co oznacza R.

R – redukować dostęp do miejsca przestępstwa.

Zamglona ulica wypełniła się wściekłym odgłosem klaksonów i okrzykami kierowców. Po chwili do tej kakofonii dołączyły syreny pojazdów służb ratowniczych.

Czterdzieści minut później w miejscu, gdzie Sachs znalazła zwłoki, zaroiło się od funkcjonariuszy w mundurach i detektywów. Makabryczna zbrodnia przyciągała uwagę. Sachs dowiedziała się od jakiegoś policjanta, że zamordowany mężczyzna był współwłaścicielem stacji telewizyjnych i gazet. W nocy wylądował na lotnisku Johna Kennedy'ego. Wraz z towarzyszącą mu osobą wsiadł do taksówki i pojechał w stronę miasta. Nie dotarli do domów.

– CNN filmuje – szepnął umundurowany policjant.

Nie była zatem zaskoczona, że widzi tu Vince'a Perettiego, szefa wydziału badań i zasobów informacji. Zlustrował dokładnie miejsce, przeszedł przez nasyp i otrzepał kosztujący co najmniej tysiąc dolarów garnitur.

Była jednak zdziwiona, że przywołał ją ruchem ręki. Na jego twarzy zagościł lekki uśmiech. Zapewne podziękuje mi, że nie zatarłam śladów na drabinie, pomyślała. Być może w ostatnim dniu służby patrolowej dostanę pochwałę. Odejdę w blasku chwały.

Przyjrzał się jej uważnie.

– Nie jest pani początkującą policjantką, prawda? – odezwał się. – Chociaż mam pewne wątpliwości.

– Słucham?

– Przypuszczam, że nie jest pani początkującą policjantką.

16

Nie była, choć pełniła służbę dopiero od trzech lat. Inni policjanci w jej wieku mieli za sobą 9–10 lat służby. Sachs zastanawiała się kilka lat, nim poszła do akademii policyjnej.

– Nie rozumiem pana.

Spojrzał na nią zirytowany, uśmiech zniknął z jego twarzy.

– Była pani pierwszym policjantem na miejscu przestępstwa?

– Tak, sir.

– Dlaczego zamknęła pani ulicę Jedenastą? Co pani myślała?

Spojrzała na szeroką ulicę wciąż przegrodzoną pojemnikami na śmieci. Przyzwyczaiła się już do odgłosu klaksonów, ale teraz brzmiały wyjątkowo natarczywie. Utworzył się korek długości kilku kilometrów.

– Zadaniem policjanta, który odkryje przestępstwo, jest aresztować przestępcę, poszukać świadków, oznakować miejsce...

– Znam regulamin. Zamknęła pani ulicę, żeby zabezpieczyć miejsce przestępstwa?

– Tak, sir. Nie sądziłam, że przestępca zaparkował na poprzecznej ulicy. Mógłby być zauważony z okien. Jedenasta najbardziej odpowiadała...

– Pomyliła się pani. Nie ma świeżych śladów butów od strony Jedenastej, są natomiast przy drabinie prowadzącej do Trzydziestej Siódmej.

– Zamknęłam też Trzydziestą Siódmą.

– Właśnie, i to powinno być wszystko. Dlaczego zatrzymała pani pociąg?

– Cóż, myślałam, że przejeżdżający pociąg może zatrzeć ślady lub coś w tym rodzaju.

– Coś w tym rodzaju?

– Nie wyraziłam się precyzyjnie. Sądziłam...

– A co z portem lotniczym Newark? Dlaczego jego też pani nie zamknęła?

Wspaniale. Znalazł się nauczyciel. Na jej ustach pojawił się cyniczny uśmiech, jednak mówiła spokojnie:

– Sądziłam, że...

– A obwodnica nowojorska? Tamtędy również mógł uciec przestępca. Autostrada do Jersey, ekspresówka przez Long Island, I-70, drogi wylotowe do St. Louis. Też trzeba było je zamknąć.

Przyjrzała mu się uważnie. Byli tego samego wzrostu, ale Peretti miał wyższe obcasy.

– Miałem telefony od szefa policji, władz miasta, z biura se-

17

kretarza generalnego ONZ, od organizatorów... – Skierował wzrok w stronę Javits Center. – Rozpieprzyliśmy im plan konferencji. Przemowy senatorów, ruch na West Side. Tory kolejowe biegną pięć metrów od miejsca pochówku ofiary. Ulica, którą pani zamknęła, znajduje się sześćdziesiąt metrów w bok i dziesięć metrów wyżej. Nawet huragan nie zatrzymałby ruchu akurat w tym miejscu.

– Myślałam...

Peretti się uśmiechnął. Sachs była piękną kobietą – zanim wstąpiła na akademię policyjną, pracowała jako modelka – i Peretti postanowił jej wybaczyć.

– Policjantko... Sachs – spojrzał na plakietkę przypiętą na jej piersi ściśniętej kamizelką kuloodporną – przeprowadzę krótki wykład. Miejsce zbrodni jest pojęciem względnym. Może byłoby dobrze, gdyby po każdym morderstwie odizolować miasto i przesłuchać trzy miliony mieszkańców, ale to niemożliwe. Nie mówię tego ironicznie, ale ku nauce.

– Dzisiaj jest mój ostatni dzień pracy w policji patrolowej – rzekła szorstko.

Skinął głową, uśmiechając się szeroko.

– Żeby za dużo nie napisać... Muszę to jednak umieścić w raporcie: To była pani decyzja, by zatrzymać pociąg i zamknąć ulice.

– Tak jest. Nie pomylił się pan – odparła szybko.

Wyjął drogie pióro i zapisał to w swoim notatniku.

Nie, proszę...

– Teraz proszę usunąć z ulicy kosze na śmieci i kierować ruchem ulicznym, dopóki nie rozładują się korki. Czy mnie pani słyszy?

Bez słowa podziękowania czy przeprosin poszła na ulicę Jedenastą i zaczęła powoli usuwać kosze na śmieci. Nie było kierowcy, który przejeżdżając obok niej, nie rzuciłby jakiegoś przekleństwa albo chociaż nie spojrzałby na nią z nienawiścią w oczach.

Jeszcze godzina.

Wytrzymam.

Rozdział 2

Trzepocząc skrzydłami, sokół wędrowny usiadł na parapecie. Słońce mocno świeciło, gorące powietrze na zewnątrz drgało.
– Jesteś jednak! – wyszeptał mężczyzna. Po chwili odwrócił głowę, gdy usłyszał odgłos dzwonka u drzwi na parterze.
– Kto tam?! – krzyknął w stronę drzwi. – Kto to?! Nie usłyszawszy odpowiedzi, Lincoln Rhyme znów zaczął obserwować okno. Sokół szybko kręcił głową we wszystkie strony, mimo to nie stracił nic ze swojej elegancji. Rhyme zauważył, że szpony ptaka są zakrwawione. W dziobie trzymał kawałek żółtego mięsa. Wyciągnął swoją krótką szyję ruchem przypominającym ruchy węża i upuścił mięso w otwarty dziób niebieskawo opierzonego pisklęcia. To chyba jedyna żywa istota w Nowym Jorku, która nie zabija. I może jeszcze Bóg, pomyślał Rhyme.
Usłyszał, że ktoś wchodzi powoli na górę.
– To on? – zapytał Thoma.
– Nie – odparł młody mężczyzna.
– Więc kto?
Thom spojrzał na okno.
– O, znowu są. Widzisz na parapecie ślady krwi? Samica sokoła ukazała się teraz oczom Rhyme'a. Jej niebieskoszare pióra opalizowały w słońcu. Obserwowała niebo.
– Zawsze są razem. Czy nie rozstają się aż do śmierci, jak gęsi? – zastanawiał się głośno Thom.
Rhyme spojrzał na Thoma, który przypatrywał się gniazdu przez brudną szybę.
– Kto to? – powtórzył Rhyme. Młody mężczyzna, który wykręcał się od odpowiedzi, bardzo go zirytował.
– Gość.
– Gość? Ciekawe. – Rhyme parsknął. Usiłował sobie przypo-

mnieć, kiedy po raz ostatni byli u niego goście. Chyba trzy miesiące temu. Kto to może być? Dziennikarz albo daleki kuzyn. Może Peter Taylor – jeden ze specjalistów leczących jego rdzeń kręgowy. Blaine była tu kilka razy, ale jej nie można nazwać gościem.

– Chłodno tutaj – narzekał Thom. Szybko podszedł do okna.

– Nie otwieraj – zażądał Rhyme. – Powiedz mi, do cholery, kto przyszedł.

– Chłodno tutaj.

– Przestraszysz sokoły. Lepiej wyłącz klimatyzację. Ja też mogę...

– Byliśmy tu wcześniej – powiedział Thom, otwierając ogromne okno. – Sokoły się sprowadziły, wszystko już o tobie wiedzą...

Ptaki popatrzyły w stronę otwieranego okna. W ich spojrzeniu było coś wyzywającego. Zawsze tak robiły. Jednak pozostały na parapecie – nie odleciały na rosnące po drugiej stronie ulicy rachityczne drzewa, na których często przesiadywały.

– Kto przyszedł? – znów zapytał Rhyme.

– Lon Sellitto.

– Lon?

Czego on chce?

Thom rozejrzał się po pokoju.

– Straszny tu bałagan.

Rhyme nie lubił zamieszania związanego ze sprzątaniem. Nie lubił krzątaniny, a zwłaszcza hałasu robionego przez odkurzacz. Nieporządek mu nie przeszkadzał. Pokój, który nazywał swoim gabinetem, mieścił się na pierwszym piętrze neogotyckiego budynku znajdującego się na West Side. Okna wychodziły na Central Park. Pokój był duży – sześć na sześć – ale każdy centymetr kwadratowy podłogi został zagospodarowany. Czasami zamykał oczy i starał się wyczuć zapach. Tysiąca książek i czasopism, sterty fotokopii wysokości wieży w Pizie, monitorów, kurzu na żarówkach, tablic korkowych. Do tego winyl, guma, skóra obić.

Trzy gatunki whisky.

I odchody sokołów.

– Nie chcę go widzieć. Powiedz mu, że jestem zajęty.

– I młody policjant Ernie Banks. Był bejsbolistą, pamiętasz? Powinieneś pozwolić mi posprzątać. Nie widzisz bałaganu, dopóki nie przyjdą do ciebie z interesem.

– Do mnie z interesem? To brzmi dziwnie. Powiedz im, żeby

się wynieśli do wszystkich diabłów. Jak można ładniej nazwać bałagan?

Nieład...

Thom mówił jak do ściany, ale Rhyme przypuszczał, że on tak samo odbiera jego słowa.

Rhyme miał czarne, gęste włosy dwudziestolatka, chociaż był dwa razy starszy. Były poskręcane i przetłuszczone – wymagały nożyczek i szamponu. Jego twarz okalał trzydniowy czarny zarost. Z uszu sterczały mu kępki włosów. Paznokci nie obcinał od dłuższego czasu. Od tygodnia nosił brzydką piżamę w kolorowe wzorki. I miał wąskie ciemnobrązowe oczy, które według Blaine były namiętne. Mówiła mu też, że jest przystojny.

– Chcą z tobą rozmawiać. Tłumaczą, że to bardzo ważne – kontynuował Thom.

– Dla nich.

– Nie widziałeś się z Lonem już prawie rok.

– Dlaczego uważasz, że chcę się z nim teraz widzieć? Nie wystraszyłeś sokołów? Będę wściekły, gdy to zrobisz.

– To ważne, Lincoln.

– Bardzo ważne. Pamiętam, co mówiłeś. Gdzie jest ten doktor? Powinien zadzwonić. Ja drzemałem, a ty wyszedłeś.

– Wstałeś przecież o szóstej.

– Nie. – Zawahał się. – Tak. Obudziłem się o szóstej, ale potem znów zasnąłem. Sprawdziłeś, czy nie ma informacji?

– Tak. Nie dzwonił – odparł Thom.

– Powiedział, że będzie rano.

– Jest już po jedenastej. Pozostaje nam więc chyba liczyć tylko na cud. Nie sądzisz?

– Rozmawiałeś przez telefon? – ostrym głosem zapytał Rhyme. – Może dzwonił, gdy ty rozmawiałeś przez telefon.

– Dzwoniłem tylko do...

– Nie przesadzasz? – rzucił Rhyme. – Teraz jesteś zły. Nie mówiłem, że nie możesz korzystać z telefonu. Możesz to robić o każdej porze. Uważam tylko, że mógł zadzwonić, gdy rozmawiałeś przez telefon.

– A ja uważam, że dzisiaj postanowiłeś być upierdliwy.

– Wolno ci tak uważać. A wracając do sprawy, oni sądzą, że powinno się czekać na ich telefony. I może inne rozmowy przeprowadzać po dwie naraz! Czego chce mój stary przyjaciel Lon? I jego kolega, bejsbolista?

21

– Zapytaj ich.

– Ciebie pytam.

– Chcą się z tobą zobaczyć. Tylko tyle wiem.

– Coś bar-dzo waż-ne-go.

– Lincoln... – Thom westchnął. Przygładził jasne włosy. Miał na sobie brązowe spodnie i białą koszulę. Na szyi miał starannie zawiązany krawat w niebieskie kwiatki. Gdy rok temu Rhyme zatrudniał Thoma, powiedział, że może chodzić w dżinsach i T-shirtach. Jednak Thom zawsze ubrany był nienagannie. Rhyme dokładnie nie wiedział, dlaczego jeszcze go nie wyrzucił. Żaden z poprzedników Thoma nie wytrzymał dłużej niż sześć tygodni. A liczba tych, którzy odeszli sami, równała się liczbie wyrzuconych z pracy.

– No dobrze, co im powiedziałeś?

– Żeby poczekali kilka minut. A ja zobaczę, czy wstałeś i jesteś ubrany. Tyle.

– Podjąłeś decyzję, nie pytając mnie?! Dziękuję bardzo.

Thom odwrócił się, podszedł do schodów i zawołał:

– Proszę wejść, panowie.

– Coś ci jeszcze powiedzieli, prawda? Ukryłeś to przede mną – ciągnął Rhyme.

Thom nie odpowiedział. Po chwili Rhyme mógł zobaczyć dwóch mężczyzn. Gdy wchodzili, Rhyme zwrócił się do Thoma:

– Zasłoń okno. Już i tak przestraszyłeś sokoły.

Oznaczało to, że jaskrawe światło zaczęło denerwować Rhyme'a.

Nie mogła mówić.

Taśma zaklejająca usta czyniła ją bardziej bezbronną niż kajdanki założone na ręce lub mocny uścisk, który wciąż czuła na ramieniu.

Taksówkarz, wciąż w masce na twarzy, zaprowadził ją brudnym, pełnym rur kanalizacyjnych korytarzem do piwnicy oficyny. Nie wiedziała, gdzie się znajdują.

Gdybym mogła z nim porozmawiać...

T.J. Colfax pracowała na giełdzie. Była negocjatorką.

Pieniądze? Chcesz pieniędzy? Dostaniesz dużo pieniędzy. Pełne worki. Myślała tak dziesiątki razy, jednocześnie patrząc mu w oczy, jakby chciała przekazać mu to telepatycznie.

Prooosze, błagała cicho. Zaczęła rozważać przekazanie mu pieniędzy ze swojego funduszu emerytalnego. *Och, proszę...*

Przypomniała sobie ostatnią noc. Gdy mężczyzna przestał oglądać fajerwerki, wywlókł ich z samochodu i założył im kajdanki. Kazał wejść do bagażnika i ponownie zaczęli jechać. Najpierw kocie łby, potem droga asfaltowa z dziurami, gładki asfalt i znów dziury. Potem przejeżdżali przez most – poznała po dudnieniu. Kolejne zakręty, kolejne ulice z dziurami w jezdni. W końcu zatrzymali się, kierowca wysiadł i otworzył bramę lub jakieś drzwi. Znów ruszyli. Wjechał do garażu, pomyślała wtedy. Ucichły wszystkie odgłosy miasta, słychać było jedynie warkot silnika, który odbijał się echem od ścian garażu.

Otworzył się bagażnik i mężczyzna wyciągnął ją na zewnątrz. Gwałtownym szarpnięciem zdjął jej z palca pierścionek z brylantem i włożył go do kieszeni. Następnie poprowadził ją wzdłuż ścian, z których patrzyły na nią puste oczy namalowanych na odpadającym tynku postaci: rzeźnika, diabła, trójki przerażonych dzieci. Zaciągnął ją do zatęchłej piwnicy i rzucił na podłogę. Następnie poszedł po schodach na górę. Została sama w ciemnej piwnicy, otoczona przyprawiającym o mdłości zapachem gnijącego mięsa i śmieci. Leżała na podłodze wiele godzin. Trochę spała, ale głównie płakała. W nocy obudziła się nagle, gdy usłyszała głośny huk. Po chwili znów zasnęła niespokojnym snem.

Pół godziny temu przyszedł ponownie. Zaciągnął ją do bagażnika samochodu. Jechali około dwudziestu minut. Znaleźli się tutaj.

Weszli do ciemnej sutereny. Środkiem pomieszczenia biegła czarna gruba rura, do której przypiął ją kajdankami. Posadził ją na podłodze, nogi związał linką. Zajęło mu to kilka minut. Na rękach cały czas miał skórzane rękawiczki. Wyprostował się i patrzył na nią dłuższy czas. Pochylił się, rozerwał jej bluzkę. Stanął za nią. Zatkało ją, gdy poczuła jego dłonie na ramieniu. Obmacywał łopatki.

Płakała, błagając o litość, mimo że miała zaklejone usta. Wiedziała, co nastąpi.

Sunął rękami po jej ramionach, nie dotknął jednak piersi. Szukał żeber. Gdy zaczął je naciskać, zadrżała, chcąc pozbyć się ucisku. Zaczął wtedy mocniej obmacywać kości.

Po chwili wstał. Usłyszała oddalające się kroki. Ucichły. Słyszała tylko odgłosy włączonych klimatyzatorów i sunących wind. Jęknęła, kiedy usłyszała za sobą dźwięk – powtarzający się hałas. *Szszsz. Szszsz.* Znała ten odgłos, lecz nie mogła teraz skojarzyć. Usiłowała się odwrócić, ale nie dawała rady. *Co to jest?* Słuchała rytmicznych odgłosów i przypomniała sobie dom matki. *Szszsz. Szszsz.* Sobotni ranek w małym parterowym domku w Bedford w stanie Tennessee. To był jedyny dzień, w którym matka nie pracowała i zajmowała się sprzątaniem w domu. T.J. musiała wtedy wcześnie rano wstawać i jej pomagać. *Szszsz.* Na to wspomnienie znów zapłakała. Słuchała hałasu i zastanawiała się, dlaczego mężczyzna tak starannie odkurza podłogę.

Widział zaskoczenie i zażenowanie na ich twarzach. Rzadko można zobaczyć takie uczucia na twarzach nowojorskich policjantów z wydziału zabójstw.

Lon Sellitto i młody Banks (Jerry, nie Ernie) usiedli na rattanowych fotelach, które wskazał im Rhyme. Były zakurzone i bardzo niewygodne.

Rhyme bardzo się zmienił od czasu, gdy Sellitto widział go po raz ostatni i teraz detektyw nie mógł ukryć zaskoczenia. Banks nie znał Rhyme'a wcześniej, ale i jego odczucia były podobne. Niesprzątany pokój, mężczyzna o wyglądzie włóczęgi patrzący na nich podejrzliwie. I zapach. Nieprzyjemny zapach otaczał Lincolna Rhyme'a.

Rhyme ogromnie żałował, że wpuścił ich na górę.

– Lon, dlaczego najpierw nie zadzwoniłeś?

– Powiedziałbyś, żebyśmy nie przychodzili.

Prawda.

Thom czekał przy schodach, ale Rhyme szybko zaznaczył: „Thom, nie będziesz nam potrzebny". Wiedział, że Thom zawsze pyta gości, czy chcą coś do jedzenia lub picia.

Cholerna siostra miłosierdzia.

Na chwilę zapadła cisza. Potężny Sellitto – policjant z dwudziestoletnim stażem – zagapił się na pudełko leżące przy łóżku. Odwrócił wzrok, gdy zauważył, że w pudełku znajdują się pampersy dla dorosłych.

– Czytałem pana książkę – odezwał się Jerry Banks.

Młody policjant nie nauczył się jeszcze golić, wiele razy się zaciął. Sterczący kosmyk włosów dodawał mu uroku. Mój Boże, ale jest młody. Im starszy jest świat, tym młodsi wydają się jego mieszkańcy, pomyślał Rhyme.

– Którą?

– Podręcznik dotyczący badań miejsc przestępstw. Ten z obrazkami, wydany kilka lat temu.

– Tam też jest tekst. Przede wszystkim tekst. Czytałeś go?

– Oczywiście – szybko odpowiedział Banks.

Ogromna sterta egzemplarzy książki „Badanie miejsc przestępstw" stała pod ścianą pokoju.

– Nie wiedziałem, że pan i Lon byliście przyjaciółmi – dodał Banks.

– Lon nie opowiadał? Nie pokazywał zdjęć w rocznikach? Nie zakasywał rękawów i nie demonstrował ran, które odniósł we wspólnych akcjach z Lincolnem Rhyme'em?

Sellitto się nie uśmiechnął. Cóż, mogę być jeszcze bardziej złośliwy, jeśli chce, pomyślał Rhyme. Starszy detektyw szukał czegoś w aktówce. *Co on tam ma?*

– Długo byliście partnerami? – spytał Banks, podtrzymując rozmowę.

– Pytanie do ciebie – Rhyme zwrócił się do Sellitta i spojrzał na zegar.

– Nie byliśmy partnerami – odparł Sellitto. – Ja zajmowałem się zabójstwami, a on był szefem IRD.

– Och – wydobył z siebie zaskoczony Banks. Kierowanie wydziałem badań i zasobów informacji jest najbardziej prestiżową funkcją w departamencie.

– Tak – potwierdził Rhyme. I wyjrzał przez okno, jakby lekarz miał przylecieć na sokole. – Byli z nas dwaj muszkieterowie.

– Siedem lat współpracowaliśmy ze sobą – powiedział Sellitto spokojnym głosem, który zdenerwował Rhyme'a.

– Wspaniałe lata – rzucił Rhyme.

Sellitto nie zauważył ironii albo, co bardziej prawdopodobne, nie chciał zauważyć.

– Lincoln, mamy problem. Potrzebujemy pomocy.

Bach! Sterta papierów wylądowała na stoliku przy łóżku.

– Pomocy? – Wybuchnął śmiechem. Zmarszczył wąski nos. Blaine podejrzewała, że Rhyme poddał się operacji plastycznej. Uważała, że jego nos i usta są zbyt doskonałe. (Powinieneś mieć bliznę na twarzy, żartowała i podczas jednej z ich kłótni omal mu jej nie zrobiła). Dlaczego właśnie teraz przypomniałem sobie o tej zmysłowej osóbce? – zastanawiał się. Ożywił się, myśląc o swojej byłej żonie, i uznał, że musi do niej wysłać list. Tekst znajdował się już na ekranie komputera. Wystarczyło zapisać go na dysku. Zapadła cisza, gdy wprowadzał polecenia jednym palcem.

– Lincoln? – odezwał się Sellitto.

– Tak jest, sir. Pomoc. Ode mnie. Słyszałem.

Banks uśmiechał się nienaturalnie, kręcąc się w niewygodnym fotelu.

– Mam umówioną wizytę – powiedział nagle Rhyme.

– Wizytę?

– Lekarz.

– Naprawdę? – zapytał Banks, by przerwać ciszę, która znów zapadła.

Sellitto, nie wiedząc, do czego doprowadzi ta rozmowa, zapytał:

– Jak się czujesz?

Banks i Sellitto, kiedy przyszli, nie zapytali o jego zdrowie. Było to pytanie, którego ludzie unikali, gdy zobaczyli Lincolna Rhyme'a. Mogło sprawić przykrość.

– Dziękuję, świetnie – odpowiedział po prostu. – A ty? Jak Betty?

– Rozwiedliśmy się – szybko odparł Sellitto.

– Naprawdę?

– Dostała dom, a ja połowę dziecka...

Niski, potężnie zbudowany policjant powiedział to z wymuszonym uśmiechem. Rhyme przypuszczał, że historia była bardzo bolesna i Lon nie chciał o tym rozmawiać. Nie zaskoczyło go, że ich małżeństwo się rozpadło. Sellitto był pracoholikiem. Szybko awansował. Pracował po osiemdziesiąt godzin tygodniowo. Rhyme, gdy z nim współpracował, przez kilka pierwszych miesięcy nie wiedział nawet, że Lon jest żonaty.

– Gdzie teraz mieszkasz? – zapytał Rhyme, sądząc, że ich zagada i zapomną, po co przyszli.

– Na Brooklynie. Czasami chodzę do pracy pieszo. Pamiętasz moją dietę? Moja dieta to brak diety. Najważniejszy jest wysiłek fizyczny.

Nie przytył. Wyglądał tak samo jak trzy lata temu lub piętnaście.

– Zatem – odezwał się Banks – pan mówił o lekarzu. Jakaś nowa...

– Nowa metoda leczenia? – Rhyme dokończył krępujące pytanie. – Właśnie.

– Mam nadzieję, że będzie skuteczna.

– Dziękuję bardzo.

Była 11.36. Brak punktualności jest niewybaczalną wadą u lekarzy.

Rhyme zauważył, że Banks przygląda się jego nogom. Przyłapał go na tym po raz drugi – nic dziwnego, że młody policjant się zaczerwienił.

– Zatem obawiam się, że nie mam czasu, aby wam pomóc.

– Ale lekarz jeszcze nie przyszedł – rzekł Lon Sellitto tym samym szorstkim tonem, którym komentował opisy zbrodni w gazetach.

W drzwiach pojawił się Thom z kawą.

Bałwan. Rhyme się skrzywił.

– Lincoln zapomniał zaproponować panom coś do picia.

– Thom traktuje mnie jak dziecko.

– Jeśli ktoś zapomina o obowiązkach gospodarza – odciął się Thom.

– W porządku – burknął Rhyme. – Proszę poczęstować się kawą. Dostaniecie też mleka.

– Za wcześnie. Bar jeszcze zamknięty – powiedział Thom.

Twarz Rhyme'a się rozpogodziła.

Banks znów zaczął przyglądać się Rhyme'owi. Być może spodziewał się, że zobaczy samą skórę i kości. Jednak atrofia mięśni zatrzymała się wkrótce po wypadku. Pierwszy terapeuta zamęczał Rhyme'a ćwiczeniami. Tak samo Thom – który czasami bywał nieznośny – bardzo mu pomógł. Codziennie z nim ćwiczył. Thom skrupulatnie prowadził pomiary goniometryczne. Dokładnie sprawdzał stan spastyczny po abdukcji i addukcji. Ćwiczenia te zapobiegały zanikowi mięśni i ułatwiały przepływ krwi. Rhyme miał sprawne tylko mięśnie szyi, twarzy, ramion i jednego palca lewej ręki. Stan taki trwał od trzech i pół roku. Mimo to Lincoln wyglądał nieźle.

Młody detektyw patrzył na skomplikowane urządzenia, do których podłączony był palec Rhyme'a: dwa regulatory, komputer, pulpit kontrolny na ścianie.

„Będziesz żył jak w więzieniu, otoczony plątaniną kabli" – powiedział mu terapeuta po wypadku. Gdyby przynajmniej takie życie miało sens.

– Dzisiaj rano na West Side dokonano morderstwa – rzekł Sellitto.

– Mieliśmy raporty, że kilkoro bezdomnych zaginęło w ostatnich miesiącach – wtrącił Banks. – Początkowo myśleliśmy, że ofiara była jednym z nich, ale nie. Zamordowany mężczyzna jest jednym z porwanych ostatniej nocy...

– Porwanych? – Rhyme spojrzał na bladą, piegowatą twarz młodego policjanta.

– On nie ogląda wiadomości. Nic nie wie o tym porwaniu – wtrącił Thom.

– Nie oglądasz wiadomości? – Sellitto się roześmiał. – Czytałeś przecież cztery gazety dziennie i nagrywałeś wiadomości lokalne, by oglądać je w domu. Blaine skarżyła się, że wolałeś to niż łóżko...

– Teraz czytam tylko literaturę – rzekł Rhyme.

– Na nią zawsze znajduje czas – dodał Thom.

Rhyme nie zwrócił na niego uwagi.

– Mężczyzna i kobieta wrócili z podróży w interesach z Zachodniego Wybrzeża. Na lotnisku Kennedy'ego wsiedli do taksówki. Nie dotarli do domów – mówił Sellitto. – Wydarzyło się to pół godziny przed północą, jak wynika z zeznań świadka. Taksówka jechała przez Queens. Porwani, biali, siedzieli na tylnych siedzeniach. Prawdopodobnie usiłowali wybić szybę w samochodzie. Czymś w nią uderzali. Nie znamy numerów taksówki.

– Ten świadek nie widział kierowcy?

– Nie.

– Co z kobietą?

– Nie znaleźliśmy jej.

Jedenasta czterdzieści jeden. Rhyme był wściekły na doktora Williama Bergera.

– Paskudna sprawa – mruknął.

Sellitto wyraźnie odetchnął.

– Dalej, dalej – powiedział Rhyme.

– Miał na palcu jej pierścionek – zaczął mówić Banks.

– Kto co miał?

– Mężczyzna miał na palcu pierścionek porwanej kobiety. Dzisiaj rano znaleziono jego zwłoki.

– Jesteście pewni, że to ten pierścionek?

– Są na nim jej inicjały.

– Zatem mamy do czynienia z niezidentyfikowanym przestępcą, który chciał w ten sposób przekazać, że ma w swoich rękach kobietę i ona wciąż żyje...

– Czy pan wie, dlaczego pierścionek wszedł na palec mężczyzny? – zapytał Banks, obserwując reakcję Rhyme'a.

– Nie. I rezygnuję z próby odpowiedzi.

– Morderca usunął z palca skórę i mięśnie, została sama kość.

Rhyme uśmiechnął się lekko.

– Jest inteligentny.

– W czym przejawia się jego inteligencja?

– Był pewien, że nikt nie ściągnie tego pierścionka. Pierścionek był zakrwawiony?

– Tak.

– Trudno go było zauważyć na palcu. Poza tym obawa przed AIDS i innymi chorobami. Nawet gdyby ktoś go spostrzegł, nie odważyłby się zdjąć go z palca. Lon, jak się nazywa ta kobieta?

Sellitto spojrzał na swego młodszego partnera, który otworzył notatnik.

– Tammie Jean Colfax. Mówiono na nią T.J. Dwadzieścia osiem lat. Pracuje dla Morgan Stanley.

Rhyme zauważył, że Banks ma na palcu sygnet. Pierścień szkoły. Młody policjant ma ogładę, jest rozgarnięty. Zapewne kończył dobrą uczelnię. Brak mu manier wojskowego. Rhyme nie zdziwiłby się, gdyby Banks skończył Yale. Detektyw z dyplomem zajmujący się morderstwami? Co w tym dziwnego? Świat schodzi przecież na psy.

Ręka, w której Banks trzymał filiżankę kawy, drżała. Kilkoma nieznacznymi ruchami palca lewej ręki, połączonego z pulpitem kontrolnym, Rhyme wyłączył klimatyzację. Regulacją ogrzewania i klimatyzacji z reguły zajmował się Thom. Rhyme korzystał z urządzenia przy pracy z komputerem, przy włączaniu i wyłączaniu świateł oraz gdy używał mechanizmu do przewracania stron. Ale teraz w pokoju zrobiło się zbyt chłodno. Ciekło mu z nosa.

Dla ludzi ze sparaliżowanymi rękami jest to tortura nie do zniesienia.

– Żąda okupu?

– Nie.

– Ty kierujesz śledztwem? – Rhyme zapytał Sellitta.

– Nie. Jim Polling. Chcemy, żebyś przejrzał raport dotyczący morderstwa...

Roześmiał się.

– Ja? Nie czytałem takich raportów od trzech lat. Co ja będę mógł wam powiedzieć?

29

- Dużo, Linc.
- Kto jest teraz szefem wydziału?
- Vince Peretti.
- Syn kongresmana – przypomniał sobie Rhyme. – Niech on przejrzy raport.

Chwila wahania.

- My chcemy, żebyś ty to zrobił.
- Kogo masz na myśli, mówiąc „my"?
- Moją skromną osobę i szefa.
- A jak kapitan Peretti zareaguje, gdy dowie się o tym braku zaufania? – zapytał Rhyme, uśmiechając się pod nosem.

Sellitto wstał i zaczął chodzić po pokoju. Patrzył na sterty czasopism poświęconych kryminalistyce.

- Sam widzisz – powiedział Rhyme. – Prenumeraty skończyły się wieki temu. Wszystkie czasopisma są zakurzone.
- Wszystko tutaj jest zakurzone, Linc. Dlaczego nie podniesiesz swojej leniwej dupy i nie posprzątasz w tym chlewie?

Banks patrzył przerażonym wzrokiem.

Rhyme zdusił śmiech, który wyrwał mu się mimowolnie. Jego przyjaciel popełnił gafę, ale nie był na niego zły. Przez chwilę żałował, że nie może już współpracować z Sellittem. Stłumił jednak to uczucie.

- Nie mogę wam pomóc. Przepraszam – mruknął.
- W poniedziałek rozpoczyna się konferencja pokojowa. My...
- Jaka konferencja?
- ONZ. Ambasadorzy, głowy państw. Tysiące dygnitarzy w mieście. Nie słyszałeś o tych jajach w Londynie?
- Czyich jajach? – wyraźnie złośliwie rzucił Rhyme.
- Ktoś podłożył bombę w hotelu, w którym odbywała się konferencja UNESCO. Burmistrz nie chce, aby to się powtórzyło w Nowym Jorku.
- Poza tym jest jeszcze jeden mały problem – zauważył z uśmieszkiem Rhyme. – Tammie Jean nie wróciła do domu...
- Jerry, opowiedz kilka szczegółów. Zaostrz mu apetyt.

Banks oderwał wzrok od nóg Rhyme'a i zaczął patrzeć na łóżko. To jest bardziej interesujące, przyznał w myślach Rhyme. Zwłaszcza pulpit kontrolny. Wyglądał jak część wyposażenia statku kosmicznego. Kosztował zapewne tyle samo.

- Dziesięć godzin po porwaniu znaleźliśmy tego mężczyznę, Johna Ulbrechta. Został postrzelony i pochowany żywcem przy torach kolejowych w pobliżu Trzydziestej Siódmej i Jedenastej. Już nie żył. Pociski: kalibru .32.

Oznaczało to, że nie można wyciągnąć wniosków na temat przestępcy na podstawie badań balistycznych. Banks jest bystry, pomyślał Rhyme. Jedyną jego wadą jest młodość. Być może wyrośnie z tego. Lincoln Rhyme był przekonany, że on sam nigdy nie był młody.

– Czy lufa była gwintowana?

– Tak, lewoskrętnie. Sześć rowków.

– Miał więc kolta – orzekł Rhyme i spojrzał na schematyczny rysunek przedstawiający miejsce, w którym znaleziono ofiarę.

– Pan używa liczby pojedynczej. A tak naprawdę trzeba mówić w liczbie mnogiej – odparł Banks. – Było dwóch przestępców. Znaleźliśmy dwa rodzaje śladów butów między grobem a metalową drabiną. – Młody detektyw wskazał na rysunek.

– Zostawili jakieś ślady na drabinie?

– Nie. Wytarto ją fachowo. Ślady butów prowadzą do grobu i z powrotem do drabiny. We dwóch musieli zaciągnąć ofiarę. Facet ważył ponad dziewięćdziesiąt kilogramów. Jeden by sobie nie poradził...

– Mów dalej.

– Wrzucili go do dołu, postrzelili i przysypali ziemią. Po drabinie wspięli się na ulicę. Zniknęli.

– Strzelali do niego, gdy był w grobie? – dopytywał się Rhyme.

– Tak. Nie znaleźliśmy śladów krwi między drabiną a grobem.

Rhyme'a interesowała ta sprawa.

– Czego ode mnie chcecie?

Sellitto w uśmiechu pokazał nierówne żółte zęby.

– To jest bardzo tajemnicza sprawa, Linc. Na podstawie śladów i zeznań świadka nie można ułożyć prawdopodobnego scenariusza zbrodni.

– Zatem? – Wszystkie ślady znalezione na miejscu przestępstwa układały się przecież w spójną całość.

– To niesamowita sprawa. Przeczytaj raport. Proszę. Włożę go tutaj. Jak to działa? – Sellitto spojrzał na Thoma. Ten umieścił raport w urządzeniu odwracającym strony.

– Nie mam czasu, Lon – protestował Rhyme.

– Świetny wynalazek – zauważył Banks, patrząc na urządzenie.

Rhyme nie odpowiedział. Spojrzał na pierwszą stronę i przeczytał ją uważnie. Przesunął o milimetr palec. Gumowa pałeczka odwróciła stronę. Rzeczywiście, bardzo dziwna sprawa, pomyślał, czytając.

– Kto kieruje analizą śladów?

– Peretti osobiście. Gdy usłyszał, że znaleziona ofiara jest jednym z pasażerów taksówki, natychmiast tam pojechał.

Rhyme czytał dalej. Przez minutę przyciągnęły jego uwagę toporne zdania raportu. Gdy usłyszał dzwonek, zabiło mu mocniej serce. Spojrzał chłodno na Thoma. Skończyły się żarty. Thom skinął głową i zbiegł po schodach.

Wszystkie myśli o taksówkarzach, śladach zbrodni, o porwanych bankierach uleciały z głowy Lincolna Rhyme'a.

– Doktor Berger – oznajmił Thom przez domofon.

W końcu. Nareszcie.

– Cóż, przepraszam, Lon. Jestem zmuszony was prosić, żebyście poszli. Miło było z wami się spotkać. – Uśmiechnął się. – Bardzo interesująca sprawa.

Po chwili wahania Sellitto wstał.

– Lincoln, przeczytasz raport? Powiesz nam, co o tym sądzisz?

– Pewnie – odparł Rhyme i położył głowę na poduszce. Ludzie sparaliżowani jak Rhyme, którzy mają sprawne mięśnie szyi i głowy, mogą uruchamiać wiele urządzeń, poruszając głową w trzech kierunkach. Nie chciał jednak zrezygnować z jednej z nielicznych przyjemności, która mu pozostała: z możliwości wygodnego ułożenia głowy na poduszce kupionej za dwieście dolarów. Nie dał przyczepić sobie do głowy żadnych kabelków.

Wizyta policjantów wyczerpała go fizycznie. Nie było jeszcze południa, a chciało mu się spać. Przez mięśnie szyi przechodziły dreszcze.

Gdy Sellitto i Banks byli w drzwiach, zawołał:

– Lon, poczekaj!

Detektyw się odwrócił.

– Powinniście wiedzieć o jednej rzeczy. Znaleźliście tylko jedno miejsce przestępstwa. Musicie znaleźć drugie – jego dom. Tam najpierw zawiózł porwanych. Będzie to bardzo trudne...

– Skąd wiesz o drugim miejscu?

– Ponieważ nie strzelał do mężczyzny w grobie. Strzelał do niego w pierwszym miejscu. Tam zapewne przetrzymuje kobietę. Musi to być jakiś opuszczony teren albo podziemia, piwnice. Albo to i to. Ponieważ... – Rhyme uprzedził pytanie młodego de-

32

tektywa – ...strzelanie do ofiary przy torach było ryzykowne. Ktoś mógł usłyszeć.

– Może użył tłumika.

– Nie znaleziono śladów bawełny lub kauczuku na pociskach – burknął Rhyme.

– Ale nie znaleziono też śladów krwi – oponował Banks.

– Przypuszczam, że strzelił mężczyźnie w twarz – oświadczył Rhyme.

– Tak – potwierdził Banks, uśmiechając się głupio. – Skąd pan wie?

– Jeżeli nie uszkodzi się mózgu, strzał z trzydziestkidwójki rzadko jest śmiertelny. Postrzelony mężczyzna był bezwolny i przestępca mógł go zaprowadzić, gdzie chciał. Mówię w liczbie pojedynczej, ponieważ był tylko jeden przestępca.

Chwila milczenia.

– Ale... są dwa rodzaje odcisków butów – wyszeptał Banks, przerażony, jakby rozbrajał minę.

Rhyme westchnął.

– Ślady butów są takiej samej wielkości. Zostały zostawione przez tego samego mężczyznę, który dwukrotnie przemierzał drogę między drabiną a grobem. Chciał nas wywieść w pole. Ślady prowadzące na północ są takiej samej głębokości jak te biegnące na południe. Nie niósł w jedną stronę dziewięćdziesięciokilogramowego ciężaru. Czy zamordowany miał na nogach buty?

Banks przerzucił swoje notatki.

– Nie. Tylko skarpetki.

– Okay. Zatem przestępca włożył buty ofiary i zrobił mały spacer od grobu do drabiny i z powrotem.

– Jeżeli nie schodził po drabinie, to którędy dotarł z ofiarą do grobu?

– Przestępca prowadził mężczyznę po torach, prawdopodobnie z północy.

– Tam nie ma drabin.

– Ale są tunele równoległe do torów. Wloty do nich znajdują się w piwnicach starych domów przy Jedenastej. Zostały wykopane przez gangstera – Owneya Maddena – w czasach prohibicji. Transportował nimi whisky, którą ładował na pociągi jadące do Albany i Bridgeport.

– To dlaczego przestępca nie zakopał ofiary w pobliżu tunelu? Dlaczego ryzykował i prowadził go tak daleko? Mógł zostać zauważony.

– Nie wiesz, dlaczego to zrobił? – Rhyme był zniecierpliwiony.

Banks chciał coś powiedzieć, ale tylko potrząsnął głową.

– Musiał ukryć ciało tam, gdzie łatwo można je zauważyć – wyjaśnił Rhyme. – Chciał, żeby ktoś je znalazł. Dlatego nie przysypał jednej ręki ofiary. Pomachał do nas. Chciał przyciągnąć naszą uwagę. Przestępca był tylko jeden, ale jest sprytny za dwóch. Gdzieś w pobliżu grobu musi być wejście do tunelu. Odkryjcie je i poszukajcie śladów, odcisków palców. Na pewno nic nie znajdziecie. Ale musicie to zrobić. Dla prasy. Gdy zaczną pisać o tej sprawie... Życzę powodzenia, panowie. Teraz musicie mi wybaczyć. Lon?

– Tak?

– Nie zapomnij o pierwszym miejscu przestępstwa. Cokolwiek się zdarzy, musisz je odnaleźć. I to szybko.

– Dziękuję, Linc. Przeczytaj tylko raport.

Rhyme powiedział, że przeczyta. Spojrzał na twarze policjantów. Chciał wiedzieć, czy uwierzyli w jego kłamstwo. Całkowicie.

Rozdział 3

Miał nienaganny sposób zachowania. Umiał postępować z pacjentami. Rhyme coś na ten temat wiedział. Kiedyś policzył, że w ciągu trzech i pół roku leczony był przez siedemdziesięciu ośmiu lekarzy.

– Wspaniały widok – powiedział Berger, wyglądając przez okno.

– Prawda? Piękny – odparł Rhyme, chociaż ze względu na wysokość łóżka mógł widzieć jedynie zamglone, upalne niebo nad Central Parkiem. Od dwóch i pół roku – od czasu, gdy wrócił ze szpitala – oglądał głównie niebo i ptaki. Rzadko okna były zasłonięte.

Thom masował Rhyme'a, a następnie cewnikował pęcherz. Operacja ta musiała być powtarzana co pięć–sześć godzin. W wyniku uszkodzenia rdzenia kręgowego zwieracze mogą pozostać otwarte lub zamknięte. Na szczęście w jego przypadku pozostały zamknięte – na szczęście, gdyż miał kogoś, kto się nim opiekował i cewnikował pęcherz cztery razy na dobę.

Doktor Berger obserwował Thoma okiem specjalisty i Rhyme nie czuł się skrępowany. Ludzie sparaliżowani muszą nauczyć się skromności i pozbyć się wstydu. Początkowo jest to trudne. W pierwszym centrum rehabilitacji, gdy któryś z pacjentów szedł na przyjęcie, następnego dnia wszyscy zjawiali się przy jego łóżku, aby zobaczyć mocz. Duża jego ilość świadczyła, że wypad był udany. Kiedyś Rhyme wzbudził niekłamany podziw przyjaciół w niedoli: oddał 1430 mililitrów moczu.

– Proszę spojrzeć na parapet, doktorze. Mam aniołów stróżów – powiedział do Bergera.

– To jastrzębie?

– Sokoły wędrowne. Zwykle zakładają gniazda znacznie wyżej. Nie wiem, dlaczego wybrały moje towarzystwo.

35

Berger spojrzał na sokoły i zasłonił okno. Nie wykazał zainteresowania ptaszarnią. Doktor nie był wysokim mężczyzną, ale miał sportową sylwetkę. Rhyme przypuszczał, że dużo biega. Choć zbliżał się do pięćdziesiątki, nie miał ani jednego siwego włosa. Był przystojny jak prezenter telewizyjny.

– Niesamowite łóżko...

– Podoba się panu?

Łóżko (fachowo: klinitron) było duże, przypominało katafalk. Znajdowało się w nim mnóstwo szklanych, pokrytych silikonem perełek, ważących chyba tonę. Pod ciśnieniem przepływało między nimi powietrze, które masowało ciało Rhyme'a. Gdyby Lincoln nie stracił czucia, odnosiłby wrażenie, że unosi się w powietrzu.

Berger pił kawę, którą Rhyme kazał zrobić Thomowi. Gdy młody mężczyzna ją przyniósł, szepnął:

– Nagle staliśmy się gościnni?

– Mówił pan, że był policjantem – doktor zwrócił się do Rhyme'a.

– Tak. Byłem szefem wydziału w nowojorskim departamencie policji.

– Został pan postrzelony?

– Nie. Badałem miejsce przestępstwa. Kilku robotników znalazło zwłoki na remontowanej stacji metra. Było to ciało młodego policjanta, który zaginął pół roku wcześniej. Zostało też wtedy zamordowanych kilku innych funkcjonariuszy. Dostałem polecenie, aby osobiście przeprowadzić badania. Spadła na mnie belka. Byłem uwięziony cztery godziny.

– Znaleziono mordercę?

– Tak. Zabił trzech policjantów i jednego zranił. Zabójcą był sierżant z policji patrolowej: Dan Shepherd.

Berger spojrzał na różową bliznę na szyi Rhyme'a. Przez kilka miesięcy po wypadku musiał oddychać przez rurkę wprowadzoną do tchawicy. Jednak dzięki swojemu silnemu organizmowi i tytanicznemu wysiłkowi terapeutów rurka stosunkowo szybko została usunięta. Miał zdrowe płuca i sądził, że wytrzymałby pod wodą pięć minut.

– Kręgi szyjne?

– C4.

– Ach tak.

Czwarty kręg szyjny stanowi swego rodzaju granicę. Takie uszkodzenie powyżej niego spowodowałoby śmierć, natomiast poniżej – zakończyłoby się paraliżem nóg, ręce pozostałyby sprawne. Rhyme miał sparaliżowane wszystkie kończyny. Zanikły mu prawie wszystkie mięśnie międzyżebrowe i brzucha. Oddychał przeponą. Mógł poruszać głową, szyją i trochę ramionami. Na szczęście spadająca belka dębowa nie uszkodziła wszystkich nerwów i mógł poruszać też serdecznym palcem lewej ręki.

Rhyme nie opowiadał doktorowi o leczeniu przez rok po wypadku. Miesiące na wyciągu. Wiercenie dziur w głowie. Unieruchomiony kręgosłup. Unieruchomiona szyja. Pompowanie powietrza do płuc. Stymulacja nerwów przepony. Cewnikowanie. Zabiegi chirurgiczne. Zaparcia. Wrzody wywołane stresem. Niskie ciśnienie i bradykardia. Odleżyny. Zanik mięśni grożący unieruchomieniem ostatniego sprawnego palca. Nieznośny ból.

Powiedział tylko Bergerowi o ostatnich problemach związanych z autonomicznym układem nerwowym.

Dolegliwości się nasilały. Nieregularne bicie serca, gwałtowne spadki ciśnienia krwi, nieznośny ból głowy mogły być spowodowane po prostu przez zaparcia. Wyjaśnił Bergerowi, że jedynym lekarstwem jest unikanie stresu i wysiłku fizycznego.

Jednak specjalista zajmujący się Rhyme'em, doktor Peter Taylor, zaniepokoił się częstotliwością ataków. Ostatni – miesiąc temu – był tak poważny, że Taylor poinstruował Thoma, jak ma postępować w takich wypadkach i kazał mu wprowadzić swój numer do „szybkich połączeń". Taylor ostrzegał, że atak może zakończyć się zawałem lub wylewem krwi do mózgu.

Berger słuchał, kiwając głową ze współczuciem.

– Nim zmieniłem specjalizację, byłem ortopedą. Leczyłem starszych ludzi. Biodra, stawy i tak dalej. Nie znam się na neurologii. Jakie są szanse, że powróci pan do zdrowia?

– Nie ma żadnych. Trwałe kalectwo – odparł Rhyme, być może za szybko. – Doktorze, czy rozumie pan mój problem?

– Chyba tak, ale chciałbym, by pan przedstawił go własnymi słowami.

Rhyme potrząsnął głową, by odrzucić na bok zasłaniający oczy kosmyk włosów.

– Każdy ma prawo popełnić samobójstwo.

– Nie zgadzam się z tym. W większości społeczeństw ma się taką możliwość, ale nie prawo. To jest różnica – zaznaczył Berger.

Rhyme zaśmiał się gorzko.

– Nie jestem filozofem. Ale ja nie mam nawet tej możliwości. Dlatego pana potrzebuję.

Lincoln Rhyme prosił już czterech lekarzy, by mu pomogli umrzeć. Wszyscy odmówili. Postanowił więc popełnić samobójstwo bez niczyjej pomocy. Po prostu przestał jeść. Jednak po kilku dniach głodówka stała się torturą nie do wytrzymania. Zaczął chorować na żołądek, pojawił się nieznośny ból głowy. Nie mógł spać. Zrezygnował z głodówki. Przeprowadził krępującą rozmowę z Thomem – poprosił, aby go zabił. Młody mężczyzna się rozpłakał – jedyny raz okazał w ten sposób swoje uczucia – i odmówił. Powiedział, że może siedzieć i patrzeć, jak Rhyme umiera, ale nigdy go nie zabije.

Wtedy zdarzył się cud. Jeśli można to tak nazwać.

Po ukazaniu się książki „Badanie miejsc przestępstw" pojawili się u niego dziennikarze. Artykuł w „New York Timesie" zawierał taką oto stanowczą wypowiedź Rhyme'a:

„Nie zamierzam wydawać następnych książek. Mój kolejny projekt to popełnienie samobójstwa. To wielkie wyzwanie. Od sześciu miesięcy szukam kogoś, kto by mi w tym pomógł".

Ten fragment artykułu przyciągnął uwagę doradców nowojorskiego departamentu policji oraz kilku osób, z którymi w przeszłości był związany – zwłaszcza Blaine (powiedziała, że jest szalony, rozważając możliwość samobójstwa, że myśli tylko o sobie – tak samo jak wtedy, gdy byli razem – i skoro już tu przyszła, to powie mu, że ponownie wyszła za mąż).

Cytat ten zauważył też William Berger, który niespodziewanie zadzwonił pewnej nocy z Seattle. Po kilku minutach sympatycznej pogawędki Berger wyjaśnił, że czytał ten artykuł. Chwilę milczał, po czym zapytał:

– Czy słyszał pan o Lethe Society?

Rhyme słyszał. Z tą grupą zwolenników eutanazji usiłował skontaktować się od kilku miesięcy. Była bardziej radykalna w poglądach niż Safe Passage lub Hemlock Society.

– Nasi wolontariusze proszeni są o asystowanie przy samobójstwach w całym kraju. Musimy zachowywać ostrożność – wyjaśnił Berger.

Powiedział też, że spełni prośbę Rhyme'a. Nie chciał jednak działać szybko. W ciągu ostatnich siedmiu–ośmiu miesięcy przeprowadzili kilka rozmów telefonicznych. Dziś było ich pierwsze spotkanie.

– Nie ma możliwości, żeby odszedł pan sam?

Odszedł...

– W sposób, w jaki to zrobił Gene Harrod, nie. Chociaż brałem to pod uwagę.

Harrod – młody mężczyzna z Bostonu, który miał sparaliżowane wszystkie kończyny, postanowił popełnić samobójstwo. Nie mógł znaleźć nikogo, kto by mu w tym pomógł. Wybrał jedyny możliwy sposób. Postanowił podpalić mieszkanie i wjechał na wózku inwalidzkim w płomienie. Zmarł w wyniku oparzeń trzeciego stopnia.

Przypadek ten był często przytaczany przez zwolenników „prawa do śmierci" jako argument przeciw ustawie zakazującej eutanazji.

Berger doskonale znał ten przypadek. Pokręcił głową ze współczuciem.

– Nie, nie jest to dobry sposób samobójstwa. – Przyjrzał się Rhyme'owi, kablom, pulpitowi kontrolnemu. – Jakie ma pan możliwości?

Rhyme opowiedział o możliwości wydawania poleceń palcem; o czujniku umieszczanym w ustach, reagującym na wciągane i wydmuchiwane powietrze; joystickach, które może obsługiwać podbródkiem, i w końcu o urządzeniu przenoszącym mowę na ekran.

– Ale to wszystko zainstalował ktoś inny? – spytał Berger. – I ktoś mógłby pójść do sklepu, kupić pistolet i zamontować go w tym urządzeniu?

– Tak.

Osoba ta zostałaby oskarżona o zabójstwo, tak jak każdy inny morderca.

– Jaki ma pan sprzęt przy sobie? Jest skuteczny? – dociekał Rhyme.

– Sprzęt?

– Czego pan używa... hm... przy tych uczynkach?

– Jest bardzo skuteczny. Do tej pory nie miałem ani jednej skargi od pacjentów.

Rhyme zamrugał oczami i Berger się roześmiał. Rhyme dołączył do niego. Jeśli nie możesz śmiać się ze śmierci, z czego możesz się śmiać?

– Proszę spojrzeć...

– Ma pan to przy sobie? – Nadzieja wypełniła serce Rhyme'a. Od wielu lat nie doznał takiego uczucia.

Doktor uroczyście otworzył teczkę i wyjął butelkę brandy, buteleczkę z pastylkami, plastikowy worek i gumową taśmę.

– Co to za pastylki?

– Seconal. Teraz już ich się nie przepisuje. Dawniej popełnienie samobójstwa było o wiele łatwiejsze. Te nowe środki uspokajające: Halcion, Librium, Dalmane, Xanax... nie są skuteczne. Można najwyżej zapaść w śpiączkę.

– A worek?

– Ach, worek. – Berger podniósł go. – To symbol Lethe Society. Nieoficjalny, oczywiście. Nie mamy swojego logo. Gdy tabletki i brandy okazują się nieskuteczne, używamy worka. Nakładamy go na głowę i zaciskamy na szyi gumową taśmą. Do środka wkładamy lód, ponieważ po kilku minutach wewnątrz robi się bardzo ciepło.

Rhyme nie mógł oderwać wzroku od „przyborów". Materiał, z którego wykonano torbę, używany jest do nakrywania podłóg w czasie malowania. Do tego tania brandy oraz leki, które kiedyś były powszechnie stosowane.

– Przyjemny dom – powiedział Berger, rozglądając się wokół. – Zachodnia część Central Parku... Czy pan czuje się niepotrzebny?

– Trochę tak. Policja i FBI od czasu do czasu korzystają z mojej wiedzy. Po tym zdarzeniu... firma, która prowadziła prace, zmuszona była zapłacić mi trzy miliony dolarów. Uważali wprawdzie, że nie ponoszą odpowiedzialności za ten wypadek, ale pomogło mi prawo, które stanowi, że sparaliżowani w wyniku wypadku zawsze mają rację.

– Napisał pan książkę?

– Dostałem za nią trochę pieniędzy. Niedużo. Nie był to wprawdzie żaden hit, ale doceniono ją.

Berger otworzył książkę „Badanie miejsc przestępstw".

– „Słynne morderstwa. Przeczytajcie o nich!". – Roześmiał się. – Ile ich pan opisał? Czterdzieści? Pięćdziesiąt?

– Pięćdziesiąt jeden.

Rhyme napisał tę książkę po wypadku. Zebrał w niej opisy słynnych przestępstw popełnionych w starym Nowym Jorku. Sprawcy wielu z nich nie zostali wykryci. Pisał o „Starym Browarze", o domu na Five Points, w którym jednej nocy popełniono trzynaście morderstw. O Charlesie Aubridge'u Deaconie, który zamordował swoją matkę 13 lipca 1863 roku i oskarżając o zbrodnię byłych niewolników, doprowadził do linczu. O architekcie Stanfordzie Whicie, o zaginionej Judge Crater. O George'u Meteskym – szalonym „bombiarzu" działającym w latach pięćdziesiątych i o Murphie the Surf, który ukradł brylant Gwiazda Indii.

– „Dziewiętnastowieczna kanalizacja, podziemne kanały, szkoły lokajów – czytał Berger, przerzucając strony – łaźnie gejów, burdele w Chinatown, cerkwie". Skąd pan tyle wie o Nowym Jorku?

Rhyme wzruszył ramionami. Gdy pracował w policji, tyle samo czasu poświęcał poznawaniu miasta co studiowaniu nowych technik prowadzenia śledztwa. Zdobywał informacje o historii, polityce, geologii, socjologii, infrastrukturze.

– Kryminalistyka nie istnieje w próżni. Im więcej wiadomo o miejscu popełnienia zbrodni, tym...

Przerwał – usłyszał, że entuzjazm wdarł się do jego głosu. Zdenerwował się, że tak szybko się ożywił.

– Nie zmieniajmy tematu, doktorze Berger – odezwał się po chwili ponurym głosem.

– Proszę do mnie mówić Bill.

Rhyme nie chciał być przekonywany, że nie powinien popełniać samobójstwa.

– Słyszałem już to wcześniej. Lincoln, weź dużą, czystą, gładką kartkę papieru i napisz, dlaczego chcesz popełnić samobójstwo. Weź też drugą – na której napiszesz, dlaczego nie chcesz popełniać samobójstwa. Używaj takich zwrotów jak „sens życia", „potrzebny ludziom", „interesujący", „wyzwanie". Używaj wielkich słów. Dziesięciodolarowych słów. Wiele one dla mnie znaczą. Nie ocalą jednak mojej duszy...

– Lincoln – ciągnął Berger uprzejmym głosem – muszę mieć pewność, że jesteś odpowiednim kandydatem do programu.

– Kandydat? Program? Tyrania eufemizmów – cierpko odparował Rhyme. – Doktorze, ja już podjąłem decyzję. Chcę to zrobić dzisiaj. Teraz.

– Dlaczego dzisiaj?

Rhyme znów skierował wzrok na butelki i worek.

– A dlaczego nie? – szepnął. – Dlaczego nie dzisiaj? Dwudziesty trzeci sierpnia? Tak samo dobry dzień na popełnienie samobójstwa jak inne.

Doktor otworzył usta.

– Lincoln, spędziłem trochę czasu na rozmowie z tobą. Gdybym był przekonany, że naprawdę chcesz odejść...

– Chcę – przerwał mu Rhyme, nie po raz pierwszy zwracając uwagę, że słowa brzmią nieprzekonująco, gdy nie są poparte gestami. Bardzo chciał położyć rękę na ramieniu Bergera lub wznieść błagalnie dłonie.

Nie pytając o zgodę, Berger zapalił marlboro. Z kieszeni wyciągnął składaną popielniczkę i ją otworzył. Skrzyżował chude nogi. Wyglądał jak wymuskany student uczący się palić.

– Lincoln, rozumiesz, na czym polega problem, prawda?

Oczywiście, że rozumiał. Dlatego Berger był tutaj i dlatego jeden z lekarzy Rhyme'a nie chciał spełnić tego „uczynku". Nie chodziło o przyśpieszenie nieuchronnej śmierci. Jedna trzecia lekarzy zajmująca się nieuleczalnie chorymi przepisuje zbyt duże dawki leków, by skrócić życie pacjentów. Większość prokuratorów przymyka na to oko, chyba że lekarz informuje o tym publicznie... Ale ludzie sparaliżowani? To zupełnie coś innego.

Lincoln Rhyme miał czterdzieści lat. Do oddychania nie musiał używać żadnych urządzeń. Jeżeli w jego chromosomach nie ukryły się jakieś zdradzieckie geny, dożyje osiemdziesiątki.

– Lincoln, proszę pozwolić mi być szczerym. Muszę być pewny, że nie jest to pułapka.

– Pułapka?

– Prokurator. Już raz mi się to przytrafiło.

Rhyme roześmiał się.

– Prokurator generalny Nowego Jorku jest bardzo zajętym człowiekiem. Nie ma zamiaru użyć mnie jako przynęty!

Spojrzał obojętnie na raport zostawiony przez Lona Sellitta.

„... Trzy metry na południowy zachód od ofiary na kupce białego piasku znaleziono kulisty zlepek włókien średnicy około sześciu centymetrów. Metodą dyspersji promieni rentgenowskich oznaczono skład chemiczny włókien. Nie można określić źródła ich pochodzenia. Próbkę wysłano do laboratorium FBI".

– Ja po prostu muszę być ostrożny – ciągnął Berger. – Temu poświęciłem całą moją aktywność zawodową. Porzuciłem ortopedię. To więcej niż praca. Postanowiłem poświęcić moje życie, aby pomagać innym umrzeć.

„Siedem centymetrów od pęku włókien znaleziono dwa kawałki papieru. Jeden z nich jest fragmentem gazety z wydrukowaną godziną: trzecia po południu. Użyto czcionki: Times Roman. Badano farbę drukarską: typowa. Drugi kawałek papieru pochodzi z książki. Znajduje się na nim numer strony: 823, napisany czcionką Garamond. Papier powlekany. Nie znaleziono odcisków".

Kilka wątpliwości nie dawało Rhyme'owi spokoju. Po pierwsze – włókno. Dlaczego Peretti nie wie, skąd ono pochodzi. To oczywiste. Po drugie – dlaczego kawałki papieru i włókno były razem? Coś się tu nie zgadza.

– Lincoln?

– Przepraszam.

– Mówiłem... Nie cierpisz nieznośnego bólu. Nie jesteś bezdomny. Masz pieniądze, masz talent. Konsultacje, których udzielasz policji, pomagają wielu ludziom. Gdybyś chciał, mógłbyś prowadzić produktywne życie. Długie życie.

– Długie, tak. Na tym polega problem. Długie życie.

Rhyme'a zmęczyło bycie w dobrym nastroju. Warknął:

– Nie chcę długo żyć. To proste.

– Ty nie będziesz mógł żałować swojej decyzji. To ja będę musiał z tym żyć, nie ty – mówił powoli Berger.

– Nie wiemy zbyt wiele o śmierci.

Rhyme znów spojrzał na raport.

„Na kawałkach papieru znaleziono stalową, sześciokątną śrubę z wytłoczonymi literami «CE». Prawoskrętna. Długość – dwa cale, średnica – 15/16".

– Harmonogram na następnych kilka dni mam wypełniony – powiedział Berger, spoglądając na swojego roleksa. Śmierć zawsze przynosiła dochody. – Musisz wszystko dokładnie przemyśleć, chłodno przeanalizować. Przyjdę ponownie.

Coś nie dawało spokoju Rhyme'owi. Był to intelektualny niepokój; ciekawość. Towarzyszyły mu przez całe życie.
– Doktorze, czy mógłby mi pan wyświadczyć przysługę? Ten raport. Czy może pan przerzucić go i znaleźć zdjęcie śruby?
Berger zawahał się.
– Zdjęcie?
– Polaroid. Powinno być przyklejone na następnych stronach raportu. Odwracanie stron za pomocą tego urządzenia zajmuje zbyt dużo czasu.
Berger wyjął raport z urządzenia i zaczął odwracać strony.
– Tu! Proszę już nie odwracać – powiedział Rhyme. Gdy spojrzał na zdjęcie, poczuł się słabo. *Och, nie tutaj, nie teraz. Proszę, nie.* – Przepraszam, czy mógłby pan odnaleźć stronę, którą wcześniej czytałem?
Berger zrobił to.
Rhyme nic nie powiedział. Zaczął czytać bardzo uważnie.
Kawałki papieru...
Trzecia po południu... strona 823.
Serce Rhyme'a zaczęło szybciej bić. Pot występował mu na czoło. Szumiało mu w uszach.
Wyobraził sobie tytuły w brukowcach: MĘŻCZYZNA ZMARŁ W CZASIE ROZMOWY Z DOKTOREM ŚMIER...
Berger zamrugał oczami.
– Lincoln? Wszystko w porządku?
Doktor uważnie przyglądał się Rhyme'owi.
– Doktorze, przepraszam, ale muszę się czymś zająć.
Berger niepewnie skinął głową.
– Jednak coś się stało?
Na ustach Rhyme'a pojawił się lekceważący uśmiech.
– Czy mógłbym pana prosić, żeby przyszedł pan za kilka godzin?
Zastanów się. Jeżeli uznał, że będziesz go odwodził od samobójstwa, weź butelki, worek i wracaj, skąd przyjechałeś.
Berger otworzył kalendarz.
– Dzisiaj po południu nie mogę. Jutro... Nie. Najwcześniej w poniedziałek. Pojutrze.
Rhyme się zawahał. Boże... Jego dusza miała teraz władzę nad nim. Od roku każdego dnia myślał o samobójstwie. Teraz nie wiedział.
Zdecyduj się.
Rhyme usłyszał, jak sam mówi:

– Dobrze, w poniedziałek.

Smutny uśmiech zagościł na jego twarzy.

– Na czym dokładnie polega problem?

– Policjant, z którym kiedyś współpracowałem, poprosił mnie o kilka rad. Nie poświęciłem mu dostatecznie dużo czasu. Muszę do niego zadzwonić...

Rhyme dostrzegł coś dziwnego w oczach Bergera. Co to jest? Nagana? Być może. Wydawało się, że jest niezadowolony. Ale teraz nie ma czasu, by o tym myśleć. Gdy doktor schodził na dół, Rhyme krzyknął:

– Thom? Thom!

– Co?! – odezwał się młody mężczyzna.

– Zadzwoń do Lona. Niech przyjdzie do mnie. Natychmiast.

Rhyme spojrzał na zegarek. Było po dwunastej. Mieli mniej niż trzy godziny.

Rozdział 4

Miejsce przestępstwa zostało zainscenizowane – orzekł Lincoln Rhyme.

Lon Sellitto zrzucił marynarkę, odsłaniając pogniecioną koszulę. Przechylił się do tyłu i założył ręce na piersiach. Siedział przy stole zarzuconym papierami i książkami.

Jerry Banks też przyszedł. Jego bladoniebieskie oczy śledziły Rhyme'a. Nie interesował się już łóżkiem i pulpitem kontrolnym. Sellitto zmarszczył brwi.

– Co nam chciał przekazać przestępca?

Przestępcy – zwłaszcza mordercy – często zostawiają ślady, które mają wprowadzić policję w błąd. Jednak w większości wypadków próby te są mało pomysłowe. Na przykład pewien mężczyzna zabił żonę i upozorował włamanie, ale zginęła tylko jej biżuteria, swojej nie ukrył.

– Najbardziej interesujące jest to, że ślady mówią nam nie o tym, co zaszło, ale co ma się wydarzyć – ciągnął Rhyme.

– Na jakiej podstawie tak sądzisz? – zapytał sceptycznie Sellitto.

– Skrawki papieru to mówią: dziś, godzina trzecia po południu.

– Dziś?

– Spójrz! – Gwałtownym ruchem głowy wskazał na raport.

– Na jednym kawałku papieru zapisana jest godzina: trzecia po południu – zauważył Banks. – Ale na drugim mamy numer strony. Dlaczego pan sądzi, że chodzi o dzień dzisiejszy?

– To nie jest tylko numer strony. – Rhyme uniósł brwi. Wciąż nie rozumieją. – To jest logiczne! Zostawiając skrawki papieru, chciał nam coś powiedzieć. Gdyby liczba 823 była tylko numerem strony, nic by to nam nie mówiło, ponieważ nie wiemy, z jakiej książki ją wydarł. Co ta liczba poza tym może oznaczać?

Zapadła cisza.

Rhyme stracił cierpliwość.

– To jest data! Osiem, dwadzieścia trzy. Sierpień, dwudziesty trzeci. Dziś o trzeciej po południu coś się wydarzy. A kulka z włókien? To azbest.

– Azbest? – spytał Sellitto.

– W raporcie podano skład chemiczny. To jest hornblenda. W jej skład wchodzi dwutlenek krzemu. Włóknista odmiana tego minerału to azbest. Nie wiem, dlaczego Peretti wysłał włókna do laboratorium FBI, ale to mnie nie interesuje. Zatem mamy azbest w miejscu, w którym nie powinno go być. Mamy też śrubę z zardzewiałą główką, bez śladów rdzy na gwincie. Oznacza to, że została niedawno wykręcona.

– Może natrafił na nią w czasie kopania grobu? – podsunął Banks.

– Nie. W tej części miasta podłoże skalne znajduje się blisko powierzchni. Pełno tu podziemnych źródeł. Od Trzydziestej Czwartej do Harlemu ziemia zawiera dostatecznie dużo wilgoci, by znajdujący się w niej stalowy przedmiot zardzewiał w ciągu kilku dni. Śruba została gdzieś wykręcona i przewieziona na miejsce przestępstwa. A piasek... Skąd wziął się biały piasek w wykopie w środkowej części Manhattanu? Ziemia tam składa się z iłów, granitu, zlepieńców, miękkiej gliny.

Banks chciał coś powiedzieć, ale Rhyme nie dopuścił go do słowa.

– Co te wszystkie ślady razem znaczą? Przestępca chciał nam przekazać jakieś informacje. Jestem tego pewien. Banks, co z wejściem do tunelu?

– Miał pan rację – odparł młody mężczyzna. – Znaleziono jedno około trzydziestu metrów na północ od grobu. Drzwi zostały wyłamane od środka. Miał pan też rację, mówiąc o odciskach palców. Nie ma. Nie znaleziono też żadnych innych śladów ani zanieczyszczeń.

Pęk brudnego azbestu, śruba, podarta gazeta...

– Czy to miejsce zostało odpowiednio zabezpieczone? Czy zachowano wszystkie środki ostrożności?

– Już skończono tam badania.

Lincoln Rhyme, paralityk z płucami sportowca, niezadowolony głośno wypuścił powietrze.

– Kto popełnił ten błąd?

– Nie wiem – odpowiedział niepewnym głosem Sellitto. – Prawdopodobnie nadzorujący śledztwo.

Peretti, domyślił się Rhyme.

– Zatem musicie korzystać tylko z tych danych, które uzyskaliście do tej pory.

Wszystkie pozostałe, nieodkryte jeszcze ślady zostały zniszczone przez dziesiątki policjantów, gapiów, pracowników kolei. Roboty ziemne, przesłuchania świadków, analiza śladów w laboratorium nie muszą być prowadzone szybko. Ale na miejscu przestępstwa trzeba działać z prędkością światła. Rhyme bez przerwy to powtarzał policjantom pracującym w jego wydziale. Zwolnił wielu techników, którzy, jego zdaniem, działali zbyt wolno.

– Peretti kierował badaniami na miejscu przestępstwa? – zapytał.

– Peretti był z całym zespołem.

– Całym zespołem! – Rhyme skrzywił twarz. – Co to jest „cały zespół"?

Sellitto spojrzał na Banksa, który powiedział:

– Czterech techników z laboratorium fotograficznego, czterech z laboratorium badającego ślady, ośmiu specjalistów od poszukiwania śladów, lekarz i ruchome laboratorium medyczne.

Zależność skuteczności poszukiwania śladów od liczby specjalistów przedstawia krzywa Gaussa. W przypadku pojedynczego morderstwa miejsce zbrodni powinno przeszukiwać dwóch policjantów. Jeden może coś przeoczyć. Większa ich liczba wprowadza zamieszanie. Lincoln Rhyme zwykle sam przeszukiwał miejsce zbrodni. Pozwalał, żeby ktoś inny zbierał odciski palców i robił zdjęcia, ale teren przestępstwa przeszukiwał osobiście, bez niczyjej pomocy.

Peretti. Sześć–siedem lat temu Rhyme zatrudnił młodego mężczyznę, syna bogatego polityka. Miał dużą wiedzę. Badanie miejsc przestępstw uważane jest za dobrą, prestiżową pracę i długo trzeba czekać, zanim się ją dostanie. Rhyme znajdował perwersyjną przyjemność, obserwując zmniejszającą się liczbę kandydatów, gdy pokazywał im „rodzinny" album zawierający szczególnie makabryczne zdjęcia. Niektórzy policjanci bledli, niektórzy parskali śmiechem. Inni odkładali album i unosili wzrok, jakby pytali: no i co z tego? Tych Rhyme mógł zatrudnić. Peretti był wśród nich.

Sellitto zadał pytanie, ale Rhyme nie dosłyszał. Spojrzał na policjanta.

– Lincoln, będziesz z nami pracował? – powtórzył Sellitto.

– Pracował z wami? – Roześmiał się. – Nie mogę, Lon. Nie. Ja tylko podsunąłem wam kilka pomysłów. Możecie je wykorzystać. Thom, przywołaj doktora Bergera. – Zaczął żałować, że przerwał rozmowę z doktorem od śmierci. Może nie jest za późno. Nie mógł znieść myśli, że będzie musiał czekać jeszcze dwa dni na swoje „odejście". *Poniedziałek. Nie chcę umierać w poniedziałek. To zbyt pospolite.*

– Powiedz: tak. Proszę.

– Thom!

– Już dobrze – rzekł młody opiekun, unosząc ręce w geście rozpaczy.

Rhyme spojrzał na stolik przy łóżku, na którym wcześniej znajdowały się brandy, tabletki, worek. Były tak blisko, ale nie mógł po nie sięgnąć, tak jak po wiele innych rzeczy.

Sellitto gdzieś zadzwonił. Uniósł głowę, gdy zaczął rozmawiać. Przedstawił się. Zegar na ścianie wskazywał wpół do pierwszej.

– Tak jest, sir. – Mówił ściszonym głosem, pełnym respektu.

Rozmawia z burmistrzem, domyślił się Rhyme.

– Chodzi o to porwanie na lotnisku Kennedy'ego. Właśnie rozmawiam z Lincolnem Rhyme'em... Tak, ma kilka pomysłów dotyczących sposobu prowadzenia śledztwa...

Detektyw podszedł do okna i zaczął obojętnie patrzeć na sokoły. Usiłował wytłumaczyć niewytłumaczalne człowiekowi, który kieruje najbardziej tajemniczym miastem na świecie.

Zakończył rozmowę i zwrócił się do Rhyme'a.

– On i szef chcą, żebyś pomógł nam w śledztwie. Proszą cię o to. Wilson osobiście.

Rhyme roześmiał się.

– Lon, spójrz na pokój. Spójrz na mnie. Czy wyglądam na kogoś, kto może prowadzić śledztwo?

– Nie. Zwykłą sprawę, nie. Ale to nie jest zwykła sprawa, prawda?

– Przepraszam. Nie mam czasu. Ten doktor. Leczenie. Thom, czy zadzwoniłeś po niego?

49

– Jeszcze nie. Za minutę.

– Teraz! Zadzwoń teraz!

Thom spojrzał na Sellitta. Podszedł do drzwi i wyszedł z pokoju. Rhyme wiedział, że nie ma zamiaru zadzwonić. Pieprzony świat.

Banks dotknął zacięć po goleniu.

– Proszę udzielić nam kilku rad. Mówił pan, że ten przestępca... Sellitto przerwał mu ruchem ręki. Wbił wzrok w Rhyme'a.

Ach, ty kutasie, pomyślał Rhyme. Zapadła dobrze znana cisza. Jak jej nienawidzimy. Jak wielu świadków i podejrzanych ulegało naciskowi tej przytłaczającej ciszy. Mimo wszystko Sellitto i Rhyme stanowili kiedyś zgrany zespół. Rhyme znał się na śladach, a Sellitto na ludziach.

Dwaj muszkieterowie. Gdyby doszedł trzeci, byłby to kiepski dowcip.

Detektyw zaczął uważnie przyglądać się raportowi.

– Lincoln. Jak sądzisz, co może wydarzyć się dzisiaj o trzeciej?

– Nie mam pojęcia – oznajmił Rhyme.

– Naprawdę?

Nierozgarnięty Lonie. Powiem ci.

W końcu Rhyme się odezwał:

– Ma zamiar zabić kobietę, którą porwał. Zapewne w jakiś okrutny sposób. Jestem o tym przekonany. W sposób porównywalny z pogrzebaniem żywcem.

– Jezu – szepnął Thom stojący w drzwiach.

Dlaczego nie zostawią mnie samego? Czy opowiedzieć im o bólu, który odczuwam w szyi i w ramionach? O bólu, który rozlewa się po całym, obcym mi ciele? O zmęczeniu fizycznym spowodowanym wykonywaniem nawet najprostszej czynności? A przede wszystkim o konieczności polegania na innych?

Może opowiedzieć o komarze, który dostał się do pokoju w nocy i siadał mu na twarzy. Przez godzinę usiłował się go pozbyć. Dostał zawrotów od ciągłego potrząsania głową. W końcu komar usiadł na uchu i wtedy Rhyme pozwolił mu napić się krwi. Ucho mógł potrzeć o poduszkę, by pozbyć się swędzenia.

Sellitto uniósł brwi.

– Dzisiaj. – Rhyme westchnął. – Właśnie dzisiaj. To wszystko.

– Dziękuję, Linc. Jesteśmy ci wdzięczni. – Sellitto przysunął fotel do łóżka. Pokazał Banksowi, żeby zrobił to samo. – Teraz przedstaw swoje pomysły. O co chodzi w tej sprawie?

50

– Nie tak szybko. Nie pracuję chyba sam... – powiedział Rhyme.

– Oczywiście. Kogo potrzebujesz?

– Technika z wydziału. Najlepszego z laboratorium. Powinien zjawić się tu u mnie z podstawowym wyposażeniem. Kilku policjantów operacyjnych. Grupę szybkiego reagowania. O, coś jeszcze: kilka telefonów – instruował Rhyme, spoglądając na whisky stojącą na serwantce. Przypomniał sobie brandy, którą Berger miał w swoim zestawie. Nie będzie pił tych szczyn. W uroczystym dniu swojego „odejścia" upije się szesnastoletnim lagavulinem albo zawierającym nieporównywalny bukiet kilkudziesięcioletnim macallanem. Albo – dlaczego nie? – tym i tym!

Banks wyjął swój telefon komórkowy.

– Które linie? Właśnie...

– Telefony stacjonarne.

– Tutaj?

– Oczywiście, że nie – warknął Rhyme.

– On potrzebuje ludzi, żeby przeprowadzali rozmowy. Z Dużego Budynku.

– Aha.

– Zadzwoń. Powiedz, żeby przydzielili nam trzech–czterech łączników – polecił Sellitto.

– Lon, kto prowadził przesłuchania dziś rano? – spytał Rhyme.

Banks stłumił śmiech.

– Chłopcy Twardziele.

Uśmiech zniknął z twarzy Banksa, gdy Rhyme rzucił piorunujące spojrzenie.

– Detektywi Bedding i Saul, sir – dodał szybko.

Sellitto też się uśmiechnął.

– Chłopcy Twardziele. Wszyscy ich tak nazywają. Nie znasz ich, Linc. Są z wydziału zabójstw, ze śródmieścia.

– Są do siebie bardzo podobni – wyjaśnił Banks. – Ich sposób mówienia jest trochę śmieszny.

– Nie potrzebuję komediantów.

– Nie, oni są dobrzy – zaznaczył szybko Sellitto. – Najlepsi wywiadowcy, jakich mamy. Pamiętasz tego bydlaka, który w ubiegłym roku porwał w Queens ośmioletnią dziewczynkę? Bedding i Saul prowadzili śledztwo. Przeprowadzili wywiady ze wszystkimi mieszkańcami w okolicy. Zgromadzili dwa tysiące dwieście zeznań. Ocalili ją. Gdy dziś rano dowiedzieliśmy się, że znaleziono zwłoki porwanego mężczyzny, Wilson właśnie ich skierował do prowadzenia śledztwa.

– Co oni teraz robią?

– Szukają świadków w okolicy torów kolejowych. Usiłują się też czegoś dowiedzieć o kierowcy taksówki.

Rhyme wrzasnął na Thoma znajdującego się na korytarzu:

– Dzwoniłeś do Bergera? Oczywiście, że nie. Czy wiesz, co znaczy słowo niesubordynacja? W końcu zrób coś dla mnie. Weź ten raport i odwracaj strony. – Spojrzał na urządzenie. – Cholerna maszyna.

– Nie jesteśmy dzisiaj w dobrym nastroju? – odciął się Thom.

– Podnieś go wyżej. Razi mnie światło.

Czytał kilka minut, potem uniósł wzrok.

Sellitto rozmawiał przez telefon, ale Rhyme mu przerwał:

– Niezależnie od tego, co zdarzy się o trzeciej, musimy znaleźć drugie miejsce przestępstwa. Potrzebuję kogoś, kto by się tym zajął.

– Dobrze – powiedział Sellitto. – Zadzwonię do Perettiego. Będzie niezadowolony, że nic o tym nie wiedział.

Rhyme chrząknął.

– Czy ja prosiłem o Perettiego?

– Ale to złoty chłopiec wydziału – powiedział Banks.

– Nie jest mi potrzebny – mruknął Rhyme. – Potrzebuję kogoś innego.

Sellitto i Banks wymienili spojrzenia. Starszy detektyw uśmiechnął się i musnął swoją pogniecioną koszulę.

– Kogokolwiek potrzebujesz, dostaniesz. Pamiętaj, jesteś królem dnia!

T.J. Colfax, „uciekinierka" z gór wschodniej części Tennessee, absolwentka nowojorskiej szkoły biznesu, szybka jak błyskawica maklerka giełdowa, obudziła się z głębokiego snu. Splątane włosy przykleiły się do jej policzków – pot zalewał jej twarz, szyję, pierś.

Wpatrywała się w czarne oko: otwór w zardzewiałej rurze, znajdującej się piętnaście centymetrów od jej twarzy. Rurze, z której wyjęto zawór.

Nosem wdychała wypełnione zapachem pleśni powietrze – usta wciąż miała zaklejone taśmą. Czuła gorzki smak plastiku i ciepłego kleju.

Co z Johnem? – zastanawiała się. Gdzie on jest? Starała się nie myśleć o głośnym huku, który słyszała nocą w piwnicy. Wychowała się we wschodnim Tennessee i znała odgłos wystrzałów.

Proszę, modliła się za swojego szefa. Nie pozwól, żeby coś mu się stało.

Zachowaj spokój, pouczała samą siebie. Zanim zaczniesz płakać, przypomnij sobie, co się wydarzyło.

W piwnicy, po tym jak usłyszała wystrzał, wybuchła płaczem i szlochając, omal się nie udusiła.

Uspokój się.

Patrz na czarne oko w rurze. Wyobrażaj sobie, że mruga do ciebie. Oko anioła stróża.

T.J. siedziała na podłodze, otoczona plątaniną rur, kabli, przewodów. Gorąco jak w piekle. Wszędzie kapała woda, ze starych belek nad nią zwisały stalaktyty.

Piwnicę oświetlało kilka małych żarówek. Bezpośrednio nad jej głową znajdowała się tablica ostrzegawcza. Nie mogła jej odczytać, widziała jedynie czerwoną obwódkę i wykrzyknik na końcu ostrzeżenia.

Zaczęła się szamotać, ale kajdanki zaczęły wrzynać się w przeguby. Z jej gardła wydobył się desperacki krzyk – krzyk rannego zwierzęcia. Jednak nikt nie mógł jej usłyszeć: miała zaklejone usta, a wokół hałasowała pracująca maszyneria.

Czarne oko patrzyło na nią. Uratujesz mnie, prawda? – zapytała w myślach.

Nagle usłyszała szczęk, jakby ktoś w oddali uderzył w stalowy dzwon. Przypominał odgłos wydawany przez zamykane metalowe drzwi. Wydobywał się z otworu w rurze, z zaprzyjaźnionego oka.

Szarpnęła kajdankami, usiłując wstać. Uniosła się jednak tylko kilka centymetrów.

Okay, nie panikuj. Uspokój się. Wszystko skończy się dobrze.

Usiłowała odczytać ostrzeżenie. Wyprostowała się trochę i przekrzywiła głowę. Teraz pod kątem mogła zobaczyć wyrazy.

Och, nie. Jezu...

Łzy znów napłynęły do jej oczu.

Przypomniała sobie matkę: jej zaczesane do tyłu włosy, okrągłą twarz, chabrowy fartuch, w którym chodziła po domu. Szeptała: „Wszystko będzie dobrze, kochanie. Nie martw się".

Ale nie wierzyła jej słowom. Wierzyła słowom ostrzeżenia.

„Uwaga niebezpieczeństwo! Przegrzana para pod wysokim ciśnieniem. Nie usuwać zaworu. W razie awarii wezwać służby techniczne. Uwaga niebezpieczeństwo!".

Czarne oko gapiło się na nią. Wlot do środka rury z przegrzaną parą. Patrzyło wprost na jej różową skórę na piersiach. Z rury wydobyło się zgrzytanie metalu o metal. Ktoś odkręcał zawory. Tammie Jean Colfax zaczęła płakać i krzyczeć. Usłyszała kolejne zgrzyty i uderzenia młotkiem. Następnie z daleka zaczął dochodzić cichy pomruk. Patrzyła przez łzy na czarne oko. Wydawało się jej, że mrugnęło.

Rozdział 5

Zatem sytuacja jest następująca: mamy ofiarę porwania i nie-przekraczalny termin: godzinę trzecią po południu – oznajmił Lincoln Rhyme.

– I nikt nie żąda okupu – uzupełnił Sellitto i odszedł na bok, by odebrać telefon.

– Jerry, powiedz wszystkim, co znaleziono dziś rano – Rhyme zwrócił się do Banksa.

Już dawno w ciemnym pokoju Rhyme'a nie kręciło się tylu ludzi. Po wypadku wpadali czasami bez zapowiedzi przyjaciele (oczywiście zawsze był w domu), ale szybko ich zniechęcił. Przestał odbierać telefony i coraz bardziej zaczął pogrążać się w samotności. Czas spędzał, pisząc książkę, a gdy nie miał natchnienia, czytał. Oglądał też wypożyczone filmy, telewizję, słuchał muzyki. Po pewnym czasie przestały go interesować telewizja i radio. Godzinami gapił się na reprodukcje obrazów, które kazał umieścić na ścianie naprzeciw łóżka. W końcu i to mu się znudziło.

Samotność.

Teraz ją utracił i bardzo tego żałował.

Po pokoju w napięciu chodził Jim Polling. Wprawdzie Lon Sellitto był oficerem prowadzącym śledztwa w sprawach morderstw, ale sprawa taka jak ta wymagała kogoś starszego rangą. Kapitan Polling zgłosił się na ochotnika. Ucieszyło to bardzo szefa policji i szefów wydziałów. Sprawa była bardzo poważna i mogła zakończyć się złamaniem wielu karier. Teraz będą dystansować się od sprawy i używając takich słów jak: „oddelegowany", „wyznaczony", „zasięgnąć rady", skierują dziennikarzy do Pollinga. Rhyme nie mógł zrozumieć, że można zgłosić się jako ochotnik do prowadzenia takiego śledztwa.

Ale Polling nie był zwykłym policjantem. Niski mężczyzna rozpoczynał karierę w okręgu Midtown North. Po pewnym czasie stał się znanym detektywem zajmującym się tropieniem morderców, odnosił sukcesy. Wybuchowy temperament doprowadził go do kłopotów: zastrzelił nieuzbrojonego przestępcę. Zapomniano o tym jednak, gdy aresztował Shepherda – seryjnego mordercę policjantów (w czasie tego śledztwa Rhyme miał wypadek). Awansował do stopnia kapitana. Przeszedł przemianę: zrzucił dżinsy i włożył ubrania od Brooks Brothers (dzisiaj miał na sobie mało elegancki granatowy garnitur od Calvina Kleina). Zaczął robić karierę. Zamierzał dostać się do „pluszowego zakątka" w biurze policji.

Inny oficer policji pochylał się nad stołem. Smukły, obcięty na jeża kapitan Bo Haumann był dowódcą oddziału szybkiego reagowania – SWAT.

Gdy Banks przedstawił sytuację, Sellitto skończył rozmowę przez telefon.

– Chłopcy Twardziele.

– Wiadomo coś o taksówce? – spytał Polling.

– Nie. Ciągle szukają informacji.

– Może porwał ją jakiś cichy wielbiciel–psychopata? – podsunął Polling.

– Raczej nie.

– Nikt nie zażądał okupu? – zapytał Rhyme.

– Nie.

Rozległ się odgłos dzwonka. Thom podszedł do drzwi, aby otworzyć.

Rhyme zwrócił głowę w stronę, skąd dochodziły odgłosy kroków.

Po chwili Thom wprowadził po schodach umundurowaną policjantkę. Z daleka wydawała się młoda, ale po uważnym przyjrzeniu się Rhyme ocenił, że ma około trzydziestu lat. Była wysoka. Miała smutną twarz modelki patrzącej ze stron czasopism poświęconych modzie.

Patrzymy na innych tak, jak patrzymy na siebie. Od czasu wypadku Rhyme nie oceniał ludzi na podstawie budowy ciała. Zauważył tylko, że jest wysoka, ma zgrabne biodra i ognistorude włosy. Każdy inny, patrząc na nią, pomyślałby: Ale laska. Lecz nie Rhyme. Takie myśli go nie nachodziły. Zwrócił jedynie uwagę na jej oczy.

Nie wyrażały zaskoczenia – zapewne ktoś jej powiedział wcześniej, że jest sparaliżowany – było w nich coś innego. Po raz pierwszy Rhyme widział takie spojrzenie. Jakby jego stan uspokoił ją. Gdy weszła do pokoju, odprężyła się.

– Funkcjonariuszka Sachs? – zapytał Rhyme.

– Tak jest, sir. – Chciała mu podać rękę, ale na szczęście, w ostatniej chwili się powstrzymała.

Sellitto przedstawił jej Pollinga i Haumanna. Słyszała o nich wiele dobrego, ale nie znała ich osobiście.

Rozejrzała się po zakurzonym, ciemnym pokoju. Popatrzyła na jedną z reprodukcji, która częściowo zwinięta, leżała pod stołem. Byli to „Nocni włóczędzy" Edwarda Hoppera. Samotni ludzie jedzący obiad w nocy.

Rhyme krótko wyjaśnił, co może wydarzyć się o trzeciej po południu. Sachs skinęła głową – informację przyjęła spokojnie, ale Rhyme zauważył błysk w jej oczach. Strach? Odraza?

Jerry Banks od razu zwrócił uwagę na jej urodę i uśmiechnął się do niej w szczególny sposób. Jednak jedno jej spojrzenie dało mu do zrozumienia, że nie będzie teraz z nim flirtowała. Teraz i nigdy w przyszłości.

– Być może chce nas wciągnąć w pułapkę. Znajdziemy miejsce przestępstwa, w którym podłożył bombę – powiedział Polling.

– Wątpię – odparł Sellitto, wzruszając ramionami. – Po co tyle zachodu? Jeśli chcesz zabić policjanta, po prostu do niego strzelasz.

Zapadła krępująca cisza. Polling spoglądał to na Sellitta, to na Rhyme'a. Przecież Rhyme został ranny w pułapce zastawionej przez Shepherda.

Jednak Rhyme nie zwrócił uwagi na to *faux pas*.

– Zgadzam się z Lonem, musimy brać pod uwagę możliwość zasadzki, trzeba zachować ostrożność.

Sachs znów spojrzała na reprodukcję obrazu Hoppera. Rhyme podążył za jej wzrokiem. Może ci ludzie nie są wcale samotni, pomyślał. Sprawiają wrażenie zadowolonych z życia.

– Mamy dwa rodzaje śladów – kontynuował Rhyme. – Ślady, które przestępca zostawia nieświadomie: włosy, włókna z ubrań, odciski palców, krew, ślady butów. Jeżeli zbierzemy ich dostatecznie dużo i do tego będziemy mieli szczęście, to znajdziemy pierwsze miejsce przestępstwa: jego mieszkanie lub dom.

– Albo kryjówkę – wtrącił Sellitto.

– Kryjówkę? – Rhyme pomyślał chwilę, kiwając głową. – Chyba masz rację, Lon. Nie zawiózł przecież porwanych do swojego domu... – Po chwili wrócił do poprzedniego wątku: – Są też ślady zostawione celowo. W tym wypadku mamy do czynienia ze skrawkami papieru, na których zapisana jest data i godzina; do tego śruba i kawałek azbestu.

Rozległo się brzęczenie. Haumann warknął: „Niech się wypchają" i wyłączył telefon, który trzymał w kieszeni płaszcza. Przypominał teraz Rhyme'owi sierżanta musztrującego rekrutów, którym kiedyś był.

– Czy mogę powiedzieć szefom, że jest szansa uratowania porwanej? – zapytał Polling.

– Myślę, że tak.

Kapitan odszedł na bok i zadzwonił. Gdy skończył, mruknął:

– Burmistrz. Jest u niego szef policji. Za godzinę będzie konferencja prasowa. Muszę na niej być i upewnić ich, że wszystko przebiega planowo. Mam jeszcze coś powiedzieć Ważniakom?

Sellitto spojrzał na Rhyme'a, który pokręcił głową.

– Na razie nie – powiedział detektyw.

Polling dał Sellittowi numer swojego telefonu komórkowego i wybiegł z pokoju.

Chwilę później spokojnym krokiem wszedł po schodach szczupły, łysy mężczyzna około trzydziestki. Mel Cooper miał wygląd głupkowatego sąsiada z seriali telewizyjnych. Za nim weszło dwóch młodych policjantów, którzy przynieśli duże pudło i dwie ogromne walizki ważące chyba tonę. Zostawili wyposażenie i wyszli.

– Witaj, Mel.

– Detektywie. – Cooper podszedł do Rhyme'a i potrząsnął jego sparaliżowaną ręką.

Jedyny fizyczny kontakt z dzisiejszymi gośćmi, zauważył Rhyme. Pracowali razem wiele lat. Cooper skończył chemię organiczną, matematykę i fizykę. Był ekspertem zajmującym się analizą śladową, DNA, odciskami palców.

– No, jak tam, czołowy na świecie kryminalistyku? – zapytał Cooper.

Rhyme nie obraził się z powodu tego ironicznego powitania. Tak określiła go prasa, gdy dziennikarze dowiedzieli się, że został doradcą FBI przy reorganizowaniu ich zespołu zajmującego się analizą śladów przestępstw. Dziennikarzom nie podobały się określenia „ekspert sądowy do spraw analizy śladów przestępstw" czy „specjalista sądowy" i pisali o nim jako o kryminalistyku.

Określenie kryminalistyk nie było nowe. W Stanach po raz pierwszy tak nazywano Paula Lelanda Kirka, który kierował szkołą kryminologii na Uniwersytecie Kalifornijskim w Berkeley. Szkoła ta – pierwsza tego rodzaju w kraju – została założona przez nie mniej legendarnego Augusta Vollmera. Określenie to stało się ostatnio modne w całych Stanach. Nawet technicy tak o sobie mówią, zwłaszcza na przyjęciach, gdy podrywają dziewczyny.

– Nocny koszmar, który trapi wszystkich. – Cooper westchnął.

– Wsiadasz do taksówki i okazuje się, że za kierownicą siedzi psychopata. Poza tym ze względu na konferencję oczy całego świata skierowane są na Nowy Jork. Zastanawiałem się, czy nakłonią cię do współpracy.

– Jak się czuje twoja matka? – spytał Rhyme.

– Ciągle skarży się na bóle i choroby, ale jest zdrowsza ode mnie.

Cooper mieszkał z matką w parterowym domu w Queens, gdzie się urodził. Jego pasją był taniec towarzyski – w szczególności tango. Policjanci z wydziału plotkowali, że Cooper jest kochającym inaczej. Rhyme'a nie interesowało życie prywatne podwładnych, jednak był zdziwiony, gdy poznał w końcu Gretę – dziewczynę Coopera – piękną Skandynawkę, która wykładała matematykę na Uniwersytecie Columbia.

Cooper otworzył duże pudło wyłożone pluszem. Wyjął z niego części trzech dużych mikroskopów i zaczął je składać.

– Zwykłe zasilanie... – Spojrzał niezadowolony na gniazdka. Nałożył okulary w metalowych oprawkach.

– To jest mieszkanie, Mel.

– A ja myślałem, że mieszkasz w laboratorium.

Patrzył na aparaty podobne do tych, na których pracował przez ponad piętnaście lat. Zwykły mikroskop, fazowy, polaryzacyjny. Cooper otworzył walizki. Znajdowało się w nich wyposażenie gabinetu czarnoksiężnika: słoiki, butelki, szkło laboratoryjne, aparaty. Rhyme widział tak mu znane napisy. Naczynia próżniowe, kwas octowy, ortotoluidyna, luminofory, wskaźnik Ruhemanna...

Chudy mężczyzna rozejrzał się po pokoju.

– Przypomina twój gabinet, Lincoln. Jak tu cokolwiek znajdujesz? Potrzebuję trochę miejsca.

– Thom. – Rhyme skierował wzrok na najmniej zawalony stół.

Zdjęli czasopisma, papiery i książki, odsłaniając blat, którego Rhyme nie widział od roku.

Sellitto wpatrywał się w raport.

– Jak nazwiemy niezidentyfikowanego przestępcę? Nie mamy jeszcze numeru sprawy.

Rhyme spojrzał na Banksa.

– Podaj jakąś liczbę. Jakąkolwiek.

– Numer strony... Miałem na myśli datę.

– Przestępca 823. Numer dobry jak każdy inny.

Sellitto zapisał go w raporcie.

– Hm, przepraszam, detektywie Rhyme...

To funkcjonariuszka. Rhyme zwrócił głowę w jej stronę.

– Miałam być w południe w Dużym Budynku. – Tak policjanci określają biura szefa policji w Nowym Jorku.

– Funkcjonariuszko Sachs... – Zapomniał na chwilę, o co miał spytać. – Dziś rano odkryła pani miejsce przestępstwa?

– Tak. Znalazłam zwłoki. – Mówiła do Thoma.

– Jestem tutaj – Rhyme przypomniał jej szorstkim tonem, z trudem powstrzymując wybuch złości. Wpadał w furię, gdy zwracano się do niego przez inne osoby – zdrowe.

Szybko odwróciła głowę w jego kierunku. Uznał, że zapamięta tę lekcję.

– Tak jest, sir – powiedziała delikatnie, ale spojrzała lodowatym wzrokiem.

– Już nie pracuję w policji. Mów do mnie Lincoln.

– Proszę mi to wyjaśnić.

– Co? – zapytał.

– Chcę wiedzieć, dlaczego mnie tutaj sprowadzono. Przepraszam. Nie pomyślałam. Jeżeli pan żąda przeprosin na piśmie, zaraz to zrobię. Tylko że spóźnię się do nowej pracy i nie mam możliwości powiadomienia o tym szefa.

– Przeprosiny na piśmie? – zdziwił się Rhyme.

– Prawda jest taka, że nie mam doświadczenia w badaniu miejsc przestępstw. Podjęłam tę decyzję spontanicznie, bez zastanowienia.

– O czym ty mówisz?

– O zatrzymaniu pociągów i zamknięciu ulicy Jedenastej. To moja wina, że senator nie wygłosił przemówienia w New Jersey i kilku wysokich urzędników ONZ nie zdążyło dojechać z Newark na spotkania.

Rhyme zachichotał.

– Wiesz, kim jestem?

– Oczywiście, słyszałam o panu. Myślałam...
– ...że nie żyję? – dokończył za nią.
– Nie. Nie to miałam na myśli – skłamała. Szybko zaczęła mówić dalej: – W akademii korzystaliśmy z pana książek. Ale nic więcej o panu nie wiedziałam. Ee... – Spojrzała na ścianę i dodała oschle: – Sądziłam, że jako policjantka, która odkryła miejsce zbrodni, powinnam zatrzymać pociągi i zamknąć ulicę, by zabezpieczyć ślady. Zatem zrobiłam to, sir.
– Mów do mnie Lincoln. A ty...
– Ja...
– Jak masz na imię?
– Amelia.
– Amelia... Rodzice mieli coś wspólnego z lotnictwem?
– Nie. To rodowe imię.
– Amelio, nie chcę żadnych przeprosin. Miałaś rację. To Vince Peretti popełnił błąd...

Sellitcie nie podobała się niedyskrecja Lincolna, ale Rhyme nie zwracał na to uwagi. Był przecież jednym z kilku ludzi na świecie, którzy mogli siedzieć, gdyby do pokoju wszedł prezydent Stanów Zjednoczonych.

– Peretti kierował poszukiwaniami na miejscu przestępstwa, jakby burmistrz zaglądał mu przez ramię. Popisywał się. Miał za dużo ludzi, nie powinien odblokowywać ruchu kolejowego i samochodowego. Za szybko zakończył przeszukiwanie terenu. Gdyby miejsce zostało odpowiednio zabezpieczone, kto wie, może znaleźlibyśmy kartę kredytową z nazwiskiem przestępcy. Albo duży, piękny odcisk kciuka.

– Niewykluczone – powiedział ostrożnie Sellitto. – Ale to nasze zadanie.

Spojrzał wymownie na Sachs, Coopera i Jerry'ego Banksa.

Rhyme parsknął wyzywająco. Ponownie zwrócił się do Sachs. Zauważył, że podobnie jak dziś rano Banks przygląda się jego nogom i ciału przykrytym morelowym kocem.

– Proszę, żebyś pracowała z nami na następnym miejscu przestępstwa.

– Co?! – Tym razem nie zwracała się do innych, tylko do Rhyme'a.

– Pracowała z nami – powtórzył krótko. – Chodzi o następne miejsce przestępstwa.

Roześmiała się.

– Nie jestem z wydziału badań i zasobów informacji. Patroluję ulice. Nigdy nie badałam śladów.

– To nie jest zwykła sprawa. Detektyw Sellitto ci to później wyjaśni. To bardzo tajemnicza sprawa. Prawda, Lon? Gdybyśmy mieli do czynienia ze zwykłą zbrodnią, nie prosiłbym cię o pomoc. Potrzebujemy świeżego spojrzenia.

Zerknęła na Sellitta, który się nie odezwał.

– Ja właśnie... Nie sądzę, żebym się przydała. Jestem tego pewna.

– Dobrze – rzekł spokojnie Rhyme. – Powiedzieć prawdę?

Skinęła głową.

– Potrzebuję kogoś z jajami. Kogoś, kto potrafi zatrzymać pociągi, aby zabezpieczyć miejsce przestępstwa, i ponieść odpowiedzialność.

– Dziękuję za zaufanie, sir... Lincoln. Ale...

– Lon – rzucił krótko Rhyme.

– Funkcjonariuszko Sachs – mruknął detektyw – nie ma pani wyboru. Zostaje pani przydzielona do zespołu prowadzącego tę sprawę.

– Protestuję. Zostałam przeniesiona ze służby patrolowej. Dzisiaj. Ze względów zdrowotnych. Przeniesienie obowiązuje od godziny.

– Względy zdrowotne? – dopytywał się Rhyme.

Zawahała się i odruchowo spojrzała na jego nogi.

– Mam artretyzm.

– Naprawdę? – spytał Rhyme.

– Przewlekły artretyzm.

– Bardzo mi przykro.

– Dziś rano byłam na patrolu tylko dlatego, że ktoś zachorował. Nie miałam tego w planach – dodała szybko.

– Cóż, a ja mam inne plany – powiedział Rhyme. – Teraz przyjrzyjmy się niektórym dowodom.

Rozdział 6

Śruba... – *Należy pamiętać o podstawowej zasadzie: na począ-tek prowadzimy analizę najbardziej niezwykłych, nietypowych śladów.*

Thom obracał w rękach plastikowy woreczek, podczas gdy Rhyme przyglądał się częściowo zardzewiałej śrubie ze stępionym gwintem.

– Jesteś przekonany co do odcisków? Używałeś małocząsteczkowych reagentów? Są najlepsze do badania odcisków wystawionych na działanie czynników atmosferycznych.

– Tak – potwierdził Mel Cooper.

– Thom, włosy zasłaniają mi oczy. Zaczesz je do tyłu. Od rana ci mówiłem, żebyś to zrobił.

Opiekun westchnął i zaczesał czarne, skręcone kosmyki.

– A teraz ich pilnuj – szepnął złowieszczo Thom.

Rhyme potrząsnął z niezadowoleniem głową i znów potargał włosy.

Posępna Amelia Sachs siedziała w kącie pokoju. Nogi wsunęła pod krzesło. Wyglądało, jakby czekała na broń.

Rhyme ponownie zaczął przyglądać się śrubie.

Kiedy kierował wydziałem, postanowił stworzyć bazę danych podobną do tych zawierających odciski palców, informacje o farbach, o papierosach. Gromadził dane dotyczące pocisków, włókien, ubrań, opon, narzędzi, olejów silnikowych, płynów hydraulicznych. Poświęcił setki godzin na zestawianie list, robienie indeksów i odsyłaczy.

Mimo wysiłków Rhyme'a nie udało się doprowadzić prac do końca. Zastanawiał się dlaczego. Był zły na siebie, że nie poświęcił temu odpowiednio dużo czasu, oraz na Vince'a Perettiego, że nie skończył przedsięwzięcia.

– Musimy skontaktować się ze wszystkimi fabrykami produkującymi śruby oraz z hurtowniami na północnym wschodzie. Nie, w całym kraju. Należy zapytać, czy produkują taki typ śrub i komu je sprzedawali. Naszym łącznikom trzeba wysłać faksem zdjęcie i opis.

– Do diabła, wchodzą w grę miliony fabryk i hurtowni – powiedział Banks.

– Nie sądzę – odparł Rhyme. – Śruba jest cenną wskazówką. Inaczej by jej nie podrzucał. Ten typ śrub nie jest produkowany w wielu fabrykach. Jestem tego pewien.

Sellitto znowu zadzwonił. Rozmawiał kilka minut.

– Lincoln, przydzielono nam czterech ludzi. Gdzie możemy znaleźć spis fabryk?

– Wyślij jednego z nich na Czterdziestą Drugą – odpowiedział Rhyme. – Do biblioteki publicznej. Mają tam książkę adresową: spis przedsiębiorstw. Pozostali niech przeszukają książki telefoniczne.

Sellitto wydał polecenie przez telefon.

Rhyme spojrzał na zegarek. Było wpół do drugiej.

– A teraz azbest.

Przez chwilę słowo „azbest" zaświeciło się jak żarówka w jego mózgu. Poczuł szarpnięcie. Skąd ta reakcja? Zapewne niedawno coś czytał lub słyszał o azbeście. Kiedy? Człowiek leżący w łóżku i czekający na śmierć traci poczucie czasu. Być może było to dwa lata temu.

– Co wiemy o azbeście? – zadumał się. Nikt nie odpowiedział, ale nie miało to znaczenia. Odpowiedział sam. Często tak robił. Azbest jest polikrzemianem o budowie łańcuchowej lub wstęgowej. Podobnie jak szkło jest niepalny.

Gdy Rhyme prowadził badania na miejscu przestępstwa – współpracując z antropologami i odontologami – często stykał się z azbestem. Używany był kiedyś do izolowania budynków. Pamiętał jeszcze specyficzny smak w ustach: podczas poszukiwań wkładali maski. Przypomniał sobie, że trzy i pół roku temu w czasie usuwania azbestu na stacji metra przy ratuszu robotnicy znaleźli ciało jednego z policjantów zamordowanych przez Dana Shepherda. Znajdowało się w hali generatorów. Gdy Rhyme schylił się, by zdjąć włókno azbestu z niebieskiej kurtki policjanta, usłyszał trzask pękającej dębowej belki. Maska uratowała mu prawdopodobnie życie – bez niej udusiłby się pyłem.

– Może zawiózł porwaną do miejsca, w którym usuwa się azbest, lub na teren rozbiórki – powiedział Sellitto.

– Być może – zgodził się Rhyme.

– Zadzwoń do Federalnej Agencji Ochrony Środowiska. Zapytaj o miejsca, w których usuwany jest azbest – Sellitto wydał polecenie asystentowi.

Detektyw natychmiast wykonał polecenie.

– Bo – Rhyme zwrócił się do Haumanna – czy grupy operacyjne są gotowe do działania?

– Tak, gotowe do akcji – odpowiedział dowódca oddziału szybkiego reagowania. – Jednak muszę powiedzieć, że połowa moich ludzi została przydzielona do ochrony konferencji. Podlegają teraz służbom specjalnym i ochronie ONZ.

– Mam informacje z Federalnej Agencji Ochrony Środowiska – oznajmił Banks i ruchem ręki przywołał Haumanna.

Gdy Haumann rozwinął jedną z map operacyjnych, coś z łoskotem spadło na podłogę.

Banks aż odskoczył.

– Jezu!

Rhyme z łóżka nie mógł dostrzec, co spadło. Haumann zawahał się, a po chwili schylił się i podniósł wybielały fragment kręgosłupa. Położył go z powrotem na stół.

Wszyscy spojrzeli na Rhyme'a, ale on nic nie powiedział na temat kości. Podczas gdy Banks odbierał informacje przez telefon, pochylony nad mapą Haumann zaznaczał miejsca, w których usuwano azbest. Znajdowały się we wszystkich pięciu dzielnicach Nowego Jorku. Było ich dużo. Nie nastrajało to optymistycznie.

– Trzeba ograniczyć liczbę potencjalnych miejsc przestępstwa. Przyjrzyjmy się więc piaskowi. – Rhyme zwrócił się do Coopera: – Obejrzyj go pod mikroskopem. Powiesz mi, co na nim znalazłeś.

Sellitto podał kopertę z piaskiem Cooperowi, który wysypał go do emaliowanej kuwety. Nad połyskującym piaskiem uniósł się pył. Z koperty wypadł też kamień.

Rhyme poczuł ucisk w gardle. Nie był spowodowany reakcją na to, co zobaczył: nie wiedział jeszcze, jakie znaczenie dla śledztwa będzie miał ten kamień. To impuls nerwowy wysłany z mózgu do bezwładnej ręki zatrzymał się w połowie drogi. Rhyme chciał chwycić pióro. Nie doznał takiego uczucia już od roku. Omal się nie rozpłakał. Jedynym pocieszeniem było wspomnienie buteleczki z Seconalem i plastikowego worka, które miał ze sobą doktor Berger. Wspomnienie to wraz z aniołem stróżem unosiło się w pokoju.

Chrząknął.

– Zbadaj go.

– Co? – zapytał Cooper.

– Kamień.

Sellitto spojrzał pytająco na Rhyme'a.

– Kamień mi tutaj nie pasuje – powiedział Rhyme. – Chcę wiedzieć, po co i skąd się tu znalazł.

Pincetą z porcelanowymi końcówkami Cooper podniósł kamień z piasku. Nałożył okulary ochronne i oświetlił kamień promieniami z PoliLight. Urządzenie składało się z zasilacza wielkości akumulatora do samochodu i niewielkiej lampy.

– Nic – oświadczył Cooper.

– VMD?

VMD, czyli próżniowe napylanie metali, jest najskuteczniejszą metodą wykrywania śladów na gładkich powierzchniach. Badany przedmiot umieszcza się w komorze próżniowej i odparowuje złoto lub cynk. Na powierzchni osadza się warstewka metalu, która umożliwia precyzyjną identyfikację śladów.

Jednak Cooper nie miał przy sobie urządzenia VMD.

– Co tutaj masz? – zapytał niezadowolony Rhyme.

– Czerń sudańską, stabilizatory, jod, DFO...

Miał też ninhydrynę do zbierania odcisków z porowatych powierzchni oraz Super Glue – z gładkich. Rhyme przypomniał sobie, jaką sensację przed kilkoma laty wywołało przypadkowe odkrycie dokonane przez technika pracującego w laboratorium Sił Lądowych Stanów Zjednoczonych w Japonii. Sklejając rozbitą kamerę, zaskoczony technik zauważył, że pary kleju dają wyraźniejszy obraz odcisków palców niż większość używanych do tego celu substancji chemicznych. Tę metodę zastosował teraz Cooper. Korzystając z pincety, włożył kamień do małej szklanej komory. Na płytce grzejnej wewnątrz umieścił niewielką ilość kleju. Włączył zasilanie. Po kilku minutach wyjął kamień.

– Coś mamy – powiedział. Posypał kamień luminoforem i skierował na niego wiązkę promieniowania ultrafioletowego z PoliLight. Odcisk stał się dobrze widoczny.

Cooper zrobił zdjęcie polaroidem. Pokazał je Rhyme'owi.

– Bliżej. – Rhyme zmrużył oczy, gdy przyglądał się zdjęciu. –
Tak! – Cooper obracał je w palcach.

Ujawnione linie były szersze, niż gdyby przestępca dotknął
kamienia. Rhyme bez trudu to rozpoznał.

– Spójrz. Co to jest? Ta linia... – Nad odciskiem widać było
niewyraźny półokrągły znak.

– Wygląda jak...

– Tak, ślad zrobiony przez jej paznokieć – dokończył Rhyme.

– Zazwyczaj nie zostawiamy takich odcisków. Podrzucił kamień,
gdyż był przekonany, że będziemy go dokładnie badać.

– Dlaczego to zrobił? – zapytała Sachs.

Po raz kolejny Rhyme zirytował się, że policjanci mają kłopoty z kojarzeniem faktów.

– Po pierwsze, mówi nam, że ma w swoich rękach kobietę. Na
wypadek gdybyśmy nie znaleźli związku między jej porwaniem
a zwłokami odkrytymi dziś rano.

– Ale dlaczego nam to mówi? – spytał Banks.

– Wchodzi do gry – powiedział Rhyme. – Podbija stawkę.
Chce nam przekazać, że kobieta jest w niebezpieczeństwie.
Wartościuje ofiary, tak jak my, chociaż się do tego nie przy-
znajemy...

Rhyme spojrzał na dłonie Sachs. Zaskoczyło go, że ta piękna
kobieta ma zniszczone palce. Cztery z nich były zabandażowane.
Na jednym palcu znajdowała się zakrzepła krew. Kilka paznokci
miała ogryzionych. Zauważył też, że naskórek pod brwiami był
zaczerwieniony. Zapewne wyskubuje brwi, pomyślał. Miała też
zadrapanie przy uchu. Zachowania autodestrukcyjne. Można się
niszczyć nie tylko pigułkami i armaniakiem.

– Poza tym ostrzega nas: Coś wiem na temat badania miejsc
przestępstw. Nie zostawię żadnych śladów. Nic nie znajdziecie –
kontynuował Rhyme. – Na pewno tak myśli. Ale my go znajdziemy. Jestem tego pewny.

Nagle zmarszczył brwi.

– Mapa! Potrzebujemy mapy. Thom!

– Jakiej mapy? – prychnął Thom.

– Dobrze wiesz, którą mapę mam na myśli.

– Nie wiem, Lincoln. – Westchnął.

Rhyme, patrząc w okno, mówił częściowo do siebie:

– Podkop pod torem, tunele służące kiedyś do przemycania

67

alkoholu i drzwi do nich, azbest – wszystko to należy do przeszłości. On lubi stary Nowy Jork. Potrzebuję mapy Randela.

– Gdzie ona jest?

– Tam gdzie kartoteka z fiszkami.

Thom przerzucił kilka teczek i wyjął fotokopię mapy Manhattanu.

– Ta?

– Tak. Ta!

Mapa została opracowana w 1811 roku dla członków komisji rządowej wyznaczających sieć ulic. Narysowano ją tak, że południowa część miasta znajdowała się po lewej stronie, a północna – po prawej. Wyspa na mapie przypominała psa unoszącego głowę przed atakiem.

– Przypnij ją tutaj.

Gdy skończył, Rhyme powiedział:

– Thom, chyba przyjmiemy cię do policji. Lon, daj mu odznakę policyjną lub coś w tym rodzaju.

– Lincoln – bąknął Thom.

– Potrzebujemy cię. Głowa do góry. Zawsze chciałeś być Samem Spade'em lub Kojakiem, prawda?

– Tylko Judy Garland – odparł Thom.

– Zatem będziesz Aniołkiem Charliego. Będziemy tworzyć profil przestępcy. Wyjmij z kieszonki koszuli swoje nieużywane pióro Mont Blanc.

Młody mężczyzna wywracał oczami, gdy wyjmował pióro i brał ze sterty pod stołem zakurzony notatnik.

– Nie, mam lepszy pomysł – oznajmił Rhyme. – Weź jedną z reprodukcji. Będziesz pisał mazakiem, dużymi literami, żebym dobrze widział.

Thom wybrał reprodukcję obrazu Moneta przedstawiającego lilie wodne i powiesił ją odwróconą na ścianie.

– Na górze napisz: Niezidentyfikowany przestępca 823. Zrób cztery kolumny: Wygląd, Mieszkania, Pojazdy, Inne. Pięknie. Zaczynamy. Co wiemy o przestępcy?

– Pojazd. Jeździ żółtą taksówką – powiedział Sellitto.

– Tak. Pod „Inne" wpisz, że zna procedury policyjne stosowane na miejscu przestępstwa.

– Może to oznaczać, że miał już do czynienia z policją – dodał szybko Sellitto.

– Więc? – zapytał Thom.

- Jest notowany.
- Nie powinniśmy zapisać, że jest uzbrojony w kolta kalibru .32? - zapytał Banks.
- Oczywiście, że tak - potwierdził jego szef.
- Nie zostawia odcisków, wie, jakie mają znaczenie w śledztwie. Poza tym zapisz, że ma kryjówkę - dom, z którego działa. Wspaniała robota, Thom. Spójrzcie na niego. Jest urodzonym stróżem prawa!

Thom się zaczerwienił. Odszedł od ściany i oczyścił koszulę z pajęczyny, której pełno było w pokoju.
- Skupmy się lepiej na naszym NP-823 - rzucił Sellitto.

Rhyme zwrócił się do Coopera:
- Teraz piasek. Co możemy o nim powiedzieć?

Cooper nałożył okulary ochronne. Umieścił próbkę piasku na szkiełku podstawkowym i wsunął do mikroskopu polaryzacyjnego.
- Hm, ciekawe, nie stwierdziłem dwójłomności.

Substancje krystaliczne - a do takich należy piasek - są z reguły anizotropowe. Piasek morski powstały w wyniku kruszenia skał ma budowę krystaliczną i wykazuje dwójłomność.
- Zatem nie jest to piasek - mruknął Rhyme. - Zmielone szkło. Czy potrafisz podać cechy charakterystyczne wyróżniające materiał?

Większość śladów może być zidentyfikowana. Jednak sama identyfikacja nie wystarcza. Materiał może pochodzić z tysięcy różnych źródeł. Określenie cech wyróżniających badany materiał ogranicza liczbę możliwości. Trzeba znaleźć odciski palców, fragmenty DNA lub na przykład stwierdzić, że znaleziony kawałek farby idealnie pasuje do odprysku na samochodzie.
- Może będę w stanie powiedzieć, co to jest.
- Zmielone szkło? - powtórzył Rhyme.

Szkło otrzymuje się, stapiając piasek, ale w tym procesie zostaje zniszczona struktura krystaliczna krzemianów. Szkło jest przechłodzoną cieczą i nie wykazuje dwójłomności. Cooper jeszcze raz dokładnie zbadał próbkę.
- Nie sądzę, żeby to było szkło. Nie wiem, co to jest. Muszę mieć EDX.

EDX - skaningowy mikroskop elektronowy sprzężony z urządzeniem analizującym dyspersję promieni rentgenowskich - wchodzi w skład podstawowego wyposażenia porządnych laboratoriów policyjnych. Pozwala szybko określić, jakie pierwiastki wchodzą w skład śladów.

– Powinniśmy mieć tu EDX – powiedział Rhyme do Sellitta i rozejrzał się po pokoju. – Potrzebujemy znacznie więcej wyposażenia. Przede wszystkim urządzenie do próżniowego odparowywania metali oraz CG-MS.

CG-MS to chromatograf gazowy sprzężony ze spektrometrem masowym. Chromatograf rozdziela gazy pochodzące z odparowania materiału, natomiast spektrometr je analizuje. Czułość metody wynosi milionową część grama. Poza tym większość substancji została skatalogowana.

Sellitto zadzwonił do laboratorium.

– Ale nie możemy czekać na zabawki. Mel, na razie musimy korzystać ze starożytnych metod. Powiedz coś o tym niby-piasku.

– Jest zanieczyszczony gliną, skaleniem i miką. Mało pozostałości organicznych. Stwierdziłem obecność bentonitu.

– Bentonit – ucieszył się Rhyme. – Powstaje w wyniku wietrzenia popiołów i tufów wulkanicznych. Ma właściwości absorpcyjne. Dodaje się go do zaprawy fundamentowej w miejscach, w których podłoże skalne znajduje się głęboko pod powierzchnią. Zatem pochodzi zapewne z terenów położonych na południe od ulicy Trzydziestej Czwartej. Na północ od niej podłoże znajduje się znacznie bliżej powierzchni.

Cooper przesunął szkiełko.

– Będę zgadywał: kalcyt. Poczekaj, widzę włókna.

Rhyme dałby wszystko, aby móc spojrzeć teraz przez mikroskop. Przypomniał sobie, jak godzinami analizował ślady, patrząc przez mikroskop na włókna, humus, krwinki, wiórki metalowe...

– Jest tu jeszcze coś. Mała granulka. Składa się z trzech warstw. Jedna jest ciemna, przypomina keratynę, z której zbudowane są paznokcie, rogi zwierząt. Potem warstwa półprzepuszczalna.

– Trzy warstwy?! – krzyknął Rhyme. Zezłościł się na siebie. Powinien o tym pomyśleć wcześniej. – Muszla.

– Zgadzam się – potwierdził Cooper.

Podłoże skalne z wapieni spotyka się wzdłuż całego wybrzeża Long Island i New Jersey. Pozostałości po muszlach nie są tam niespodzianką. Rhyme miał nadzieję, że uda się ograniczyć obszar poszukiwań do Manhattanu, gdzie znaleziono dziś zwłoki.

– Korzystając z tej wskazówki, musimy brać pod uwagę cały teren, na którym jeździ metro. Beznadziejna sprawa.

– Teraz przypatruję się czemuś innemu. Sądzę, że jest to tlenek wapnia w postaci granulek.

– Może beton? – podsunął Rhyme.

– Być może. Tak. Nie widzę teraz muszli – mówił Cooper, zastanawiając się. – Skały wapienne pod Nowym Jorkiem powstałe w wyniku odkładania się muszli mięczaków są pełne pozostałości organicznych. Natomiast ten wapień jest zmieszany z betonem i nie dostrzegam materii organicznej.

– Brzegi! Mel, jak wyglądają brzegi muszli? – warknął nagle Rhyme.

Cooper spojrzał przez mikroskop.

– Zniszczone, ale nie przez wodę. Raczej przez wysokie ciśnienie.

Wzrok Rhyme'a ślizgał się po całej mapie Randela. Nagle zatrzymał się na zadku psa.

– Mam! – krzyknął.

W 1913 roku F.W. Woolworth wybudował sześćdziesięciopiętrowy budynek obłożony terakotą i przyozdobiony chimerami i gotyckimi rzeźbami. Do tej pory nosi jego imię. Przez szesnaście lat był najwyższym budynkiem na świecie. Ponieważ podłoże skalne w tej części Manhattanu znajduje się przeszło trzydzieści metrów poniżej powierzchni, trzeba było wykonywać głębokie wykopy, by zakotwiczyć budynek. Zaraz po rozpoczęciu prac robotnicy odkryli szczątki przemysłowca z Manhattanu – Talbota Soamesa, który został porwany w 1906 roku. Ciało mężczyzny zostało pochowane w grubej warstwie czegoś, co przypominało biały piasek, a w rzeczywistości były to muszle ostryg. Brukowce miały o czym pisać: przypominały, że Soames lubił dużo i drogo zjeść. Skupiska muszli powszechnie występują we wschodniej części Manhattanu. Od nich wywodzi się nazwa ulicy Perłowej.

– Ona znajduje się prawdopodobnie w południowo-wschodniej części Manhattanu – oznajmił Rhyme. – Być może w pobliżu Perłowej; dwa do sześciu metrów pod ziemią. Prawdopodobnie w miejscu budowy lub w piwnicy. Stary budynek lub tunel.

– Jerry, spójrz na mapę z naniesionymi miejscami, w których usuwa się azbest – polecił Sellitto.

– Wzdłuż Perłowej nie ma żadnych. – Młody policjant podniósł mapę. – Jest prawie czterdzieści takich miejsc w śródmieściu, w Harlemie, na Bronksie. Nie ma natomiast w południowej części wyspy.

– Azbest... azbest. – Rhyme znów zaczął się zastanawiać. Słowo to wywołało w nim dziwne skojarzenia. Była 14.05.

– Bo, musimy się ruszyć. Weź swoich ludzi i zacznij poszukiwania. Sprawdź wszystkie budynki wzdłuż Perłowej. Wzdłuż Wodnej też.

Policjant westchnął.

– To bardzo dużo budynków do sprawdzenia.

Ruszył do drzwi.

Rhyme spojrzał na Sellitta.

– Lon, ty też powinieneś pomóc. Niedługo będzie koniec. Oni potrzebują każdego policjanta. Amelio, chcę, żebyś też pojechała.

– Proszę posłuchać. Myślę...

– To jest rozkaz – mruknął Sellitto.

Grymas niezadowolenia pojawił się na jej pięknej twarzy.

– Mel, przyjechałeś tutaj autobusem? – spytał Rhyme.

– RRV – odparł Cooper.

Autobusy zespołów badających miejsca przestępstw są dużymi pojazdami wypełnionymi aparatami, instrumentami, odczynnikami, dokumentacją. Są lepiej wyposażone niż całe laboratoria policyjne w małych miastach. Ale gdy Rhyme kierował wydziałem, zamówił niewielkie pojazdy – głównie karetki pogotowia – i kazał je wyposażyć tylko w niezbędny sprzęt. Poza tym zainstalowano w nich nowe, większe silniki. Teraz często pojazdy RRV były wcześniej na miejscu przestępstwa niż wozy patrolowe policji. O czymś takim marzą technicy badający ślady.

– Daj Amelii klucze.

Cooper wręczył klucze Sachs. Ta przez moment przyjrzała się Rhyme'owi, zrobiła w tył zwrot i ruszyła po schodach. Nawet odgłos jej butów wyrażał niezadowolenie.

– Dobrze, Lon. O czym myślisz?

Sellitto spojrzał, czy na korytarzu nikogo nie ma, i podszedł bliżej Rhyme'a.

– Czy rzeczywiście potrzebujesz CK do tej sprawy?

– CK?

– Mam na myśli Sachs. CK to jej przezwisko.

– Skąd takie?

– Nie używaj go przy niej. Przez czterdzieści lat jej ojciec patrolował ulice w dzielnicy, więc nazwali ją Córką Krawężnika.

– Sądzisz, że nie powinniśmy jej angażować do tego śledztwa?

– Tak. Powiedz mi, dlaczego ci tak na niej zależy?

– Ponieważ schodziła po skałach dziesięć metrów w dół, aby nie zatrzeć śladów na miejscu przestępstwa. Zamknęła główną ulicę i linię kolejową. Wzięła inicjatywę w swoje ręce.

– Ależ, Linc. Znam kilkunastu policjantów, którzy zrobiliby tak samo.

– Cóż, ale to właśnie jej potrzebuję. – Rhyme spojrzał na Sellitta stanowczo, bez słów przypominając mu o ich umowie.

– Ja powiedziałem swoje... – mruknął detektyw. – Porozmawiam z Pollingem. On na pewno powie Perettiemu, że jeżeli będzie taki bałagan... że jeżeli jakiś policjant z patrolówki będzie się szwendał po miejscu przestępstwa, to wynikną z tego tylko same kłopoty.

Rhyme spojrzał na wyrysowaną tabelę z profilem przestępcy i powiedział łagodnie:

– Wydaje mi się, że to nie jest główny problem.

Położył głowę na grubej poduszce.

Rozdział 7

Samochód pędził w kierunku ciemnych, zasnutych spalinami kanionów Wall Street. Amelia Sachs przebierała palcami po kierownicy, usiłując sobie wyobrazić, gdzie T.J. Colfax może być przetrzymywana. Znalezienie jej jest sprawą beznadziejną. Dzielnica finansowa, do której się zbliżała, nigdy nie wydawała się jej tak ogromna – tyle ulic, nisz, wejść, budynków.

Tyle miejsc, w których można ukryć porwaną.

Przypomniała jej się ręka wystająca z grobu przy torach kolejowych i pierścionek na zakrwawionej kości palca. Sachs znała ten rodzaj biżuterii. Takie pierścionki nazywała pierścionkami pocieszenia. Kupują je samotne, bogate dziewczyny. Gdyby była zamożna, też by sobie taki zafundowała.

Jechała na południe, wyprzedzając gońców na rowerach i taksówki.

Nawet po południu, w piekącym słońcu była to dzielnica duchów. Budynki pokryte brudnymi tynkami koloru zakrzepłej krwi rzucały ponury cień.

Samochód zarzuciło na nierównym asfalcie, gdy weszła w zakręt z prędkością sześćdziesięciu pięciu kilometrów na godzinę. Nacisnęła pedał i znów przyspieszyła do setki.

Niezły silnik, pomyślała. Postanowiła sprawdzić, jak się prowadzi przy stu dwudziestu na godzinę.

Wiele lat temu, gdy jej ojciec odsypiał nocną służbę, nastoletnia Amy Sachs brała klucze od jego camaro i mówiła matce, że jedzie na zakupy. Pytała, czy nie przywieźć czegoś ze sklepu mięsnego „Fort Hamilton". Zanim matka zdążyła powiedzieć: „Nie, ale jedź metrem, nie samochodem", dziewczyna znikała za drzwiami, wsiadała do samochodu, zapalała silnik i pędziła na zachód.

Kiedy wracała do domu po trzech godzinach, skradała się po schodach na górę, aby stawić czoło szalejącej ze złości matce. Z ubawieniem słuchała wykładu o ryzyku zajścia w ciążę i jak to może zmarnować jej szanse na zostanie modelką.

Gdy w końcu matka dowiedziała się, że jej córka nie sypia ze wszystkimi wokół, tylko jeździ autostradami Long Island z prędkością stu sześćdziesięciu kilometrów na godzinę, wpadła w jeszcze większy gniew. Uznała, że dziewczyna na pewno w wypadku zniszczy swoją ładną buzię i straci możliwość zarobienia milionów jako modelka.

Sytuacja jeszcze się pogorszyła, gdy zdobyła prawo jazdy.

Mając nadzieję, że ani pasażerowie, ani kierowcy nie otworzą drzwi, przemknęła między dwoma zaparkowanymi ciężarówkami. Jeżeli ktoś był w środku, łatwo mógł zaobserwować efekt Dopplera.

Gdy się poruszasz, nie dopadną cię.

Lon Sellitto głaskał się palcami po twarzy i nie zwracał uwagi na ryzykowną jazdę Sachs. Rozmawiał ze swoim asystentem o morderstwie w sposób, w jaki rozmawiają księgowi bilansujący konta. Natomiast Banks nie spoglądał już ukradkiem na oczy i usta Sachs, tylko co chwilę zerkał na szybkościomierz.

Znów zarzuciło samochodem, gdy przejeżdżali obok mostu Brooklyńskiego. Amelia pomyślała o porwanej T.J. Colfax – wyobraziła sobie jej długie, eleganckie paznokcie. Spojrzała na swoje, stukające w kierownicę. Ponownie powrócił obraz, który chciała wyrzucić z pamięci: wystającą z wilgotnego grobu rękę i zakrwawioną kość palca.

– Jest trochę stuknięty – powiedziała, żeby oderwać się od przykrych wspomnień.

– Kto? – spytał Sellitto.

– Rhyme.

– Wygląda jak Stephen Hawking – dodał Banks.

– No, zaskoczył mnie jego wygląd – przyznał starszy detektyw. – Nie wygląda zbyt dobrze. Był przystojnym mężczyzną, ale po tym wszystkim, co przeszedł... Sachs, jak to możliwe, że tak prowadząc, trafiła pani do patrolu?

– Zostałam przydzielona. Nie proszą mnie, tylko rozkazują. – Tak jak wy, pomyślała. – Czy on rzeczywiście był taki dobry?

– Rhyme? Lepszy. Rocznie prowadził czterysta spraw. Dwa razy więcej, niż wynosi przeciętna. Nawet wtedy, gdy kierował wydziałem. Peretti jest sympatycznym człowiekiem, ale prowadzi jedną sprawę na dwa tygodnie i tylko takie, którymi interesują się media. Nie usłyszała tego pani ode mnie.

– Tak jest.

– Rhyme osobiście prowadził badania na miejscu przestępstwa. W chwilach wolnych spacerował.

– Co robił?

– Chodził po mieście, oglądał. Przeszedł tysiące kilometrów. Nie było zakątka, do którego by nie zajrzał. Kupował rzeczy, zbierał rzeczy, gromadził rzeczy.

– Jakie rzeczy?

– Wszystko, co mogłoby stanowić standardy przy ewidencji śladów. Śmieci, jedzenie, czasopisma, piasty, buty, książki medyczne, leki, rośliny... Opisywał je i wciągał do katalogu. Gdy znaleziono jakieś ślady, zawsze miał najlepsze pomysły, jak można je wykorzystać, jakie wnioski na ich podstawie można wyciągnąć. Widywało się go wszędzie: w Harlemie, na Lower East Side, w Hell's Kitchen.

– Jego ojciec był policjantem?

– Nie, naukowcem. Pracował w laboratorium federalnym albo w podobnej instytucji.

– Co Rhyme studiował? Nauki ścisłe?

– Studiował w Champaign. Chemię i historię. Nie wiem, co jeszcze. Gdy go poznałem, jego rodzice już nie żyli. Nie miał rodzeństwa. Wychowywał się w Illinois. Dlatego ma imię Lincoln.

Chciała zapytać, czy jest lub też był żonaty, ale powiedziała:

– To znaczy, że on ma w głowie same...

– Śmiało może pani to powiedzieć.

– Gówna.

Banks się roześmiał.

– Moja matka używała tego określenia – kontynuował Sellitto. – Tak mówiła o ludziach świrniętych. To określenie dobrze opisuje Rhyme'a. On jest świrnięty. Pewnego razu głupi technik rozpylił luminol – reagent do badania krwi – na badanej powierzchni zamiast ninhydryny. Zniszczył w ten sposób odciski palców. Rhyme z miejsca wyrzucił go z pracy. Kiedy indziej, w mieszkaniu, w którym popełniono przestępstwo, policjant skorzystał z ubikacji i spuścił wodę. Rhyme wpadł w szał. Kazał mu zejść do piwnicy i przynieść całą zawartość zbiornika, w którym gromadzono ścieki. – Sellitto się roześmiał. – Policjant, to był oficer, powiedział: „Nie zrobię tego. Jestem porucznikiem". Na to Rhyme: „Przyjmij do wiadomości, że teraz jesteś hydraulikiem". Mógłbym opowiadać godzinami. Cholera, funkcjonariuszko, jedzie pani sto trzydzieści na godzinę.

Przemknęli obok Dużego Budynku. Wściekła, pomyślała: Tutaj powinnam być teraz. Spotykać się z policjantami ze swojego wydziału. Brać udział w sesjach treningowych. Siedzieć w klimatyzowanych pomieszczeniach.

Wyprzedziła taksówkę, która przejeżdżała skrzyżowanie na czerwonym świetle.

Jezu, ale gorąco. Gorący kurz, gorące powietrze, gorące spaliny. Najgorsze godziny dnia w mieście. Ludzie są zdenerwowani, bez powodu wybuchają gniewem. Dwa lata temu obchodziła święta Bożego Narodzenia ze swoim narzeczonym, od 23.00 do północy. Tylko wtedy mogli się spotkać. Siedziała z Nickiem w Centrum Rockefellera na zewnątrz, obok lodowiska. Pili kawę i brandy. Uznali wtedy, że wolą mroźną pogodę niż sierpniowe upały.

W końcu, jadąc Perłową, dostrzegła stanowisko dowodzenia. Zaparkowała między samochodem Haumanna a wozem oddziału szybkiego reagowania.

– Świetnie pani prowadzi – rzekł Sellitto i wysiadł z samochodu.

Sachs ucieszyła się, zobaczywszy na szybach wozu odciski spoconych palców Banksa, które zostawił, otwierając tylne drzwi.

Wszędzie było widać mundury policjantów z patroli i oddziału specjalnego. W pobliżu stanowiska dowodzenia znajdowało się pięćdziesięciu–sześćdziesięciu ludzi. Znacznie więcej rozeszło się po dzielnicy. Wydawało się, że cała nowojorska policja zjawiła się tutaj. Sachs pomyślała, że to najlepszy moment na popełnienie przestępstwa.

Haumann podbiegł do furgonetki i zwrócił się do Sellitta:

– Chodzimy od drzwi do drzwi. Pytamy o miejsca prac budowlanych wzdłuż Perłowej. Nikt nic nie wie o usuwaniu azbestu. Nikt nie słyszał żadnego wołania o pomoc.

Sachs zaczęła wysiadać, ale Haumann powiedział:

– Nie, funkcjonariuszko. Musi pani tutaj zostać.

Mimo wszystko wysiadła.

– Tak jest. Kto wydał takie polecenie?

– Detektyw Rhyme. Właśnie z nim rozmawiałem. Ma pani zadzwonić do centrali.

Haumann odszedł, natomiast Sellitto i Banks skierowali się do stanowiska dowodzenia.

– Detektywie Sellitto! – zawołała Sachs. Odwrócił się. – Przepraszam, detektywie. Komu ja podlegam? Komu mam składać meldunki?

– Rhyme'owi – odpowiedział krótko.

Roześmiała się.

– Przecież nie mogę mu składać meldunków.

Sellitto spojrzał na nią chłodno.

– A co z odpowiedzialnością? Procedurami? On jest cywilem. Mogę składać meldunki oficerowi policji.

– Proszę posłuchać. Wszyscy składamy meldunki Rhyme'owi. I wszystko mi jedno, czy jest on cywilem, czy szefem policji, czy może pierdolonym krzyżowcem. Rozumie pani?

– Ale...

– Jeśli pani chce złożyć skargę, proszę to zrobić jutro na piśmie.

Gdy się oddalił, Sachs patrzyła na niego przez chwilę, a potem wróciła na przednie siedzenie furgonetki. Zadzwoniła do centrali. Podała swój kod. Miała czekać na instrukcje.

Uśmiechnęła się, gdy usłyszała kobiecy głos:

– Funkcjonariusz 5885. Proszę być w pogotowiu. Detektyw Rhyme wkrótce się skontaktuje.

Detektyw Rhyme.

– Zrozumiałam – zakończyła Sachs. Obejrzała się do tyłu. Zaciekawiło ją, co może być w tych czarnych walizkach.

Czternasta trzydzieści.

W mieszkaniu Rhyme'a zadzwonił telefon. Odebrał Thom.

– Łączniczka z centrali – oznajmił.

– Przełącz.

Głośnik i mikrofon wydały głośne trzaski.

– Detektywie Rhyme, zapewne pan mnie nie pamięta. Pracowałam w wydziale badań i zasobów informacji, gdy pan był szefem. Byłam pracownikiem cywilnym. Emma Rollins.

– Dobrze cię pamiętam, Emmo. Jak dzieci? – Rhyme miał w pamięci korpulentną, pogodną Murzynkę, która utrzymywała piątkę dzieci, pracując na dwóch etatach. Przypomniał sobie jej krótkie palce z wściekłością uderzające w klawisze. Kiedyś rozbiła aparat telefoniczny gorącej linii.

- Jeremy za kilka tygodni rozpoczyna studia, a Dora wciąż gra w filmach albo jej się wydaje, że gra. Z młodszymi wszystko w porządku.
- Lon Sellitto zaangażował cię do tej sprawy?
- Nie. Usłyszałam, że pan będzie prowadził to śledztwo, i zgłosiłam się jako ochotniczka. „Emma bierze tę sprawę" – powiedziałam.
- Co masz dla nas?
- Szukaliśmy fabryk produkujących śruby oraz hurtowni. Pomogły nam litery wytłoczone na główce: „CE". Śruby te były specjalnie produkowane dla Con Ed.

Cholera. Oczywiście.

- Były znakowane, ponieważ mają nietypową średnicę: piętnaście szesnastych cala oraz dłuższy gwint. Produkowane są przez Michigan Tool i Die w Detroit. Używa ich się tylko w Nowym Jorku do napraw sieci kanalizacyjnej instalowanej sześćdziesiąt–siedemdziesiąt lat temu. Służą do skręcania rur. „Aby młodych małżonków lepiej dopasować do siebie w noc poślubną" – jak powiedział mężczyzna, który mi udzielał informacji. Chciał mnie zawstydzić.
- Kocham cię, Emmo. Będziesz przy telefonie?
- Pewnie.
- Thom! – wrzasnął Rhyme. – To nie działa. Chcę sam rozmawiać przez telefon. Chodzi o aktywator głosu z komputera. Czy mogę go użyć?
- Nie zamawiałeś go.
- Nie zamawiałem?
- Nie.
- Cóż, potrzebuję go.
- Cóż, nie mamy.
- Zrób coś. Chcę sam korzystać z telefonu.
- Zaraz poszukam. – Thom zaczął przeszukiwać pudło stojące przy ścianie. Po chwili wyciągnął małą elektroniczną konsoletę. Podłączył ją do telefonu i urządzenia kontrolnego umieszczonego przy policzku Rhyme'a.
- Niewygodne.
- Tylko to mamy. Gdybyś dał sobie zainstalować – jak proponowałem – emitery podczerwieni nad oczami, od dwóch lat mógłbyś prowadzić erotyczne pogawędki przez telefon.
- I tak za dużo jest tych pieprzonych kabli – prychnął Rhyme.

Chwycił go kurcz szyi. Zrzucił joystick.

– Cholera.

Nagle najprostsza czynność – nie mówiąc nic o jego zadaniu – wydała mu się niemożliwa do wykonania. Był zmęczony, bolała go głowa, szyja, a zwłaszcza oczy. Czuł ostre kłucie. Chciał potrzeć powieki. Taka prosta, przynosząca ulgę czynność, na którą zdrowi ludzie nie zwracają uwagi, była poza zasięgiem jego możliwości.

Thom umieścił z powrotem joystick. Rhyme odzyskał cierpliwość i zapytał opiekuna:

– Jak to działa?

– Spójrz na ekran urządzenia kontrolnego. Przesuwając strzałką, musisz wprowadzić numer telefonu. Potem naciskasz: „Rozmowa".

– To dalej nie działa – warknął.

– Poćwicz trochę.

– Nie mam czasu.

– Gdy rozmawiasz przez telefon, korzystając z mojej pomocy, też trwa to za długo – odburknął Thom.

– Już w porządku – powiedział Rhyme, zniżając głos. Była to jego forma przeprosin. – Poćwiczę później. Czy mógłbyś zadzwonić do Con Ed? Chcę rozmawiać z kimś z nadzoru.

Kajdanki i linka wrzynały jej się w skórę, ale najbardziej przerażał ją hałas.

Tammie Jean Colfax czuła, że strugi potu spływają jej po ciele. Usiłowała przepiłować kajdanki o zardzewiały zawór. Zdrętwiały jej nadgarstki, ale czuła, że ma na rękach metalowe obręcze.

Przerwała. Szarpnęła kajdankami. Zaczęła nasłuchiwać. Zapewne robotnicy przykręcają śruby i młotkami dobijają części, pomyślała. Ostatnie uderzenia młotków. Wyobraziła sobie, że właśnie skończyli pracę i myślą o pójściu do domu.

Nie odchodźcie, prosiła w myślach. Nie opuszczajcie mnie. Dopóki robotnicy pracowali tutaj, była bezpieczna.

Ostatnie uderzenie i zapadła dzwoniąca w uszach cisza.

Trzymaj się, dziewczyno. Spróbuj się uwolnić.

Mamo...

T.J. płakała kilka minut. Myślała o swojej rodzinie z Tennessee. Nie mogła oddychać: miała zapchany nos. Wydmuchnęła go gwałtownie. Z nozdrzy wydobył się strumień śluzu i łez. Głęboko odetchnęła. Przyniosło to jej pewność i siłę.

Znowu zaczęła piłować kajdanki.

– Zdaję sobie sprawę, że jest to bardzo pilne, ale nie wiem, w jaki sposób mogłabym pomóc. Używamy tych śrub w całym mieście. Gazociągi, ropociągi...

– W porządku – powiedział krótko Rhyme. Rozmawiał z pracownicą nadzoru w Con Ed. Biura przedsiębiorstwa mieściły się przy ulicy Czternastej. – A czy używacie azbestu do izolacji? Chwila wahania.

– Usunęliśmy już dziewięćdziesiąt procent azbestu – zaczęła kobieta ostrożnym głosem. – Dziewięćdziesiąt pięć...

Ludzie potrafią być tak irytujący.

– Rozumiem, ale ja chcę wiedzieć, czy nadal używacie azbestu do izolacji.

– Nie – odpowiedziała zdecydowanie. – Nie do izolacji przewodów elektrycznych. Jedynie do rur, przez które tłoczy się parę wodną, ale w niewielkich ilościach.

Para wodna!

Bardzo mało wiedziano o sieci służącej do transportu pary wodnej. Praca przy niej wiązała się z dużym ryzykiem. Con Ed ogrzewa parę wodną do około dwustu stopni i tłoczy ją do wielokilometrowej sieci znajdującej się pod Manhattanem. Para porusza się w rurach z prędkością stu dwudziestu kilometrów na godzinę.

Rhyme przypomniał sobie artykuł w gazecie.

– W ubiegłym tygodniu mieliście awarię?

– Tak, proszę pana. Ale azbest nie wydostał się na zewnątrz. Ten odcinek sieci został z niego oczyszczony wiele lat temu.

– Ale cały czas wiele rur izolowanych jest azbestem? Znów się zawahała.

– No...

– Gdzie wydarzyła się awaria? – szybko spytał Rhyme.

– Na Broadwayu. Przecznicę na północ od budynku sądu.

– Czy o tej awarii był artykuł w „New York Timesie”?

– Nie wiem. Być może. Tak.

– W tym artykule pisano o azbeście?

– Tak – przyznała – ale pisano, że zanieczyszczenie azbestem było kiedyś poważnym problemem.

– Czy rura, która pękła, przecina ulicę Perłową w południowej części?

– Muszę sprawdzić. Tak, i Hanowerską w północnej.

Wyobraził sobie T.J. Colfax – kobietę z cienkimi palcami i długimi paznokciami – która za chwilę umrze.

– Rura zostanie napełniona parą o trzeciej?

– Tak. Za chwilę.

– Nie możecie tego zrobić! – wrzasnął Rhyme. – Ktoś rozkręcił rury. Nie możecie napełnić tej linii parą!

Cooper oderwał się od mikroskopu i spojrzał zaniepokojonym wzrokiem na Rhyme'a.

– No, nie wiem... – powiedziała pracownica nadzoru.

Rhyme krzyknął do Thoma:

– Zadzwoń do Lona! Powiedz, że ona jest w piwnicy przy skrzyżowaniu Hanowerskiej i Perłowej. Po północnej stronie. – Opowiedział mu o parze wodnej. – Powiadom też straż pożarną. Niech zabiorą żaroodporne kombinezony.

Potem Rhyme zaczął krzyczeć do mikrofonu.

– Proszę natychmiast zadzwonić do ekipy remontowej! Nie mogą napełnić tej rury parą wodną! Nie mogą! – Powtarzał słowa automatycznie. Z przerażeniem wyobraził sobie śmierć kobiety: jej skóra robi się różowa, czerwona. Mięśnie oddzielają się od kości pod wpływem wydostającej się z rury przegrzanej pary.

W głośniku rozległy się trzaski. Na zegarku Sachs było za trzy trzecia. Odebrała telefon.

– Funkcjonariusz 5885.

– Zapomnij o formułkach, Amelio – odezwał się Rhyme. – Nie mamy czasu.

– Ja...

– Myślę, że wiemy, gdzie ona jest. Skrzyżowanie Hanowerskiej i Perłowej.

Spojrzała przez ramię i zobaczyła kilkunastu policjantów z oddziału specjalnego, którzy biegli w stronę starego budynku.

– Czy chcesz, żebym...

– Oni sami będą jej szukać. Ty musisz być przygotowana do pracy na miejscu przestępstwa.

– Ale mogłabym im pomóc...

– Nie. Chcę, żebyś poszła do tyłu furgonetki. Znajdziesz tam walizkę oznaczoną cyframi zero dwa. Weźmiesz ją ze sobą. W małym czarnym pudełku znajdziesz PoliLight. Widziałaś to urządzenie w moim pokoju. Mel go używał. Też je weź ze sobą. W walizce oznaczonej zero trzy znajdziesz słuchawki i mikrofon. Podłącz je do swojej motoroli i idź do budynku. Gdy będziesz gotowa, powiedz mi o tym. Kanał trzydziesty siódmy. Będziesz mogła bez przeszkód kontaktować się ze mną. Kanał trzydziesty siódmy. Częstotliwość specjalna. Rozmowy prowadzone na tym kanale mają pierwszeństwo.

– A co... – chciała zapytać, ale w głośniku zapadła cisza.

Miała przy sobie latarkę halogenową, więc nie musiała korzystać z ciężkiej lampy znajdującej się z tyłu pojazdu. Odnalazła PoliLight i ciężką walizkę. Ważyła ponad dwadzieścia kilogramów. *Tego potrzeba moim przeklętym stawom.* Zacisnęła zęby, by stłumić ból.

Pobiegła w stronę skrzyżowania.

Sellitto stracił oddech, kiedy dobiegł do budynku. Banks przyłączył się do nich.

– Słyszałaś? – zapytał starszy detektyw.

Sachs skinęła głową.

– To tutaj? – zapytała.

Sellitto spojrzał na ulicę.

– Musiał ją tędy prowadzić. Główne wejście jest strzeżone.

Pobiegli ciemnym, wyłożonym brukiem kanionem. W gorącym, wilgotnym powietrzu unosił się zapach moczu i śmieci. Pełno było niebieskich pojemników na śmieci.

– Tutaj! – krzyknął Sellitto. – Te drzwi.

Policjanci podbiegli, zachowując odpowiednią odległość między sobą. Troje z czworga drzwi było zamknięte.

Czwarte drzwi zostały wyłamane, ale teraz zamknięto je na łańcuch. Łańcuch i kłódka były nowe.

– Te! – Sellitto chciał je otworzyć, ale się zawahał. Pomyślał zapewne o odciskach palców. Chwycił za klamkę i pociągnął drzwi. Otworzyły się tylko na kilka centymetrów. Łańcuch nie puścił. Wysłał trzech policjantów do piwnicy od wewnątrz budynku. Jeden z gliniarzy wyciągnął kamień brukowy z nawierzchni i zaczął rozbijać kłódkę. Skaleczył się tylko w palec.

W końcu zjawił się strażak z odpowiednim narzędziem: skrzyżowaniem kilofu z łomem. Rozerwał kłódkę. Sellitto spojrzał na Sachs wyczekująco. Odwzajemniła spojrzenie.

– No, wchodzisz, funkcjonariuszko – warknął.

– Co?

– Nic ci nie mówił?

– Kto?

– Rhyme.

Do diabła, zapomniała podłączyć słuchawki. Zaczęła szukać gniazdka. W końcu usłyszała głos Rhyme'a:

– Amelio, gdzie...

– Jestem tutaj.

– Jesteś przed budynkiem?

– Tak.

– Wejdź do środka. Odcięli dopływ pary, ale nie wiem, czy nie zrobili tego za późno. Wejdź do pomieszczenia z wymiennikami ciepła. Weź ze sobą lekarza i jednego policjanta z oddziału specjalnego. Od razu powinnaś ją spostrzec. Podejdź do niej, ale nie bezpośrednio od drzwi. Nie chcę, żebyś zatarła ślady butów, które mógł zostawić. Zrozumiałaś?

– Tak. – Skinęła zdecydowanie głową.

Nie myślała, że może nie znaleźć T.J. Colfax. Ruchem ręki pokazała lekarzowi i policjantowi z oddziału specjalnego, żeby za nią poszli.

Sachs weszła do mrocznego korytarza. Otoczyła ją stękająca, jęcząca maszyneria. Wszędzie kapała woda.

– Amelio – odezwał się Rhyme.

– Tak.

– Rozmawialiśmy wcześniej o możliwości zasadzki. Z tego, co wiem, jest to mało prawdopodobne. Nie ma go w budynku, Amelio. To byłoby nielogiczne. Ale musisz mieć jedną rękę wolną, abyś mogła szybko sięgnąć po broń.

Nielogiczne.

– Okay.

– A teraz wchodź! Szybko!

Rozdział 8

Ponura jaskinia. Gorąco, ciemno, wilgotno.

Szybko zmierzali brudnym korytarzem w kierunku jedynych drzwi, które mogła dostrzec Sachs. Napis na drzwiach głosił: WYMIENNIKI CIEPŁA. Szła za policjantem, który miał na sobie kamizelkę kuloodporną i hełm. Lekarz zabezpieczał tyły.

Sachs przełożyła ciężką walizkę z prawej ręki do lewej. Omal jej nie wypuściła. Podeszli do drzwi.

Policjant z oddziału SWAT pchnął drzwi i wszedł do mrocznego pomieszczenia, omiatając je pistoletem maszynowym. Żarówka umocowana na rurze rzucała snop światła. W pomieszczeniu unosiła się para. Sachs poczuła zapach wilgoci i pleśni. Oraz inny: wyjątkowo odrażający.

Click.

– Amelio?

Spokojny głos Rhyme'a przeraził Sachs.

– Gdzie jesteś, Amelio?

Trzęsącą się ręką zmniejszyła głośność.

– Wewnątrz – wysapała.

– Żyje?

Sachs rozejrzała się po pomieszczeniu. Zmrużyła oczy, nie mogąc uwierzyć w to, co zobaczyła.

– Och, nie – wyszeptała. Dostała mdłości.

Obrzydliwy zapach gotowanego mięsa unosił się w powietrzu. Ale nie to było najgorsze. Jasnoczerwona, prawie pomarańczowa skóra płatami odchodziła od mięśni. Głowa była całkowicie pozbawiona skóry. Jednak najbardziej przerażające wrażenie robiły nienaturalnie poskręcane ręce, nogi i tułów. T.J. Colfax usiłowała się wydostać ze strumienia gorącej pary.

Ma nadzieję, iż ofiara nie żyje. Uchroniło ją to przed czymś znacznie gorszym.

– Czy żyje? – powtórzył Rhyme.

– Nie – wyszeptała Sachs. – Nie widzę, jak... Nie.

– Czy pomieszczenie jest bezpieczne?

Sachs spojrzała na policjanta, który słyszał rozmowę. Skinął głową.

– Tak.

– Chcę, żeby policjant wyszedł z pomieszczenia, a ty z lekarzem zbadajcie ciało.

Sachs znów zasłoniła usta, starała się kontrolować odruchy. Podeszli do rury okrężną drogą. Lekarz spokojnie pochylił się nad ciałem i dotknął szyi ofiary. Pokręcił głową.

– Amelio? – odezwał się Rhyme.

Drugi trup w jej karierze. Oba tego samego dnia.

– Nie żyje – rzekł lekarz.

Sachs skinęła głową i powiedziała do mikrofonu urzędowo:

– Potwierdzony zgon na miejscu przestępstwa.

– Zmarła w wyniku oparzeń? – zapytał Rhyme.

– Wszystko na to wskazuje.

– Została przykuta do ściany?

– Nie, do rury, kajdankami. Nogi skrępowane linką. Usta zaklejone taśmą. Otworzył rurę z parą wodną. Znajdowała się kilkadziesiąt centymetrów od niej. Boże.

– Wróćcie z lekarzem do drzwi. Patrz, gdzie stawiasz stopy – kontynuował Rhyme.

Zrobiła to, nie odrywając wzroku od ciała. Nie wiedziała, że skóra może być taka czerwona, jak pancerz wrzuconego do wrzątku raka.

– Dobrze, Amelio. Przeprowadzisz badanie na miejscu przestępstwa. Otwórz walizkę.

Nic nie powiedziała. Wciąż patrzyła na ciało ofiary.

– Amelio, jesteś przy drzwiach?

Głos był teraz tak opanowany, tak różny od tego, który słyszała w pokoju Rhyme'a: złośliwego i pełnego pretensji. Miał w sobie spokój... albo coś innego. Nie wiedziała co.

– Tak, jestem przy drzwiach. Wiesz, to szaleństwo...

– Jest w tym odrobina wariactwa – przyznał wesoło Rhyme. – Czy otworzyłaś walizkę?

Uniosła wieko i zajrzała do środka. Szczypce i pincety, małe lusterko z wygiętą rączką, bawełniane tampony, wkraplacze, pipety, papierki wskaźnikowe, skalpele, łopatki...
Do czego to służy?
...gaza, koperty, sitka, szczoteczki, nożyczki, plastikowe i papierowe torby, metalowe pojemniki, butelki z pięcioprocentowym roztworem kwasu azotowego, ninhydryną, silikonem, jodem, substancjami służącymi do wykrywania odcisków palców.
Nieprawdopodobne.
– Detektywie, nie sądzę, żeby pan mi wierzył, ale ja naprawdę nic nie wiem o prowadzeniu badań na miejscu przestępstwa – powiedziała do mikrofonu.
Ponownie spojrzała na zwłoki kobiety. Woda kapała z pozbawionego skóry nosa. Widać było fragment kości policzkowej. Na jej ustach malował się śmiertelny grymas. Taki sam jak na twarzy tego mężczyzny odkrytego rano.
– Wierzę ci, Amelio – powiedział obojętnie. – Czy walizka jest już otwarta?
Jego spokojny głos brzmi jak... Tak, to jest ten ton. Głos uwodziciela, kochanka.
Nienawidzę go, pomyślała. Nie powinno się nienawidzić ludzi sparaliżowanych, ale ja go nienawidzę.
– Jesteś w piwnicy?
– Tak, sir.
– Posłuchaj, mów do mnie Lincoln. Znamy się przecież dobrze od dłuższego czasu.
Od godziny.
– Jeśli się nie mylę, to w walizce są gumowe taśmy.
– Tak, widzę kilka.
– Owiń nimi buty tak, abyś mogła odróżnić swoje ślady.
– Okay, zrobione.
– Wyjmij torby i koperty. Włóż po dziesięć do kieszeni. Czy umiesz posługiwać się pałeczkami?
– Nie rozumiem.
– Nie chodzisz na ulicę Motta? Na kurczaki do General Tsao? Móżdżki w sosie sezamowym? – Ożywił się, gdy zaczął mówić o jedzeniu.
Powstrzymała się przed spojrzeniem na zamordowaną kobietę.
– Potrafię posługiwać się pałeczkami – powiedziała lodowato.

– Zajrzyj do walizki. Nie jestem pewien, ale powinnaś je tam znaleźć. Były w wyposażeniu, gdy kierowałem wydziałem.

– Nie widzę.

– W takim razie weź kilka ołówków. Włóż je do kieszeni. Będziesz poruszała się według schematu. Musisz zbadać każdy centymetr kwadratowy. Jesteś gotowa?

– Tak.

– Na początek powiedz mi, co widzisz.

– Duże pomieszczenie. Jakieś sześć na dziewięć. Pełno zardzewiałych rur. Podłoga – spękany beton. Ściany z cegły.

– Jakieś pudełka? Coś na podłodze?

– Nie, jest pusta. Tylko rury, zbiorniki na olej i bojler. Pod ścianą – kupka piasku z muszli. To skruszony tynk. Znajduje się też tutaj coś jakby szare tworzywo...

– Tworzywo? – wybuchnął. – Nie znam takiego słowa. Co to jest tworzywo?!

Zatrzęsła się ze złości.

Uspokoiła się i dopiero powiedziała:

– To azbest, ale nie zwinięty jak ten, który znaleziono dziś rano. Jest w postaci kruszących się płyt.

– Dobrze. Teraz pierwsze przejście. Będziesz szukała odcisków butów i śladów, które umyślnie zostawił przestępca.

– Jeszcze coś podrzucił?

– Och, jestem pewien, że tak – odparł Rhyme. – Nałóż okulary ochronne. Będziesz używała urządzenia PoliLight. Trzymaj je nisko. Musisz zbadać każdy centymetr kwadratowy. Wiesz, jak się poruszać?

– Tak.

– Jak?

– Nie muszę być egzaminowana – fuknęła.

– Musisz mi powiedzieć. Jak?

– Tam i z powrotem w jednym kierunku, potem w prostopadłym.

– Robisz małe kroki, nie dłuższe niż trzydzieści centymetrów.

Nie wiedziała tego.

– Wiem – odrzekła.

– Zaczynaj.

PoliLight błysnął tajemniczym, pełnym grozy światłem. Wiedziała, że istnieje takie urządzenie jak ALS, czyli lampa emitująca promieniowanie w szerokim zakresie widma. Umożliwia ono wykrycie odcisków palców, butów oraz śladów krwi i spermy. Wysyłane przez nie promieniowanie wywołuje fluorescencję. Jaskrawe, żółtozielone światło poruszało cienie w pomieszczeniu. Sachs wydawało się, że jest otoczona przez zjawy.

– Amelio? – ostro odezwał się Rhyme.

Znów wstrząsnął nią gniew.

– Tak? Co?

– Widzisz jakieś odciski butów?

Wpatrywała się w podłogę.

– No... nie. Widzę tylko bruzdy na kurzu... Lub coś w tym rodzaju.

Przestraszyła się, że użyła nieprecyzyjnego określenia. Ale w przeciwieństwie do Perettiego dziś rano, Rhyme nie zwrócił na to uwagi.

– Zatem zamiatał podłogę – powiedział.

Zdziwiła się.

– Tak! Oczywiście! Widzę ślady po szczotce. Skąd wiedziałeś?

Rhyme się roześmiał. Jego śmiech działał na nerwy w tym grobowcu.

– Był na tyle sprytny, żeby zatrzeć ślady dziś rano, dlaczego nie miałby zrobić tego teraz. O, jest dobry. Ale my też jesteśmy dobrzy. Kontynuuj.

Sachs pochyliła się. Poczuła wzmagający się ból w stawach. Przeszukała każdy centymetr kwadratowy podłogi.

– Nic. Tutaj zupełnie nic nie ma.

Rhyme wyczuł zadowolenie w jej głosie; skończyła pracę.

– To dopiero początek, Amelio. Miejsce przestępstwa ma trzy wymiary. Zapamiętaj to. Stwierdziłaś tylko, że nic nie ma na podłodze. Teraz poszukaj na ścianach. Zacznij od najbardziej oddalonej od źródła pary.

Powoli okrążyła makabryczne zwłoki na środku pomieszczenia. Przypomniała sobie zabawy na ulicach Brooklynu wokół ukwieconego słupa w czasie święta majowego. Szła powoli. Puste pomieszczenie przed nią i tysiące miejsc do przeszukania.

To beznadziejne... niemożliwe.

Jednak coś znalazła – na występie, dwa metry nad podłogą. Ucieszyła się.

– Mam coś.

– W całości?

– Tak. Duży kawałek ciemnego drewna.

– Weź pałeczki.
– Co? – zapytała.
– Ołówki. Użyj ich, by to podnieść. To jest wilgotne?
– Tutaj wszystko jest wilgotne.
– Oczywiście, powinno być. Włóż to do papierowej torby. Plastikowe torby zatrzymują wilgoć, przy wysokiej temperaturze bakterie mogłyby zniszczyć ślady. Czy jest coś jeszcze? – zapytał skwapliwie.
– Tak. Nie wiem, co to jest. Chyba włosy. Krótkie, przystrzyżone. Niewielka kępka.
– Luzem czy ze skórą?
– Luzem.
– W walizce jest pięciocentymetrowa taśma, 3M. Użyj jej.
Sachs zebrała większość włosów i włożyła je do papierowej koperty. Zaczęła przyglądać się występowi w ścianie.
– Widzę plamy. Rdza albo krew. – Pomyślała, że naświetli je promieniami z PoliLight. – Fluoryzują.
– Potrafisz przeprowadzić wstępny test krwi?
– Nie.
– Przypuśćmy, że jest to krew. Czy może to być krew ofiary?
– Nie sądzę. Występ znajduje się daleko od ofiary i nie ma żadnych śladów na podłodze.
– Czy ślady krwi na występie dokądś prowadzą?
– Chyba tak. Do cegły w ścianie. Jest luźna. Nie ma na niej odcisków palców. Zaraz ją usunę. Ja... Jezu!
Straciła oddech. Odskoczyła od ściany. Omal nie upadła.
– Co się stało?
Powoli podeszła do ściany, patrząc z niedowierzaniem.
– Amelio, odezwij się.
– Tu jest kość. Zakrwawiona kość.
– Ludzka?
– Nie wiem – odparła. – W jaki sposób... Nie wiem.
– Niedawne zabójstwo?
– Chyba tak. Pięć centymetrów długości i pięć szerokości. Jest na niej krew i mięśnie. Została odpiłowana. Kto...
– Nie panikuj.
– A jeżeli pochodzi ona od innej ofiary?
– Więc musimy go jak najszybciej znaleźć, Amelio. Zapakuj kość do plastikowej torby.
Gdy skończyła, zapytał:

– Podrzucił jeszcze jakieś wskazówki?

Jego głos pełen był niepokoju.

– Nie.

– To wszystko? Włosy, kość i kawałek drewna. Nie ułatwia nam zadania, prawda?

– Przynieść to do twojego... biura?

Roześmiał się.

– On by chciał, żeby to był koniec poszukiwań. Ale nie. Znajdziemy więcej informacji o przestępcy 823.

– Ale tutaj nic nie ma.

– Ależ nie, Amelio. Tam jest jego adres, numer telefonu, rysopis, jego marzenia i aspiracje. Wszystko to znajduje się wokół ciebie.

Zdenerwowała się jego profesorskim tonem. Nie odezwała się.

– Masz latarkę?

– Służbową, halogenową.

– Nieodpowiednia – mruknął. – Daje zbyt wąski strumień światła. Potrzebujesz dwunastowoltowej, z furgonetki.

– Nie zabrałam jej ze sobą – warknęła. – Mam po nią pójść?

– Nie ma na to czasu. Sprawdź rury.

Szukała dziesięć minut. Dotarła pod sam sufit. Do miejsc, które nie widziały światła prawdopodobnie od pięćdziesięciu lat.

– Nic nie znalazłam...

– Wróć do drzwi. Szybko.

Zawahała się i po chwili wykonała polecenie.

– Okay. Jestem przy drzwiach.

– Teraz zamknij oczy. Jakie zapachy czujesz?

– Zapachy? Nie przesłyszałam się? – *Oszalał?*

– Zawsze obwąchuje się miejsce przestępstwa. Można w ten sposób uzyskać wiele informacji.

Z otwartymi szeroko oczami wciągnęła głęboko powietrze do płuc.

– Nie wiem, jakie zapachy czuję.

– To nie jest zadowalająca odpowiedź.

Znów wyprowadził ją z równowagi. Syknęła ze złości. Miała nadzieję, że usłyszał wyraźnie. Zamknęła oczy i zaczęła głęboko oddychać. Ponownie chwyciły ją dreszcze.

– Pleśń, stęchlizna, para.

– Jeżeli nie wiesz, co to jest, opisz.

– Gorąca woda, jej perfumy.

– Jesteś pewna, że to jej perfumy?

– No, nie.

– Czy używałaś dzisiaj jakichś perfum?

– Nie.

– Może to zapach płynu po goleniu, którego użył lekarz lub policjant?

– Nie sądzę. Nie.

– Opisz ten zapach.

– Gorzki, suchy zapach... ginu.

– Zastanów się. Płyn po goleniu czy damskie perfumy? *Czego używał Nick? Arrid Extra Dry.*

– Nie wiem – odparła. – Płyn po goleniu.

– Podejdź do ciała.

Spojrzała na rurę, a potem na podłogę.

– Ja...

– Zrób to – powiedział Rhyme.

Podeszła do ciała. Ciemnoczerwona skóra odchodziła od mięśni płatami jak kora brzozy.

– Powąchaj szyję.

– To... Chciałam powiedzieć, że prawie nie ma skóry na szyi.

– Przepraszam, ale musisz to zrobić. Musimy wiedzieć, czy to zapach jej perfum.

Wciągnęła powietrze do płuc i zasłoniła usta ręką. Zebrało jej się na wymioty.

Zaraz będę rzygała. Tak jak wtedy z Nickiem w nocy u Pancha po słodkich drinkach z rumem i sokiem cytrynowym. W szklaneczkach pływały im wtedy małe, plastikowe rybki.

– Czujesz zapach perfum?

Tutaj... Znów zasłoniła usta.

Nie. Nie! Skoncentrowała się na bolących stawach. Szczególnie bolały ją kolana. W cudowny sposób nudności zniknęły.

– To nie jest zapach jej perfum.

– Dobrze. Może przestępca jest tak próżny, że wylewa na siebie litry płynu po goleniu. To może być pomocne w określeniu jego pochodzenia społecznego. Albo chciał ukryć jakiś zapach, który mógł zostawić. Czosnku, papierosów, ryb, whisky. Musimy to sprawdzić. Teraz, Amelio, słuchaj uważnie...

– Co?

– Chcę, żebyś się w niego wcieliła.

Och. Psychologiczne gówno. Jeszcze tego brakowało.

– Nie sądzę, żebyśmy mieli czas na takie eksperymenty.

– W czasie badań na miejscu przestępstwa nigdy nie mamy zbyt wiele czasu – powiedział łagodnym tonem. – Ale to nam nie przeszkodzi. Powinnaś wejść do jego głowy, starać się myśleć tak jak on.

– Dobrze, ale jak to zrobić?

– Użyj wyobraźni. Masz ją daną od Boga. Teraz jesteś przestępcą. Ofiara ma założone kajdanki i jest zakneblowana. Wprowadzasz ją do tego pomieszczenia. Przykuwasz kajdankami do rury. Zastraszasz ją. Sprawia ci to przyjemność...

– Dlaczego sprawia mu to przyjemność?

– Nie jemu, ale tobie. Skąd to wiem? Ponieważ nie wkładałby tyle wysiłku, gdyby nie robił tego z przyjemnością. Dobrze. Znasz to pomieszczenie. Byłeś tutaj wcześniej.

– Dlaczego tak myślisz?

– Musiałeś znaleźć to miejsce wcześniej; z rurą, w której tłoczy się przegrzaną parę wodną. Stąd wziąłeś rzeczy, które podrzuciłeś przy torach.

Była zahipnotyzowana jego sugestywnym, niskim głosem. Zupełnie zapomniała, że jest sparaliżowany.

– Oczywiście.

– Wykręcasz zawór. O czym myślisz?

– Nie wiem. Chyba żeby mieć to za sobą. Chcę wyjść.

Gdy skończyła to mówić, pomyślała: źle. Nie była zdziwiona, że usłyszała cmoknięcie w słuchawkach.

– Naprawdę? – zapytał Rhyme.

– Nie. Myślę o tym, że chcę to w końcu zrobić.

– Tak! Tego chcesz. Myślisz, co zrobi z jej ciałem para wodna. Co czujesz?

– Ja...

Niewyraźny obraz pojawił się w jej wyobraźni. Zobaczyła kobietę, która płakała, krzyczała, wzywała pomocy. Widziała też coś innego... kogoś innego. Była bliska uchwycenia obrazu. Co... co? Ale nagle myśli ulotniły się, zniknęły.

– Nie wiem – wyszeptała po chwili.

– Czy czujesz niepokój? Albo przyjemny dreszczyk emocji?

– Śpieszę się. Muszę stąd wyjść. W każdej chwili może zjawić się policja. Ale ciągle...

– Co?

- Pst - syknęła i zaczęła rozglądać się po pomieszczeniu. Wzrokiem szukała czegoś, co pozwoliłoby jej wywołać obraz, który się ulotnił.

Pomieszczenie zaczęło odpływać w rozgwieżdżoną noc. Tańcząca ciemność i żółtawe światełka w oddali. *Boże, nie chcę zemdleć.*

A może on...

Tutaj. To jest to. Wzrok Sachs podążył wzdłuż rury. Zauważyła inny zawór znajdujący się w niszy. To było lepsze miejsce do ukrycia dziewczyny: nikt przechodzący korytarzem by jej nie dostrzegł. Poza tym drugi zawór był przykręcony czterema śrubami, podczas gdy ten, który odkręcił - ośmioma.

Dlaczego nie wybrał tamtej rury?

Po chwili znała odpowiedź.

- On nie chciał... Ja nie chcę jeszcze wyjść, ponieważ muszę ją obserwować.

- Dlaczego tak myślisz? - dociekał.

- Tutaj jest inna rura z zaworem, do której mógł ją przykuć, ale wybrał miejsce na środku pomieszczenia.

- Zatem chcesz ją obserwować?

- Tak sądzę.

- Dlaczego?

- Być może, żeby zapobiec ewentualnej ucieczce. Albo patrzeć, czy nie pozbyła się knebla... Nie wiem.

- Dobrze, Amelio. Ale co to znaczy? Jak możemy wykorzystać ten fakt?

Sachs zaczęła rozglądać się po pomieszczeniu. Szukała miejsca, z którego przestępca mógł obserwować dziewczynę, samemu pozostając w ukryciu. Zwróciła uwagę na lukę między dwoma dużymi zbiornikami na olej opałowy.

- Tak! - krzyknęła podniecona, patrząc na podłogę. - Ukrył się tutaj. - Zapomniała o swojej roli. - Cholera, wyczyścił...

Oświetliła miejsce promieniami z PoliLight.

- Nie ma śladów butów - powiedziała niezadowolona. Ale gdy unosiła urządzenie, by je wyłączyć, promienie oświetliły jeden ze zbiorników.

- Znalazłam odcisk - oznajmiła.

- Odcisk?

- Lepiej mógł przyjrzeć się dziewczynie, gdy wychylił się i oparł o zbiornik. Właśnie tak zrobił. Jestem pewna. Tylko że odcisk jest dziwaczny, Lincoln. Jest zdeformowana... Ta jego ręka. – Ciarki przeszły jej po plecach, gdy patrzyła na monstrualny odcisk dłoni.

– W walizce znajdziesz pojemnik z aerozolem oznaczony DFO. Jest to luminofor. Rozpyl go na odcisku, naświetl promieniami z PoliLight i zrób zdjęcie polaroidem.

Gdy skończyła, usłyszała kolejne polecenie:

– Teraz, korzystając z Dustbust, zbierz to, co znajduje się na podłodze między zbiornikami. Jeśli będziemy mieli szczęście, to może znajdziemy jego włosy lub kawałki paznokci.

Moje nawyki, pomyślała Sachs. To była jedna z przyczyn, która zmarnowała jej karierę modelki: zakrwawione palce i wyskubane brwi. Ciągle próbowała przestać, i nic. W końcu zniechęcona zrezygnowała. Nie potrafiła pojąć, że niewinny nawyk może aż tak bardzo zmienić życie.

– Zapakuj filtr próżniowy.

– W torbę papierową?

– Tak. Teraz będziemy badać ciało.

– Co?!

– No, będziesz badała ciało ofiary.

Serce w niej zamarło. *Ktoś inny, proszę. Weź kogoś innego, żeby to zrobił...*

– Dopiero po skończeniu oględzin lekarskich. Taka jest procedura.

– Dzisiaj żadne procedury nie obowiązują, Amelio. Ustalamy własne. Lekarz będzie badał zwłoki po tobie.

Sachs podeszła do ofiary.

– Znasz zasady?

– Tak. – Zbliżyła się bardziej do zmasakrowanego ciała.

Gdy miała ręce kilka centymetrów od skóry ofiary, zamarła. *Nie mogę.* Wzdrygnęła się. *Zmuś się.* Ale nie mogła: mięśnie zastygły, odmawiały posłuszeństwa.

– Sachs? Jesteś tam?

Nie była w stanie odpowiedzieć: Nie potrafię tego zrobić... To takie proste: Nie mogę. Nie jestem w stanie.

– Sachs?

Zamknęła oczy i zobaczyła swojego ojca w mundurze. Pochylał się, by podnieść z dziurawego chodnika na Czterdziestej Drugiej pokrytego wrzodami pijaka. Pomógł mu dojść do domu. Potem zobaczyła Nicka śmiejącego się i pijącego piwo w knajpie na Bronksie. Porywacz, z którym siedział, zastrzeliłby go bez wahania, gdyby wiedział, że Nick jest policjantem. Dwóch mężczyzn w jej życiu, którzy robili to, co do nich należało.

– Amelio?

Te dwa obrazy unoszące się w pamięci uspokoiły ją.

– Jestem – powiedziała do Rhyme'a.

Zaczęła wykonywać polecenia, tak jak została nauczona.

Pobrała materiał zza paznokci, przeczesała włosy na głowie. Informowała Rhyme'a o wszystkim, co robi.

Nie zwracała uwagi na zmatowiałe oczy.

Nie zwracała uwagi na purpurowe mięśnie.

Starała się nie zwracać uwagi na odór.

– Zdejmij jej ubranie – polecił Rhyme. – Rozetnij je. Połóż papier, żeby niczego nie zgubić.

– Czy przeszukać kieszenie?

– Nie, zrobimy to tutaj. Zawiń wszystko w papier.

Sachs odcięła bluzkę, spódnicę, majtki. Sięgnęła po biustonosz zwisający z czegoś, co kiedyś było piersiami kobiety. Rozpadał się w palcach. Nagle zdała sobie sprawę, co trzyma w ręku i krzyknęła. Była to skóra.

– Amelio? Wszystko w porządku?

– Tak – wysapała. – Nic się nie stało.

– Opisz, czego użył do jej skrępowania.

– Taśma do izolowania przewodów, szerokości pięciu centymetrów. Typowe kajdanki i linka do wieszania bielizny, którą okręcił jej nogi.

– Naświetl promieniami z PoliLight ciało. Mógł jej dotknąć gołymi rękami. Poszukaj odcisków.

– Nic – odezwała się po chwili.

– No dobrze. Teraz przetnij linkę, ale nie supeł. Włóż ją do plastikowego worka.

Gdy Sachs skończyła, Rhyme powiedział:

– Potrzebne są też kajdanki.

– Okay. Mam przy sobie klucz.

– Nie. Nie otwieraj ich.

– Co?

– Na zamku często znajdują się ślady.

– Ale jak inaczej je zdejmę? – Roześmiała się.

– W walizce znajduje się piłka do metalu.

– Mam je przepiłować?

Zapadła cisza.

– Nie kajdanki, Amelio.

– Co ja mam zrobić?... Nie mówisz poważnie. Mam odpiłować dłonie?

– Musisz to zrobić. – Zdenerwowała go jej niechęć.

Mam dość, pomyślała. Sellitto i Polling zwrócili się do wariata o pomoc. Być może ich kariera wisi na włosku, ale ja nie mam zamiaru zabrać się z nimi do tonącej łodzi.

– Zapomnij.

– Amelio, to jest jeden ze sposobów zbierania śladów.

Wydaje się, że mówi rozsądnie. Szukała wymówki.

– Krew z odciętych rąk zaleje miejsce przestępstwa.

– Jej serce już nie bije. Poza tym – mówił głosem telewizyjnego kucharza – krew już zakrzepła.

Znów chwyciły ją mdłości.

– Amelio, weź z walizki piłkę. Znajduje się przy wieku.

– Proszę – dodał po chwili lodowatym głosem.

– Dlaczego kazałeś mi wybierać brud zza paznokci? Od razu powinieneś powiedzieć, żebym odcięła jej dłonie!

– Amelio, musimy mieć kajdanki. Otworzymy je u mnie. Nie możemy czekać na lekarza. To musi być zrobione.

Podeszła do drzwi. Z walizki wyjęła piłkę. Spojrzała na zastygłe, skręcone ciało kobiety.

– Amelio? AMELIO?

Na zewnątrz otoczyło ją lepkie, gorące powietrze. Pokryte sadzą budynki przypominały wypalone kości. Nigdy do tej pory Sachs nie była tak zadowolona, że znajduje się poza budynkiem. W jednej ręce trzymała walizkę, a w drugiej piłkę. Słuchawki zwisały z szyi. Nie zwróciła uwagi na tłum przyglądających się jej policjantów i gapiów. Szła w stronę furgonetki.

Gdy przechodziła obok Sellitta, nie zatrzymała się, tylko podała mu – właściwie rzuciła – piłkę.

– Niech przyjedzie i sam to zrobi.

II

Zasada Locarda

W rzeczywistości można tylko raz zbadać miejsce zbrodni.

Vernon J. Geberth, emerytowany major
nowojorskiego departamentu policji

Sobota, 16.00–sobota, 22.15

Rozdział 9

Proszę postawić się w moim położeniu...

Mężczyzna siedzący po drugiej stronie ucieleśniał wyobrażenie telewizji o komisarzu policji w dużym mieście. Rzeczywiście nim był. Jasne włosy, kształtna szczęka, okulary w złotych oprawkach, elegancka postawa.

– Jaki ma pani problem, funkcjonariuszko?

Komisarz Randolph C. Eckert spojrzał wzrokiem, który natychmiast Sachs rozpoznała. Był zwolennikiem równouprawnienia w policji: równie surowo odnosił się do policjantów jak policjantek.

– Chcę złożyć skargę – wykrztusiła. – Słyszał pan o porwaniu pasażerów taksówki?

Skinął głową.

– Przeklęta konferencja ONZ. To przez nią. Cały świat patrzy. To nie fair. Ludzie nie mówią o zbrodniach w Waszyngtonie albo w Detroit. No może o Detroit mówią. Ale o Chicago – nigdy. To Nowy Jork skupia na sobie uwagę wszystkich. Richmond ma większy wskaźnik morderstw na tysiąc mieszkańców niż my. Sprawdzałem. Wolałbym znaleźć się nieuzbrojony w centrum Harlemu, niż otworzyć okno w samochodzie jadącym przez południowo-wschodnią dzielnicę Waszyngtonu.

– Tak jest, sir.

– Rozumiem, że znaleziono dziewczynę martwą. O porwaniu informowano we wszystkich stacjach radiowych i telewizyjnych. Ci dziennikarze...

– Ofiarę znaleziono w południowej części miasta. Kilkadziesiąt minut temu.

– Przykro mi.

– Tak jest.

– Została po prostu zabita? Nie pojawiło się żądanie okupu lub coś takiego?

– Nie słyszałam o okupie.

– Czego dotyczy pani skarga?

– To ja odnalazłam zwłoki mężczyzny, którego porwano w taksówce.

– Jest pani z policji patrolowej? – spytał Eckert.

– Byłam. Mam przeniesienie do wydziału spraw publicznych, ważne od dwunastej. Powinnam siedzieć na kursie. – Uniosła ręce, ale spojrzała na swoje zabandażowane paznokcie i natychmiast położyła je na kolanach. – Oni mnie zmusili, abym brała udział w prowadzeniu tego śledztwa.

– Kto?

– Detektyw Sellitto, sir. I kapitan Haumann. I Lincoln Rhyme.

– Rhyme?

– Tak jest.

– Czy on nie był szefem wydziału badań i zasobów informacji kilka lat temu?

– Tak, to on.

– Myślałem, że nie żyje.

Tacy nigdy nie umierają.

– Ale żyje.

Eckert wyjrzał przez okno.

– On już nie jest w policji. Co ma wspólnego ze śledztwem?

– Przypuszczam, że jest konsultantem. Śledztwem kieruje Lon Sellitto, a nadzoruje je kapitan Polling. Czekałam na nowy przydział osiem miesięcy. A teraz muszę badać miejsce zbrodni. Nigdy tego nie robiłam. To nie ma sensu i szczerze mówiąc, jestem oburzona, że muszę wykonywać zadanie, do którego nie mam przygotowania.

– Miejsce zbrodni?

– Rhyme kazał mi przeprowadzić badania na miejscu przestępstwa.

Eckert nie mógł tego zrozumieć. To niewiarygodne.

– Dlaczego cywil wydaje polecenia mundurowym?

– Właśnie. – Postanowiła wykorzystać sytuację. – Chciałam pomóc w śledztwie, ale nie jestem przygotowana do rozczłonkowywania ofiary...

– Co?!

Zamrugała oczami, gdy zobaczyła jego zdziwienie. Opowiedziała o kajdankach.

– Mój Boże, co, do cholery, oni sobie myślą? Przepraszam za łacinę. Czy oni nie wiedzą, że cały kraj na nas patrzy? Bez przerwy mówią o tym porwaniu. Odciąć dłonie? Czy pani jest córką Hermana Sachsa?

– Tak.

– Dobry policjant. Wspaniały policjant. Dałem mu pochwałę. Dostał ich wiele. Był wzorem policjanta patrolującego dzielnicę. Midtown South, dobrze pamiętam?

– Hell's Kitchen. Mój rejon.

Mój były rejon.

– Herman Sachs prawdopodobnie zapobiegł większej liczbie przestępstw, niż cały wydział detektywistyczny potrafiłby wykryć. Szybko reagował. Rozładowywał sytuację.

– Cały ojciec.

– Jej ręce? – parsknął Eckert. – Rodzina dziewczyny zaskarży nas, gdy się o tym dowie. Oskarżą nas o wszystko. Teraz procesujemy się z gwałcicielem, który został postrzelony w nogę, gdy zaatakował policjanta nożem. Jego adwokat przedstawił teorię, którą nazywa „możliwością mniej zagrażającą życiu". Jego zdaniem powinniśmy przestępców obezwładniać, używać gazu paraliżującego. Może prosić ich, żeby byli grzeczni – nie wiem. Dobrze, porozmawiam z szefem policji i burmistrzem na temat tego śledztwa. Przeprowadzę kilka rozmów telefonicznych, funkcjonariuszko. – Spojrzał na zegar ścienny. Było kilka minut po czwartej. – Jakie ma pani teraz zadanie?

– Muszę złożyć raport w domu Lincolna Rhyme'a. Stamtąd kieruje się śledztwem. – Pomyślała o piłce do metalu. Dodała chłodno: – Jego sypialnia jest stanowiskiem dowodzenia.

– Sypialnia cywila jest stanowiskiem dowodzenia?

– Byłabym wdzięczna, gdyby pan mógł coś zrobić w tej sprawie. Tak długo czekałam na przeniesienie.

– Odciąć jej ręce. Wielki Boże...

Wstała i opuściła gabinet.

Idąc korytarzem, pomyślała, że wkrótce będzie tu pracować. Doznała ulgi jednak trochę później, niż się spodziewała.

Stał przy oknie z grubymi, żółtymi szybami i obserwował watahę dzikich psów poszukujących zdobyczy. Grasowały na placu po drugiej stronie ulicy.

Znajdował się na parterze starego domu. Obłożony marmurem budynek został wybudowany na początku XIX wieku. Otaczały go puste place i kamienice czynszowe. Niektóre mieszkania były opuszczone, inne zajmowali dzicy lokatorzy. Tylko nieliczni mieszkańcy płacili czynsz. Dom, w którym się znajdował, świecił pustką od wielu lat.

Kolekcjoner Kości wziął kawałek papieru ściernego do ręki i ponownie zabrał się do roboty. Spojrzał na swoje dzieło, a potem znów przez okno.

Jego ręka wykonywała precyzyjne okrężne ruchy. Papier szeleścił: *szszsz, szszsz...* Jak matka uspokajająca dziecko.

Dziesięć lat temu – gdy lepsza przyszłość zaczęła rysować się przed Nowym Jorkiem – wprowadził się tutaj pewien zwariowany artysta. Zapełnił ten wilgotny piętrowy budynek zniszczonymi, zardzewiałymi antykami: kratami z kutego żelaza, metalowymi ramami, filarami. Niektóre z prac artysty pozostały na starym tynku: nieukończone malowidła przedstawiające robotników, dzieci, zagniewanych kochanków. Okrągłe, niewyrażające uczuć twarze – typowe dla jego malarstwa – patrzyły obojętnie w przestrzeń, jakby dusze uleciały z gładkich ciał.

Malarz nigdy nie odniósł sukcesu. Nawet po samobójczej śmierci, która przecież przynosi rozgłos i sławę artystom. Wtedy dom przejął bank.

Szszsz...

Kolekcjoner Kości wypatrzył ten dom rok temu. Opuszczone sąsiedztwo było dla niego bardzo ważne. Poza tym miejsce to miało dodatkowy urok: plac naprzeciw domu. Kilka lat temu podczas wykopów koparka odkryła ludzkie kości. Okazało się, że w tym miejscu znajdował się stary cmentarz miejski. Artykuły w gazetach sugerowały, że znajdują się tu też zwłoki Indian Manate i Lenape.

Odłożył to, co wygładzał papierem ściernym: delikatną kość dłoni. Wziął teraz do ręki nadgarstek, który starannie oddzielił od kości łokciowej i promieniowej, zanim pojechał na lotnisko Kennedy'ego, by wybrać nowe ofiary. Kości suszył ponad tydzień i większość mięśni skruszyła się, jednak musiał im poświęcić jeszcze dużo czasu. Usłyszał trzask przypominający odgłos wydawany przez ryby wynurzające się na powierzchnię jeziora.

Konstable byli lepsi, niż się spodziewał. Obserwował ich, gdy przeszukiwali ulicę Perłową, i zastanawiał się, czy kiedykolwiek znajdą kobietę porwaną na lotnisku. Był bardzo zdziwiony, gdy nagle zaczęli biec w stronę właściwego budynku. Sądził, że dopiero po drugim, trzecim zabójstwie odczytają jego wskazówki. Oczywiście nie ocalili jej, ale mogli. Kilka minut spóźnienia miało duże znaczenie.

Często się tak zdarza w życiu.

Łódkowata, rożkowata, główkowata, haczykowata... Kości splątane jak włókna w materiale rozdzieliły się pod jego silnymi palcami. Usunął resztki mięśni i ścięgien. Wybrał kość kciuka i zaczął oczyszczać ją papierem ściernym.

Szszsz, szszsz.

Zmrużył oczy, gdy wyjrzał przez okno. Ujrzał mężczyznę stojącego przy starym grobie. To musiało być tylko przywidzenie, ponieważ miał na sobie gabardynowe musztardowe ubranie oraz melonik. Przy nagrobku położył kilka ciemnych róż. Wymijając konie i powozy, podążył w stronę eleganckiego łukowego mostu znajdującego się nad Collect Pond, u wylotu ulicy Kanałowej. Kogo odwiedził? Rodziców? Brata? Członków rodziny, którzy umarli na gruźlicę lub w czasie strasznej epidemii grypy, jaka niosła niedawno śmierć w mieście...

Niedawno?

Nie tak niedawno. Sto lat temu – to miał na myśli.

Znów wyjrzał przez okno i zmrużył oczy. Zniknęły konie i powozy. Nie było też mężczyzny, chociaż wydawał się tak rzeczywisty jak mięso i krew.

To jest naprawdę rzeczywiste.

Szszsz, szszsz.

Przeszłość znów się wdzierała. Widział wcześniejsze wydarzenia. Widział je tak, jakby to wszystko działo się teraz. Nie mógł tego kontrolować. Wiedział, że nie może.

Zaczął wpatrywać się przez okno i zrozumiał, że dla niego nie ma żadnego wcześniej czy później. Unosił się w czasie – o dzień, pięć lat, sto, dwieście – jak uschły liść na wietrze.

Spojrzał na zegarek. Pora wyjść.

Położył kości na półkę nad kominkiem i starannie jak chirurg umył ręce. Pięć minut wałkiem do zbierania włosów oczyszczał swoje ubranie. Pył z kości, kurz lub włosy z ciała mogłyby ułatwić konstablom znalezienie go.

Idąc do powozowni, przeszedł obok nieukończonego malowidła przedstawiającego rzeźnika z twarzą jak księżyc w pełni, ubranego w zakrwawiony biały fartuch. Chciał wsiąść do taksówki, ale zmienił decyzję. Nieprzewidywalność jest najlepszą obroną. Pojedzie powozem... fordem sedanem. Wyjechał na ulicę i zamknął drzwi garażu.

Nie ma wcześniej i później...
Gdy przejeżdżał obok cmentarza, psy uniosły łby i spojrzały na forda. Po chwili znów zaczęły grasować w krzakach w poszukiwaniu szczurów i wody. Panował nieznośny upał.

Nie ma przeszłości i teraźniejszości...
Gdy wyjeżdżał ze starej części miasta, wyjął z kieszeni maskę na twarz i rękawiczki. Położył je na siedzeniu obok. Kolekcjoner Kości wyruszał na polowanie.

Rozdział 10

Coś zmieniło się w pokoju, ale nie wiedziała co. Lincoln Rhyme zauważył to w jej oczach.

– Straciliśmy kontakt, Amelio – powiedział nieśmiało. – Dostałaś jakieś polecenie?

Nie patrzyła na niego.

– Najwidoczniej nikt nie poinformował mojego nowego przełożonego, że nie zjawię się w pracy. Pomyślałam, że ktoś to powinien zrobić.

– Ach, tak.

Powoli zaczęła zauważać zmiany. Oprócz podstawowych aparatów, które Mel Cooper przywiózł ze sobą, w pokoju pojawiły się: skaningowy mikroskop elektronowy, przystawki do mikroskopów pozwalające badać szkło, mikroskop dwuwiązkowy, sprzęt do pomiaru gęstości i rozdzielania ciał stałych, setki zlewek oraz słoików i butelek z odczynnikami chemicznymi.

Na środku pokoju stała duma Coopera: skomputeryzowany chromatograf gazowy sprzężony ze spektrometrem masowym. Inny komputer był połączony z terminalem Coopera w laboratorium.

Wchodząc w głąb pokoju dużymi krokami, Sachs omijała wijące się jak węże grube kable. Żeby podłączyć wszystkie urządzenia, trzeba było wyłączyć prąd w innych pomieszczeniach w domu. Gdy tak zręcznie manewrowała między przewodami, Rhyme uznał, że Sachs jest wyjątkowo piękną kobietą. Na pewno nie spotkał do tej pory tak ładnej policjantki.

Przez chwilę czuł pożądanie. Mówi się, że myślimy głównie o seksie. Rhyme uważał, że jest to prawda. Uszkodzenie rdzenia kręgowego wcale nie zmniejszyło jego popędu. Wciąż ze wstrętem przypomina sobie noc sześć miesięcy po wypadku. On i Blaine próbowali „to" robić. Starali się zachowywać, jakby nic się nie stało. Niby nic szczególnego.

Ale to nie było takie proste. Sam seks jest bardzo dziwaczną czynnością, a gdy dodać do tego cewniki i pojemniki, to trzeba mieć znacznie więcej wytrwałości i poczucia humoru, niż oni mieli. Jednak tym, co zabiło uniesienie, był wyraz jej twarzy. Zauważył na ustach Blaine Chapman Rhyme chłodny, wymuszony uśmiech, który wskazywał, że robi to z litości. Dwa tygodnie później złożył pozew rozwodowy. Wprawdzie Blaine protestowała, ale bardzo szybko podpisała zgodę.

Sellitto i Banks też znajdowali się w pokoju – segregowali ślady, które zebrała Sachs. Popatrzyła na nich z umiarkowanym zainteresowaniem.

– Zespół znalazł jeszcze tylko osiem śladów – rzekł Rhyme – jakie zostawili dwaj robotnicy pracujący w budynku.

– Przepraszam, ale...

– Tylko osiem!

– To komplet – wyjaśnił Thom. – Ciesz się. Lepszej pochwały od niego nie usłyszysz.

– Nie potrzebuję wyjaśnień, Thom. Proszę i dziękuję.

– Cieszę się, że mogłam pomóc – powiedziała do Rhyme'a. Starała się być miła.

Co to znaczy? Rhyme spodziewał się, że Sachs wtargnie do pokoju jak burza i rzuci worki ze śladami na jego łóżko. Może nawet piłkę do cięcia metalu lub worek z odciętymi rękami. Oczekiwał wybuchu gniewu, wściekłości – chociaż ludzie powściągają swoje uczucia, gdy kłócą się z kalekami. Przypomniał sobie jej wzrok, kiedy go zobaczyła. Wyczuł wtedy pewne pokrewieństwo dusz między nimi.

Ale teraz spostrzegł, że był w błędzie. Amelia Sachs zachowywała się jak inni: pogłaskała go po głowie i czekała, kiedy będzie mogła wyjść.

W jednej chwili jego serce zamieniło się w kamień. Mówił teraz do pajęczyny na ścianie.

– Rozmawialiśmy o terminie następnego morderstwa. Prawdopodobnie nie ma ściśle określonej godziny.

– Myślimy – kontynuował Sellitto – że ten kutas już działa, bez względu na to, co zaplanował. Jednak nie wie dokładnie, kiedy popełni zbrodnię. Lincoln sądzi, że pochował kilku włóczęgów w miejscach pozbawionych powietrza.

Źrenice Sachs się zwęziły. Rhyme to zauważył. Pochowani żywcem. Jeśli musisz mieć fobię, ta jest dobra jak każda inna.

Przerwało im dwóch mężczyzn w popielatych garniturach. Weszli do pokoju pewnie, jakby byli tu stałymi gośćmi.

– Pukaliśmy – oznajmił jeden z mężczyzn.

– Dzwoniliśmy – dodał drugi.

– Nikt się nie odzywał.

Mieli po jakieś czterdzieści lat; nie byli tego samego wzrostu, ale mieli takie same jasne włosy. Uśmiechali się identycznie i dopóki nie zdradził ich brookliński akcent, Rhyme pomyślał: prostaki ze wsi. Jeden z nich miał piegi na bladym nosie.

– Panowie...

Sellitto przedstawił Chłopców Twardzieli: detektywa Beddinga i detektywa Saula. Byli wywiadowcami. Specjalizowali się w przeprowadzaniu wywiadów z ludźmi mieszkającymi w pobliżu miejsca przestępstwa – szukali świadków i wskazówek. Była to trudna sztuka i Rhyme nigdy jej się nie nauczył – zresztą nie odczuwał takiej potrzeby. Wolał badać ślady materialne. Wnioski, które wyciągał, przekazywał takim policjantom jak ci. Byli oni żywymi detektorami kłamstw: konfrontowali wnioski z zeznaniami przestępców. Detektywi nie wydawali się zdziwieni, że muszą składać raport cywilowi leżącemu w łóżku.

Rozpoczął Saul, wyższy i piegowaty.

– Znaleźliśmy trzydziestu sześciu...

– ...ośmiu, gdyby doliczyć dwóch idiotów. Ja to zrobiłem, on – nie.

– ...potencjalnych świadków. Wszystkich przesłuchaliśmy. Nie mieliśmy zbyt dużo szczęścia.

– Większość była ślepa, głucha i cierpi na amnezję. Jak zwykle.

– Brak informacji o taksówce. Przeczesaliśmy całe West Side. Nic. Zero.

– Ale mamy dobrą wiadomość.

– Znaleźliśmy świadka.

– Świadka? – zapytał ożywiony Banks. – Fantastycznie.

Rhyme nie wpadł w entuzjazm.

– Dalej.

– Przy torach kolejowych.

– Świadek widział mężczyznę, który szedł ulicą Jedenastą, a potem skręcił...

– „Nagle", jak powiedział świadek – dodał Bedding.
– ...i skierował się w ulicę prowadzącą do tunelu kolejowego.
Zatrzymał się na chwilę...
– ...spojrzał w dół.
Rhyme'a zmartwiła ta informacja.
– To chyba nie był nasz przestępca. On jest zbyt inteligentny, żeby tak ryzykować.
– Ale... – kontynuował Saul, unosząc palec i patrząc na swojego partnera.
– ...to miejsce można zobaczyć tylko z jednego okna.
– I właśnie w nim stał nasz świadek.
– Wstał wcześnie. Chwała mu za to.
Zanim Rhyme przypomniał sobie, że pogniewał się na Sachs, zapytał:
– Co o tym sądzisz?
– Przepraszam? – Zamyśliła się, wyglądając przez okno.
– Zamknęłaś ulicę Jedenastą, nie Trzydziestą Siódmą.
Nie wiedziała, co odpowiedzieć, ale Rhyme zwrócił się do bliźniaków:
– Rysopis?
– Nasz świadek nie potrafi zbyt dużo powiedzieć.
– Już był pijany.
– Powiedział, że facet nie był wysoki. Nieokreślony kolor włosów. Rasa...
– Prawdopodobnie biały.
– W co był ubrany? – spytał Rhyme.
– Coś ciemnego. Tylko tyle mógł powiedzieć.
– Co robił? – spytał Sellitto.
– Cytuję: „Po prostu stał i patrzył w dół. Myślałem, że zamierza skoczyć, kiedy będzie przejeżdżał pociąg. Kilka razy spoglądał na zegarek".
– W końcu odszedł. Rozglądał się wokół. Wyglądało, że nie chce być widziany.
Czemu się przyglądał? – zastanawiał się Rhyme. Przypatrywał się umierającemu mężczyźnie? Może sprawdzał, czy ktoś kręci się wzdłuż torów?
– Przyszedł czy przyjechał? – spytał Sellitto.
– Przyszedł. Sprawdziliśmy wszystkie parkingi...
– ...i garaże...
– ...w okolicy. Ale tam znajduje się centrum konferencyjne

i jest dużo parkingów. Parkingowi stoją na ulicy i za pomocą pomarańczowych chorągiewek kierują na nie samochody.

– Ze względu na wystawę już o siódmej rano połowa miejsc była zajęta. Mamy ponad dziewięćset numerów rejestracyjnych. Sellitto kręcił głową.

– Trzeba je sprawdzić...

– Lista została przekazana – powiedział Bedding.

– ...ale jestem pewny, że przestępca nie zostawił samochodu na parkingu – kontynuował detektyw. – Nie kupował karty parkingowej.

Rhyme zgodził się z nim i zapytał:

– Budynek na Perłowej?

– Jest następny na naszej liście. Właśnie tam jedziemy – odpowiedział jeden z bliźniaków albo obaj jednocześnie.

Rhyme zauważył, że Sachs patrzy na zegarek zapięty na nadgarstku. Kazał Thomowi dopisać nowe informacje do charakterystyki przestępcy.

– Czy chce pan przesłuchać tego świadka? – zapytał Banks.

– Nie. Nie wierzę w zeznania świadków – powiedział Rhyme.

– Wracamy do pracy. – Spojrzał na Mela Coopera. – Włosy, krew, kość, kawałek drewna. Najpierw kość – poinstruował go.

Morgen...

Młoda Monelle Gerger otworzyła oczy i powoli usiadła na wygiętym łóżku. W ciągu dwóch lat swojego pobytu we wschodnim Greenwich ani razu nie powiedziała „ranek".

Uniosła się nieco i oślepiło ją bezlitosne sierpniowe światło.

– Mein Gott...

Opuściła klub o piątej; w domu była o szóstej; kochała się z Brianem do siódmej...

Która może być godzina?

Była przekonana, że jest wcześnie rano.

Mrużąc oczy, spojrzała na zegar. Szesnasta trzydzieści.

To nie jest już früh morgens.

Kawa czy pralnia?

O tej porze chodziła do Dojo na posiłek wegetariański i na trzy filiżanki mocnej kawy. Spotykała tam znajomych, stałych bywalców – tak jak ona.

Jednak miała dużo do zrobienia w domu. Włożyła dwie luźne koszulki, by ukryć fałdy tłuszczu, oraz dżinsy. Na szyję założyła kilka łańcuszków. Chwyciła kosz na bieliznę i wrzuciła do niego proszek.

Potem otworzyła trzy blokady drzwi. Wzięła kosz z bielizną i zeszła nieoświetlonymi schodami. Zatrzymała się w piwnicy. *Irgendwas stimmt hier nicht.* Poczuła się niepewnie. Spojrzała na schody, rozejrzała się po mrocznym korytarzu. *Co tu się zmieniło?* Aha, światło. Przepaliły się żarówki na korytarzu. Nie – przyjrzała się uważnie – zostały wykręcone. Pieprzone dzieciaki wszystko kradną. Wprowadziła się tutaj – do Domu Niemieckiego – ponieważ słyszała, że jest to przystań dla niemieckich artystów. Okazało się jednak, że jest to taki sam dom jak inne domy czynszowe w okolicy: obskurny, bez windy i zbyt drogi. Jedyną jego zaletą było to, że mogła skarżyć się dozorcy po niemiecku.

Weszła do kotłowni. Było tak ciemno, że musiała iść przy ścianie, aby nie potknąć się o sterty śmieci.

Pchnęła drzwi i wyszła na korytarz prowadzący do pralni.

Szuranie. Stukot.

Odwróciła się szybko, ale dostrzegła tylko nieruchome cienie. Słyszała jedynie odgłosy ruchu ulicznego i jęki wydawane przez stary budynek.

Ruszyła dalej ciemnym korytarzem. Przeszła obok sterty pudełek, połamanych krzeseł i stołów, pod pokrytymi warstwą kurzu przewodami. Tutaj też nie było żarówek. Niepokój przywołał wspomnienie zdarzenia sprzed lat. Miała wtedy pięć lub sześć lat. Szła z ojcem do ogrodu zoologicznego. Gdy przechodzili obok mostu, ojciec objął ją ramieniem i powiedział, że pod nim mieszka głodny troll. W drodze powrotnej do domu, przechodząc przez most, będą musieli iść bardzo szybko. Wpadła w przerażenie. *Głupia. Trolle...*

Idąc korytarzem, nasłuchiwała odgłosów wydawanych przez urządzenia elektryczne. Z oddali dobiegała piosenka Oasis.

W pralni było ciemno.

Tutaj też brakowało żarówek. Poszła na górę. Waliła w drzwi mieszkania Herr Neischena, dopóki nie otworzył. Opieprzyła go za urwane klamki u drzwi wejściowych i z tyłu domu, za małolatów, którzy całymi dniami piją piwo na tarasie. Opieprzyła go też za brak żarówek.

Potem wróciła do pralni i wkręciła żarówki.

Olśniewające białe światło zalało pomieszczenie. Trzy duże żarówki zaświeciły jak słońce. Pralnia była obskurna, ale nie zagracona.

Monelle podeszła do rzędu czterech pralek. Do jednej z nich włożyła białe rzeczy, a do drugiej kolorowe. Nasypała proszku i wcisnęła przyciski.

Nic.

Walnęła w wyłącznik, a potem kopnęła pralkę. Brak reakcji. Cholera. Ten *gottverdammte* dom.

Spojrzała na sznury elektryczne. Jakiś idiota wyłączył pralki z gniazdek. Wiedziała kto. Neischen ma dwunastoletniego syna, który jest odpowiedzialny za większość zniszczeń w budynku. Kiedy w ubiegłym roku poszła do Neischena, by po raz kolejny poskarżyć się na coś, ten gówniarz usiłował ją kopnąć.

Za pralkami zaczęła szukać gniazdek. Po chwili podłączyła je. I poczuła na szyi oddech mężczyzny.

Nein!

Była wciśnięta między ścianę a pralki. Wrzasnęła. Zauważyła ciemne ubranie i maskę na twarzy mężczyzny. Jego ręka zacisnęła się na jej ramieniu jak szczęka zwierzęcia. Pchnął ją. Straciła równowagę i upadła twarzą na chropowaty beton, który stłumił jej krzyk.

Usiadł na niej, przygważdżając jej ręce do podłogi. Usta zakleił grubą szarą taśmą.

Hilfe!

Nein, bitte nicht.

Bitte nicht.

Nie był potężnie zbudowany, ale za to silny. Bez trudu odwrócił ją na brzuch.

Usłyszała trzask zapinanych na jej rękach kajdanek. Mężczyzna wstał.

Przez chwilę słychać było tylko kapanie wody, ciężki oddech Monelle i klekot silnika pracującego gdzieś w piwnicy.

Spodziewała się, że za moment dotknie jej ciała, rozerwie ubranie. Słyszała, że podszedł do drzwi, aby upewnić się, czy są sami.

Wiedziała, że nikt tu się nie zjawi. Zdenerwowała się na siebie. Była jednym z nielicznych mieszkańców domu, którzy korzystali z pralni. Większość unikała prania tutaj, ponieważ pomieszczenie znajdowało się blisko tylnych drzwi i okien oraz zbyt daleko od mieszkań, by ktoś mógł przyjść z pomocą.

Podszedł do niej i odwrócił ją na plecy. Wyszeptał coś, czego nie dosłyszała. Potem: „Hanna".

Hanna? To pomyłka! Myśli, że jestem kimś innym. Kręciła głową, chcąc dać mu to do zrozumienia. Jednak gdy spojrzała w jego oczy, przestała. Mimo że miał na twarzy maskę, widać było, że coś mu się nie zgadza. Był zdenerwowany. Potrząsając głową, przyglądał się jej ciału. Położył ręce w rękawiczkach na jej dużych ramionach. Palcami ścisnął wałeczki tłuszczu. Zatrzęsła się z bólu.

Widziała, że jest niezadowolony. Złapał ją, ale nie był pewny, czy wybrał odpowiednią ofiarę.

Sięgnął do kieszeni i powoli coś z niej wyciągnął. Szczęk otwieranego noża podziałał na nią jak wstrząs elektryczny. Zaczęła szlochać.

Z jego ust wydobył się świst. Przykucnął nad nią, zastanawiał się.

– Hanno – wyszeptał. – Co mam zrobić?

Nagle podjął decyzję. Schował nóż do kieszeni i gwałtownym ruchem postawił ją na nogi.

Wyszli na korytarz.

Na zewnątrz wydostali się drzwiami z tyłu domu. Zamek w nich był popsuty, podobnie jak w wielu innych. Od tygodni nachodziła Neischena, żeby go naprawił.

Rozdział 11

Kryminalistyk jest człowiekiem renesansu. Musi znać botanikę, geologię, balistykę, medycynę, chemię, literaturę, inżynierię. Jeśli wie, że popiół z dużą zawartością strontu prawdopodobnie pochodzi z rakiety sygnalizacyjnej; portugalskie słowo *faca* znaczy nóż; Etiopczycy nie używają sztućców, jedzą wyłącznie prawą ręką; pocisk z pięcioma prawoskrętnymi śladami po gwincie nie został wystrzelony z kolta itd. – to może powiązać znalezione wskazówki z podejrzanym. Jedną dziedzinę wszyscy kryminalistycy znają dobrze – anatomię. To była niewątpliwie specjalność Lincolna Rhyme'a. Przez ostatnie trzy i pół roku interesował się głównie swoimi kośćmi i nerwami.

Spojrzał na plastikową torbę na dowody, którą trzymał w ręku Jerry Banks, i oznajmił:

– To nie jest kość ludzka. Kończyna tylna. Nie pochodzi zatem od kolejnej ofiary.

Starannie odpiłowany kawałek kości miał pięć centymetrów długości. Widać było ślady krwi.

– Zwierzę średniej wielkości – kontynuował Rhyme. – Duży pies, koza, owca. Ważyło od czterdziestu do sześćdziesięciu kilogramów. Musimy sprawdzić krew, może pochodzić od ofiary.

Przestępcy czasami używają kości jako narzędzia zbrodni. Rhyme osobiście trzy razy zetknął się z takimi przypadkami. Jako broni użyto: kostki byka, kości kończyny jelenia oraz – w wyjątkowo wstrząsającym mordzie – kości łokciowej ofiary.

Mel zaczął przeprowadzać badania krwi metodą dyfuzyjną.

– Musimy trochę poczekać na wyniki – przepraszał Cooper.

– Amelio, mogłabyś nam pomóc – powiedział Rhyme. – Weź lupę i przyjrzyj się uważnie kości. Powiedz, co widzisz.

– Nie pod mikroskopem? – zapytała.

Myślał, że będzie protestowała, ale podeszła do kości i spojrzała na nią ze zdziwieniem.

– Za duże powiększenie – wyjaśnił Rhyme.

Nałożyła okulary ochronne i pochyliła się nad białą, emaliowaną kuwetą. Cooper włączył lampę.

– Czy ślady po przecięciu są poszarpane, czy gładkie?

– Idealnie gładkie.

– Użył piły elektrycznej.

Rhyme zastanawiał się, czy zwierzę żyło, gdy przestępca odcinał kość.

– Zauważyłaś coś niezwykłego?

Wpatrywała się chwilę w kość i mruknęła:

– Nie wiem. To dziwne, ale kość wygląda jak kawałek na talerzu.

Wtedy Thom podszedł i spojrzał na kuwetę.

– To jest wskazówka? Śmieszne.

– Śmieszne – powtórzył Rhyme. – Śmieszne?

– Masz jakąś teorię na temat kości? – spytał Sellitto.

– Nie teorię. – Pochylił się i powąchał kość. – *Osso bucco*.

– Co?

– Gicz cielęca. Lincoln, kiedyś ci ją przyrządziłem. *Osso bucco*. Duszona gicz cielęca.

Spojrzał na Sachs i wykrzywił usta.

– Powiedział, że niesłona.

– Cholera! – krzyknął Sellitto. – Kupił ją w sklepie spożywczym!

– Jeśli mamy szczęście, to kupił ją w „swoim" sklepie spożywczym.

Cooper potwierdził, że strącanie osadu wykazało, iż nie jest to krew człowieka.

– Prawdopodobnie krowia – dodał.

– Co on chce nam przekazać? – zapytał Banks.

Rhyme nie wiedział.

– Zajmijmy się czymś innym. Czy można coś powiedzieć o łańcuchu i kłódce?

Cooper spojrzał na plastikowy worek.

– W tym wypadku nie mamy szczęścia. Na łańcuchu nie ma żadnych nazw. Zamek typowy, niezbyt bezpieczny. Kłódkę wyprodukowało Secure Pro. Ile czasu zajmuje otwarcie go?

– Trzy sekundy – powiedział Sellitto.

– Nie ma numerów seryjnych. Takie kłódki są sprzedawane we wszystkich sklepach z towarami żelaznymi w całym kraju.

– Zamek szyfrowy?

– Tak.

– Trzeba skontaktować się z firmą, która wyprodukowała tę kłódkę, i zapytać, czy na podstawie kombinacji cyfr można określić, z jakiej partii towaru pochodzi.

– Świetny strzał! – zawołał Banks.

Zaczerwienił się, gdy zobaczył karcące spojrzenie Rhyme'a, który powiedział:

– Entuzjazm w twoim głosie, detektywie, mówi mi, że ty się tym zajmiesz.

– Tak jest. – Pokazał na telefon komórkowy. – Robi się.

– Czy na łańcuchu znajdują się ślady krwi? – zapytał Rhyme.

– Tak, ale jest to krew jednego z naszych ludzi. Skaleczył się, usiłując rozbić kłódkę.

– Zatem został zanieczyszczony. – Rhyme spojrzał spode łba.

– Chciał ją uratować – powiedziała Sachs.

– Rozumiem. Dobrze postąpił, ale nie zmienia to faktu, że ślad został zanieczyszczony. – Rhyme spojrzał na stół, przy którym stał Cooper. – Odciski?

Cooper powiedział, że na ogniwach łańcucha znalazł tylko odciski palców Sellitta.

– Dobrze, a teraz kawałek drewna, który znalazła Amelia. Sprawdź, czy na nim nie ma odcisków.

– Zrobiłam to na miejscu przestępstwa – szybko wtrąciła Sachs.

Rhyme przypomniał sobie jej przezwisko. Piękne osoby rzadko mają przezwiska.

– Użyjemy ciężkiej artylerii, aby się upewnić – rzekł i zwrócił się do Coopera: – Zastosuj DFO lub ninhydrynę. Potem naświetl nigiem.

– Czym? – zapytał Banks.

– Laserem neodymowo-itrowo-glinowym.

Technik spryskał drewno cieczą z pojemnika, po czym skierował na nie wiązkę promieni lasera. Nałożył okulary ochronne.

– Nic.

Wyłączył laser. Zaczął uważnie przyglądać się ciemnemu kawałkowi drewna. Miał około piętnastu centymetrów długości.

117

Znajdowały się na nim ślady smoły z kurzem. Cooper trzymał szczapkę pincetą.

– Wiem, że Lincoln woli używać pałeczek – powiedział Cooper. – Jednak ja, gdy idę do Ming Wa, zawsze proszę o widelec.

– Możesz zmiażdżyć komórki – mruknął kryminalistyk.

– Mogę, ale tego nie robię – odparł Cooper.

– Jakie drewno? – zastanawiał się Rhyme. – Chcesz zrobić analizę przekroju?

– Nie, jestem pewny, że to dąb.

– Są ślady piły lub hebla? – Nagle chwycił go kurcz. Ból szyi stał się nieznośny. Stracił oddech. Zamknął oczy i przechylił głowę. Poczuł, że silne ręce Thoma masują mięśnie. Powoli ból ustąpił.

– Lincoln? – spytał Sellitto. – Wszystko w porządku?

Rhyme głęboko odetchnął.

– Już okay.

– Tutaj. – Cooper przyniósł kawałek drewna do łóżka. Poprawił okulary powiększające, które miał na nosie Rhyme.

Rhyme przyjrzał się uważnie drewnu.

– Rżnięty piłą ramową wzdłuż słoi. Bardzo nierówne ślady piłowania. Jest to prawdopodobnie fragment stuletniej belki lub słupa. Użyto piły parowej. Przysuń go bliżej, Mel. Chcę poczuć zapach.

Podsunął szczapę pod nos Rhyme'a.

– Kreozot. Otrzymuje się go ze smoły drzewnej. Używany był kiedyś do impregnowania drewna, zanim zaczęto stosować inne metody. Filary, doki, podkłady kolejowe.

– Zapewne fragment podkładu – powiedział Sellitto. – Pamiętacie wskazówki podrzucone przy torach.

– Mel, przyjrzyj się komórkom drewna.

Cooper zbadał drewno pod mikroskopem.

– Nacisk działał wzdłuż słoi. Zatem ten fragment drewna nie pochodzi z podkładu kolejowego, ale ze słupa, filaru. Poddany był dużemu naciskowi.

Kość... stary drewniany słup...

– Widzę zanieczyszczenia na powierzchni drewna. Czy można na ich podstawie coś powiedzieć?

Cooper położył na stole czystą kartkę papieru. Z kawałka drewna zmiótł część zanieczyszczeń. Popatrzył na upstrzoną kurzem kartkę – negatyw obrazu nieba.

– Czy jest dostatecznie duża ilość materiału, by zbadać go metodą gradientową?

W tej metodzie do długiej rury wypełnionej mieszaniną cieczy o różnej gęstości wsypuje się próbkę. Niewielkie cząsteczki substancji stałych rozdzielają się w zależności od swej gęstości właściwej. Rhyme zebrał ogromną liczbę danych dotyczących zanieczyszczeń pochodzących ze wszystkich pięciu dzielnic miasta. Wadą tej metody jest konieczność użycia stosunkowo dużej ilości materiału. Cooper uznał, że ma do dyspozycji za mało zanieczyszczeń.

– Możemy spróbować, ale musiałbym zużyć całą próbkę. Nic by nie zostało do innych analiz.

Rhyme polecił Cooperowi, żeby obejrzał zanieczyszczenia pod mikroskopem.

Cooper przeniósł część próbki na szkiełko mikroskopowe. Przypatrywał się kilka minut.

– Dziwne. Zanieczyszczenia pochodzą z powierzchni. Wyjątkowo duża liczba komórek roślinnych. Ale są zmiażdżone lub w stanie rozkładu.

Cooper uniósł wzrok i Rhyme zauważył ciemne ślady pod jego oczami. Technicy z laboratorium, którzy godzinami korzystali z mikroskopów, mieli czarne obwódki wokół oczu, wyglądali jak szopy.

– Przeprowadź analizę chromatograficzną. Spal próbkę zanieczyszczeń – polecił Rhyme.

Cooper uruchomił chromatograf gazowy i sprzężony z nim spektrometr masowy. Aparaty ożyły.

– Jedna, dwie minuty.

– Gdy będziemy czekać – powiedział Rhyme – kość... Zastanawia mnie kość. Przyjrzyj się jej pod mikroskopem.

Cooper ostrożnie umieścił kość na stoliku mikroskopu.

– Coś znalazłem.

– Co?

– Bardzo małe. Przezroczyste. Podaj mi szczypczyki – zwrócił się do Sachs. Po chwili ze szpiku kostnego coś wyciągnął. – Malusieńki kawałek celulozy regenerowanej – oznajmił.

– Celofan – powiedział Rhyme. – Podaj mi więcej szczegółów.

– Był poddany rozciąganiu i ściskaniu. Sądzę, że nie zostawił go celowo – nie był odcinany. Przypuszczam, że właściwości materiału nie są niespójne z właściwościami celofanu o dużej odporności na naprężenia.

– Nie są niespójne. – Rhyme jęknął. – Nie lubię twoich ostrożnych sformułowań.

– Musimy być ostrożni, Lincoln – rzekł wesoło Cooper.

119

– „Spójny", „odpowiada"... A szczególnie nienawidzę zwrotu „nie niespójny".

– No to może „bardzo luźno związane" – rzekł Cooper. – Najgorsze jest jednak to, że taki celofan jest powszechnie używany w sklepach spożywczych. Trudno będzie określić miejsce jego pochodzenia.

Jerry Banks wrócił z korytarza.

– Złe wiadomości. Secure Pro nie ma żadnego spisu szyfrów. Kombinacja cyfr wybierana jest losowo przez maszynę na linii produkcyjnej.

– A niech to.

– Ale zaciekawiło ich... powiedzieli, że często mają telefony od policji z różnymi pytaniami dotyczącymi ich produktów, ale nikt do tej pory nie pytał, czy na podstawie szyfru otwierającego zamek można określić, z jakiej partii towaru pochodzi kłódka.

– Co może być ciekawego w nieudanej próbie? – mruknął Rhyme i zwrócił się do Mela Coopera, który kręcił głową, patrząc na komputer przyłączony do chromatografu i spektrometru. – Co?

– Mam wyniki analizy. Obawiam się, że urządzenie nawaliło. Azot wyszedł poza skalę. Musimy powtórzyć analizę.

Rhyme powiedział, żeby to zrobił. Znów spojrzał na kość.

– Mel, kiedy zabito zwierzę?

Cooper zbadał kilka skrawków pod mikroskopem elektronowym.

– Niewielkie skupiska bakterii... Bambi został zabity niedawno. Albo wyjęty z lodówki około ośmiu godzin temu.

– Zatem przestępca kupił mięso dzisiaj lub wczoraj – podsumował Rhyme.

– Lub miesiąc temu i zamroził je – zasugerował Sellitto.

– Nie – zaprzeczył Cooper. – Tkanka nie została zniszczona przez kryształki lodu. Mięso nie leżało też zbyt długo w lodówce. Nie jest wysuszone. Produkowane obecnie lodówki odwadniają żywność.

– Dobra wskazówka – powiedział Rhyme. – Musimy nad nią popracować.

– Popracować? – Sachs się roześmiała. – Czy chcesz przez to powiedzieć, że będziemy dzwonić do wszystkich sklepów mięsnych w mieście i pytać, kto kupował wczoraj gicz cielęcą?

– Nie – odparł Rhyme. – Wczoraj i przedwczoraj.

– Czy wezwać Chłopców Twardzieli?

– Nie, niech robią to, co zaczęli. Skontaktuj się z Emmą. Sprawdź, czy ona jeszcze pracuje. Jeżeli nie, wezwij ją do biura wraz z innymi naszymi łącznikami. Daj im nadgodziny. Przekaż Emmie listę wszystkich sklepów spożywczych. Jestem pewien, że przestępca nie robił zakupów dla całej rodziny. Trzeba szukać klientów, którzy dużo nie kupowali.

– Nakaz sądowy? – zapytał Banks.

– Nie będzie problemów z uzyskaniem nakazu sądowego – powiedział Sellitto. – Ale spróbujemy bez niego. Kto wie? Niektórzy będą chcieli współpracować z policją. Czasami się to zdarza.

– Skąd w sklepach będą wiedzieć, kto kupował gicz cielęcą? – zapytała Sachs.

Nie odnosiła się już z rezerwą do śledztwa, jak do tej pory. Wyczuł zjadliwy ton w jej głosie. Zastanawiał się, czy jej frustracja jest objawem przerażenia wywołanego uciążliwością i drobiazgowością śledztwa. To uczucie nie było mu obce. Główny problem, przed którym często staje kryminalistyk – to zbyt wiele dowodów, które trzeba sprawdzić.

– W sklepach wszystkie informacje z kodu kreskowego wprowadza się do pamięci komputera. Informacje te niezbędne są do inwentaryzowania i odnawiania zapasów. Banks, widzę, że masz problem. Powiedz. Teraz już nie można nikogo zesłać na Syberię.

– No, ale tylko duże sklepy to robią. Poza tym są setki małych sklepików spożywczych, mięsnych – zauważył młody detektyw.

– Dobra uwaga. Jednak nie sądzę, żeby poszedł do małego sklepu. Anonimowość jest dla niego bardzo ważna. Robi zakupy w dużych sklepach.

Sellitto zadzwonił i wyjaśnił Emmie, jakich informacji poszukują.

– Zrób zdjęcie celofanu pod mikroskopem polaryzacyjnym – Rhyme polecił Cooperowi.

Technik włożył niewielki kawałek folii pod mikroskop i zainstalował polaroid. Po chwili Rhyme oglądał kolorowe zdjęcie z szarymi smugami. Nic mu to nie mówiło, ale mogło być wykorzystane do porównań.

Rhyme wpadł na pomysł.

– Lon, potrzebuję kilkunastu policjantów z oddziału specjalnego, tutaj. Natychmiast.

– Tutaj?! – zapytał Sellitto.

– Muszę przeprowadzić odprawę przed operacją.

– Jesteś pewny?

– Tak! Potrzebuję ich.

– Dobrze. – Spojrzał na Banksa, który zadzwonił do Haumanna.

– Co z innymi wskazówkami, podrzuconymi przez przestępcę, włosami, które znalazła Amelia?

Cooper wybrał kilka włosów i umieścił je pod mikroskopem fazowym. To urządzenie oświetla próbkę dwoma wiązkami promieniowania przesuniętego w fazie.

– To nie są włosy człowieka. Tyle teraz mogę powiedzieć. Wierzchnie włosy.

– Psa?

– A może cielaka? – zasugerował Banks z młodzieńczym entuzjazmem w głosie.

– Czy możesz je porównać z wzorcami? – zapytał Rhyme.

Cooper wpisał coś do komputera i po kilku sekundach na monitorze pojawiły się łuskowate włosy wielkości palców.

– Dzięki tobie, Rhyme. Przypominasz sobie bazę danych?

W czasie swojej pracy Rhyme zgromadził mnóstwo zdjęć mikroskopowych różnych rodzajów włosów.

– Tak. Ale ta baza to były powiązane grupy zdjęć. Jak je wprowadziłeś do komputera?

– ScanMaster, JPEG.

JPEG? Co to takiego? Przez kilka lat technologia rozwijała się bez Rhyme'a. Zdumiewające...

Gdy Cooper analizował włosy, Lincoln Rhyme zastanawiał się nad pytaniem, które nurtowało go od dłuższego czasu: dlaczego przestępca zostawia wskazówki? Człowiek jest zagadkową istotą, ale każdy – głupi, mądry, fanatyczny, okrutny – działa z jakichś pobudek, kierują nim jakieś motywy. Lincoln Rhyme nie wierzył w szczęście, przypadek, nieokreślone impulsy. Nawet psychopaci kierują się logiką, wprawdzie pokrętną, ale zawsze logiką. Musiał być jakiś powód, dla którego przestępca 823 mówił do nich rebusami.

– Mam. Sierść gryzonia. Prawdopodobnie szczura. Sierść została zgolona.

– Też mi wskazówka – powiedział Banks. – W mieście są miliony szczurów. Wszędzie. Co nam to może powiedzieć?

Sellitto zamknął oczy i wymamrotał coś pod nosem. Sachs nie zauważyła jego spojrzenia. Spoglądała na Rhyme'a pytająco. Był zdziwiony, że nie wie, jaką informację chciał przekazać przestępca, ale nic nie powiedział. Nie zamierzał dzielić się teraz przerażającymi wnioskami.

Siódma albo ósma – powinno się chyba doliczyć małą, biedną Maggie O'Connor – ofiara Jamesa Schneidera była żoną ciężko pracującego imigranta, który zapewniał rodzinie skromne mieszkanie przy ulicy Estery na Lower East Side. Dzięki odwadze tej nieszczęsnej kobiety policja odkryła tożsamość przestępcy. Hanna Goldschmidt była niemiecką żydówką. Cieszyła się dużym szacunkiem społeczności, wśród której mieszkała z mężem i szóstką dzieci (jedno dziecko zmarło przy porodzie). Kolekcjoner Kości jechał powoli ulicami miasta. Przestrzegał ograniczeń prędkości, chociaż doskonale wiedział, że policja drogowa Nowego Jorku nie zwraca uwagi na takie drobiazgi jak przekroczenie dozwolonej prędkości. Zatrzymał się na światłach. Spojrzał na kolejny billboard ONZ. Jego wzrok przyciągnęły uśmiechnięte twarze, podobne do tych namalowanych na ścianach jego domu. Po chwili rozglądał się wokół. Przypatrywał się miastu. Czasami był zdziwiony, widząc tak ogromne budynki, gzymsy tak wysoko, szkło tak gładkie, samochody tak lśniące, ludzi tak umytych. Miasto, które znał, było ponure, ciemne, brudne, zadymione, śmierdzące potem i błockiem. Konie mogły stratować, włóczędzy (niektórzy mieli dziesięć–dwanaście lat) mogli napaść i po ogłuszeniu pałką lub gazrurką zabrać zegarek i portfel... To było jego miasto. Jednak czasami znajdował się w innym mieście. Prowadził eleganckiego srebrzystego taurusa XL po gładkich ulicach i słuchając stacji WNYC, denerwował się – jak wszyscy nowojorczycy – że w tym mieście nie można skręcać w prawo na czerwonych światłach. Nastawił uszu, gdy usłyszał uderzenia dochodzące z bagażnika. Jednak wokół było tyle hałasów, że nikt nie mógł usłyszeć walenia Hanny. Zmieniły się światła. Nawet dziś kobiety rzadko wychodzą z domu same – wtedy było to jeszcze bardziej niezwykłe. Jednak tamtej nocy Hanna nie miała wyboru: musiała na chwilę opuścić swoje mieszkanie. Jej najmłodsze dziecko miało gorączkę, a mąż gorliwie modlił się w tym czasie w synagodze, dlatego sama musiała pójść po okłady. Gdy zamknęła drzwi, powiedziała do najstarszej córki: „Zamknij dobrze drzwi, gdy wyjdę. Zaraz wracam". Niestety nie wróciła. Chwilę później przypadkowo natknęła się na Jamesa Schneidera.

Kolekcjoner Kości przyjrzał się zniszczonym ulicom. W pobliżu pochował swoją pierwszą ofiarę. Znajdował się w Hell's Kitchen na West Side. Kiedyś był to bastion irlandzkich gangów. Jednak teraz do dzielnicy zaczęli przybywać młodzi przedsiębiorcy. Pojawiły się agencje reklamowe, studia fotograficzne i stylowe restauracje.

Poczuł zapach nawozu. Nie był zdziwiony, gdy zobaczył konia przed maską samochodu.

Jednak po chwili uświadomił sobie, że nie jest to zjawa z XIX wieku. Koń był zaprzężony do dwukołowego pojazdu. Krążą takie po Central Parku – można się nimi przejechać za bardzo dwudziestowieczną opłatę. Stajnie znajdowały się w pobliżu.

Zaśmiał się do siebie. Był to głuchy śmiech.

Ponieważ nie było świadków, można jedynie spekulować, co się wydarzyło. Musimy sobie wyobrazić wydarzenia. Łajdak zaciągnął szamoczącą się kobietę w uliczkę i pchnął ją sztyletem. Nie zamierzał jej zabijać, tylko zranić. Dzielna kobieta, gdy pomyślała o swoich dzieciach, zaatakowała z furią potwora: uderzyła go kilkakrotnie w twarz i wyrwała kępkę włosów z jego głowy. Uwolniła się na chwilę z jego rąk i zaczęła przeraźliwie krzyczeć. Tchórzliwy Schneider uderzył ją parę razy i uciekł.

Odważna kobieta chwiejnym krokiem doszła do chodnika, gdzie upadła. Umarła w ramionach konstabla, który zjawił się tutaj zaalarmowany krzykami sąsiadów.

Historia ta znajdowała się w książce, którą Kolekcjoner Kości miał w kieszeni – „Zbrodnie w starym Nowym Jorku". Nie mógł wyjaśnić swego ogromnego przywiązania do tej cienkiej książki. Gdyby chciało się opisać jego stosunek do niej, trzeba by powiedzieć – uzależnienie. Mimo że została wydana przed siedemdziesięcioma pięcioma laty, była w doskonałym stanie – introligatorski klejnot. Stanowiła jego maskotkę, talizman. Natknął się na nią w małej bibliotece publicznej. Popełnił wtedy jedną z nielicznych kradzieży w swoim życiu. Książkę wsunął do kieszeni płaszcza przeciwdeszczowego i wyszedł z budynku. Rozdział o Schneiderze przeczytał setki razy. Umiał go prawie na pamięć.

Jechał powoli. Znajdowali się blisko celu.

Gdy nieszczęśliwy, biedny mąż Hanny pochylił się nad bezwładnym ciałem, spojrzał na jej twarz: po raz ostatni przed zabraniem zwłok do domu pogrzebowego (religia żydowska nakazuje, aby pochówek odbył się tak szybko, jak to tylko możliwe). Zauważył wtedy nad jej policzkiem dziwną ranę. Można było dostrzec sierp księżyca i gwiazdy.

Konstabl uznał, że rana pochodzi od pierścienia, który miał na palcu ohydny rzeźnik. Zadał ją, uderzając kobietę w twarz. Detektywi zaangażowali artystę, który naszkicował rysunek odcisku (zainteresowanego czytelnika odsyłamy do ryciny XXII). Przepytano wszystkich jubilerów w mieście i sporządzono listę zawierającą nazwiska i adresy osób, które w ostatnim czasie kupowały takie pierścienie. Dwóch dżentelmenów było poza podejrzeniem – diakon i profesor uniwersytetu.

Na liście znalazł się też mężczyzna, co do którego policja żywiła podejrzenia. Nazywał się James Schneider.

Ten dżentelmen w pewnym okresie aktywnie działał w towarzystwach dobroczynnych na Manhattanie. Policja zainteresowała się nim, gdy zniknęło kilka starszych członkiń, niedługo po tym, jak Schneider je odwiedził. Nie został oskarżony o przestępstwo, ale gdy zaczęło się śledztwo, zniknął z pola widzenia.

Po makabrycznym zabójstwie Hanny Goldschmidt przeszukiwania podejrzanych miejsc nie przyniosły rezultatu. Nie znaleziono siedziby Schneidera. Policjanci rozstawili w południowej części miasta oraz nad rzeką duże tablice z rysopisem tego łotra, ale nie udało się go zatrzymać: prawdziwa tragedia w świetle rzezi, której dokonał potem w mieście...

Ulice były puste. Kolekcjoner Kości skręcił w zaułek. Otworzył drzwi magazynu i zjechał drewnianą rampą do długiego tunelu.

Upewniwszy się, że miejsce jest opuszczone, podszedł do tyłu samochodu. Otworzył bagażnik i wyciągnął z niego Hannę. Była tłusta jak worek z mięsem. Znów się zdenerwował. Szarpiąc brutalnie, zawlókł ją do innego szerokiego tunelu. Nad nimi biegła dwupoziomowa autostrada West Side. Słysząc charczenia dziewczyny, postanowił rozluźnić knebel. Poczuł, że przeszły ją dreszcze – ciało stało się bezwładne. Ciężko oddychając z wysiłku, położył ją na podłodze tunelu i odkleił taśmę zasłaniającą jej usta. Oddychała z trudem. Czyżby zemdlała? Posłuchał bicia jej serca. Było normalne.

Rozciął linkę krępującą kostki. Pochylił się nad nią i wyszeptał:

– *Hanna, kommen Sie mit mir, Hanna Goldschmidt...*

– *Nein* – jęknęła cicho.

Lekko poklepał ją po twarzy.

– Hanno, musisz iść ze mną.

– *Mein Name ist nicht Hanna!* – wrzasnęła. Kopnęła go w szczękę.

Żółte światło błysnęło mu pod czaszką. Odskoczył metr do tyłu, usiłując zachować równowagę. Hanna zerwała się na nogi i pobiegła w dół ciemnego korytarza. Jednak Kolekcjoner Kości był szybszy. Dopadł ją, zanim przebiegła dziesięć metrów. Ciężko upadli na podłogę.

Leżąc na boku, przez minutę walczył z bólem i starał się złapać oddech. Trzymał ją za koszulkę. Dziewczyna leżała na plecach, ręce wciąż miała skute kajdankami. Użyła jedynej broni, jaką dysponowała – nóg. Uniosła stopę i nadepnęła mu z całej siły na dłoń. Ostry ból przeszył jego ciało, zsunęła mu się rękawiczka. Ponownie uniosła nogę. Tym razem obcas nie trafił w jego rękę, ale w podłogę. Rozległ się głośny trzask. To uderzenie mogłoby połamać mu kości.

– *So nicht!* – warknął wściekle. Zacisnął gołą dłoń na jej gardle. Dusił ją, aż skręcała się i jęczała. Zatrzęsła się kilkakrotnie i po chwili przestała się poruszać.

Teraz słabo biło jej serce. Tym razem nie będzie żadnych sztuczek. Nałożył rękawiczkę i zaciągnął ją do słupa. Mocno związał jej nogi. Usta zakleił nowym kawałkiem taśmy. Gdy odzyskała przytomność, obmacywał jej ciało. Sapnęła i cofnęła się, gdy dotykał kości za uchem, łokcia, szczęki. Nie chciał dotykać jej w innych miejscach. Jest taka... tłusta. Był zdegustowany. Niżej... Mocno ścisnął jej nogę. Patrzyła szeroko otwartymi oczami, gdy z kieszeni wyciągnął nóż. Bez chwili wahania wbił go, odsłaniając żółtobiałą kość. Zawyła z bólu. Usiłowała zerwać linkę krępującą jej nogi. Chciała kopać, ale on mocno ją trzymał. *Lubisz to, Hanno?* Dziewczyna jęczała i szlochała głośno. Musiał więc zbliżyć ucho do jej nogi, aby słyszeć odgłos noża zgrzytającego po kości. *Skrisss.*

Chwycił ją za ramię.

Zamknęła oczy i kiwając głową, w milczeniu prosiła o litość. Spojrzał na jej grube przedramię. Kolejne głębokie cięcie. Jej ciało zesztywniało z bólu. Wydobyła z siebie dziki, stłumiony wrzask. Znów pochylił głowę. Słuchał zgrzytania noża po kości łokciowej jak muzyk strojący instrument. Tam i z powrotem. *Skrisss, skrisss...* Po chwili zauważył, że zemdlała. W końcu wrócił do samochodu. Podrzucił kolejne wskazówki, a następnie wyjął z bagażnika miotłę i starannie zatarł ślady butów. Wjechał na rampę, zatrzymał samochód i nie wyłączając silnika, zatarł ślady opon. Zatrzymał się na chwilę i spojrzał w dół tunelu. Patrzył na nią, po prostu patrzył. Nagle rzadko spotykany uśmiech zagościł na twarzy Kolekcjonera Kości. Nie spodziewał się, że pierwsi goście tak szybko się pojawią. Dziesięć par małych czerwonych oczu, dwadzieścia, trzydzieści... Wydawało się, że patrzą na zakrwawione ciało Hanny z zaciekawieniem... przypuszczalnie czuły głód. Chociaż mogła to być tylko gra wyobraźni. Diabli wiedzą. Ma przecież tak żywą wyobraźnię.

Rozdział 12

Mel, zbadaj ubranie Colfax. Amelio, możesz mu pomóc? Grzecznie skinęła głową, jak dobrze wychowana panienka. Rhyme uprzytomnił sobie, że jest na nią zły. Technik powiedział jej, co ma zrobić. Nałożyła gumowe rękawiczki, ostrożnie rozpięła ubranie i szczotką z końskiego włosia zaczęła zmiatać kurz z materiału na kartkę papieru. Niewielkie drobiny zanieczyszczeń spadły na papier. Cooper obejrzał je pod mikroskopem.

– Niewiele – poinformował. – Para wodna zrobiła swoje. Widzę ślady brudu. Nie wystarczy ich jednak do analizy chromatograficznej... Chwilę... Wspaniale. Mam kilka włókien. Spójrz na...

Cóż, nie mogę – pomyślał ze złością Rhyme.

– Granatowe. Przypuszczam, że wełna z dodatkiem akrylu. Są stosunkowo delikatne, nie pochodzą więc z dywanu. Zatem z ubrania.

– Czy przy takim upale mógł włożyć sweter lub grube skarpetki? Może włókna pochodzą z maski na twarz?

– Tak zakładam – powiedział Cooper.

– Czyli naprawdę dał nam szansę uratowania jej. Gdyby był zdecydowany ją zabić, nie miałoby dla niego znaczenia, czy go widziała, czy nie – zauważył Rhyme.

– Oznacza to też, że ten dupek myślał o ucieczce z miejsca przestępstwa – dodał Sellitto. – Nie ma myśli samobójczych. Będzie można z nim pertraktować, gdy złapiemy go z zakładnikami.

– Lubię twój optymizm, Lon – powiedział Rhyme.

Thom otworzył drzwi, gdy usłyszał dzwonek. Po schodach wszedł Jim Polling. Miał rozczochrane włosy. Cóż, świecenie oczami przed dziennikarzami, burmistrzem i członkami komisji rządowych nie jest łatwym zadaniem.

– Pstrągi się cieszą – zawołał do niego Sellitto. Potem wyjaśnił Rhyme'owi: – Jimmy jest zapalonym wędkarzem. Sam przygotowuje muchy i wszystko. Ja, gdy jadę na ryby, zabieram ze sobą sześciopak piwa i to mi wystarcza do szczęścia.

– Najpierw musimy złapać tego psychola, potem będziemy myśleć o rybach – powiedział Polling.

Poszedł po kawę, którą Thom postawił przy oknie. Wyjrzał na zewnątrz. Zamrugał oczami ze zdziwienia, gdy zobaczył dwa duże ptaki patrzące na niego. Odwrócił się do Rhyme'a i wyjaśnił, że z powodu tego porwania musiał zrezygnować z wyprawy na ryby do Vermontu. Rhyme nigdy nie łowił ryb – nie miał czasu na hobby – ale teraz zazdrościł Pollingowi. Spokój, z jakim związane jest wędkowanie, bardzo go pociągał. To jest sport, który można uprawiać w samotności. Ludzie sparaliżowani z reguły uprawiają sporty wymagające dużego wysiłku, nastawione na rywalizację. Udowadniają światu i sobie, że są sprawni. Koszykówka na wózkach, tenis, maratony. Rhyme zdecydował, że jeżeli będzie uprawiał jakiś sport, to wędkarstwo. Chociaż nowoczesna technologia nie umożliwia jeszcze łowienia ryb jednym sprawnym palcem.

– Prasa nazywa go seryjnym porywaczem – rzekł Polling.

Gdyby znaleźć dowody, pomyślał Rhyme.

– Burmistrzowi zaczyna odbijać. Chce przekazać sprawę FBI. Powiedziałem szefowi, żeby się nie zgadzał. Ale nie możemy dopuścić do kolejnej zbrodni.

– Robimy wszystko, co w naszej mocy – odparł Rhyme.

Polling wypił łyk czarnej kawy i podszedł do łóżka.

– Jak się czujesz, Lincoln?

– Dobrze.

Polling przyglądał mu się przez chwilę, a potem zwrócił się do Sellitta:

– Przedstaw mi krótko sytuację. Za pół godziny mam kolejną konferencję prasową. Oglądałeś ostatnią? Słyszałeś, o co zapytał dziennikarz? „Czy zdajemy sobie sprawę, co czuje rodzina dziewczyny zamordowanej w tak okrutny sposób?".

– Jezu! – Banks pokręcił głową.

– O mało co nie przyłożyłem skurwysynowi – powiedział Polling.

Rhyme przypomniał sobie, że trzy i pół roku temu w czasie śledztwa dotyczącego zabójstw policjantów Polling grzmotnął członka ekipy telewizyjnej, gdy reporter zapytał, czy nie prowadzi zbyt agresywnie dochodzenia, dlatego że podejrzany – Dan Shepherd – jest policjantem.

Polling i Sellitto poszli w kąt pokoju. Sellitto przedstawił sytuację.

Gdy Polling wychodził z pokoju, Rhyme zauważył, że kapitan był w jeszcze gorszym nastroju niż wtedy, kiedy przyszedł.

– Okay – odezwał się Cooper. – Mamy włos. Był w jej kieszeni.

– Cały? – zapytał Rhyme, nie spodziewając się pozytywnej odpowiedzi. Nie był zdziwiony, gdy Cooper westchnął. – Niestety bez cebulki.

Włosy bez cebulek nie są specyficznymi śladami. Dostarczają tylko ogólnych informacji. Nie można przeprowadzić testu na DNA i w ten sposób znaleźć osoby podejrzanej. Jednak mimo to włosy bez cebulek mogą być wykorzystane w śledztwie. Znane badania Canadien Mounties kilka lat temu wykazały, że jeżeli znalezione na miejscu przestępstwa włosy odpowiadają włosom podejrzanego, to prawdopodobieństwo pomyłki wynosi 1:4500. Ale na podstawie analizy znalezionych włosów nie można zbyt wiele powiedzieć o osobie. Nie można określić płci, wątpliwe są wnioski dotyczące rasy. Wiek można podać tylko w przypadku dzieci. Kolor często wprowadza w błąd ze względu na naturalne zmiany zawartości pigmentu oraz stosowanie kosmetyków i farb do włosów. Nie można też powiedzieć, czy osoba, która pozostawiła włosy, łysieje, ponieważ każdy człowiek gubi codziennie dziesiątki włosów.

– Porównaj go z włosami ofiary. Pigmentację też – polecił Rhyme.

Po chwili Cooper oderwał wzrok od mikroskopu.

– To nie jest włos Colfax!

– Opisz go.

– Jasnobrązowy, nieskręcony – zatem osobnik nie jest Murzynem. Pigmentacja wyklucza rasę mongoidalną.

– Czyli biały – powiedział Rhyme, wskazując głową na charakterystykę wiszącą na ścianie. – Potwierdza to zeznania świadka. Włos pochodzi z głowy?

– Na całej długości włos ma taką samą średnicę i jednolite zabarwienie. Tak, włos pochodzi z głowy.

– Długość?

– Trzy centymetry.

Thom zapytał, czy może dodać do charakterystyki, że porywacz ma kasztanowe włosy.

Rhyme odparł, że nie.

– Musimy to potwierdzić. Zapisz tylko, że na twarz nakłada granatową maskę. Materiał spod paznokci, Mel?

Cooper zbadał go, ale nie znalazł nic interesującego.

– Zajmijmy się teraz odciskiem znalezionym na ścianie. Chcę go zobaczyć. Amelio, czy możesz mi pokazać zdjęcie?

Sachs zawahała się i pokazała Rhyme'owi zdjęcie z polaroidu.

– Nasz potwór – powiedział Rhyme. Był to odcisk zdeformowanej dłoni. Nie odcisnęły się jednak eleganckie linie listewek skórnych, tylko delikatne żyłki.

– Piękne zdjęcie, Amelio. Jednak nie jest to odcisk dłoni, ale rękawiczki. Stare, skórkowe. Prawda, Mel?

Technik potwierdził.

– Thom, zapisz, że nosi stare rękawiczki. Zaczynamy coraz więcej wiedzieć o przestępcy. Nie zostawia odcisków palców, lecz rękawiczek. Jeżeli znajdziemy rękawiczki w jego domu, można go będzie oskarżyć. Jest inteligentny, ale nie błyskotliwy.

– Co wkładają błyskotliwi przestępcy? – spytała Sachs.

– Zamszowe rękawiczki – odparł Rhyme. – Gdzie jest filtr z odkurzacza?

Technik wysypał zawartość ze stożkowatego filtru – podobnego do używanych w ekspresach do kawy – na kartkę białego papieru.

Analiza śladowa.

Prokuratorzy, dziennikarze i sędziowie lubią rzucające się w oczy dowody: zakrwawione rękawiczki, noże, pistolety, z których niedawno strzelano, listy miłosne, spermę, odciski palców. Lincoln Rhyme uważał jednak, że ślady takie jak na przykład pył są w wielu przypadkach bardziej użyteczne, bo przestępca nie zwraca na nie uwagi.

Na filtrze nie było nic, co mogłoby pomóc w śledztwie.

– Dobrze, teraz coś innego – powiedział Rhyme. – Przyjrzyjmy się kajdankom.

Sachs zacisnęła zęby, gdy Cooper otworzył plastikową torbę i wyjął kajdanki na kartkę. Było na nich – jak przewidywał Rhyme – niewiele krwi. Koroner wziął do ręki piłę dopiero wtedy, gdy otrzymał faksem zgodę od prawnika policji.

Cooper dokładnie obejrzał kajdanki.

– Boyd & Keller. Brak numerów seryjnych. – Spryskał kajdanki DFO i naświetlił promieniami z PoliLight. – Brak odcisków palców. Tylko ślady po rękawiczkach.

– Otwórz je.

Cooper strumieniem powietrza wydmuchnął z zamka zanieczyszczenia.

– Wciąż jesteś na mnie zła, Amelio? – zapytał Rhyme. – Za to, że kazałem ci odpiłować ręce.

Pytanie oderwało ją od myśli.

– Nie byłam zła – rzekła. – Uznałam, że byłoby to sprzeczne z przyjętymi zasadami. Zresztą sam to mówiłeś.

– Słyszałaś o Edmondzie Locardzie?

Zaprzeczyła ruchem głowy.

– Był Francuzem. Urodził się w 1877 roku. Utworzył instytut kryminalistyki na uniwersytecie w Lyonie. Sformułował zasadę, o której nigdy nie zapominałem w czasie swojej pracy w wydziale. Twierdził, że jeżeli dwoje ludzi kontaktuje się ze sobą, to zawsze następuje wymiana śladów. Może być to pył, kurz, krew, fragmenty naskórka, cząstki metalu. Czasami trudno znaleźć te zanieczyszczenia, a zwłaszcza na ich podstawie wyciągnąć wnioski. Ale taka wymiana zawsze występuje i dlatego możemy łapać przestępców.

Ten kawałek historii jej nie interesował.

– Miałaś szczęście – powiedział Mel Cooper do Sachs, nie patrząc na nią. – Miał zamiar polecić ci, żebyś przeprowadziła z koronerem sekcję zwłok. Zbadała zawartość żołądka.

– Mogłoby to być pomocne – rzekł Rhyme, unikając wzroku Sachs.

– Wybiłem mu to z głowy – oznajmił Cooper.

– Sekcję zwłok... – Sachs westchnęła, jakby nic, co dotyczy Rhyme'a, nie mogło jej zdziwić.

Dlaczego jest nieobecna? – pomyślał Rhyme ze złością. Myślami znajduje się tysiące kilometrów stąd.

– O – zaczął Cooper. – Coś znalazłem. Myślę, że jest to kawałeczek rękawiczki.

Cooper włożył pyłek pod mikroskop. Przyjrzał mu się uważnie.

– Skóra. Czerwonawa. Wygładzona z jednej strony.

132

- Czerwona, to dobrze - powiedział Sellitto. - Im bardziej niezwykłe ubrania, tym łatwiej znaleźć przestępcę - wyjaśnił Sachs. - Założę się, że nie uczono tego w akademii. Może opowiem wam później, jak schwytaliśmy Jimmy'ego Plaida z rodziny Gambino. Pamiętasz, Jerry?

- Można było dostrzec te spodnie z odległości dwóch kilometrów - powiedział młody detektyw.

- Skóra wysuszona - kontynuował Cooper. - Niewielkie ślady oleju. Miałeś rację, mówiąc, że są stare.

- Jaki rodzaj?

- Chyba koźla skóra wysokiej jakości.

- Gdyby rękawiczki były nowe, moglibyśmy powiedzieć, że przestępca jest zamożnym człowiekiem - mruknął Rhyme. - Ale ponieważ są stare, mógł je znaleźć na ulicy lub kupić na wyprzedaży. Na podstawie maski i rękawiczek nie damy rady wyciągnąć daleko idących wniosków o przestępcy. Thom, dodaj do charakterystyki, że ma czerwonawe rękawiczki z koźlej skóry. Co jeszcze mamy?

- Używa płynu po goleniu - przypomniała Sachs.

- Nieistotne. No... może, żeby stłumić inne zapachy. Przestępcy tak czasami robią. Zapisz to, Thom. Jaki zapach, Amelio? Opisywałaś już go.

- Gorzki. Zapach dżinu.

- Co można powiedzieć o lince do suszenia bielizny? - spytał Rhyme.

Cooper ją zbadał.

- Domyślałem się wcześniej. Tworzywo sztuczne. Kilkadziesiąt nitek z sześciu-, dziesięciu różnych rodzajów tworzyw sztucznych. Jedna... nie, dwie nitki metalowe.

- Chcę wiedzieć, w jakim zakładzie i kiedy została wyprodukowana.

Cooper pokręcił głową.

- Niemożliwe. Zbyt typowa.

- Cholera - przeklął Rhyme. - A węzeł?

- Nietypowy. Bardzo mocny. Podwójny. Trudno go było zawiązać. Linki z PCW są mało elastyczne.

- Czy mamy spis węzłów?

- Nie.

Niewybaczalne, pomyślał.

- Proszę pana...

133

Rhyme odwrócił głowę w stronę Banksa.

– Trochę żegluję...

– W Westport – powiedział Rhyme.

– Tak, rzeczywiście. Skąd pan wie? Gdyby musiał określić, skąd pochodzi Banks, to wskazałby na Connecticut.

– Zgadłem.

– To nie jest węzeł żeglarski. Nie rozpoznaję go.

– Dobrze wiedzieć. Powieś go tam. – Rhyme wskazał głową na ścianę obok celofanu i reprodukcji obrazu Moneta. – Zajmiemy się tym później.

Rozległ się dzwonek u drzwi. Thom poszedł otworzyć. Rhyme przez chwilę myślał, że to może przyszedł doktor Berger, by mu powiedzieć, że nie pomoże w realizacji „projektu".

Jednak ciężkie kroki od razu powiedziały mu, kto przyszedł. Do pokoju weszli grzecznie ponurzy policjanci z oddziału szybkiego reagowania. Wszyscy byli potężnie zbudowani, w rynsztunku bojowym. Rhyme wiedział, jak zareagowali w myślach, gdy zobaczyli go leżącego w łóżku. Byli ludźmi czynu.

– Panowie, wiecie o porwaniu w nocy i o śmierci ofiar – mówił tonem oznajmującym. – Przestępca ma w swoich rękach kolejną ofiarę. Dysponujemy pewnymi wskazówkami i chcę, żebyście sprawdzili miejsca i zabezpieczyli dowody. Natychmiast i równocześnie. Jeden człowiek – jedno miejsce.

– Chce pan, żebyśmy działali bez wsparcia? – niepewnie zapytał wąsaty policjant.

– Nie będzie wam potrzebne.

– Nie mamy w zwyczaju angażować się w akcje bez wsparcia. Musi być przynajmniej jeden partner.

– Nie sądzę, żeby doszło do jakiejś strzelaniny. Waszym celem są sieci sklepów spożywczych.

– Sklepy spożywcze?

– Nie wszystkie. Tylko te należące do dużych sieci: J&G's, ShopRite, Food Warehouse...

– Co my mamy właściwie robić?

– Kupować gicz cielęcą.

– Co?

– Jedno opakowanie w każdym sklepie. Muszę was prosić, żebyście płacili z własnej kieszeni. Miasto zwróci pieniądze.

Leżała nieruchomo na boku.

Jej oczy przyzwyczaiły się już do ciemności panujących w starym tunelu i mogła dostrzec podchodzących do niej małych sukinsynów. Szczególnie przyglądała się jednemu. Czuła nieznośny ból w nodze, a przede wszystkim w ręce, gdzie zrobił jej głęboką ranę. Ręce miała skute kajdankami na plecach i nie mogła zobaczyć rany – nie wiedziała, jak bardzo krwawi. Jednak musiała stracić dużo krwi, gdyż była bardzo osłabiona. Czuła lepką ciecz na ramieniu i boku.

Drapanie ostrych pazurków o beton. Szarobrązowe bryłki buszujące w cieniu. Szczury poruszały się zakosami w jej kierunku. Były ich setki.

Zmusiła się do pozostania w bezruchu. Patrzyła na dużego czarnego szczura. Nazwała go Schwarzie. Był przed nią. Poruszał się do przodu i do tyłu – badał ją wzrokiem.

Monelle Gerger, zanim skończyła dziewiętnaście lat, dwukrotnie okrążyła kulę ziemską. Podróżowała po Sri Lance, Kampuczy, Pakistanie. Po Nebrasce, gdzie kobiety z pogardą patrzyły na jej piersi nieopięte stanikiem i kolczyki w brwiach. Po Iranie, gdzie mężczyźni gapili się na jej gołe ramiona jak głodne wilki. Spała w parkach miejskich w stolicy Gwatemali. W Nikaragui spędziła trzy dni z rebeliantami, gdy zabłądziła, idąc do osady w dżungli.

Ale nigdy nie była tak przerażona jak teraz.

Mein Gott...

Najbardziej przerażało ją to, co zamierzała zrobić.

Mały brązowy szczur podbiegł do niej, cofnął się i znów ruszył do przodu. Uznała, że te szczury są lękliwe, ponieważ bardziej przypominają gady niż gryzonie. Żmijowate nosy, żmijowate ogony. I te pieprzone czerwone oczy.

Za nim był Schwarzie, wielkości małego kota. Przednie łapki uniósł w powietrze i patrzył na nią zafascynowany. Przyglądał się. Czekał.

Nagle mały zaatakował. Nie zwracając uwagi na jej stłumiony krzyk, rzucił się do przodu. Szybko jak krokodyl odgryzł jej kawałek ze skaleczonej nogi. Ranę przeszył ostry ból.

Monelle wrzasnęła z bólu, lecz przede wszystkim ze wściekłości. *Do cholery, już nie żyjesz!* Zmiażdżyła go obcasem. Rozległ się głuchy chrzęst. Szczur zadrżał i znieruchomiał.

Inny podbiegł do jej szyi, odgryzł kawałek skóry i odskoczył. Patrzył na nią. Obwąchiwał i oblizywał kęs, jakby rozkoszował się jej smakiem i zapachem.

Dieser Schmerz...

Zatrzęsła się znowu z bólu. *Dieser Schmerz!* Ten ból! Monelle zmusiła się, by leżeć spokojnie.

Mały napastnik przygotowywał się do kolejnego ataku, ale nagle rozejrzał się nerwowo. Monelle widziała dlaczego. Schwarzie wysunął się na czoło zgrai.

Przyszedł po swoje.

Na niego czekała. Nie wydawał się zainteresowany jej krwią lub mięsem. Przez dwadzieścia minut wpatrywał się zafascynowany w srebrzystą taśmę oklejającą jej usta.

Mniejszy szczur uciekł i ukrył się wśród innych, gdy Schwarzie ruszył do przodu. Zatrzymał się. Znów podszedł kawałek. Dwa metry, półtora.

Metr.

Leżała nieruchomo. Oddychała cicho, jak to tylko możliwe. Nie chciała go wystraszyć.

Zatrzymał się. Podszedł. Zatrzymał. Pięćdziesiąt centymetrów od jej głowy.

Nie poruszyła ani jednym mięśniem.

Wygiął do góry grzbiet. Otworzył wargi, ukazując żółte i brązowe zęby. Podszedł kolejnych dwadzieścia centymetrów, po czym znów się zatrzymał. Wpatrywał się przenikliwym wzrokiem. Siedział prosto, pocierał łapkami.

Po chwili znów ruszył.

Monelle Gerger udawała martwą.

Następnych dwadzieścia centymetrów. *Vorwts!* Naprzód!

Już był na jej twarzy. Czuła zapach śmieci, benzyny, zgniłego mięsa, kału. Obwąchiwał ją. Zaczął żuć taśmę, nieznośnie łaskocząc ją wąsami po nosie. Pięć minut odgryzał taśmę. Jakiś inny szczur podbiegł do niej i zatopił swoje zęby w jej kostce. Zamknęła oczy, usiłując przezwyciężyć ból. Schwarzie odpędził napastnika i stanął w cieniu. Obserwował ją.

Vorwts, Schwarzie! Naprzód!

Powoli podszedł do niej. Łzy spływały po jej policzkach. Niechętnie zwróciła swoje usta w jego kierunku.

Żuj, żuj... Dalej!

Poczuła jego wstrętny, ciepły oddech na swoich ustach, gdy zaczął odrywać większe kawałki świecącego tworzywa. Wyjmował kawałki z zębów i łapczywie ściskał je w łapkach. Wystarczy? – zastanawiała się. Chyba tak. Nie zniesie tego dłużej. Powoli unosiła głowę. Schwarzie przymrużył oczy i pochylił się do przodu zaciekawiony. Monelle rozwarła szczęki. Usłyszała wspaniały odgłos pękającej taśmy. Głęboko wciągnęła powietrze do płuc. Znów mogła oddychać ustami.

I mogła wzywać pomocy.

– *Bitte, helfen Sie mir!* – Proszę, pomóżcie.

Schwarzie odskoczył, przestraszony jej przeraźliwym krzykiem. Wypuścił swoją cenną taśmę. Nie uciekł jednak daleko. Zatrzymał się i uniósł przednie łapki.

Nie zwracała uwagi na jego wygięte czarne ciało. Z całej siły kopnęła słup. Na ziemię, jak śnieg z drzewa zimą, spadł kurz i brud, ale słup nawet nie drgnął. Wrzeszczała, czując w gardle palący ból.

– *Bitte!* Pomocy.

Hałas uliczny tłumił jej wołania o pomoc.

Zamilkła na chwilę. Schwarzie ruszył w jej kierunku. Tym razem nie sam. Szło za nim całe stado szczurów. Kręciły się nerwowo, niespokojnie, ale przyciągał je kuszący zapach krwi.

Kość i drewno, drewno i kość.

– Mel, co tam masz? – Rhyme zwrócił głowę w stronę komputera połączonego z chromatografem i spektrometrem.

Cooper po raz drugi przeprowadzał analizę zanieczyszczeń znalezionych na kawałku drewna.

– Duża zawartość azotu. Znów poza zakresem.

Trzy niezależne analizy dały takie same rezultaty. Test wykazał, że aparatura działa prawidłowo.

Cooper pomyślał.

– Duża zawartość azotu... Być może fabryki produkujące amunicję lub broń.

– Jesteśmy na Manhattanie, nie w Connecticut. – Rhyme spojrzał na zegarek. 18.30. *Jak dzisiaj czas szybko leci.* Jak powoli płynął w ciągu ostatnich trzech i pół roku. Czuł, jakby obudził się po wielu dniach drzemki.

Młody detektyw pochylił się nad mapą Manhattanu. Odsunął na bok biały krąg, który wcześniej spadł na podłogę. Krąg z dyskiem zostawił specjalista, który leczy Rhyme'a: Peter Taylor – w czasie jednej z pierwszych wizyt. Lekarz zbadał go dokładnie, po czym usiadł na skrzypiącym rattanowym fotelu i coś wyjął ze swojej kieszeni.

„Czas na pokaz i pogawędkę" – powiedział.

Rhyme spojrzał na otwartą dłoń Taylora.

„To jest czwarty krąg szyjny. Taki sam jak w twojej szyi. Ten, który uległ uszkodzeniu. Czy widzisz wyrostki? – Doktor obracał dysk przez chwilę w ręku, potem zapytał: – O czym myślisz, gdy patrzysz na niego?".

Rhyme cenił doktora Taylora – lekarz nie traktował go jak dziecka, człowieka niedorozwiniętego umysłowo lub bardzo kłopotliwego pacjenta – ale tym razem nie miał ochoty brać udziału w grze wyobraźni. Nie odpowiedział.

Mimo to Taylor kontynuował: „Niektórzy moi pacjenci mówią, że wygląda to jak płaszczka. Inni, że jak statek kosmiczny albo samolot, albo ciężarówka. Gdy zadaję to pytanie, ludzie porównują kość do czegoś dużego. Nikt nie mówi: trochę wapnia i magnezu. Nie mogą pogodzić się z myślą, że coś tak małego mogło zamienić ich życie w piekło".

Rhyme spojrzał wtedy na doktora sceptycznie, ale łagodny, szpakowaty lekarz potrafił postępować ze sparaliżowanymi pacjentami.

Powiedział uprzejmie: „Nie lekceważ moich słów, Lincoln". Potem przysunął dysk do twarzy Rhyme'a. „Myślisz, że to niesprawiedliwe, iż tak mała rzecz spaprała twoje życie. Zapomnij o tym. Chcę, żebyś pamiętał o swoim życiu sprzed wypadku. O sukcesach i porażkach. O radościach i smutkach. Możesz je nadal przeżywać. – Twarz lekarza nabrała poważnego wyrazu. – Ale szczerze mówiąc, widzę, że mam do czynienia z kimś, kto zrezygnował...".

Taylor zostawił krąg na stoliku przy łóżku. Wydawało się, że przypadkowo, ale później Rhyme uznał, że było to zamierzone. W ciągu ostatnich miesięcy, gdy Rhyme rozważał decyzję o samobójstwie, patrzył na małą kość. Przypominała mu argumenty doktora – argumenty przeciw samobójstwu. W końcu jednak słowa doktora, jakkolwiek przekonujące, nie mogły przezwyciężyć bólu i wyczerpania, które odczuwał każdego dnia.

Oderwał wzrok od kości i spojrzał na Amelię Sachs.

– Chcę, żebyś przypomniała sobie miejsce przestępstwa.

– Powiedziałam o wszystkim, co widziałam.

– Nie chodzi o to, co widziałaś, ale co czułaś.

Rhyme pamiętał tysiące spraw, które badał. Czasami zdarzał się cud. Rozglądał się wokół i nagle do głowy przychodziły mu jakieś wnioski dotyczące przestępcy. Nie mógł wyjaśnić, skąd się wzięły. Behawioryści mówią o tworzeniu portretu psychologicznego, jakby oni to wymyślili. Kryminalistycy stosują tę metodę od setek lat. Chodzą śladami przestępcy; zbierają wszystko, co zostawił; starają się określić, jak się ubiera, jakie są jego marzenia, motywy działania. Po pewnym czasie wiadomo prawie wszystko o przestępcy.

– Powiedz mi – nalegał – co czułaś.

– Niepokój. Napięcie. Wysoką temperaturę... – Wzruszyła ramionami. – Nie wiem. Naprawdę nie wiem. Przepraszam.

Gdyby nie był sparaliżowany, wyskoczyłby z łóżka, chwycił ją za ramiona i potrząsnął. Krzyczałby: Wiesz, o czym mówię! Wiem, że wiesz! Dlaczego nie chcesz współpracować ze mną? Dlaczego mnie ignorujesz?

Nagle coś zrozumiał... Ona była w tej wypełnionej parą piwnicy. Schylała się nad zmasakrowanym ciałem T.J. Colfax. Czuła wstrętny zapach. Widział to. Nienawidziła go za to, że musiała tam pójść. Nienawidziła go, ponieważ przypominał jej o tym.

– Chodziłaś po pomieszczeniu – rzekł.

– Ja naprawdę nie sądzę, żebym mogła w czymś pomóc.

– Kontynuujemy grę – powiedział, tłumiąc złość. Uśmiechnął się. – Powiedz mi, o czym myślałaś.

Jej twarz znieruchomiała.

– To... takie myśli... wrażenia, które odniósłby każdy.

– Ale ty tam byłaś. Nie każdy. Opowiedz nam.

– Było strasznie... – Przerwała. Wiedziała, że mówi nieporadnie.

Nieprecyzyjnie.

– Czułam, że...

– Ktoś cię obserwuje? – zapytał Rhyme.

Zdziwiła się.

– Tak. Tak mi się wydawało.

Rhyme znał to uczucie. Wielokrotnie go doznawał. Czuł, że ktoś go obserwuje, gdy trzy i pół roku temu schylał się nad rozkładającym się ciałem młodego policjanta, zdejmując włókna materiału z munduru. Był przekonany, że ktoś jest w pobliżu.

Ale nikogo nie było – tylko ogromna dębowa belka, która czekała na odpowiedni moment, by z głośnym trzaskiem pęknąć i pod wpływem przyciągania ziemskiego spaść na Lincolna Rhyme'a, miażdżąc mu czwarty kręg szyjny.

– O czym jeszcze myślałaś, Amelio?

Nie buntowała się już. Odprężyła się, jej oczy omiatały zwiniętą reprodukcję obrazu „Nocni włóczędzy".

– No, powiedziałam do siebie: „Cholera, jakie to stare". Pomieszczenie kojarzyło mi się ze zdjęciami przedstawiającymi dziewiętnastowieczne fabryki. Ja...

– Zaraz – burknął Rhyme. – Pomyślmy o tym. Stare...

Zaczął przyglądać się mapie Randela. Wcześniej mówił, że przestępcę interesuje historyczny Nowy Jork. Budynek, w którym umarła T.J. Colfax, jest stary. Stary jest też tunel kolejowy, gdzie znaleziono zwłoki pierwszej ofiary. Początkowo tory biegły na powierzchni, ale ze względu na liczne wypadki – Ulica Jedenasta zyskała nazwę alei śmierci – zmuszono przedsiębiorstwo kolejowe do wykopania tunelu.

– A ulica Perłowa? – mruczał do siebie. – Była jedną z głównych bocznych dróg w starym mieście. Dlaczego go tak interesuje historia? – Zwrócił się do Sellitta: – Czy Terry Dobyns jest do waszej dyspozycji?

– Ten psycholog? Tak. Współpracowaliśmy w ubiegłym roku. Pytał o ciebie. Mówił, że parokrotnie dzwonił do ciebie, ale ty nigdy...

– Dobrze, dobrze – przerwał mu Rhyme. – Poproś go, żeby tutaj przyjechał. Chcę wiedzieć, co sądzi o przestępcy. Teraz, Amelio, powiedz, co jeszcze pomyślałaś?

Nonszalancko wzruszyła ramionami.

– Nic.

– Naprawdę?

Dlaczego ukrywa swoje uczucia? – zastanawiał się. Przypomniał sobie, co kiedyś powiedziała Blaine, zobaczywszy piękną kobietę spacerującą Piątą Aleją: „Im ładniejsze opakowanie, tym trudniej je rozwinąć".

– Nie wiem... Dobrze. Coś mi się przypomniało. Ale to nie ma znaczenia. Nie jest to profesjonalna obserwacja.

Profesjonalna...

Nie możesz ustanawiać własnych standardów. Prawda, Amelio?
– Posłuchamy cię – zwrócił się do niej.
– Pamiętasz, jak kazałeś się wczuć w jego psychikę? I znalazłam miejsce, z którego obserwował ofiarę...
– Mów.
– No, pomyślałam... – Przez chwilę wydawało się, że jej piękne niebieskie oczy napełnią się łzami. Opalizowały. Opanowała się. – Zastanawiałam się, czy ma psa. Ta Colfax.
– Psa? Dlaczego o tym pomyślałaś?
Chwilę milczała.
– Mój przyjaciel... kilka lat temu. Rozmawialiśmy, czy gdy zamieszkamy razem, kupimy psa. Zawsze chciałam mieć psa. Collie. Zabawne. Mój przyjaciel też myślał o tej rasie, zanim mnie poznał.
– Pies... – Serce Rhyme'a zaczęło walić jak młot. – I?
– Pomyślałam, że kobieta...
– T.J. – upewnił się Rhyme.
– T.J. – ciągnęła Sachs. – Pomyślałam, jakie to smutne. Być może ma jakieś zwierzęta w domu i nie będzie się już nigdy z nimi bawić. Nie pomyślałam o jej narzeczonym lub mężu, ale o zwierzętach.
– Dlaczego o tym pomyślałaś? O psach, zwierzętach? Dlaczego?
– Nie wiem.
Zapadła cisza.
– Gdy widziałam ją związaną... – odezwała się po chwili. – Gdy stałam w miejscu, z którego ją obserwował, pomyślałam, że obserwował ją jak zwierzę w klatce.
Zwierzęta...
Azot...
– Gówno! – prychnął Rhyme.
Wszyscy spojrzeli na niego.
– To jest gówno – powtórzył, patrząc na ekran.
– Tak, oczywiście! – potwierdził Cooper, przygładzając włosy.
– Duża zawartość azotu. To są odchody. Stare odchody.
Nagle Lincoln Rhyme doznał uczucia, które znał z przeszłości. Myśl po prostu rozbłysła w jego głowie. Zobaczył jagnięta.
– Lincoln, wszystko w porządku? – spytał Sellitto.
Jagnię idące powoli ulicą.
Obserwował ją jak zwierzę...
– Thom! – zawołał Sellitto. – Nic mu się nie stało?
...w klatce.

Rhyme widział beztroskie zwierzę z dzwonkiem na szyi. Za nim dziesiątki innych.

– Lincoln – odezwał się Thom natarczywie. – Pocisz się. Dobrze się czujesz?

– Pst – syknął.

Poczuł skurcze mięśni twarzy. Natchnienie i niedomoga serca dają te same objawy. *Pomyśl, pomyśl...*

Kości, drewniane słupy i odchody...

– Tak – wyszeptał. *Judaszowe jagnię prowadzi stado na rzeź...* – Klatki rzeźne – oznajmił głośno. – Zaprowadził ją do pomieszczenia rzeźnego!

Rozdział 13

Nie ma pomieszczeń rzeźnych na Manhattanie. – Myśl o przeszłości, Lon – przypomniał mu Lincoln Rhyme. – On żyje przeszłością. Ożywia go. Powinniśmy myśleć o starych pomieszczeniach rzeźnych. Im starsze, tym lepiej.

Pisząc książkę, Rhyme czytał o morderstwie, o którego popełnienie został oskarżony gangster Owney Madden. Miał zastrzelić przemytnika alkoholu z konkurencyjnego gangu pod jego domem w Hell's Kitchen. Nie skazano go za popełnienie tego przestępstwa. Nie udowodniono winy. Przed sądem mówił melodyjnym brytyjskim akcentem o zdradzie: „Cała ta sprawa została ukartowana przez moich konkurentów, którzy kłamią. Czy wysoki sąd wie, kogo oni mi przypominają? Blisko mojego domu – w Hell's Kitchen – stada owiec są prowadzone ulicami z pomieszczeń rzeźnych do rzeźni na ulicy Czterdziestej Drugiej. Czy wysoki sąd wie, kto je prowadzi? Nie jest to człowiek ani pies, ale jedna z nich. Judaszowa owca z dzwonkiem na szyi. Wprowadza stado na rampę. Potem się zatrzymuje i wszystkie owce wchodzą do środka. Ja jestem niewinną owieczką, a ci świadkowie obciążający mnie winą są judaszami...".

– Zadzwoń do biblioteki, Banks. Powinien tam być jakiś historyk.

Młody detektyw wyjął telefon komórkowy. Zaczął mówić znacznie ciszej. Zanim wyjaśnił, o co chodzi, spojrzał na plan miasta.

– I co? – spytał Rhyme.

– Znajdą kogoś. Już jest... – Pochylił głowę, gdy usłyszał głos w słuchawce. Powtórzył życzenie. Zaczął kiwać głową i po chwili oznajmił: – Mam dwie lokalizacje... nie, trzy.

– Kto to jest? – burknął Rhyme. – Z kim rozmawiasz?

– Z kustoszem w archiwum miejskim... Mówi, że rzeźnie znaj-

143

dowały się w trzech rejonach Manhattanu. Na West Side przy Szesnastej... W latach trzydziestych i czterdziestych naszego wieku w Harlemie. Na Lower East Side w czasie rewolucji amerykańskiej.

– Potrzebujemy adresów, Banks. Adresy!

Detektyw słuchał.

– Nie jest pewien.

– Dlaczego nie sprawdzi? Powiedz mu, żeby sprawdził!

– Słyszy pana – powiedział Banks. – Pyta się gdzie. Gdzie ma sprawdzić? Nie mają starych spisów przedsiębiorstw. Szuka w starych...

– Mapy demograficzne dzielnic przemysłowych, bez nazw ulic – burknął Rhyme. – To oczywiste. Powinien się domyślić.

– Właśnie to robi: domyśla się.

– Powinien szybciej się domyślać.

Banks, słuchając, kiwał głową.

– Co, co, no mów!

– W pobliżu Szesnastej i Dziesiątej – powiedział młody detektyw. – Lexington... Następnie... tam gdzie była farma Delancey. Czy to w pobliżu ulicy Delancey?

– Oczywiście. Tereny między Małą Italią a East River. Ogromny obszar. Kilometry kwadratowe. Czy nie możemy go zawęzić?

– Przy ulicy Katarzyny, Lafayette'a... Walkera. Nie jest pewien.

– W pobliżu gmachów sądu – odezwał się Sellitto i polecił Banksowi: – Zadzwoń do Haumanna. Niech podzieli swój oddział i sprawdzi te trzy rejony.

Detektyw zadzwonił, po czym uniósł wzrok.

– Co teraz?

– Czekamy – odparł Rhyme.

– Cholernie nie lubię czekać – mruknął Sellitto.

– Czy mogę skorzystać z telefonu? – Sachs zapytała Rhyme'a.

Rhyme głową wskazał na telefon przy łóżku.

Zawahała się.

– Czy na korytarzu jest telefon?

Rhyme skinął głową.

Krokiem modelki wyszła z pokoju. Widział jej odbicie w lustrze zawieszonym na korytarzu. Uroczyście podniosła słuchawkę, aby przeprowadzić ważną rozmowę. Z kim? – zastanawiał się. Narzeczonym? Mężem? Opiekunką do dziecka? Dlaczego zawahała się, zanim wspomniała o swoim „przyjacielu", gdy mówiła o collie? Musi się za tym kryć jakaś historia, uznał Rhyme.

Do kogokolwiek dzwoniła, nie było go. Rhyme zauważył, że jej oczy zamieniły się w ciemnoniebieskie kamyki, kiedy nikt nie odebrał. Uniosła wzrok i spostrzegła, że Rhyme obserwuje ją w zakurzonym lustrze. Odwróciła się. Odłożyła słuchawkę i wróciła do pokoju.

Przez pięć minut nikt się nie odzywał. Rhyme nie mógł uspokoić się w sposób, w jaki to kiedyś robił: spacerował w kółko, wyprowadzając tym swoich współpracowników z równowagi. Teraz omiatał nerwowo wzrokiem mapę Randela. Sachs włożyła rękę pod czapkę i drapała się po głowie. Niewidoczny Mel Cooper, spokojny jak chirurg, katalogował ślady.

Wszyscy jednak nerwowo zareagowali, gdy odezwał się telefon Sellitta. Kiedy słuchał informacji, jego twarz rozjaśnił uśmiech.

– Jest! Jedna z grup Haumanna znajduje się na skrzyżowaniu Jedenastej z Sześćdziesiątą. Słyszą krzyki kobiety. Nie zlokalizowali jeszcze miejsca. Chodzą od drzwi do drzwi.

– Jedź tam – Rhyme wydał polecenie Sachs.

Widział jej posępną twarz. Spojrzała na telefon Rhyme'a, jakby spodziewała się, że on przyniesie jej ratunek. Potem na Sellitta, który pochylał się nad mapą operacyjną West Side.

– Amelio – odezwał się Rhyme – nie zapobiegliśmy już jednemu morderstwu. Nie możemy dopuścić do kolejnych.

– Gdybyś ją widział – wyszeptała. – Gdybyś widział, co jej zrobił...

– Widziałem, Amelio – powiedział spokojnie, patrząc nieustępliwym i prowokującym wzrokiem. – Widziałem ciała, które leżały miesiąc w bagażniku. Widziałem, co granat może zrobić z rękami, nogami i twarzami. Prowadziłem badania po pożarze w klubie „Happy Land". Spłonęło wtedy ponad osiemdziesiąt osób. Robiliśmy zdjęcia twarzy ofiar lub tego, co z nich pozostało, aby rodziny mogły je zidentyfikować. Nikt nie był w stanie wejść do środka. Z wyjątkiem nas. Nie mieliśmy wyboru. – Głęboko odetchnął, gdy rozdzierający ból przeszył mu szyję. – Jeśli chcesz radzić sobie w tym zawodzie... Jeśli chcesz radzić sobie w życiu, musisz nauczyć się radzić sobie ze śmiercią. Nie myśleć o niej.

Wszyscy w pokoju patrzyli na nich oboje.

Amelia Sachs nic nie mówiła. Nie uśmiechała się. Przez chwilę chciała spojrzeć tajemniczo, ale jej oczy pozostały przezro-

145

czyste jak szkło. Była wściekła na Rhyme'a, ale na pociągłej twarzy nie malował się gniew. Odrzuciła na bok kosmyk rudych włosów, wzięła słuchawki ze stołu. Zatrzymała się przed schodami i spojrzała na Rhyme'a mrożącym krew w żyłach wzrokiem, przypominając mu, że nie ma nic bardziej lodowatego niż chłodny uśmiech pięknej kobiety.

Z jakichś powodów pomyślał: Zapraszam z powrotem, Amelio.

– Co masz? Materiały, informacje, zdjęcia?

Scruff siedział w barze na East Side. Ulica Trzecia jest tym dla Manhattanu, czym dla przedmieść są centra handlowe. Był to obskurny lokal, który niedługo wypełni się szukającymi zysku yuppies. Teraz jednak siedzieli w nim kiepsko ubrani miejscowi mieszkańcy. Jedli nieświeże ryby i podejrzane sałatki.

Szczupły, czarny jak heban mężczyzna, ubrany w bardzo białą koszulę i zielony garnitur, pochylił się w stronę Scruffa.

– Masz nowe informacje? Szyfry? Listy? Najmniejsze gówno?

– Facet, cha.

– Nie śmiejesz się, gdy mówisz „cha" – powiedział Fred Dellray, w rzeczywistości D'Ellret, ale to było kilka pokoleń wcześniej. Miał ponad metr dziewięćdziesiąt wzrostu. Rzadko się uśmiechał, mimo że lubił absurdalny humor rodem z „Jabberwocky". Był wyróżniającym się agentem w oddziale FBI na Manhattanie.

– Nie, nie uśmiecham się.

– Więc co masz? – Dellray ścisnął filtr papierosa, którego włożył za ucho.

– To zajmuje dużo czasu. – Scruff, niski mężczyzna, przygładził przetłuszczone włosy.

– Ale ty nie masz czasu... Czas jest cenny, czas ucieka. A ty nie masz czasu...

Dellray włożył ogromną dłoń pod stolik, na którym stały dwie kawy. Ścisnął udo Scruffa, aż ten jęknął.

Sześć miesięcy temu ten niski, chudy facet został zatrzymany, gdy usiłował sprzedać karabinki M-16 dwóm członkom organizacji prawicowej, którzy okazali się agentami BATF.

Służbom federalnym nie chodziło oczywiście o Scruffa. Był tylko pionkiem. Chciano tylko się dowiedzieć, kto dostarcza broń. A gdy nie dało się wydobyć od Scruffa zbyt wielu informacji, przekazano go Dellrayowi: najlepszemu specjaliście od pracy z informatorami. Jednak do tej pory Scruff tylko irytował agenta – nie miał żadnych informacji, nie znał szyfrów, nic nie wiedział.

– Unikniesz oskarżenia, jeśli dostarczysz nam coś ślicznego i cennego. Taka jest umowa.

– Wszystko powiedziałem. Nie mam dla was nic nowego. Przynajmniej teraz.

– Nieprawda, nieprawda. Coś ukrywasz. Masz to wypisane na gębie. Coś wiesz.

Przed barem, z piskiem hamulców, zatrzymał się autobus. Wysiadł z niego tłum Pakistańczyków.

– Pieprzona konferencja ONZ – mruknął Scruff. – Po co oni, do cholery, tutaj przyjechali. Miasto jest zapchane. Sami cudzoziemcy.

– Pieprzona konferencja? Ty pokurczu, głupi złamasie – warknął Dellray. – Co masz przeciw pokojowi na świecie?

– Nic.

– Powiedz mi teraz coś dobrego.

– Nic nie wiem.

– Z kim tutaj rozmawiałeś? – Dellray uśmiechnął się demonicznie. – Jestem jak kameleon. Potrafię się śmiać i być szczęśliwy, ale potrafię też być zły i okrutny.

– Nie, nie – piszczał Scruff. – Cholera, to boli. Przestań.

Kelner zaczął patrzeć na nich, ale krótkie spojrzenie Dellraya skłoniło go, aby ponownie zajął się polerowaniem czyściutkich szklanek.

– Dobrze, może coś wiem. Ale potrzebuję pomocy. Potrzebuję...

– Czas się kończy...

– Pieprzę cię. Słyszysz?

– Dialog jak z filmu – fuknął Dellray. – Spotyka się w końcu zły i dobry charakter. Stallone i ktoś tam. To jedynie, co mają do powiedzenia: „Pieprzę cię", „Nie, to ja cię pieprzę", „Nie, to ja...". Miałeś mi powiedzieć coś użytecznego. Zależy nam na tej informacji. Nam obu...

Wpatrywał się w Scruffa, aż ten zaczął mówić.

– Okay, powiem ci. Wierzę ci, facet. Bo ty...

– Dobra. Co masz?

– Rozmawiałem z Jackiem. Znasz go?

– Znam Jackiego.

– To on mi powiedział.

147

- Co ci powiedział?
- Powiedział mi, że słyszał, że ktoś lub coś przyleci lub odleci w tym tygodniu z lotniska.
- Co przyleci lub odleci? Karabinki M-16?
- Nie wiem więcej. Mówię tylko, co Jackie...
- Ci powiedział.
- Właśnie. Ale ogólnie. - Scruff spojrzał dużymi, brązowymi oczami na Dellraya. - Czy mógłbym cię okłamać?
- Szanuj swoją godność - ostrzegł go agent poważnym głosem, wymierzając palec w jego pierś. - I co z lotniskami? Które? Kennedy'ego? La Guardia?
- Nie wiem. Ktoś będzie na lotnisku. Ktoś bardzo niebezpieczny.
- Nazwisko...
- Nie znam nazwiska.
- Gdzie jest Jackie?
- Nie wiem. Chyba w Afryce Południowej. A może w Liberii.
- I co to wszystko znaczy? - Dellray znów ścisnął filtr papierosa.
- Przypuszczam, że nie chodzi o przerzut.
- Przypuszczasz.
Scruff skulił się ze strachu, ale Dellray nie zamierzał się nad nim więcej znęcać. Słyszał tylko dzwonek ostrzegawczy. Jackie - handlarz broni, który znany jest FBI od roku - mógł słyszeć coś od jednego ze swoich klientów - najemnika w Afryce lub członka organizacji prawicowej - o zamachu terrorystycznym na lotnisku. Dellray zwykle nie interesował się takimi sprawami, z wyjątkiem ostatniego porwania na lotnisku Kennedy'ego. Jednak tym zajmowała się nowojorska policja. Pomyślał o wydarzeniach w czasie konferencji UNESCO w Londynie.
- Nic więcej ci nie powiedział?
- Nie. Nic więcej. Jestem głodny. Może coś zjemy?
- Pamiętasz, co ci mówiłem o godności? Przestań jęczeć. - Dellray wstał. - Muszę zadzwonić.

Furgonetka zatrzymała się na Ulicy Sześćdziesiątej.
Sachs wzięła walizkę ze sprzętem, PoliLight i dużą dwunastowoltową lampę.
- Zdążyliście w porę? - zapytała policjantów z oddziału specjalnego. - Nic się jej nie stało?

Nikt nie odpowiedział. Usłyszała krzyki.

– Co się dzieje? – mruknęła, biegnąc w stronę dużych drzwi, wyważonych przez oddział specjalny. Za drzwiami znajdował się podjazd prowadzący pod zniszczony budynek z czerwonej cegły.

– Ciągle tam jest?

– Tak.

– Dlaczego? – zapytała zszokowana Amelia Sachs.

– Powiedzieli nam, żebyśmy nie wchodzili.

– Nie wchodzili? Ona krzyczy! Nie słyszycie?!

– Oni kazali czekać na panią – odezwał się policjant.

Oni. Nie, to nie byli oni. Lincoln Rhyme. Ten skurwysyn.

– My mieliśmy ją znaleźć – dodał policjant – a pani ma wejść do środka.

Włączyła nadajnik.

– Rhyme! – warknęła. – Jesteś tam?

Cisza... Cholerny tchórz.

Nie myśleć o śmierci... Skurwysyn. Była bardziej wściekła niż kilka minut temu, gdy zbiegała po schodach.

Obejrzała się i zobaczyła lekarza stojącego przy karetce.

– Niech pan idzie ze mną.

Ruszył w jej kierunku, ale zobaczył, że wyciągnęła broń i zatrzymał się.

– Później – powiedział. – Nie muszę wchodzić do środka, dopóki miejsce nie jest bezpieczne.

– Teraz! Idziemy! – Odwróciła się i lekarz mógł zobaczyć broń w całej okazałości. Wykrzywił usta i podążył za nią.

Z podziemi dochodziły krzyki.

– Aaa. *Hilfe!* – A po nich szloch.

Jezus Maria. Sachs zaczęła biec w kierunku wejścia.

Słyszała głos Rhyme'a: *Jesteś przestępcą, Amelio. O czym myślisz?*

Znikaj, rzuciła w duchu.

Ale Lincoln Rhyme nie chciał zniknąć.

Jesteś mordercą i porywaczem, Amelio. W jaki sposób będziesz się poruszała, czego będziesz dotykała?

Zapomnij o tym! Zamierzam ją uratować. Do diabła z miejscem przestępstwa.

– *Mein Gott!* Proooszę! Niech ktoś mi pomoże! Proooszę!

Idź! – krzyknęła do siebie. Biegnij! Nie ma go tutaj. Jesteś bezpieczna. Znajdź ją, dalej...

Przyspieszyła. Jej pas szczękał, gdy biegła. Zatrzymała się na końcu tunelu. Zaczęła się zastanawiać. Nie mogła podjąć decyzji.

– Do cholery – burknęła. Postawiła walizkę i otworzyła ją. – Jak się nazywasz? – zapytała lekarza.

– Tad Walsh – odparł zaniepokojony młody lekarz. – Co się stało? – Patrzył w mrok.

– Aaa... *Bitte, helfen Sie mir!*

– Osłaniaj mnie – wyszeptała Sachs.

– Osłaniać? Proszę poczekać. Nie wiem, jak to się robi.

– Potrzymaj pistolet, dobrze?

– Od czego mam panią osłaniać?

Podała mu pistolet i uklękła.

– Bądź ostrożny. Ubezpieczaj mnie.

Wyjęła dwie gumowe taśmy i owinęła nimi buty. Gdy wzięła pistolet z ręki lekarza, kazała mu zrobić to samo.

Trzęsącymi się rękami owijał buty.

– Myślę...

– Cicho. On ciągle może tu być.

– Proszę pani, proszę poczekać – wyszeptał. – To nie należy do moich obowiązków.

– Do moich także. Weź reflektor. – Podała mu reflektor i akumulator.

– Jeżeli on tu jest, to będzie strzelał w kierunku światła. Ja tak bym strzelał.

– No to trzymaj reflektor wysoko. Nad moim ramieniem. Będę szła z przodu. Jeżeli strzeli, trafi we mnie.

– Co ja mam robić? – spytał głosem nastolatka.

– Ja się wszystkim zajmę – mruknęła Sachs. – Idź za mną. Nie potrząsaj światłem.

W lewym ręku trzymała walizkę, natomiast w prawym – przed sobą – pistolet. Zerknęła na podłogę, gdy weszli w ciemność. Zobaczyła znane jej ślady zamiatania.

– *Bitte nicht, bitte nicht, bitte...* – Krótki krzyk, potem cisza.

– Co się tam na dole dzieje? – szepnął Tad.

– Pst – syknęła Sachs.

Szli powoli. Wytarła spocone palce i rękojeść pistoletu. Uważnie zaczęła obserwować drewniane filary, cienie, zardzewiałe maszyny, oświetlane przez reflektor trzymany przez Tada w trzęsących się rękach.

Nie znalazła śladów butów.

To było pewne. On jest inteligentny.

Ale my też jesteśmy inteligentni, słyszała w myślach głos Lincolna Rhyme'a. Powiedziała, żeby się zamknął.

Teraz wolniej.

Przeszli półtora metra. Zatrzymali się. Znów powoli do przodu. Starała się nie słyszeć jęków dziewczyny. Ponownie odniosła wrażenie, że ktoś ją obserwuje, śledzi.

Pociski przebijają kamizelki kuloodporne, pomyślała Sachs. Poza tym połowa przestępców używa pocisków Black Talons. Postrzał w rękę lub nogę takim pociskiem może spowodować śmierć, tak samo jak postrzelenie w pierś. Nick opowiadał, jak te kule rozrywają ciało. Jeden z jego partnerów dostał dwoma takimi pociskami i umarł w jego ramionach.

Z tyłu i z góry...

Myśląc o nim, przypomniała sobie noc, gdy leżała u jego boku. Patrzyła na piękną włoską twarz Nicka. Opowiadał jej o odbijaniu zakładników. Jeżeli porywacz będzie strzelać, zrobi to z góry lub z tyłu.

– Cholera! – Kucnęła, odwróciła się i wymierzyła z pistoletu w sufit. Gotowa była wypróżnić cały magazynek.

– Co? – jęknął Tad, panikując. – Co jest?

Otaczała ją pustka.

– Nic. – Odetchnęła głęboko, wstała.

Słychać było szmer.

– Jezu – znów odezwał się piskliwym głosem Tad. – Nienawidzę tego.

Ten facet ma strasznego cykora, pomyślała. Wiedziała o tym, ponieważ mówił to, co sama chciała powiedzieć.

Zatrzymała się.

– Oświetl tutaj. Z przodu.

– Och, Boże...

Sachs w końcu zrozumiała, co znaczyły włosy, które znalazła na miejscu poprzedniego przestępstwa. Przypomniała sobie spojrzenia, które wymienili między sobą Sellitto i Rhyme. Wiedział, co planuje przestępca. Wiedział, że ona znajduje się w podziemiach, a mimo to kazał policjantom czekać. Nienawidziła go jeszcze bardziej.

Przed nimi leżała pulchna dziewczyna w kałuży krwi. Zerknęła w światło i odwróciła wzrok. Czarny szczur wielkości kota szedł po jej brzuchu w stronę gardła. Obnażył zęby, by odgryźć kawałek z podbródka dziewczyny.

Sachs powoli uniosła ciężkiego glocka, lewą dłonią podtrzymując kolbę pistoletu.

Strzelanie polega na odpowiednim oddechu.

Wypuść powietrze. Naciśnij.

Sachs strzeliła po raz pierwszy podczas służby. Cztery strzały. Ogromny, czarny szczur stojący na piersi dziewczyny eksplodował. Strzeliła w podłogę obok. Inny szczur, wystraszony, rzucił się w stronę Sachs i lekarza. Pozostałe zniknęły szybko i cicho jak woda wsiąkająca w piasek.

– Jezu – jęknął lekarz. – Mogła pani postrzelić dziewczynę.

– Z dziesięciu metrów? – prychnęła Sachs. – Niemożliwe.

Radio ożyło: Haumann zapytał, czy zostali ostrzelani.

– Nie – odparła Sachs. – Zastrzeliłam kilka szczurów.

– Zrozumiałem. Bez odbioru.

Wzięła reflektor z rąk lekarza i zniżając strumień światła, ruszyła do przodu.

– Wszystko w porządku – rzekła. – Nic ci nie będzie.

Dziewczyna otworzyła oczy. Kręciła głową we wszystkie strony.

– *Bitte, bitte.*

Była bardzo blada. Jej niebieskie oczy wpatrywały się w Sachs. Bała się spojrzeć obok.

– *Bitte, bitte...* Proooszę...

Szlochała i krzyczała przeraźliwym głosem, gdy lekarz opatrywał rany.

Sachs gładziła jej jasne, pokrwawione włosy.

– Nic ci nie będzie, kochanie. Nic ci nie będzie, nic ci nie będzie...

Rozdział 14

O kna biura w południowej części Manhattanu wychodziły na Jersey. Zachód słońca obserwowany przez mgłę wiszącą w powietrzu był bardzo efektowny.

– Musimy.

– Nie możemy.

– Musimy – powtórzył Fred Dellray, wypijając łyk kawy – gorszej nawet od tej, którą pił niedawno w restauracji ze Scruffem.

– Zabierz im tę sprawę. Będą musieli zaakceptować decyzję.

– To jest lokalna sprawa – odpowiedział asystent szefa wydziału specjalnego w biurze FBI na Manhattanie. Asystent nigdy nie pracował w ukryciu, ponieważ każdy, kto go zobaczył, od razu myślał: agent FBI.

– Nie jest lokalna. To oni traktują ją jako lokalną. Ale jest to bardzo poważna sprawa.

– Mamy osiemdziesięciu ludzi mniej ze względu na konferencję ONZ.

– Ta sprawa może mieć związek z konferencją – powiedział Dellray. – Tak sądzę.

– Trzeba zatem poinformować służbę ochrony ONZ. Niech każdy... Nie patrz na mnie takim wzrokiem.

– Służba ochrony ONZ? Służba ochrony ONZ? Wiesz, co znaczy słowo oksymoron?... Billy, widziałeś zdjęcie? Z miejsca przestępstwa? Rękę wystającą z ziemi i palec pozbawiony skóry?

– Nowojorska policja informuje nas na bieżąco – odpowiedział twardo asystent. – Nasi behawioryści są do ich dyspozycji.

– Jezus Maria. Behawioryści? Musimy złapać tego rzeźnika, Billy. Złapać go. Nie analizować jego zegarmistrzowską robotę.

– Powiedz mi, czego się dowiedziałeś od swojego informatora.

Dellray potrafił wykorzystywać sytuację. Przypomniał sobie, co mówił Scruff o Jackiem i jego wylocie do Johannesburga lub Monrowii, o nielegalnym przemycie broni i o tym, że coś się wydarzy w tym tygodniu na lotnisku w Nowym Jorku. Wszystko stało się jasne.

– To on – powiedział Dellray. – Jestem pewny.

– Nowojorska policja zmobilizowała wszystkie siły.

– Ale nie oddział antyterrorystyczny. Rozmawiałem z nimi. Nic nie wiedzą o tej sprawie. Dla policji są to zabici turyści. Ważne dla nich są reakcje społeczne. Chcę dostać tę sprawę, Billy. – I Fred Dellray wypowiedział słowo, którego ani razu nie użył w ciągu ośmiu lat pracy tajnego agenta: – Proszę.

– Na jakiej podstawie?

– Gówniane pytanie – rzucił Dellray, potrząsając palcem jak nauczyciel besztający ucznia. – Słuchaj, mamy nową ustawę antyterrorystyczną. Nie wystarczy? Chcesz podstaw prawnych? Dostarczę ci ich. Od władz miasta. To jest porwanie. Mogę argumentować, że ten kutas prowadzący taksówkę zamieszany jest w międzynarodowy przemyt. Ale nie będziemy się w to bawić. Prawda, Billy?

– Nie rozumiesz mnie, Dellray. Dzięki tobie wyrwany ze snu mogę wyrecytować cały kodeks. Chcę wiedzieć, co im powiemy, gdy przejmiemy tę sprawę. Pamiętaj, że po złapaniu przestępcy nadal będziemy musieli współpracować z policją. Nie mam zamiaru namawiać szefa, by wdawał się w awantury. W każdym razie nie teraz. Lon Sellitto prowadzi sprawę, a on jest dobry...

– Porucznik? – prychnął Dellray. Wyciągnął papierosa zza ucha i zaczął go obwąchiwać.

– Jim Polling nadzoruje.

Dellray wybuchnął nerwowym śmiechem.

– Polling? Ten mały Adolf? Masz-prawo-nic-nie-mówić-bo-jesteś-jebanym-bandytą...

Asystent nie skomentował.

– Sellitto to prawdziwy wół roboczy – odparł. – Braliśmy razem udział w dwóch operacjach.

– Ten przestępca porywa na prawo i lewo i nic nie wskazuje, żeby chciał przestać.

– Co chcesz przez to powiedzieć?

– W mieście są senatorzy, kongresmani, głowy państw. Myślę, że dla wprawy będzie chciał porwać któregoś z nich.

– Coś wiesz?

– Czuję. – Dellray nie powstrzymał się przed dotknięciem nosa. Asystent głośno wypuścił powietrze.

– Kto jest tajnym informatorem?

Dellray z trudem mógł myśleć o Scruffie jako tajnym współpracowniku. Większość informatorów była małymi ruchliwymi skurwysynami.

– To szmata – przyznał Dellray. – Ale Jackie, od którego to słyszał, jest prawdziwym gościem.

– Wiem, czego chcesz. Rozumiem. – Asystent powiedział to z sympatią w głosie. Wiedział, co stoi za życzeniem Dellraya. Właśnie dlatego, że był chłopakiem z Brooklynu, chciał zostać policjantem. Nie miało znaczenia dla niego, jaką pracę będzie wykonywać, byleby mógł pracować dwadzieścia godzin na dobę. Jednak wkrótce po przeniesieniu go do FBI znalazł swoje powołanie: praca w ukryciu.

Współpracując ze swoim aniołem stróżem Tobym Dolittle'em, Dellray wysłał przestępców w sumie na blisko tysiąc lat więzienia („Nazywają nas Tysiącletnim Zespołem" – powiedział kiedyś swojemu partnerowi). Kluczem do sukcesów Dellraya był jego pseudonim: Kameleon. Wcielił się w handlarza narkotyków w Harlemie, był haitańskim dyplomatą na przyjęciu w konsulacie Panamy. Wraz z Dolittle'em często byli wypożyczani przez BATF i DEA oraz, czasami, przez policję. Narkotyki i broń to była ich specjalność, ale zajmowali się też porwaniami.

Ironią w tej pracy jest to, że im jesteś lepszy, tym szybciej z niej musisz zrezygnować. Informacje rozchodzą się bardzo szybko i przestępcy, którymi warto się interesować, szybko wszystko o tobie wiedzą. Dolittle i Dellray zostali zmuszeni do zajmowania się informatorami i kierowania pracą innych tajnych agentów. Jednak Dellray wciąż chciał pracować w ukryciu, osobiście penetrować środowiska przestępcze. Nic go bardziej nie podniecało. Nie złożył prośby o przeniesienie.

Aż do pewnego kwietniowego poranka dwa lata temu. Dellray miał zamiar właśnie opuścić biuro i wylecieć samolotem z lotniska La Guardia, gdy zadzwonił do niego z Waszyngtonu zastępca dyrektora FBI. FBI jest bardzo zhierarchizowaną instytucją, więc Dellraya zaskoczyło, że tak wysoki urzędnik dzwoni do niego osobiście. Usłyszał przygnębiony głos zastępcy, który poinformował go, że Dolittle i prokurator z Manhattanu zostali zamordowani przed rozprawą, na którą właśnie udawał się Dellray.

Ich ciała następnego dnia przywieziono do Nowego Jorku. Tego samego dnia Dellray złożył podanie o przeniesienie do wydziału antyterrorystycznego.

Zamachy terrorystyczne były dla Freda Dellraya – który, gdy nikt nie widział, pochłaniał książki dotyczące polityki i filozofii – kwintesencją zbrodni. Uważał, że nie ma nic nieamerykańskiego w chęci zysku czy żądzy władzy. Te przymioty ożywiają cały kraj – od Wall Street do Kapitolu. Tylko gdy ludzie przekraczali granice legalności, Dellray sprowadzał ich na właściwe miejsce. Nigdy nie robił tego z powodów osobistych. Jednak mordowanie ludzi ze względu na ich poglądy, mordowanie dzieci, które nie mają jeszcze poglądów, było zamachem na amerykańskie wartości. Siedząc po pogrzebie Toby'ego w swoim skąpo umeblowanym dwupokojowym mieszkaniu na Brooklynie, zdecydował, że będzie zajmował się tymi morderstwami.

Niestety przeszkodziła mu w tym jego reputacja. Niegdyś najlepszy tajny agent, był teraz najlepszym specjalistą od pracy z innymi tajnymi agentami i informatorami. Jego szefowie po prostu nie chcieli, żeby przeniósł się do innego wydziału. Dellrayowi biuro zawdzięczało swoje ostatnie największe sukcesy. Z wielkim żalem jego prośby były odrzucane.

Asystent szefa wydziału specjalnego doskonale o tym wiedział.

– Chciałbym ci pomóc, ale nie mogę. Przepraszam – dodał szczerym głosem.

Dellray usłyszał jednak wahanie w jego głosie. Spojrzał na niego z góry. Miał nadzieję, że to spojrzenie wpłynie na decyzję szefa. Jego wzrok przekazywał informację, którą każdy mógł bez trudu odczytać: zrób to dla mnie, nie będziesz żałował.

W końcu przymilny asystent z wahaniem rzekł:

– Musimy coś mieć.

– Coś?

– Haka – wyjaśnił asystent. – Nie mamy haka.

Miał na myśli powód, dla którego można by zabrać sprawę policji.

Polityka. Pieprzone politykierstwo.

Dellray schylił głowę, ale jego brązowe oczy nie przestały wpatrywać się w asystenta.

– Ściągnął skórę z palca ofiary, Billy. Oczyścił go z mięśni. Potem żywcem pochował mężczyznę.

Agent specjalny podparł brodę na dłoni.

– Mam pomysł – rzekł. – W nowojorskiej policji jest komisarz Eckert. Znasz go? Jest moim przyjacielem.

Dziewczyna leżała na noszach. Oczy miała zamknięte. Była przytomna, ale oszołomiona. Wciąż była blada. Lekarz zrobił jej w ramię zastrzyk glukozy. Jej organizm uległ odwodnieniu. Nie straciła jednak świadomości i była wyjątkowo spokojna.

Sachs podeszła do wrót piekieł. Zaczęła patrzeć w dół. Włączyła radio i wezwała Rhyme'a. Tym razem odpowiedział.

– Jak wygląda miejsce przestępstwa? – zapytał niepewnie.

– Uratowaliśmy ją – odpowiedziała krótko. – Jeżeli to cię interesuje.

– To dobrze. W jakim jest stanie?

– W nie najlepszym.

– Ale żyje.

– Jest poraniona.

– Zdenerwowały cię szczury, prawda, Amelio?

Nie odpowiedziała.

– Ponieważ nie pozwoliłem ludziom Bo wejść do środka. Jesteś tam, Amelio?

– Tak.

– Istnieje pięć źródeł zanieczyszczenia miejsca przestępstwa – wyjaśnił Rhyme. Sachs zauważyła, że w jego głosie znów pojawił się niski, nęcący ton. – Pogoda. Rodzina ofiary. Podejrzany. Zbieracze pamiątek. Ostatnie jest najgorsze. Domyślasz się, co to jest?

– Powiedz.

– Inni policjanci. Gdybym pozwolił na wejście policjantów z oddziału specjalnego, zniszczyliby wszystkie ślady. Ty wiesz, jak zachować się na miejscu przestępstwa. Jestem pewny, że wszystko odpowiednio zabezpieczysz.

– Nie sądzę, żeby kiedykolwiek o tym zapomniała. Szczury były wszędzie. Biegały po niej.

– Tak, wyobrażam sobie. Taka jest ich natura.

Ich natura...

– Ale pięć czy dziesięć minut nie sprawiło żadnej różnicy. Ona...

Klik.

Wyłączyła radio i podeszła do Walsha.

– Chciałam z nią porozmawiać. Nie jest zbyt oszołomiona?

– Nie. Znieczuliłem ją miejscowo, by zszyć rany. Za pół godziny musi dostać Demerol.

Sachs uśmiechnęła się i pochyliła nad nią.

– Lepiej już się czujesz?

Dziewczyna, pulchna, ale bardzo ładna, skinęła głową.

– Czy mogę zadać kilka pytań?

– Tak, proszę. Chcę, żebyście go złapali.

Przybył Sellitto i podbiegł do nich. Uśmiechnął się do dziewczyny, która spojrzała na niego obojętnie. Pokazał odznakę, czym nie była zainteresowana, i przedstawił się.

– Wszystko w porządku?

Dziewczyna wzruszyła ramionami.

Było parno i Sellitto aż ociekał potem.

Odciągnął Sachs na bok.

– Polling był tutaj?

– Nie widziałam go. Może jest u Lincolna.

– Nie, właśnie tam dzwoniłem. Ma natychmiast udać się do ratusza.

– Co się stało?

Sellitto zniżył głos.

– Rozmowy miały być zabezpieczone. Ale ci pieprzeni reporterzy dostali w swoje łapy dekoder czy coś takiego. Słyszeli, że nie weszliśmy od razu, by ją ratować. – Wskazał głową na dziewczynę.

– Cóż, nie weszliśmy – powiedziała Sachs cierpko. – Rhyme kazał czekać policjantom z oddziału specjalnego, aż przyjadę.

Detektyw się skrzywił.

– Mam nadzieję, że nie nagrali tego. Potrzebujemy Pollinga do przeprowadzenia kontroli. – Zerknął na dziewczynę. – Już ją przesłuchałaś?

– Nie, właśnie zaczęłam.

Z przykrością włączyła radio. Usłyszała natarczywy głos Rhyme'a.

– ...eś tam? To cholerne urządzenie nie...

– Jestem – powiedziała oschle.

– Co się stało?

– Myślę, że zakłócenia. Jestem z ofiarą.

Dziewczyna zamrugała, słysząc głos. Sachs uśmiechnęła się do niej.

– Nie mówię do siebie. – Pokazała na mikrofon. – To centrala. Jak się nazywasz?

– Monelle. Monelle Gerger.

Sachs spojrzała na ramię dziewczyny, odsłoniła bandaż i przyjrzała się ranie.

– Przesłuchaj ją szybko – poinstruował Rhyme. – Potem zbadaj miejsce przestępstwa.

Zakryła ręką mikrofon.

– Ten człowiek jest jak wrzód na dupie. Ciężko się z nim współpracuje... – Wyszeptała wściekła do Sellitta:

– Ustępuj mu...

– Amelio! – warknął Rhyme. – Odpowiedz mi!

– Rozmawiamy z nią – burknęła.

– Czy możemy się dowiedzieć, co się wydarzyło? – spytał Sellitto.

Monelle zaczęła nieskładnie mówić, że była w pralni w piwnicy w East Village. On się ukrył, czekał na nią.

– Gdzie ta piwnica? – zapytał Sellitto.

– To jest Niemiecki Dom. Tam mieszkają głównie emigranci i studenci z Niemiec.

– Co się zdarzyło potem? – pytał dalej Sellitto.

Sachs zauważyła, że chociaż ten potężnie zbudowany detektyw był bardziej gburowaty niż Rhyme, to jednak więcej w nim było współczucia.

– Wrzucił mnie do bagażnika i przywiózł tutaj.

– Czy widziałaś jego twarz?

Dziewczyna zamknęła oczy. Sachs powtórzyła pytanie i Monelle odpowiedziała, że nie. Miał na twarzy – tak jak przypuszczał Rhyme – granatową maskę.

– *Und* rękawiczki.

– Opisz je.

Ciemne. Nie mogła sobie przypomnieć, jakiego koloru.

– Jakieś znaki szczególne?

– Nie. Biały – tyle mogę powiedzieć.

– Widziałaś numer taksówki? – spytał Sellitto.

– *Was?* – zapytała dziewczyna.

– Czy widziałaś...

Sachs aż podskoczyła, gdy usłyszała głos Rhyme'a:

– *Das Nummernschild.*

Skąd on to wiedział, zdziwiła się. Powtórzyła słowo, ale dziewczyna pokręciła głową i zmarszczyła brwi.

– O jaką taksówkę wam chodzi?

– Nie jechał żółtą taksówką?

– Taksówką? *Nein.* Nie. To był zwykły samochód.

– Słyszysz, Lincoln?

– Tak. Nasz chłopiec ma inny samochód. I ponieważ wsadził ją do bagażnika, nie jest to furgonetka czy hatchback.

Sachs powtórzyła. Dziewczyna skinęła głową.

– Raczej sedan.

– Jakieś szczegóły, kolor pojazdu? – kontynuował Sellitto.

– Myślę, że jasny. Może srebrny. Albo... jak się mówi na jasnobrązowy?

– Beżowy?

Skinęła głową.

– Być może beżowy – Sachs dodała do charakterystyki.

– Czy było coś w bagażniku? Obojętnie co. Narzędzia, ubrania, walizki? – zapytał Sellitto.

Monelle odpowiedziała, że nie. Był pusty.

Teraz Rhyme zadał pytanie:

– Jaki był zapach w bagażniku?

Sachs przekazała pytanie.

– Nie wiem.

– Oleju i smaru?

– Nie. Pachniało... czystością.

– Może to był nowy samochód – zauważył Rhyme.

Monelle się rozpłakała. Następnie pokręciła głową. Sachs chwyciła ją za rękę i dziewczyna w końcu zaczęła mówić:

– Jechaliśmy bardzo długo. Wydawało mi się, że jechaliśmy bardzo długo.

– Nic ci nie będzie, kochanie – powiedziała Sachs.

– Powiedz jej, żeby się rozebrała – przerwał Rhyme.

– Co?

– Zdejmij jej ubrania.

– Nie zrobię tego.

– Niech lekarz da jej fartuch. Potrzebujemy jej ubrań, Amelio.

– Ale ona płacze – szepnęła Sachs.

– Proszę – rzekł Rhyme natarczywym głosem. – To ważne.

Sellitto skinął głową i Sachs wyjaśniła dziewczynie, o co chodzi. Była zdziwiona, że Monelle zgodziła się bez ociągania. Ochoczo zdjęła zakrwawioną odzież. Aby jej nie krępować, Sellitto odszedł na bok. Naradzał się z Bo Haumannem. Monelle włożyła fartuch, który dał jej lekarz, i sportowy płaszcz policjanta. Sachs zapakowała dżinsy i koszulki do torby.

– Mam je – rzuciła do mikrofonu.

– Niech teraz razem z tobą obejdzie miejsce przestępstwa – powiedział Rhyme.

– Co?!

– Powinna iść za tobą. Nie może zanieczyścić śladów.

Sachs spojrzała na młodą kobietę leżącą na wózku stojącym obok samochodów.

– Ona nie jest w stanie tego zrobić. Rozciął jej ramię i nogę do kości. Straciła dużo krwi, poza tym pogryzły ją szczury.

– Czy może chodzić?

– Chyba tak. Ale wiesz przecież, co przeżyła.

– Ona powinna pokazać drogę, którą szli. Powinna powiedzieć, gdzie on stał.

– Jedzie do szpitala. Straciła dużo krwi.

Chwila wahania.

– Poproś ją – powiedział miłym głosem.

Ale jego uprzejmość była udawana. Sachs słyszała zniecierpliwienie w głosie. Mogła zaryzykować twierdzenie, że Rhyme nie był człowiekiem, który by rozpieszczał ludzi mu się sprzeciwiających. Lubił, gdy wszystko szło po jego myśli.

– Tylko raz po miejscu przestępstwa – naciskał.

Do cholery, sam się przejdź, Lincolnie Rhymie.

– To jest...

– Ważne. Wiem.

Cisza po drugiej stronie telefonu.

Patrzyła na Monelle. Po chwili usłyszała swój głos:

– Wchodzę do środka, by poszukać śladów. Pójdziesz ze mną?

Dziewczyna przeszyła wzrokiem Sachs. Wybuchnęła płaczem.

– Nie, nie, nie. Nie zrobię tego. *Bitte nicht, oh, bitte nicht...*

Sachs kiwnęła głową, uścisnęła ramię kobiety. Zaczęła mówić do mikrofonu, spodziewając się reprymendy.

– Dobrze, Amelio – zaskoczył ją Rhyme. – Nie zmuszaj jej. Zapytaj tylko, co się wydarzyło, gdy dotarli na miejsce.

161

Dziewczyna powiedziała, że go kopnęła i uciekła do sąsiedniego tunelu.

– Tam znowu go kopnęłam – oznajmiła z satysfakcją w głosie.

– Ściągnęłam mu rękawiczkę. Potem zaczął mnie dusić. On...

– Nie miał rękawiczki? – przerwał Rhyme.

Sachs powtórzyła pytanie.

– Zgadza się – odparła Monelle.

– Doskonale, odciski! – krzyknął Rhyme tak głośno, że mikrofon zniekształcił jego głos. – Kiedy to się wydarzyło? Przed iloma minutami?

Monelle sądziła, że było to około półtorej godziny temu.

– Cholera – mruknął Rhyme. – Odciski na skórze utrzymują się godzinę, najwyżej półtorej. Czy potrafisz zbierać odciski palców ze skóry, Amelio?

– Nigdy tego nie robiłam.

– No to teraz to zrobisz. Tylko szybko. W walizce znajduje się paczka z napisem „Kromekote". Wyjmij jedną kartkę.

Znalazła paczkę z kartkami przypominającymi papier fotograficzny.

– Mam. Czy posypać jej szyję jakimś proszkiem?

– Nie. Przyłóż papier gładką stroną do miejsca, gdzie, jak przypuszcza, jej dotykał. Przyciskaj trzy sekundy.

Sachs zrobiła to, podczas gdy Monelle ze stoickim spokojem patrzyła w niebo. Następnie Rhyme poinstruował ją, żeby posypała kartkę metalicznym proszkiem.

– I co? – skwapliwie zapytał Rhyme.

– Niedobrze. Jest ślad palca, ale nie widać linii papilarnych. Wyrzucić kartkę?

– Nigdy nie wyrzucaj niczego, co pochodzi z miejsca przestępstwa, Sachs – pouczył ją surowo. – Zachowaj tę kartkę. Mimo wszystko chcę ją zobaczyć.

– Jeszcze jedno. Chciałam o tym zapomnieć – odezwała się znowu Monelle. – Dotykał mnie.

– Co masz na myśli? Napastował cię? – spytała Sachs delikatnie. – Zgwałcił?

– Nie, nie. Nie molestował mnie seksualnie. Dotykał moich ramion, twarzy, za uchem. Łokcia. Szczypał mnie. Nie wiem dlaczego...

– Słyszałeś, Lincoln? Dotykał jej. Ale na tym poprzestał.

– Tak.

– *Und*... Jeszcze coś mi się przypomniało – powiedziała Mo-

162

nelle. – Mówił po niemiecku. Niezbyt dobrze: jak ktoś, kto uczył się języka tylko w szkole. I mówił do mnie Hanna.

– Jak?

– Hanna – Sachs powtórzyła do mikrofonu.

– Czy wiesz dlaczego? – zapytała dziewczynę.

– Nie, ale tak do mnie mówił. Wydawało się, że lubi wymawiać to imię.

– Słyszałeś, Lincoln?

– Tak. A teraz miejsce przestępstwa. Czas ucieka.

Gdy Sachs wstała, Monelle chwyciła ją za przegub.

– Pani... Sachs. Jest pani Niemką?

Sachs uśmiechnęła się i odpowiedziała:

– Moi przodkowie byli Niemcami.

Monelle skinęła. Dotknęła policzka dłonią Sachs.

– *Vielen Dank.* Dziękuję pani. *Danke schön.*

Rozdział 15

Trzy halogeny oświetliły jasnym światłem ponury tunel. Sachs była teraz sama na miejscu przestępstwa. Patrzyła chwilę na podłogę. Coś tu się zmieniło. Co?

Wyciągnęła pistolet i przykucnęła.

– On jest tutaj – wyszeptała, kryjąc się za jednym z filarów.

– Co? – zaniepokoił się Rhyme.

– On wrócił. Na podłodze były zabite szczury, a teraz ich nie ma.

Usłyszała śmiech Rhyme'a.

– Co w tym zabawnego?

– Nie, Amelio. Ich przyjaciele zabrali ciała.

– Ich przyjaciele?

– Badałem kiedyś sprawę w Harlemie. Znaleziono rozłożone zwłoki, pozbawione kończyn, głowy. Wiele kości było ukrytych w pobliżu. Czaszka znajdowała się w beczce po paliwie, palce stóp pod stertą liści... W dzielnicy się zakotłowało. Prasa pisała o satanistach, seryjnych mordercach. Zgadnij, kim był przestępca?

– Nie mam pojęcia – odpowiedziała chłodno.

– To było samobójstwo. Szopy, szczury i wiewiórki gromadzą resztki zwłok jak trofea. Nikt nie wie dlaczego, ale te zwierzęta lubią swoje pamiątki. Dobrze, gdzie jesteś?

– Na dole rampy.

– Co widzisz?

– Szeroki tunel, od którego odchodzą dwa węższe. Płaski strop podparty drewnianymi filarami. Pokruszony beton na podłodze, pokryty brudem.

– I odchodami?

– Chyba tak. Na środku przede mną znajduje się słup, do którego była przywiązana.

– Okna?

– Nie ma. Nie ma też drzwi. – Przyjrzała się szerokiemu tunelowi, podłodze znikającej w ciemnościach. Była zniechęcona. – Ale to duże. Zbyt wielka powierzchnia do przeszukania.

– Odpręż się, Amelio.

– Ja nigdy nic tu nie znajdę.

– Wiem, że jest to przygnębiające. Ale zapamiętaj, że są tylko trzy rodzaje śladów: przedmioty, ślady zostawione przez ciało i wrażenia. To wszystko. Gdy tak pomyślisz, odzyskasz optymizm.

Łatwo mu mówić.

– Miejsce przestępstwa nie jest tak duże, jak to się wydaje na początku. Skoncentruj się na fragmentach, po których się poruszał. Podejdź do słupa.

Sachs podeszła, patrząc w dół.

Tunel oświetlono jaskrawym światłem, ale jednocześnie było wiele cieni, w których mógł ukryć się przestępca. Dreszcze przeszły po jej plecach. Bądź blisko mnie, Lincoln, pomyślała niechętnie. Irytujesz mnie, ale chcę słyszeć twój głos. Szepnij coś.

Zatrzymała się.

Oświetliła podłogę promieniami z PoliLight.

– Została zamieciona?

– Tak. Jak poprzednio.

Kamizelka ocierała jej piersi, mimo że włożyła sztywny biustonosz i podkoszulek. W tunelu było równie gorąco jak na zewnątrz. Swędziała ją skóra i miała nieodpartą chęć podrapać się pod kamizelką.

– Jestem przy filarze.

– Zbierz kurz z podłogi.

Włączyła odkurzacz. Denerwował ją ten hałas – mógł zagłuszyć odgłos kroków, szczęk broni, odgłos wydawany przez wyciągany z kieszeni nóż. Odruchowo obejrzała się za siebie. Raz, dwa razy. Omal nie wypuściła z rąk odkurzacza, gdy sięgnęła po broń.

Zastanawiała się, jakie wrażenie wywiera na niej kurz leżący przy słupie. *Jestem przestępcą. Przyciągnąłem ją tutaj. Kopie mnie. Zachwiałem się...*

Monelle mogła kopnąć tylko w jednym kierunku. Przestępca nie upadł, powiedziała dziewczyna. Oznaczało to, że odskoczył.

Odeszła metr lub dwa od słupa.

– Bingo! – krzyknęła.

– Co się stało? Powiesz mi?

– Odciski butów. Zapomniał zamieść.

– Może ona je zostawiła?

– Nie. Miała na nogach buty sportowe. A te tutaj miały gładkie podeszwy. Dwa dobrze widoczne odciski. Będziemy wiedzieć, jaki rozmiar butów nosi.

– Nie. Odciski nam tego nie powiedzą. Podeszwy mogą być mniejsze lub większe od przyszew. Ale możemy na ich podstawie wyciągnąć pewne wnioski. W walizce znajduje się detektor elektrostatyczny – takie małe pudełko z antenką. Obok znajdziesz kartki z acetylocelulozy. Połóż kartki na śladach i omieć je antenką.

Wyjęła urządzenie i wykonała dwa obrazy odcisków. Ostrożnie wsunęła je do papierowej koperty.

Potem wróciła do filaru.

– Znalazłam włosie ze szczotki.

– Z czego...?

– Przepraszam – powiedziała szybko. – Nie wiemy, z czego pochodzą te włosy. Zbiorę je i włożę do koperty.

Użyła do tego celu ołówków. *Lincoln, ty sukinsynu, wiesz, co zrobię, gdy na zawsze zakończę badanie miejsc przestępstw? Pójdę do chińskiej restauracji!*

Światła halogenów nie sięgały do bocznego tunelu, do którego uciekła Monelle. Sachs zatrzymała się przed linią oddzielającą dzień od nocy. Weszła w cień. Oświetliła latarką podłogę.

– Mów, Amelio.

– Nic nie ma. Wszędzie zamiótł. Jezu, pomyślał o wszystkim.

– Co widzisz?

– Ślady zamiatania na podłodze.

Dorwałem ją, powaliłem. Jestem zły. Wściekły. Będę ją dusił.

Sachs spojrzała na podłogę.

– Znalazłam coś. Ślady kolan! Gdy ją dusił, musiał jej usiąść na brzuchu. Zostawił odciski kolan i zapomniał je zatrzeć.

– Użyj tego urządzenia co poprzednio.

Tym razem operacja zajęła znacznie mniej czasu. Włożyła odbitkę do koperty. Kolejny znak na kurzu.

Co to jest?

– Lincoln... Patrzę na miejsce, gdzie... Chyba tutaj upadła rękawiczka w czasie szamotaniny.

Włączyła PoliLight. Nie mogła uwierzyć w to, co zobaczyła.

– Odcisk. Znalazłam odcisk palca!

– Co? – Rhyme nie dowierzał. – Może to jest jej odcisk?

– Raczej nie. Widziałam ślady na kurzu przy słupie. Ręce miała cały czas skute kajdankami. Tutaj podnosił rękawiczkę. Zapewne zapomniał zamieść. Jest duży, piękny.

– Zabarw go, oświetl i zrób zdjęcie w skali jeden do jednego.

Już za drugim razem udało jej się zrobić wyraźne zdjęcie polaroidem. Czuła się tak, jakby znalazła studolarowy banknot na ulicy.

– Zbierz kurz w tym miejscu. Potem obejdź całe miejsce przestępstwa.

Powoli zaczęła chodzić po tunelu do tyłu i przodu. Małe kroki – trzydzieści centymetrów!

– Nie zapomnij spojrzeć w górę – przypomniał jej. – Kiedyś namierzyłem przestępcę na podstawie jednego włosa znalezionego na suficie. Do trzydziestkiósemki załadował nabój kalibru .357. Podmuch powietrza wyrwał włos z jego ręki. Upadł na gzyms.

– Patrzę. Sufit jest z betonu. Brud. Brak wnęk, występów, drzwiczek.

– Gdzie podrzucił wskazówki? – zapytał.

– Nie ma. Nie widzę.

Do przodu i do tyłu. Upłynęło pięć minut. Sześć, siedem.

– Może tym razem nie podrzucił śladów – zasugerowała Sachs. – Może Monelle była jego ostatnią ofiarą.

– Nie – z przekonaniem powiedział Rhyme.

Nagle odbłysk za filarami przyciągnął jej uwagę.

– Coś jest w rogu... tak. Tutaj.

– Sfotografuj to, zanim dotkniesz.

Zrobiła zdjęcie i ołówkami podniosła biały materiał.

– Damska bielizna. Wilgotna.

– Sperma?

– Nie wiem – odparła. Zastanawiała się, czy każe jej powąchać.

– Zastosuj PoliLight. Białko powinno wykazywać fluorescencję – zarządził Rhyme.

Włączyła lampę. Oświetliła bieliznę, ale nie zaobserwowała świecenia.

– Nie.

– Włóż ją do plastikowej torby. Co jeszcze? – pytał skwapliwie.

167

– Liść. Długi, cienki, zwężający się z jednej strony. Zerwano go dość dawno, ponieważ był suchy i brązowy. Usłyszała, że Rhyme jęknął z zawodu. – Na Manhattanie można znaleźć około ośmiu tysięcy rodzajów liści – wyjaśnił. – Ta wskazówka niewiele nam powie. Co jest pod liściem?

Dlaczego nie pomyślał, że nic tam nie ma?

Ale było: kawałek papieru gazetowego. Po jednej stronie był czysty, natomiast po drugiej narysowano fazy księżyca.

– Księżyc? – Rhyme zamyślił się. – Jakieś odciski? Spryskaj kartkę ninhydryną i naświetl.

Promienie z PoliLight nie ujawniły odcisków palców.

– To wszystko.

Zapadła na chwilę cisza.

– Na czym leżały wskazówki? – spytał po chwili.

– Och, nie wiem.

– Powinnaś wiedzieć.

– No, na podłodze – odrzekła rozdrażniona. – Na brudzie.

Na czym innym mogłyby leżeć?

– Czy kurz, na którym leżały wskazówki, jest taki sam jak obok?

– Tak. – Przyjrzała się bliżej. Cholera, różnił się. – No, niezupełnie. Ma inny kolor.

Czy zawsze musi mieć rację?

– Zbierz go do papierowego worka – poinstruował Rhyme.

Gdy skończyła, Rhyme odezwał się:

– Amelio?

– Tak?

– Nie ma go tam? – upewnił się.

– Mam nadzieję.

– Usłyszałem coś w twoim głosie.

– Wszystko w porządku – rzekła krótko. – Obwąchuję miejsce przestępstwa. Czuję zapach krwi, pleśni i błota. A także płynu po goleniu.

– Ten sam co przedtem?

– Tak.

– Skąd dochodzi?

Węsząc, Sachs poruszała się po spirali, aż doszła do innego drewnianego filaru.

– Stąd. Tu jest najsilniejszy.

– Co znaczy „stąd", Amelio? Pamiętaj, że jesteś moimi noga-mi i oczami.

– Jestem przy jednej z drewnianych kolumn. Takiej samej jak ta, do której przywiązał dziewczynę. Znajduje się około pię-ciu metrów od niej.

– Zatem mógł się zatrzymać przy tym filarze. Są na nim ja-kieś odciski?

Spryskała filar ninhydryną i skierowała na niego wiązkę pro-mieni z PoliLight.

– Nie, ale zapach jest bardzo intensywny.

– Pobierz próbkę z filaru, tam gdzie zapach jest najintensyw-niejszy. W walizce znajduje się wiertarka. Czarna. Weź specjal-ne wiertło – do pobierania próbek. Zainstaluj je. W wiertarce jest uchwyt...

– Mam w domu wiertarkę – rzuciła zwięźle.

– Aha.

Pobrała próbkę, wytarła pot z czoła.

– Włożyć do plastikowej torby? – zapytała.

Odpowiedział, że tak. Poczuła się słabo, pochyliła głowę i głę-boko wciągnęła powietrze. Zabrakło jej tchu.

– Czy coś jeszcze? – spytał Rhyme.

– Nic już nie widzę.

– Jestem dumny z ciebie, Amelio. Przyjedź do mnie i przy-wieź skarby, które znalazłaś.

Rozdział 16

Ostrożnie – warknął Rhyme.
– Jestem ekspertem.
– Stary czy nowy?
– Sza – rzekł Thom.
– Na miłość boską. Nożyk jest stary czy nowy?
– Nie oddychaj... Już. Znowu jest gładka jak pupa niemowlęcia.
Nie była to operacja związana z badaniem śladów, ale kosmetyczna.
Thom ogolił Rhyme'a po raz pierwszy od tygodnia. Umył mu też włosy i zaczesał do tyłu.

Przed półgodziną, czekając na Sachs i zebrane ślady, Rhyme poprosił Coopera, żeby wyszedł z pokoju, i wtedy Thom zajął się cewnikiem.

Po skończonej operacji spojrzał na Rhyme'a i powiedział:
– Wyglądasz okropnie. Czy zdajesz sobie z tego sprawę?
– Nie zwracam na to uwagi. Jest mi obojętne.

Nagle uświadomił sobie, że nie mówi prawdy.
– Ogolę cię – zaproponował Thom.
– Nie mamy na to czasu.

W rzeczywistości Rhyme obawiał się, że gdy Berger zobaczy, iż doprowadził się do porządku, będzie mniej skłonny, by pomóc mu w popełnieniu samobójstwa. Zaniedbany pacjent jest pacjentem przygnębionym.
– I kąpiel.
– Nie.
– Mamy gości, Rhyme.
– Dobrze – mruknął Rhyme.
– Powinieneś też się przebrać. Ta piżama...
– Taka zła chyba nie jest... – To oznaczało zgodę.

Teraz Rhyme, wyszorowany i ogolony, został ubrany w dżinsy i białą koszulę. Nie chciał spojrzeć w lustro, które podsuwał Thom.

– Zabierz je.

– Zdecydowana poprawa.

Lincoln prychnął drwiąco.

– Idę na spacer przed ich powrotem – oznajmił i położył głowę na poduszkę.

Cooper spojrzał na niego zdumiony.

– W swojej głowie – wyjaśnił Thom.

– W głowie?

– Wyobrażam sobie – dodał Rhyme.

– Nabierasz mnie – powiedział Cooper.

– Mogę spacerować po wszystkich dzielnicach i nigdy nie zostanę napadnięty. Mogę wędrować po górach i nie zmęczę się. Mogę też wspinać się na szczyty. Oglądać wystawy na Piątej Alei. Oczywiście miejsca, które odwiedzam, nie muszą być takie, jak sobie wyobrażam. Ale to bez znaczenia. Przecież tak samo jest z gwiazdami.

– Nie rozumiem – przyznał Cooper.

– Światło gwiazd, które dociera do Ziemi, zostało wyemitowane tysiące, miliony lat temu. W tym czasie gwiazdy i Ziemia zmieniły swoje położenie. Gwiazdy nie są tam, gdzie je widzimy. – Rhyme westchnął. Poczuł się zmęczony. – Niektóre z nich wypaliły się, znikły w czarnych dziurach...

Zamknął oczy.

– Utrudnia nam zadanie.

– Niekoniecznie – odpowiedział Rhyme Lonowi Sellitcie.

Sellitto, Banks i Sachs wrócili już z rzeźni.

– Bielizna, księżyc, liść – wyliczał rozbrajająco szczery Banks.

– To chyba nie są żadne podchody...

– Jeszcze kurz – przypomniał Rhyme. Zawsze o tym pamiętał.

– Wiesz, co te wskazówki oznaczają? – spytał Sellitto.

– Jeszcze nie – odparł Rhyme.

– Gdzie jest Polling? – burknął Sellitto. – Wciąż nie odebrał informacji z pagera.

– Nie widziałem go – powiedział Rhyme.

Ktoś pojawił się w drzwiach.

– A więc jednak żyjesz! – zagrzmiał przybysz barytonem.

Rhyme spojrzał w stronę chudego mężczyzny. Był ponurakiem, ale teraz jego pociągłą twarz rozjaśnił szeroki uśmiech. Terry Dobyns był ucieleśnieniem wyobrażenia o behawioryście pracującym w policji. Studiował w akademii FBI w Quantico. Miał stopnie naukowe z psychologii i kryminologii. Lubił operę, a nie cierpiał futbolu. Kiedy Lincoln Rhyme odzyskał w szpitalu przytomność po wypadku, Dobyns siedział przy nim i przez trzy godziny słuchał „Aidy" z walkmana. Potem następne trzy godziny rozmawiał z nim. Była to pierwsza z licznych sesji terapeutycznych.

– Czy mam przytoczyć, co mówią podręczniki o ludziach nieodbierających telefonów?

– Zostawmy to na później, Terry. Słyszałeś o tym przestępcy?

– Trochę – odpowiedział Dobyns, przypatrując się Rhyme'owi. Nie miał odpowiedniego wykształcenia, ale znał się na fizjologii. – Dobrze się czujesz? Źle wyglądasz.

– Trochę dzisiaj pracowałem – przyznał Rhyme. – Przed chwilą uciąłem sobie krótką drzemkę. Dobrze wiesz, jakim jestem leniwym sukinsynem.

– Tak, wiem. Dzwoniłeś do mnie o trzeciej nad ranem, by zadać mi kilka pytań dotyczących przestępcy, i nie mogłeś zrozumieć, że śpię. Czego potrzebujesz? Zbierasz informacje do portretu psychologicznego przestępcy?

– Cokolwiek powiesz, pomoże nam.

Sellitto krótko przedstawił sprawę Dobynsowi, który – jak przypominał sobie Rhyme z okresu ich współpracy – nie robił notatek, tylko wszystkie informacje gromadził w głowie, którą zdobiła ciemna czupryna.

Psycholog, słuchając detektywa, podszedł do charakterystyki znajdującej się na ścianie.

Uniósł palec, by przerwać Sellitcie.

– Ofiary, ofiary... I wszystkie zostały znalezione pod ziemią: jedna zakopana, druga w piwnicy, trzecia w tunelu.

– Właśnie – potwierdził Rhyme.

– Mów dalej.

Sellitto kontynuował. Opowiedział o uratowaniu Monelle Gerger.

– Dobrze – rzucił Dobyns. Przestał chodzić po pokoju i znów zatrzymał się przed charakterystyką. Stanął w rozkroku i wziął się pod boki. Zapoznał się ze skąpymi informacjami o przestępcy 823. – Lincoln, powiedz mi więcej o swoim wniosku: o tym, że nasz facet jest zafascynowany przeszłością.

– Nie potrafię tego wyjaśnić. Jak do tej pory wszystkie wskazówki są powiązane z historycznym Nowym Jorkiem. Materiały budowlane sprzed stu lat, rzeźnie, sieć tłocząca parę wodną.

Dobyns podszedł bliżej i postukał palcem w charakterystykę.

– A ta Hanna... Opowiedzcie mi o Hannie.

– Amelio? – odezwał się Rhyme.

Sachs powiedziała Dobynsowi, że przestępca z niezrozumiałych powodów zwracał się do Monelle Gerger: Hanna.

– Wydawało jej się też, że on lubi to imię. Poza tym zwracał się do niej po niemiecku.

– Bardzo ryzykował, porywając ją – zauważył Dobyns. – Taksówka na lotnisku to był dla niego bezpieczny sposób porwania. Ale ukrycie się w pralni... Musiał bardzo chcieć porwać Niemkę.

– Zaczął skręcać swoje rude włosy w długich palcach. Usiadł w jednym ze skrzypiących rattanowych foteli i wyciągnął nogi. – Okay. Postaramy się coś powiedzieć o przestępcy. Podziemia... to jest klucz. On coś tłumi w sobie, ukrywa. Pomyślałem nawet o histerii.

– Nie postępuje jednak histerycznie – powiedział Sellitto. – Jest cholernie opanowany i działa z premedytacją.

– Myślę o histerii jako chorobie: nerwicy objawiającej się między innymi zaburzeniami świadomości. Może pojawić się w wyniku ciężkiego urazu psychicznego, gdy wspomnienie wydarzenia zostanie zepchnięte do podświadomości i przekształcone. W ten sposób zresztą leczy się z traumy. Zwykle histerii towarzyszy ból, nudności, zaburzenia ruchu. Jednak czasami trauma powoduje wyłącznie zaburzenia świadomości. Amnezja, rozszczepienie osobowości.

– Jekyll i Hyde? – Tym razem Cooper postanowił być bezpośredni, uprzedzając Banksa.

– Nie sądzę, aby cierpiał na rozdwojenie osobowości – kontynuował Dobyns. – Bardzo rzadko mamy do czynienia z takimi przypadkami i dotyczą one głównie ludzi młodych z niskim ilorazem inteligencji, niższym, niż ma wasz przestępca... – Wskazał na charakterystykę. – On jest sprytny i inteligentny. To wyrachowany przestępca.

Przez chwilę wyglądał przez okno.

– To jest interesujące – kontynuował. – Myślę, że przestępca wciela się w inną osobę, gdy chce zabijać. Ta uwaga jest bardzo ważna.

– Dlaczego?

– Z dwóch powodów. Po pierwsze, mówi nam o jego prawdziwej osobowości. On w pracy lub szkole uczył się pomagać ludziom, nie ich krzywdzić. Jak ksiądz, adwokat, polityk, pracownik socjalny. Po drugie, realizuje jakiś plan. Gdy odkryjecie plan, łatwiej będzie go schwytać.

– Jakiego rodzaju plan?

– Przypuszczalnie chciał zabijać od dłuższego czasu, ale nie robił tego, dopóki nie znalazł odpowiedniej osobowości. Być może postaci z książki, filmu lub kogoś znajomego. Jest to ktoś, z kim chciałby się identyfikować. Ktoś, kogo zbrodnie usprawiedliwiają go. Zaryzykowałbym twierdzenie...

– Mów – ponaglał go Rhyme.

– Jego opętanie historią wskazuje, że wciela się w postać z przeszłości.

– Rzeczywistą?

– Tego nie mogę twierdzić. Być może fikcyjną. Hanna, kimkolwiek jest, gdzieś została opisana. Niemka lub Amerykanka niemieckiego pochodzenia.

– Jakie są przyczyny jego postępowania?

– Freud powiedziałby, że kompleks Edypa. Obecnie uważa się, iż przyczyną rozwijającej się choroby jest uraz psychiczny. Nie był jednorazowy. Nie wykluczam, że niepowodzenia w życiu osobistym lub zawodowym. Trudno powiedzieć...

Jego oczy zapłonęły, gdy znów spojrzał na charakterystykę.

– Lincoln, mam nadzieję, że złapiecie go żywcem. Chciałbym mieć go na kanapie przez kilka godzin.

– Thom, zapisałeś to wszystko?

– Tak jest.

– Jeszcze jedno pytanie... – zaczął Rhyme.

Dobyns odwrócił się.

– Powiedziałbym raczej: Oto jest pytanie. Dlaczego zostawia wskazówki? Tak?

– Tak. Dlaczego wskazówki?

– Pomyśl o tym, co zrobił... Rozmawia z wami. Nie zabija przypadkowo. Nie jest schizofrenikiem. Komunikuje się z wami waszym językiem. Językiem kryminalistyków. Dlaczego? – Znów zaczął chodzić po pokoju, zerkając na charakterystykę. – Myślę, że

on chce się dzielić winą. Zabijanie nie przychodzi mu łatwo. Szuka wspólników. Jeżeli nie ocalicie ofiary, częściowo jest to wasza wina.
– Korzystny dla nas wniosek, prawda? – zapytał Rhyme. – Oznacza to, że podrzuca ślady, które można zinterpretować. W innym przypadku nie pozbyłby się części winy.
– To prawda – przyznał Dobyns. Uśmiech zniknął z jego twarzy. – Ale trzeba wziąć pod uwagę jeszcze jeden element.
– Nasili aktywność – uzupełnił Sellitto.
– Właśnie – potwierdził Dobyns.
– Jak często może atakować? – mruknął Banks. – Co trzy godziny? Nie będzie to za często?
– On jest przygotowany – kontynuował psycholog. – Prawdopodobnie teraz porwie więcej osób. – Zmrużył oczy. – Mam rację, Lincoln?
Czoło Rhyme'a pokryły krople potu.
– Jestem po prostu zmęczony. Za dużo wrażeń jak dla starego paralityka.
– Ostatnia rzecz. Charakterystyka ofiar jest bardzo ważna w przypadku seryjnych przestępstw, ale tutaj mamy do czynienia z różnym wiekiem ofiar, różną płcią i pozycją społeczną. Sami biali, lecz przestępca działa na obszarze zamieszkanym głównie przez białych. Na podstawie dotychczasowych informacji nie możemy powiedzieć, dlaczego wybrał te, a nie inne ofiary. Gdybyśmy to wiedzieli, można by uprzedzić jego działania.
– Dziękuję, Terry – powiedział Rhyme. – Nie odchodź jeszcze.
– Dobrze, Lincoln. Jak sobie życzysz.
– Spójrz na wskazówki z ostatniego miejsca przestępstwa. Co my mamy? Bieliznę...
Mel Cooper zebrał torby, które przyniosła Sachs. Rhyme przyglądał się plastikowemu workowi z bielizną.
– Katrina Fashion's D'Amore – oznajmił. – Czysta bawełna. Elastyczna gumka. Made in USA. Uszyto ją na Tajwanie.
– Możesz tyle powiedzieć, patrząc na bieliznę? – zapytała Sachs z niedowierzaniem.
– Nie. Przeczytałem. – Wskazał metkę.
– Och.
Policjanci wybuchnęli śmiechem.
– Czy on chce nam przekazać, że i tym razem porwie kobietę? – spytała Sachs.
– Prawdopodobnie – odparł Rhyme.

Cooper otworzył kolejny worek.

– Przeprowadzę analizę chromatograficzną tej cieczy.

Rhyme poprosił Thoma, żeby pokazał mu świstek z fazami księżyca. Przyjrzał się mu uważnie. Taki oddarty kawałek papieru jest wspaniałym dowodem. Jak odcisk palca. Bezbłędnie można określić, z której kartki pochodzi. Trzeba mieć oczywiście tę kartkę. Zastanawiał się, czy kiedykolwiek ją znajdą. Przestępca mógł ją zniszczyć. Jednak Rhyme wolał myśleć, że tego nie zrobił. Wyobrażał sobie, że kartka gdzieś jest. Po prostu czeka, by ją znaleźć. W czasie swojej pracy zawsze myślał o źródłach pochodzenia śladów: o samochodzie, z którego odprysnął znaleziony kawałek farby; palcu, z którego pochodził paznokieć; pistolecie, z którego zastrzelono ofiarę. Te źródła – blisko związane z przestępcą – wywoływały odpowiednie skojarzenia u Rhyme'a. Mogły być okrutne lub tajemnicze.

Fazy księżyca.

Rhyme zapytał Dobynsa, czy przestępca mógł jakoś kierować się fazami księżyca.

– Nie. Dziś księżyc nie jest w pełni. Cztery dni temu był nów.

– Zatem narysowane księżyce oznaczają coś innego.

– Gdyby kierował się fazami księżyca, to ten rysunek powinien zostawić na miejscu pierwszego przestępstwa – wtrąciła nieśmiało Sachs.

– Dobra uwaga, Amelio. Być może mówi o kołach. O atramencie. O papierze. O geometrii. O planetarium...

Rhyme zauważył, że Sachs patrzy na niego. Może dopiero teraz dostrzegła, że jest ogolony, ma uczesane włosy i zmienione ubranie.

W jakim jest nastroju? – zastanowił się. Zła na niego czy myśli o zupełnie czymś innym? Nie wiedział. W tym momencie Amelia Sachs była tak tajemnicza jak przestępca 823.

Z korytarza dobiegło piszczenie faksu. Thom wyszedł z pokoju i po chwili wrócił z dwiema kartkami papieru.

– Od Emmy Rollins – obwieścił. Pokazał kartki Rhyme'owi.

– Spis sklepów spożywczych. Jedenaście sklepów na Manhattanie, w których w ciągu ostatnich dwóch dni sprzedano gicz cielęcą klientom kupującym mniej niż pięć artykułów spożywczych.

– Zaczął przenosić listę na reprodukcję. Zerknął na Rhyme'a. – Nazwy sklepów też?

– Oczywiście. Będą potrzebne, gdy będziemy tworzyli odsyłacze.

Thom wpisał je do charakterystyki.

– To zawęża obszar poszukiwań do całego miasta – zauważyła Sachs.

– Cierpliwości – powiedział zdenerwowany Rhyme.

Tymczasem Mel Cooper zbadał włosie, które znalazła Sachs.

– Nie znalazłem nic specyficznego. – Odłożył je na bok.

– Jest nowe? – spytał Rhyme. Gdyby tak było, mogliby sprawdzić, w których sklepach sprzedawano tego dnia gicz cielęcą i szczotkę.

– Myślałem o tym. Ma sześć miesięcy albo więcej – odparł Cooper.

Zaczął strząsać na kartkę papieru zanieczyszczenia z ubrań dziewczyny.

– Kilka różnych substancji – rzekł, pochylając się nad kartką.

– Brud.

– Wystarczy do pomiaru gęstości metodą gradientową?

– Nie. To tylko pył. Prawdopodobnie z miejsca przestępstwa.

Przyjrzał się uważnie zanieczyszczeniom zmiecionym z zakrwawionych ubrań dziewczyny.

– To pył ceglany. Dlaczego jest go tak dużo?

– Ze szczurów, które zastrzeliłam. Ściany w tunelu zbudowano z cegły.

– Strzelałaś do nich? Na miejscu przestępstwa? – Rhyme się skrzywił.

– No cóż, tak. Chodziły przecież po niej – dodała z naciskiem.

Był wściekły, ale nie okazał tego.

– Trzeba wziąć pod uwagę wszystkie zanieczyszczenia powstałe na skutek strzelania: ołów, arsen, węgiel, srebro.

– O, inny kawałek czerwonej skóry z rękawiczki. I... Mamy włókno. Też inne.

Kryminalistycy kochają włókna. To było szare, Cooper z trudem je dostrzegł nieuzbrojonym okiem.

– Wspaniale – oznajmił Rhyme. – Co jeszcze?

– Jeszcze zdjęcie z miejsca przestępstwa. I odciski palców – powiedziała Sachs. – Jeden znaleziony na jej szyi, drugi – w miejscu, gdzie podnosił rękawiczkę. – Uniosła je.

– Świetnie – rzekł Rhyme, przyglądając się im uważnie.

Uśmiechnęła się niepewnie z wyrazem triumfu, wiedziała przecież, że nie jest specjalistką w tej dziedzinie.

Rhyme studiował zdjęcia polaroidowe odcisków, gdy usłyszał kroki na schodach.

Przybył Jim Polling. Wszedł do pokoju. Ze zdziwieniem spojrzał na eleganckiego Lincolna Rhyme'a i szybko podszedł do Sellitta.

– Właśnie byłem na miejscu przestępstwa – powiedział. – Ocaliliście porwaną. Dobra robota, chłopaki. – Skinął głową do Sachs, aby pokazać, że o niej też pomyślał. – Ale ten psychol porwał kolejną ofiarę?

– Albo ma taki zamiar – mruknął Rhyme, przypatrując się odciskom.

– Teraz pracujemy nad wskazówkami – poinformował Banks.

– Jim, usiłowałem cię znaleźć – powiedział Sellitto. – Dzwoniłem nawet do biura burmistrza.

– Rozmawiałem z szefem. Poprosił o posiłki. Dostał pięćdziesięciu ludzi zajmujących się ochroną ONZ.

– Kapitanie, musimy o czymś porozmawiać. Mamy problem. Coś się wydarzyło na miejscu ostatniego przestępstwa...

Nagle rozległ się głos, którego wcześniej nie słyszano w tym pokoju:

– Problem? Kto ma problem? Nie ma żadnych problemów. Żadnych!

Rhyme spojrzał na wysokiego, szczupłego mężczyznę w drzwiach. Był czarny jak smoła. Miał na sobie śmieszny zielony garnitur i buty, które świeciły jak brązowe lustra.

Serce Rhyme'a zamarło.

– Dellray.

– Lincoln Rhyme. Nowojorski Człowiek z Żelaza. Czołem, Lon. I Jim Polling. Nudzicie się, co?

Z Dellrayem przybyło kilkoro mężczyzn i kobiet. Rhyme wiedział, w jakim celu zjawili się tutaj agenci federalni.

Dellray przyjrzał się policjantom znajdującym się w pokoju. Na chwilę zatrzymał wzrok na Sachs.

– Czego chcesz? – spytał Polling.

– Nie domyślasz się? Wypadasz z interesu. Zamykamy twój kramik.

Rozdział 17

Jeden z nas.

To wyrażał wzrokiem Dellray, gdy obchodził łóżko Lincolna Rhyme'a. Ludzie sparaliżowani szybko męczą towarzystwo.

– Spójrzcie na to – rzekł Dellray, stukając w klinitron. – Coś ze „Star Treka". Komandorze Riker, wsadź swoją dupę do statku i odlatuj.

– Dellray, wyjdź stąd – powiedział Polling. – To jest nasza sprawa.

– Naprawdę? A ja myślałem, że przyszliście odwiedzić chorego...

Kapitan ruszył do przodu. Wyglądał jak kogucik przy wysokim agencie FBI.

– Dellray, czy ty mnie słyszysz? Wyjdź stąd.

– Rhyme, chciałem zobaczyć, w co się bawisz. Poważnie, Lincoln, jak się czujesz? Nie widziałem cię od kilku lat.

– Czy pukali? – Rhyme zapytał Thoma.

– Nie, nie pukali.

– Nie pukaliście – powiedział Rhyme. – Może powinienem prosić, żebyście wyszli?

– Mam upoważnienie – sarknął Dellray, sięgając do kieszeni marynarki.

Amelia Sachs wbiła paznokieć palca wskazującego w kciuk. Omal go nie rozcięła.

Dellray rozejrzał się po pokoju. Zaskoczył go widok zaimprowizowanego laboratorium, ale nie okazał tego.

– Przejmujemy sprawę. Przepraszam.

W ciągu dwudziestu lat pracy w policji Rhyme nigdy nie zetknął się z takim sposobem przejęcia sprawy przez FBI.

– Odpieprz się, Dellray – zaczął Sellitto. – Wlazłeś w naszą sprawę.

- Wlazłem? Sam? I ty nie zwracałeś się do mnie?
- Nie.
- To kto?
- No... - Zdziwiony Sellitto spojrzał na Pollinga.
- Przekazałem ci tylko informację. Prosiłem o poradę. To wszystko - tłumaczył się Polling.
- Poradę? I może mieliśmy kontaktować się drogą pocztową? Powiedz mi, Jim, po co porady, gdy operacja w toku?
- My nie potrzebujemy pomocy.
- My? - zareagował Dellray, szybko jak chirurg wycinający mikroskopijnej wielkości tkankę nowotworową.
- Ja nie widzę potrzeby - warknął Polling. - Powiedziałem burmistrzowi, żeby utrzymywał tę sprawę jako lokalną. Wszystko jest pod kontrolą. A teraz wypieprzaj stąd, Dellray.
- Czy myślisz, że zdążycie przed wiadomościami o jedenastej?!
Rhyme przestraszył się, gdy usłyszał krzyk Pollinga:
- Co myślimy, to nie twój zasrany interes. Ta pieprzona sprawa jest nasza.
Rhyme wiedział o wybuchowym temperamencie kapitana, ale po raz pierwszy widział go w akcji.
- Teraz ta pieprzona sprawa jest nasza. - Dellray przeszedł wzdłuż stołu, na którym leżał sprzęt Coopera.
- Nie rób tego, Fred - powiedział Rhyme. - Już go częściowo rozpracowaliśmy. Współpracuj z nami, ale nie zabieraj sprawy. Ten przestępca jest inny niż ci, z którymi miałeś do czynienia.
Dellray się uśmiechnął.
- Chcecie wiedzieć, co słyszałem o tej pieprzonej sprawie? Że cywil zajmuje się śledztwem. - Spojrzał na łóżko. - Wysłaliście policjantkę z patrolu, by badała miejsce przestępstwa. A ludzi z oddziału specjalnego, by robili zakupy w sklepach.
- Wzorce do ewidencji, Fredericku - zaznaczył wyraźnie Rhyme. - Standardowa procedura.
Dellray patrzył niezadowolony.
- To nie jest ich robota. Na co innego idą pieniądze podatników. Odcięliście ręce ofierze...
Jak ta informacja wydostała się na zewnątrz? Wszyscy mieli trzymać język za zębami.
- A co z tym: słyszałem, że ludzie Haumanna znaleźli ofiarę, ale nie mogli wejść do środka, by ją ratować. Kanał Piąty podsłuchał rozmowy. Pięć minut słuchali jej krzyku, zanim kogoś

przysłaliście. – Spojrzał na Sellitta skrzywiony. – Lon, czy to nie ten problem, o którym mówiłeś?

Tak daleko doszliśmy, pomyślał Rhyme. Czuli przestępcę, rozumieli język, którym do nich mówił. Już prawie go widzieli. Zorientował się, że znów robi to, co lubi. Po tylu latach. I teraz chcą mu to zabrać. Ogarnął go gniew.

– Zabierz sprawę, Fred – mruknął Rhyme. – Ale nie rezygnuj z nas. Nie rób tego.

– Straciliście dwie ofiary – przypomniał Dellray.

– Straciliśmy jedną – poprawił go Sellitto, patrząc niespokojnie na Pollinga, który wciąż trząsł się ze złości. – Nic nie mogliśmy zrobić w przypadku pierwszej ofiary. To była wizytówka mordercy.

Dobyns ze skrzyżowanymi na piersi ramionami obserwował kłótnię.

– Znamy jego sposób postępowania – nagle wtrącił się Banks.

– Nie popełnimy już błędu.

– Popełnicie, jeżeli policjanci będą siedzieć bezczynnie i słuchać krzyków ofiary.

– To była moja... – odezwał się Sellitto.

– To była moja decyzja – wyrzucił z siebie Rhyme. – Moja.

– Ale ty jesteś cywilem, Lincoln. To nie mogła być twoja decyzja. Co najwyżej sugestia, propozycja. Ale nie mogłeś wydać rozkazu. – Znów uwagę Dellraya przyciągnęła Sachs. Patrząc na nią, mówił do Rhyme'a: – Nie chciałeś, żeby Peretti prowadził badania na miejscu przestępstwa. To ciekawe. Dlaczego, Lincoln?

– Jestem lepszy niż on – powiedział Rhyme.

– Peretti nie jest harcerzykiem. Nie, przyjacielu. Ja i on właśnie rozmawialiśmy z Eckertem...

Eckert? Jak on został w to wciągnięty?

Jedno spojrzenie na Sachs udzieliło mu odpowiedzi.

Rhyme przeszył ją wzrokiem. Odwróciła głowę.

– No dobrze – rzekł. – Peretti, mówisz? A czy to nie on otworzył ruch w miejscu, z którego przestępca obserwował pierwszą ofiarę? Czy to nie on opuścił miejsce przestępstwa, zanim dokładnie zostało zbadane i znaleziono wszystkie ślady? Miejsce, które dzięki przezorności mojej Sachs zostało zabezpieczone. Sachs miała rację, natomiast Peretti i inni popełnili błąd.

Spojrzała na swój kciuk. Ten widok był jej znajomy. Wyciągnęła z kieszeni bandaż i opatrzyła krwawiący palec.

– Powinniście wezwać nas na początku – podsumował Dellray.

– Wynoś się – warknął Polling. W jego oczach pojawił się błysk. – Wynoś się do wszystkich diabłów! – krzyknął.

Rhyme zrobił srogą minę. Jest szansa na udział w śledztwie, ale pod warunkiem że Polling nie będzie szalał.

– Jim...

Kapitan go zignorował.

– Spadaj! – wrzasnął. – Nie przejmiesz naszej sprawy!

Ruszył naprzód, chwycił agenta za klapy marynarki i pchnął na ścianę. Po chwili oszołomienia Dellray po prostu odepchnął kapitana i wyjął telefon komórkowy. Podał go Pollingowi.

– Zadzwoń do burmistrza albo szefa policji.

Polling instynktownie się cofnął. Na ogół tak niscy ludzie reagują przy spotkaniach ze znacznie wyższymi od siebie.

– Chcesz dostać sprawę, masz ją.

Kapitan wybiegł na schody. Po chwili rozległo się trzaśnięcie drzwiami.

– Jezu, Fred – powiedział Sellitto. – Współpracuj z nami. Razem możemy złapać tego psychola.

– Trzeba zaangażować oddział antyterrorystyczny FBI – odparł Dellray, jakby się usprawiedliwiał. – Nie rozpatrywaliście sprawy pod kątem zamachu terrorystycznego.

– Pod kątem zamachu terrorystycznego?

– W Nowym Jorku odbywa się konferencja pokojowa. Mój kapuś powiedział, że coś wydarzy się na lotnisku. Na tym, na którym porwano ofiary.

– Nie określiłbym przestępcy jako terrorysty – powiedział Dobyns. – Przyczyny postępowania tkwią w jego psychice, nie ideologii.

– My i specjaliści z Quantico inaczej to oceniamy. Zdaję sobie sprawę, że jesteście innego zdania, ale my będziemy traktować go jako terrorystę.

Rhyme zrezygnował. Czuł się wyczerpany. Chciał, żeby Sellitto i jego pomocnik z blizną na twarzy nie zjawili się dziś rano. Żałował, że spotkał Amelię Sachs. Żałował, że włożył śmieszną białą koszulę, która uciskała mu szyję. Czuł, że na niej kończy się jego ciało.

Nagle zorientował się, że Dellray mówi do niego.

– Słucham? – Rhyme uniósł gęste brwi.

– I polityka też nie jest motywem jego działania? – spytał Dellray.

– Motywy mnie nie interesują – odparł Rhyme. – Interesują mnie dowody.

Dellray znów spojrzał na stół Coopera.

– Zatem przejmujemy sprawę. Zgadzamy się co do tego?

– Jaki mamy wybór?

– Możecie nam przekazać swoich śledczych albo nie. Zabieramy teraz dowody, jeżeli nie macie nic przeciwko temu.

Banks zawahał się.

– Wydaj je – rozkazał Sellitto.

Młody policjant zapakował do dużego plastikowego worka ślady z ostatniego miejsca przestępstwa. Dellray wyciągnął ręce. Banks popatrzył na szczupłe palce i rzucił worek na stół. Wrócił do „policyjnej" części pokoju. Łóżko Rhyme'a stało w strefie zdemilitaryzowanej – oddzielało policjantów od agentów. Amelia Sachs wbiła wzrok w łóżko.

– Funkcjonariuszko Sachs? – Dellray zwrócił się do niej.

Przez chwilę nie odzywała się, wzrok skierowała na Rhyme'a.

– Tak?

– Komisarz Eckert chce, żeby pani poszła z nami. Ma pani opowiedzieć, co widziała na miejscach przestępstw. Mówił też coś o pani nowym przydziale – od poniedziałku.

Skinęła głową.

– Nie martw się, Lincoln. Złapiemy go – Dellray zwrócił się do Rhyme'a. – Następnie usłyszysz, że wbiliśmy jego głowę na pal u bram miasta.

Skinął na swoich agentów, którzy zapakowali dowody i skierowali się do wyjścia. Z korytarza Dellray krzyknął do Sachs:

– Idzie pani?

Stała, ściskając ręce jak uczennica, która przyszła na przyjęcie i teraz tego żałuje.

– Za minutę.

Dellray zniknął na schodach.

– To gnojki – mruknął Banks, rzucając notatnik na stół. – Czy możecie w to uwierzyć?

Sachs przestępowała z nogi na nogę.

– Idź już, Amelio – powiedział Rhyme. – Samochód czeka.

– Lincoln. – Podeszła do łóżka.

– Wszystko w porządku – rzekł. – Zrobiłaś to, co musiałaś.

– Przeprowadzanie badania na miejscu przestępstwa to nie moja sprawa – wyrzuciła z siebie. – Nigdy nie chciałam tego robić.

– I więcej tego nie będziesz robiła. Koniec problemów. Podeszła do drzwi, ale zatrzymała się i odwróciła.

– O niczym innym nie myślisz, tylko o dowodach, śladach! – wybuchła.

Sellitto i Banks obruszyli się, ale nie zwróciła na nich uwagi.

– Thom, czy mógłbyś pokazać Amelii drogę do wyjścia?

Sachs jednak nie przerwała:

– Dla ciebie jest to tylko gra, prawda? A Monelle...

– Kto?

Jej oczy rozbłysły.

– No tak! Nawet nie pamiętasz, jak się nazywała. Monelle Gerger. Dziewczyna w tunelu... ona jest dla ciebie tylko elementem układanki. Szczury biegały po niej, a ty powiedziałeś: „Taka jest ich natura". Nigdy już nie będzie taka jak przed porwaniem, lecz ciebie interesują jedynie cenne dowody.

– Dla człowieka każde ugryzienie przez gryzonia jest niebezpieczne – odparł monotonnym głosem. – Od razu trzeba podać szczepionkę. Jakie znaczenie miało dla ciebie kilka kolejnych ugryzień?

– Dlaczego nie zapytałeś jej o zdanie? – Uśmiech Sachs był teraz inny. Uśmiechała się złośliwie, jak pielęgniarka, która nienawidzi ludzi sparaliżowanych. Chodzi wokół chorego z takim właśnie uśmiechem.

Cóż, nie lubił uprzejmej Sachs, wolał, gdy była kłótliwa.

– Rhyme, odpowiedz mi na jedno pytanie. Dlaczego mnie zaangażowałeś do śledztwa?

– Thom, nasz gość przeciągnął wizytę. Czy mógłbyś...

– Lincoln – zaczął opiekun.

– Thom – warknął Rhyme. – Wydaje mi się, że o coś cię prosiłem.

– Ponieważ nie znam się na tym – parsknęła Sachs. – Właśnie dlatego! Nie chciałeś zaangażować technika, bo wtedy nie mógłbyś zrealizować swoich pomysłów. A ja... mnie mogłeś wysłać to tu, to tam. Wiedziałeś, że zrobię wszystko, czego żądasz, i nie będę protestować i narzekać.

– O, bunt w zespole – powiedział Rhyme, spoglądając na sufit.

– Nie jestem członkiem zespołu. Nie chciałam tego już na pierwszym miejscu przestępstwa.

– Ja też nie. Ale zmusiła nas do tego konieczność. Znaleźliśmy się razem na jednym... łóżku. No dobrze, jedno z nas. – Wiedział, że jego uśmiech jest bardziej lodowaty, niż mogła znieść.

184

– Jesteś jak rozkapryszone dziecko, Rhyme.

– Wystarczy już tego – warknął Sellitto.

– Bardzo mi przykro, że nie możesz sam badać miejsc przestępstw. Ryzykujesz życie ludzi, by zaspokoić swoje ambicje. Mam to gdzieś. – Chwyciła czapkę policyjną i wybiegła z pokoju.

Spodziewał się, że usłyszy głośne trzaśnięcie drzwiami lub nawet brzęk tłuczonego szkła. Drzwi zamknęła jednak delikatnie. Zrobiło się cicho.

Jerry Banks porządkował swoje notatki z większą uwagą, niż na to zasługiwały.

– Lincoln, przepraszam. To ja... – powiedział Sellitto.

– Nic się nie stało – przerwał mu Rhyme. Ziewnął szeroko, mając fałszywą nadzieję, że uspokoi to jego skołatane serce. – Drobnostka.

Zapadła kłopotliwa cisza. Policjanci stali obok opróżnionego stołu.

– Najlepiej, jak zacznę pakować rzeczy – po chwili odezwał się Cooper.

Uniósł czarny mikroskop i zaczął go rozkręcać. Robił to z czułością, jak muzyk rozkładający swój ukochany saksofon.

– No cóż, Thom – rzucił Rhyme – jest po zachodzie słońca. Wiesz, co to znaczy? Bary czekają...

Pokój operacyjny robił ogromne wrażenie. Nie można go było porównać z sypialnią Rhyme'a.

Zajmował pół piętra w budynku FBI. Znajdowało się w nim kilkudziesięciu agentów, komputery i pulpity sterowania, jak w filmach na podstawie powieści Toma Clancy'ego. Agenci wyglądali jak prawnicy lub bankowcy. Białe koszule, krawaty. Eleganciki – to słowo przychodziło jej do głowy.

Amelia Sachs stała pośrodku pokoju. Rzucała się w oczy – ubrana w granatowy mundur poplamiony krwią szczurów i zanieczyszczony odchodami zwierząt, które zabito wieki temu.

Nie trzęsła się już ze złości po kłótni z Rhyme'em. Myślała o setkach spraw, o których chciałaby powiedzieć, ale starała się skoncentrować na tym, co się wokół niej dzieje.

Wysoki agent w popielatym garniturze rozmawiał z Dellrayem – dwóch mężczyzn stało ze spuszczonymi głowami, miny mieli marsowe. Sądziła, że ten drugi to Thomas Perkins: szef wydziału specjalnego w manhattańskim oddziale FBI. Nie była tego pewna, bo policjanci z patroli mają tyle do czynienia z agentami FBI co pracownicy pralni lub sprzedawcy polis ubezpieczeniowych. Wydawało się, że nie ma poczucia humoru i jest bardzo oficjalny. Przypatrywał się dużej mapie Manhattanu wiszącej na ścianie. Perkins skinął kilka razy głową, gdy Dellray przedstawiał mu sytuację. Podszedł do stołu obitego suknem, na którym leżały papierowe teczki. Spojrzał na agentów i zaczął mówić.

– Proszę o uwagę... Rozmawiałem przed chwilą z dyrektorem FBI i prokuratorem generalnym z Waszyngtonu. Słyszeliście już wszyscy o porywaczu z lotniska Kennedy'ego. To nietypowy przypadek. Bardzo rzadko spotykamy się z seryjnymi porwaniami niemającymi podłoża seksualnego. Rzeczywiście, po raz pierwszy spotykamy się z takim przypadkiem w południowej części miasta. Ze względu na możliwy związek tych porwań z konferencją ONZ uzgadniamy wzajemne działania z centralą FBI, Quantico i biurem sekretarza generalnego ONZ. Musimy wykazać maksymalną skuteczność. Jest to sprawa najwyższej wagi.

Skierował wzrok na Dellraya.

– Przejęliśmy tę sprawę od nowojorskiej policji, ale będziemy korzystać z pomocy ich ludzi – zaczął Dellray. – Jest tu policjantka, która badała miejsca przestępstw. Przedstawi nam krótko wnioski.

Dellray mówił teraz zupełnie inaczej. Ani cienia buty.

– Czy opisała pani dowody? – Perkins zapytał Sachs.

Sachs przyznała, że nie.

– Chodziło nam głównie o ocalenie ofiar.

Agent był tym zmartwiony. W sądzie poważne oskarżenia przepadały, gdy znaleziono błędy w materiale dowodowym. Obrońcy od razu zwracają na to uwagę.

– Mam nadzieję, że zrobi to pani, zanim nas opuści.

– Tak jest.

Przypomniała sobie wzrok Rhyme'a, gdy domyślił się, że poszła ze skargą do Eckerta i odebrano im sprawę. Co za spojrzenie.

Moja Sachs wszystko przewidziała, moja Sachs zabezpieczyła miejsce przestępstwa.

Znowu zaczęła wbijać paznokcie w skórę. Nie rób tego, powiedziała sobie, ale nie przestała. Ból, który odczuwała, uspokajał ją. Terapeuci nigdy tego nie zrozumieją.

– Agencie Dellray – odezwał się szef wydziału specjalnego – proszę przedstawić działania, które podjęto do tej pory.

Dellray spojrzał na Perkinsa, a potem na pozostałych agentów.

– Obecnie wszyscy agenci operacyjni penetrują organizacje terrorystyczne w mieście – zaczął. – Zbierają wskazówki, które mogą naprowadzić nas na ślad przestępcy. Skontaktowaliśmy się ze wszystkimi informatorami, zaangażowaliśmy wszystkich tajnych agentów. Musieliśmy zawiesić kilka prowadzonych operacji, ale podjęliśmy to ryzyko.

– Utworzymy grupy szybkiego reagowania. Zostaniecie podzieleni na zespoły po sześć osób. Musicie być gotowi do natychmiastowego działania. Powinniście być wyposażeni w sprzęt niezbędny do ratowania zakładników i forsowania drzwi.

– Przepraszam – przerwała mu Sachs.

Perkins uniósł wzrok i zmarszczył brwi. Nie można przerywać odprawy.

– Tak, o co chodzi?

– Zastanowiło mnie jedno. Co z kolejną ofiarą?

– Tą Niemką? Sądzi pani, że powinniśmy ją ponownie przesłuchać?

– Nie, proszę pana. Myślę o następnej ofierze.

– Zdajemy sobie sprawę, że mogą być kolejne porwania – powiedział Perkins.

– On już ją porwał – zaznaczyła Sachs.

– Już to zrobił? – Perkins spojrzał na Dellraya, który wzruszył ramionami. – Skąd pani o tym wie?

– Nie wiem tego na sto procent, ale przestępca zostawił wskazówki na miejscu ostatniego przestępstwa. Nie zrobiłby tego, gdyby nie miał wybranej kolejnej ofiary. Być może ma dopiero zamiar ją porwać.

– Zareagujemy natychmiast, kiedy tylko się o tym dowiemy – rzekł Perkins.

– Myślę, że lepiej będzie, gdy skoncentrujemy się na przestępcy. – To Dellray zwrócił się teraz do niej.

– Detektywie Sachs... – zaczął Perkins.

– Nie jestem detektywem, ale funkcjonariuszem patrolu.

– Tak, oczywiście – ciągnął Perkins, patrząc na sterty papierów. – Proszę zapoznać nas z informacjami, które mogą być użyteczne...

Trzydziestu agentów patrzyło na nią. Wśród nich były dwie kobiety.

– Proszę po prostu opowiedzieć, co pani widziała – wyjaśnił Dellray.

Krótko opisała badania, które prowadziła na miejscach przestępstw, oraz przedstawiła wnioski, do jakich doszli Rhyme i Terry Dobyns. Większość agentów była zaskoczona niezwykłym sposobem działania przestępcy.

– Co za perfidna gra – mruknął jeden z agentów.

Inny zapytał, czy z podrzuconych wskazówek nie można odczytać żadnych żądań politycznych.

– Nie sądzimy, żeby był terrorystą – upierała się Sachs.

Perkins skupił swoją uwagę na Sachs.

– Zadam pani pytanie. Uznaliście, że przestępca jest inteligentny...

– Bardzo inteligentny.

– Zatem mógł was wprowadzić w błąd.

– Nie rozumiem.

– No cóż... Chcę powiedzieć, że policja sądzi, iż jest kryminalistą. Ale jest na tyle inteligentny, że mógł was wyprowadzić w pole. Być może chce, żebyśmy myśleli, że jest kryminalistą, kiedy coś innego się wydarzy.

– Co na przykład?

– Weźmy pod uwagę te ślady, które podrzucił. Być może jego celem jest odwrócenie naszej uwagi.

– Nie, sir, to są wskazówki – powiedziała Amelia Sachs. – Prowadzą nas do ofiar.

– Rozumiem – odparł Perkins – ale podrzucając te wskazówki, odciąga nas jednocześnie od innych możliwych celów. Prawda?

Nie brała tego pod uwagę.

– Myślę, że jest to prawdopodobne.

– Szef policji Wilson ściągnął ludzi zajmujących się ochroną konferencji ONZ, aby ścigać porywacza. Przestępca będzie miał wolną rękę przy realizacji swojego planu.

Sachs przypomniała sobie, że tak samo pomyślała, gdy zobaczyła ogromną liczbę policjantów na ulicy Perłowej.

– Zaatakuje ONZ?

– Tak sądzimy – odezwał się Dellray. – Przestępcy, którzy usiłowali podłożyć bombę w czasie konferencji UNESCO w Londynie, mogą spróbować ponownie.

Oznaczało to, że Rhyme prowadził sprawę w złym kierunku. Poczuła ulgę: zrzuciła z siebie część winy.

– A teraz, funkcjonariuszko, czy mogłaby pani podać szczegóły dotyczące wszystkich śladów? – zapytał Perkins.

Dellray dał jej spis znalezionych śladów. Gdy zaczęła swoją relację, zauważyła, że mało kto jej teraz słucha. Niektórzy agenci rozmawiali przez telefon, inni szeptali między sobą. Tylko nieliczni robili notatki. Ale gdy spojrzała na kartkę i powiedziała: „Potem zdjęłam odcisk palca na miejscu ostatniego przestępstwa" – zapadła cisza. Uniosła wzrok. Wydawało się jej, że wszyscy agenci patrzą na nią ze zdumieniem – jeżeli agenci FBI zdolni są do wyrażania jakichkolwiek uczuć.

Spojrzała bezradnie na Dellraya, który uniósł głowę.

– Powiedziała pani, że znalazła odcisk palca?

– Tak. Rękawiczka zsunęła się z ręki przestępcy podczas szarpaniny z ostatnią ofiarą. Gdy ją podnosił, zostawił odcisk na podłodze.

– Gdzie on jest? – szybko zapytał Dellray.

– Jezu! – zawołał jeden z agentów. – Dlaczego o tym od razu nie powiedziałaś?

– Ja...

– Pokaż go! – krzyknął inny agent.

W pokoju rozległ się pomruk.

Trzęsącymi rękami Sachs zaczęła grzebać w worku z dowodami. Po chwili podała Dellrayowi polaroidowe zdjęcie odcisku palca. Uniósł je i przyglądał się uważnie. Pokazał je komuś, kto – jak przypuszczała – był ekspertem od odcisków palców.

– Dobry – oświadczył agent. – Bezsprzecznie kategoria A.

Sachs wiedziała, że odciski palców ze względu na jakość dzielą się na trzy kategorie: A, B, C. Najniższa kategoria nie jest brana pod uwagę przez większość sądów. Ale jakakolwiek duma, którą czuła z dobrze wykonanej pracy, była tłumiona przez zbiorową konsternację spowodowaną tym, że tak późno powiedziała o odcisku palca.

Teraz wszystko zaczęło dziać się jednocześnie. Dellray wręczył zdjęcie agentowi, który podbiegł do komputera stojącego w rogu pokoju. Włożył zdjęcie odcisku palca do skanera. Inny agent usiadł przy komputerze i zaczął wstukiwać komendy. Dellray chwycił za słuchawkę telefonu. Nerwowo przytupywał. Pochylił głowę, gdy usłyszał głos w słuchawce.

– Mówi Dellray. Wiem, że będą pretensje, ale musicie przerwać analizę innych odcisków palców. Mamy pierwszeństwo... Jest tutaj Perkins. Jeżeli on nie wystarczy, zadzwonię do Waszyngtonu. Sprawa wiąże się z konferencją ONZ.

Sachs wiedziała, że Automatyczny System Identyfikacji Odcisków Palców FBI wykorzystywany jest przez policję z całego kraju. Dlatego Dellray dzwonił, by zawiesili na razie inne poszukiwania.

– Zeskanowałem zdjęcie. Teraz jest przesyłane – powiedział agent siedzący przy komputerze.

– Jak długo to potrwa?

– Dziesięć–piętnaście minut.

Dellray zacisnął palce.

– No to nieźle.

Wszyscy wokół Sachs zaczęli nagle coś robić. Słyszała głosy mówiące o broni, śmigłowcach, pojazdach, negocjatorach. Rozmowy telefoniczne, stukanie w klawiaturę, rozwijane mapy, szczęk sprawdzanych pistoletów.

Perkins był przy telefonie. Rozmawiał z ludźmi z oddziału antyterrorystycznego albo z dyrektorem bądź burmistrzem. Być może z samym prezydentem. Kto to wie?

– Nie wiedziałam, że odciski palców są tak istotne – zwróciła się Sachs do Dellraya.

– Zawsze były ważne. A teraz szczególnie, gdy stworzono automatyczny system identyfikacji. Kiedyś zbierano odciski palców głównie na pokaz, żeby prasa i ofiary wiedziały, że coś się robi.

– Żartuje pan.

– Ani trochę. Weźmy sam Nowy Jork. Są odciski palców, a brakuje podejrzanych. Ręczne przeszukiwanie kartoteki zajęłoby technikowi pięćdziesiąt lat. Nie żartuję. System automatyczny robi to w ciągu piętnastu minut. Kiedyś na podstawie odcisków palców znajdowano dwa–trzy procent przestępców, teraz zbliżamy się do dwudziestu–dwudziestu dwóch procent. Odciski są skarbem. Rhyme tego nie mówił?

– Jestem pewna, że to wie.

– I nic nie zrobił? Popełnił błąd.

– Funkcjonariuszko – odezwał się Perkins, trzymając rękę na telefonie. – Poproszę, żeby pani wypełniła teraz kartę przestępstwa. Chcę przekazać materiały zespołowi badającemu dowody przestępstw.

Sachs przypomniała sobie, że Lincoln Rhyme był swego czasu „wypożyczony" z policji, aby pomóc w tworzeniu tego zespołu.

– Oczywiście, zaraz to zrobię.

– Mallory, Kemple, zanieście ślady do biura i dajcie naszemu gościowi kilka formularzy. Ma pani coś do pisania?

– Tak.

Poszła za dwoma mężczyznami do małego biura. Nerwowo szukała długopisu, podczas gdy agenci wyszli po formularze. Po ich powrocie usiadła przy stole i otworzyła paczkę z papierami. Usłyszała za sobą głos Dellraya. Ten człowiek wydawał się wybuchowy. W samochodzie, gdy jechali do biura, ktoś zwrócił się do niego: Kameleon. Zaczęła powoli rozumieć, dlaczego nosi takie przezwisko.

– Nazywamy Perkinsa Wielkim Dyktatorem. Ale proszę się nim nie przejmować. Jest bystry. Potrafi poruszać różne sprężyny. Ma dobre kontakty w Waszyngtonie. Użyje wszystkich swoich wpływów, aby śledztwo przebiegało sprawnie. – Przesuwał papierosa pod nosem, jakby upajał się jego zapachem. – Szczwany lis z pani, skoro tak pani zagrywa...

– Co pan ma na myśli?

– Nie chce pani zajmować się zbrodniami. – Jego wychudzona, czarna, połyskująca twarz ze zmarszczkami wokół oczu wyrażała szczerość pierwszy raz, odkąd go zobaczyła. – Zatrudnienie się w wydziale spraw publicznych to najlepsza pani decyzja w życiu. Będzie pani robiła tam coś pożytecznego i nie wypali się psychicznie. To częste w pracy kryminalnej.

Jedną z ostatnich ofiar szaleństwa Jamesa Schneidera był młody mężczyzna o nazwisku Ortega. Przybył na Manhattan z miasta Meksyk, gdzie zamieszki na tle politycznym (do głosu doszły elementy skrajnie populistyczne) uniemożliwiły mu prowadzenie interesu. Ambitny przedsiębiorca przebywał w mieście nie dłużej niż tydzień, gdy zniknął z pola widzenia. Ustalono, że po raz ostatni widziano go przed restauracją na West Side. Policja od razu zaczęła podejrzewać, że został kolejną ofiarą Schneidera. Niestety, to podejrzenie okazało się prawdziwe.

Kolekcjoner Kości krążył ulicami wokół placu Waszyngtona już dobre piętnaście minut.

Na chodnikach roiło się od ludzi, ale głównie młodzieży, studentów letnich szkół, skaterów.

Panowała atmosfera festiwalu. Piosenkarze, żonglerzy, akrobaci. Przypomniały mu się „muzea" na Bowary, popularne w XIX wieku. Nie były to oczywiście muzea, tylko pasaże arkadowe tętniące życiem. Wystawiano tam burleski, pokazywano wybryki natury; występowali różni śmiałkowie, handlowano wszystkim, co można było sprzedać: od francuskich kart pocztowych po drzazgi z krzyża, do którego przybito Chrystusa.

Zwolnił raz albo dwa, ale nikt nie chciał wsiąść do taksówki. Pojechał na południe.

Schneider przymocował cegły do nóg Ortegi i przywiązał go pod molem na Hudsonie. Zanieczyszczona woda i ryby spowodowały, że po krótkim czasie z ciała zostały prawie same kości. Zwłoki znaleziono dwa tygodnie po zaginięciu Ortegi. Nie ustalono, czy nieszczęsny mężczyzna żył i był przytomny, gdy bandyta przywiózł go na molo. Jednak przypuszcza się, że tak, ponieważ okrutny Schneider przywiązał go w taki sposób, że twarz znajdowała się kilka centymetrów poniżej lustra wody. Niewątpliwie ręce ofiary zaciskały się kurczowo, gdy mężczyzna patrzył w górę, gdzie czekało wybawienie.

Kolekcjoner Kości zauważył słabowitego, młodego mężczyznę stojącego na chodniku. Chory na AIDS, pomyślał. Ale kości ma zdrowe i takie wystające... Kości są wieczne. Mężczyzna jednak nie chciał skorzystać z taksówki. Kolekcjoner przejechał obok niego i wściekłym wzrokiem obserwował chudą sylwetkę we wstecznym lusterku.

W porę odwrócił wzrok. W ostatniej chwili skręcił, omijając starszego mężczyznę, który wyszedł na ulicę, aby zatrzymać taksówkę. Tamten odskoczył na chodnik, taksówka zatrzymała się za nim.

Otworzył tylne drzwi i włożył głowę do środka.

– Powinien pan uważać – pouczył kierowcę bez cienia złości w głosie.

– Przepraszam – mruknął Kolekcjoner głosem pełnym skruchy.

Starszy mężczyzna wahał się chwilę, rozglądając się po ulicy. Nie zauważył innej taksówki. Wsiadł do środka. Trzasnęły drzwi.

Stary i chudy, pomyślał Kolekcjoner. Skóra będzie schodziła z kości jak jedwab.

– Dokąd? – zapytał.

– East Side.

– Dobrze – powiedział i nałożył maskę na twarz. Szarpnął kierownicą w prawo. Taksówka gwałtownie ruszyła w przeciwnym kierunku.

III

Funkcjonariuszka Sachs

Burzyć, burzyć, burzyć! – taka jest maksyma Nowego Jorku. Kościom naszych przodków nie dane jest leżeć w spokoju więcej niż dwadzieścia pięć lat. Każde pokolenie stara się usunąć wszystko, co pozostało po poprzednikach.

Burmistrz Nowego Jorku, Philip Hone,
„Pamiętnik", 1845

Sobota, 22.15–niedziela, 5.30

Rozdział 18

Nalej mi, Lon.

Rhyme pił przez słomkę, Sellitto – ze szklaneczki. Obaj sączyli whisky pachnącą dymem. Detektyw siedział w skrzypiącym rattanowym fotelu. Rhyme uznał, że wygląda jak Peter Lorre w „Casablance".

Terry Dobyns wyszedł po rzuceniu kilku psychologicznych uwag na temat narcyzmu agentów FBI. Jerry Banks także opuścił pokój. Mel Cooper z namaszczeniem rozkładał sprzęt i pakował go.

– Jest niezła, Lincoln. – Sellitto popijał whisky małymi łykami. – Nie mogę sobie pozwolić na coś takiego. Ile ma lat?

– Myślę, że około dwudziestu.

Detektyw przypatrywał się brązowej whisky.

– Ta Sachs. Najpierw była grzeczna, a potem...

– Powiedz mi coś, Lon. O Pollingu. Czemu wpadł w szał? Dlaczego tak się zdenerwował?

– Mały Jimmy? – Sellitto się roześmiał. – Ma kłopoty. To on spowodował, że odsunięto Perettiego od sprawy. Trzymał śledztwo z dala od FBI. Jest osamotniony. To, że zwrócono się do ciebie, też wywołało dużo zamieszania. Było wiele niepotrzebnych komentarzy. Nie chodziło oczywiście o twoje kompetencje, ale o to, że jesteś cywilem.

– To Polling chciał mnie zaangażować? Myślałem, że szef.

– Tak, ale Polling mu podpowiedział. Zadzwonił od razu, gdy usłyszał, że znaleziono podrzucone ślady na miejscu przestępstwa.

Byłem mu potrzebny? – dziwił się Rhyme. Bardzo zastanawiające. Nie miał styczności z Pollingiem od kilku lat, zwłaszcza od wypadku, któremu uległ. To Polling prowadził sprawę i ostatecznie aresztował Dana Shepherda.

– Wydajesz się zdziwiony – powiedział Sellitto.

– Tak, tym, że chciał zaangażować mnie do śledztwa. Nie byliśmy w dobrych stosunkach.

– Dlaczego?

– Złożyłem na niego skargę. Pięć lub sześć lat temu, gdy był jeszcze porucznikiem, zauważyłem, że przesłuchuje podejrzanego na środku zabezpieczonego miejsca przestępstwa. Zanieczyścił je. Wściekłem się. Złożyłem na niego raport. Potem był cytowany w opinii o nim, gdy rozpatrywano sprawę zastrzelenia przez niego nieuzbrojonego przestępcy.

– Sądzę, że zapomniał o tym.

– Lon, czy mógłbyś zadzwonić?

– Oczywiście.

– Nie – powiedział Thom, zabierając telefon. – Sam zadzwoń.

– Nie miałem czasu, by nauczyć się, jak to działa – powiedział Rhyme, spoglądając na urządzenie umożliwiające dzwonienie.

– Nie poświęciłeś czasu. To jest duża różnica. Z kim chcesz rozmawiać?

– Z Bergerem.

– Nie – rzekł Thom. – Jest za późno.

– Wiem, która jest godzina – zauważył chłodno Rhyme. – Jest w hotelu Plaza.

– Nie.

– Żądam, abyś do niego zadzwonił.

– Tutaj. – Thom rzucił kartkę papieru na przeciwległy koniec stołu, ale Rhyme mógł bez trudu ją odczytać.

Bóg zabrał dużo Rhyme'owi, ale obdarował go wzrokiem młodego mężczyzny. Lincoln zaczął wybierać numer telefonu za pomocą policzka. Było to prostsze, niż myślał, ale mimo wszystko zajęło sporo czasu. Był zły, mruczał.

Thom zignorował go i zszedł na dół.

Bergera nie było w pokoju hotelowym. Rhyme rozłączył się niezadowolony, że nie może trzasnąć słuchawką.

– Masz jakiś problem? – spytał Sellitto.

– Nie – burknął Rhyme.

Gdzie on jest? – denerwował się. Jest późno. Berger powinien już być w hotelu. Doznał dziwnego uczucia: był zazdrosny, że jego lekarz od śmierci pomaga umrzeć komuś innemu.

Sellitto zaśmiał się po cichu. Rhyme uniósł wzrok. Policjant jadł batona. Rhyme zapomniał już, że niezdrowa żywność była podstawą pożywienia Sellitta, gdy razem pracowali.

– Przypomniało mi się coś. Pamiętasz Benniego Ponzo?

– Przestępczość zorganizowana? Dziesięć–dwanaście lat temu?

– Tak.

Rhyme lubił występować przeciwko przestępczości zorganizowanej. Gangsterzy byli profesjonalistami. Zmieniały się ich sposoby działania. A poza tym ofiary najczęściej nie należały do niewiniątek.

– Kto to był? – zapytał Mel Cooper.

– Żołnierz mafii z Bay Ridge – powiedział Sellitto. – Pamiętasz, jak zażądał czekoladowej kanapki, gdy go złapaliśmy?

Rhyme roześmiał się i skinął głową.

– Co to za historia? – zapytał Cooper.

Sellitto zaczął opowiadać.

– Byliśmy w areszcie. Ja, Lincoln i kilku innych policjantów. Bennie był potężnym facetem. Siedział otoczony przez policjantów i trzymał się za brzuch. Nagle wykrztusił z siebie: „Chcę czekoladową kanapkę". Spojrzeliśmy po sobie. Zapytałem: „Co to jest czekoladowa kanapka?". Zerknął na mnie, jakbym był z Marsa. „A jak myślisz, do cholery, co to jest? No, bierzesz batona, wkładasz między dwa kawałki chleba i jesz. To jest pieprzona czekoladowa kanapka!".

Roześmieli się. Sellitto poczęstował batonem Coopera, który odmówił, a następnie Rhyme'a. Rhyme nagle poczuł nieodpartą chęć, by zjeść kawałek. Już od roku nie miał w ustach czekolady. Unikał cukierków, słodyczy. Niezdrowa żywność. Drobiazgi najbardziej utrudniają życie, wyczerpują. Nie nurkowałeś, nie wspinałeś się w Alpach? Nie szkodzi. Większość ludzi tego nie robiła. Ale każdy myje zęby, chodzi do dentysty, leczy zęby. Po kryjomu wydłubuje resztki orzeszków z zębów.

Każdy, ale nie Lincoln Rhyme.

Ruchem głowy odmówił Sellitce i pociągnął duży łyk whisky.

Znów skierował swój wzrok na monitor komputera. Przypomniał sobie pożegnalny list do Blaine, który pisał, gdy przyszedł Sellitto z Banksem. Chciał też napisać inne listy.

Na pewno do Pete'a Taylora, specjalisty, który go leczył. Większość czasu przeznaczonego na terapię spędzili na rozmowach o śmierci.

Doktor był gorliwym przeciwnikiem eutanazji. Rhyme czuł, że powinien napisać list i wyjaśnić, dlaczego postanowił popełnić samobójstwo.

A Amelia Sachs?

Do niej też powinienem napisać – zdecydował. Ludzie sparaliżowani są wspaniałomyślni, życzliwi, są ludźmi z żelaza... Byłby nikim, gdyby nie wybaczył.

Droga Amelio!
Moja droga Amelio!
Amelio!
Droga Sachs!
Ponieważ przyjemnie się nam współpracowało, chciałem ci podziękować za to, chociaż uważałem cię za judasza. Wybaczyłem ci. Życzę ci wszystkiego najlepszego w nowej pracy policjantki całującej w dupę media...

– Lon, co powiesz o Sachs?
– Obaj poznaliśmy jej wybuchowy temperament.
– Jest zamężna?
– Nie. Z taką twarzą i ciałem powinna od razu kogoś sobie znaleźć. Ale nie ma nawet narzeczonego. Słyszałem, że miała kogoś kilka lat temu, ale nic o tym nikomu nie mówiła. – Zniżył głos. – Używa szminek dla lesbijek. Ale nie stąd o tym wiem. Moje życie towarzyskie ogranicza się do plotkowania z kobietami w pralni w sobotę wieczorem. Dużo można się tam dowiedzieć. Co ja mam ci mówić?

Musisz nauczyć się radzić sobie ze śmiercią. Nie myśleć o niej.

Rhyme pomyślał o jej spojrzeniu, gdy to powiedział. O co chodziło? Zdenerwował się na siebie, że w ogóle o niej pomyślał.

Pociągnął duży łyk whisky.

Rozległ się dzwonek u drzwi, a następnie usłyszeli kroki na schodach. Rhyme i Sellitto zwrócili wzrok w kierunku drzwi.

Wszedł wysoki mężczyzna w bryczesach i hełmie na głowie. Był to policjant z nowojorskiej policji konnej. Wręczył Sellitcie grubą kopertę i wyszedł.

Detektyw otworzył ją.

– Zobacz, co mamy.

Rhyme ze złością spojrzał na zawartość koperty.

Zmieściło się tam chyba z pięćdziesiąt woreczków na dowody – wszystkie opisane. Każdy zawierał próbki celofanu, w jaki opakowana była cielęcina kupowana przez policjantów z oddziału specjalnego.

– Notatka od Haumanna – przeczytał Sellitto. – Dla L. Rhyme'a i L. Sellitta. Od: B. Haumanna, STOR.

– Co to znaczy? – zapytał Cooper.

Wydziały policji są kopalnią skrótów i akronimów. RSP – Ruchome Stanowisko Patrolowe – to samochód przewożący policjantów na miejsce akcji. PUW – Prowizoryczne Urządzenie Wybuchowe – to bomba. Ale skrót STOR był nowy.

Rhyme wzruszył ramionami.

Sellitto, śmiejąc się, czytał dalej:

– Supermarketowy Taktyczny Oddział Reagowania. W sprawie: Gicz cielęca. Poszukiwania prowadzone w całym mieście doprowadziły do znalezienia trzydziestu sześciu podejrzanych. Obezwładniono i aresztowano ich niewielkim nakładem sił i środków. Poinformowaliśmy, jakie prawa im przysługują, po czym przetransportowaliśmy ich do aresztu znajdującego się w kuchni matki policjanta T. P. Giancarla. Po uzupełnieniu zeznań sześciu podejrzanych zostanie przetransportowanych do waszego aresztu. Przez trzydzieści minut przetrzymywano ich w temperaturze ponad osiemdziesięciu stopni.

Rhyme się roześmiał.

Wypił łyk whisky, delektując się jej zapachem.

Cooper rozłożył na stole kilka próbek.

– Czterdzieści sześć próbek celofanu. Po jednej z każdej sieci sklepów oraz z supermarketów.

Rhyme spojrzał na celofan. Nietypowy jest najlepszy do identyfikacji. Określenie cech wyróżniających daną partię celofanu jest bardzo trudne. Poza tym materiał znaleziony na miejscu przestępstwa nie musi odpowiadać którejś z próbek. Jednak znalezienie odpowiedniego odnośnika pozwoliłoby określić, w której sieci sklepów dokonał zakupu przestępca, ponieważ przedsiębiorstwa z reguły zaopatrują się u jednego producenta. Można by w ten sposób zawęzić obszar poszukiwań. Może powinien zadzwonić do laboratorium FBI i...

Nie, nie. Zapamiętaj: to teraz jest ich sprawa.

– Zbierz te próbki i wyślij je naszym kolegom – polecił Cooperowi.

Rhyme usiłował wyłączyć komputer, ale swoim, czasami nieposłusznym serdecznym palcem wybrał nieodpowiedni klawisz. Z głośników wydobył się stłumiony jęk.

– Cholera – mruknął ponuro Rhyme. – Pieprzona maszyneria.

Sellitto, zaniepokojony wybuchem złości, zerknął na swoją szklaneczkę i zażartował:

– Do diabła, Linc, po tej świetnej whisky zachowujesz się, jakbyś był podpity.

– On jest podpity – zauważył cierpko Thom.

Zaparkował w pobliżu ogromnej rury odpływowej. Wyszedł z taksówki. Poczuł zapach cuchnącej wody, szlamu, gnijących odpadków. Znajdowali się w ślepej uliczce prowadzącej do kanału odpływowego biegnącego od autostrady na West Side do Hudsonu. Nikt ich tam nie mógł zobaczyć.

Kolekcjoner Kości podszedł do tyłu taksówki i zaczął rozkoszować się widokiem starszego jeńca. Taką samą przyjemność znajdował, patrząc na dziewczynę przywiązaną do rury z parą wodną oraz na drgającą rękę wystającą obok torów kolejowych.

Wpatrywał się w przerażone oczy. Mężczyzna był szczuplejszy, niż myślał. Bardziej siwy. Rozczochrany.

Mięśnie są stare, ale kości młode...

Mężczyzna odsunął się od niego i skulił. Ręce skrzyżował na chudej klatce piersiowej.

Po otworzeniu drzwi Kolekcjoner przyłożył rewolwer do mostka mężczyzny.

– Proszę – wyszeptał porwany drżącym głosem. – Nie mam zbyt dużo pieniędzy, ale dam wszystko. Możemy pójść do bankomatu. Ja...

– Wysiadaj.

– Proszę, nie rób mi krzywdy.

Kolekcjoner wydał mu polecenie ruchem głowy. Wątły mężczyzna rozejrzał się przygnębionym wzrokiem, a potem wygramolił się z samochodu. Skulony stanął obok taksówki, ramiona wciąż trzymał skrzyżowane na piersiach. Dygotał mimo nieznośnego upału.

– Dlaczego to robisz?

Kolekcjoner stanął z tyłu i włożył rękę do kieszeni, by wyciągnąć kajdanki. Ponieważ miał na rękach grube rękawiczki, zajęło mu kilka sekund, nim poczuł w palcach chromowane ogniwa.

Gdy wyjął kajdanki, wydawało mu się, że widzi łódź żaglową płynącą w górę Hudsonu. Nurt tej rzeki nie jest tak bystry jak East River. Na tamtej rzece łodziom żaglowym zajmuje bardzo dużo czasu przepłynięcie z nadbrzeży East, Montgomery i Out Ward na północ. Zmrużył oczy. Nie, zaraz – to nie jest łódź żaglowa, ale duża motorówka. Yuppies wałęsali się po przednim pokładzie.

Gdy chciał nałożyć kajdanki, mężczyzna chwycił go mocno za koszulę.

– Proszę. Chciałem jechać do szpitala. Dlatego zatrzymałem taksówkę. Mam bóle w klatce piersiowej.

– Zamknij się.

Mężczyzna nagle chwycił go za szyję i ramię. Mocno ścisnął. Z miejsc, na których zacisnęły się żółte palce mężczyzny, rozszedł się ból po całym ciele. Kolekcjoner Kości wściekłym ruchem złapał ręce ofiary i założył kajdanki.

Potem usta mężczyzny zakleił taśmą. I zaciągnął go na wysypane żwirem nadbrzeże do wylotu rury odpływowej półtorametrowej średnicy. Zatrzymał się, badając wzrokiem starszego mężczyznę.

Tak łatwo obciągnąć cię ze skóry.

Dotrzeć do kości... Dotknąć ich. Usłyszeć je.

Uniósł rękę mężczyzny. Oczy porwanego patrzyły z przerażeniem, usta drżały. Kolekcjoner zaczął obmacywać kości palców (chciał zdjąć rękawiczki, ale nie mógł tego zrobić). Zajął się teraz kośćmi dłoni. Przyłożył je do ucha.

– Sprawdzimy?

Powoli zaczął ciągnąć za mały palec ofiary, aż usłyszał trzask. Odpowiedni dźwięk.

Mężczyzna wrzasnął. Stłumiony krzyk wydobył się zza taśmy i gwałtownie zamarł.

Kolekcjoner podniósł mężczyznę i zaciągnął go do wylotu rury. Cały czas go poszturchiwał.

Doszli do butwiejącego filaru, bardzo nieprzyjemnego miejsca. Walały się tu rozkładające się ryby, szlam. Mokre nadbrzeżne skały pokryte były śmieciami. Wodorosty uniosły się na falach grubą warstwą. Mimo sierpniowego upału tutaj panował marcowy chłód.

Spuścił mężczyznę do rzeki i przypiął jego ręce do filaru. Sina twarz tamtego znajdowała się prawie metr nad powierzchnią wody. Kolekcjoner Kości ostrożnie podszedł po śliskich kamieniach do wylotu rury. Zatrzymał się, odwrócił i patrzył, patrzył. Nie miało dla niego znaczenia, czy konstable znajdą poprzednie ofiary: Hannę, kobietę z taksówki. Ale ten... Kolekcjoner Kości miał nadzieję, że nie znajdą go w ogóle. On tymczasem wróci tu za miesiąc lub dwa i zobaczy, jak rzeka oczyściła kości.

Na żwirowatej alejce zdjął maskę i podrzucił wskazówki, niedaleko miejsca, w którym zaparkował. Był wściekły na konstabli – tym razem postanowił wskazówki ukryć. Miał też niespodziankę, coś, co dla nich zachował.

Wrócił do taksówki.

Łagodny wiatr niósł kwaśny zapach rzeki, szmer traw i szum – *szszsz* – ruchu ulicznego, który brzmiał jak tarcie papierem ściernym o kości.

Zatrzymał się i słuchał tego szumu. Uniósł głowę, gdy przyglądał się milionom świateł budynków, ciągnących się jak Droga Mleczna. Nagle na ścieżce do joggingu biegnącej obok kanału pojawiła się kobieta, która niemal się z nim zderzyła.

Szczupła brunetka w purpurowych szortach w ostatniej chwili go ominęła. Ciężko dysząc, zatrzymała się i otarła pot z twarzy. Miała niezłą sylwetkę – zarysowane mięśnie – ale była brzydka. Haczykowaty nos, szerokie usta, ospowata skóra.

Chociaż pod nią...

– Nie wolno... Nie powinien pan tu parkować. Ta ścieżka przeznaczona jest...

Słowa uwięzły jej w gardle, w oczach pojawił się strach, gdy spojrzała na taksówkę i na maskę w jego ręku. Wiedziała, kim jest. Uśmiechnął się, patrząc na jej wystający obojczyk.

Uniosła prawą stopę, gotowa do ucieczki. Ale był szybszy. Schylił się, usiłując złapać ją za biodra. Gdy z krzykiem opuściła ręce, aby się zasłonić, wyprostował się nagle i uderzył ją łokciem w skroń. Rozległ się głośny trzask.

Upadła na żwir i zastygła w bezruchu. Przerażony Kolekcjoner Kości upadł na kolana, zaczął kołysać jej głowę. „Nie, nie, nie" – jęczał. Był wściekły na siebie za tak mocne uderzenie. Niepokoił się, że mógł uszkodzić doskonałą czaszkę ukrytą pod lepkimi włosami i nieładną twarzą.

Amelia Sachs skończyła wypełniać kolejny formularz. Zrobiła przerwę. Znalazła automat i kupiła kubek wstrętnej kawy.

Wróciła do biura bez okien, zaczęła przyglądać się dowodom, które zebrała.

Czuła osobliwą dumę z tej makabrycznej kolekcji. Być może dlatego, że pamiętała, co przeżyła, zbierając ślady: piekący ból w stawach i przerażenie. Jeszcze teraz wzdrygała się na myśl o pogrzebanym żywcem mężczyźnie i ręce wystającej z grobu, o zwisającej skórze T.J. Colfax. Aż do dziś analiza śladów była dla niej czymś obcym. Kojarzyła się z nudnymi wykładami w akademii w senne wiosenne popołudnia. Ewidencjonowanie śladów było matematyką, pełną wykresów, tabel – nauką i to na dodatek śmiertelnie nudną.

Nie, Amelia Sachs chciała być policjantką dla ludzi. Obchodzić ulice, usuwać pijaków, handlarzy narkotyków, zapewniać bezpieczeństwo. Uczyć poszanowania prawa – jak jej ojciec. Albo wymuszać je jak przystojny Nick Carelli, przez pięć lat gwiazda policji, zajmujący się przestępstwami na ulicach. Uśmiechał się do całego świata, pytając: Jakiś problem?

To właśnie chciała robić.

Spojrzała na kruchy brązowy liść, który znalazła w tunelu. Jedna ze wskazówek podrzucona przez przestępcę 823. Była tu też bielizna. Przypomniała sobie, że federalni zabrali dowody, zanim Cooper skończył analizę na... jak ta maszyna się nazywa? Chromatograf? Ciekawe, jaką to cieczą została nasączona bawełna...?

Ale te myśli prowadziły do Lincolna Rhyme'a, a o nim nie chciała teraz myśleć.

Zaczęła opisywać resztę śladów. Każdy formularz zawierał wiele rubryk, gdzie należało wpisać nazwiska wszystkich, którzy mieli z nimi do czynienia, począwszy od znalezienia ich na miejscu przestępstwa aż do rozprawy sądowej. Sachs kilkakrotnie przewoziła dowody i jej nazwisko pojawiało się w tych formularzach. Jednak teraz, po raz pierwszy, A. Sachs, NYPD 5885 znalazło się w pierwszej rubryce od góry.

Znów uniosła plastikowy worek zawierający liść.

On go dotykał. Mężczyzna, który zabił T.J. Colfax. Który trzymał pulchną rękę Monelle Gerger i rozciął ją do kości. Który szuka kolejnej ofiary – jeżeli już jej nie znalazł. Który dziś rano pochował nieszczęsnego mężczyznę żywcem, z ręką wystającą z ziemi i błagającą o litość.

Pomyślała o zasadzie Locarda. Ludzie, którzy się kontaktują, przekazują coś sobie. Czasami coś dużego, czasami – małego. Często nic o tym nie wiedząc. Czy przestępca 823 zostawił coś na liściu? Fragmenty naskórka? Krople potu? Te myśli ją oszołomiły. Czuła dreszcz niepokoju, podniecenia, jakby morderca był tutaj – w tym małym, dusznym pokoju.

Znów zaczęła wypełniać formularze. Zajęło jej to piętnaście minut. Właśnie skończyła, gdy z hukiem ktoś otworzył drzwi.

Odwróciła się.

W drzwiach stał Fred Dellray. Jego zielony garnitur i wykrochmalona koszula były pogniecione. Palcami ściskał papierosa, którego trzymał za uchem.

– Proszę przyjść do pokoju operacyjnego. Nadszedł czas zapłaty. Pomyślałem, że chciałaby pani być przy tym.

Sachs podążyła za nim krótkim korytarzem. Szedł dużymi krokami.

– Zbadano odcisk – powiedział.

W pokoju operacyjnym panował jeszcze większy gwar niż wcześniej. Agenci bez marynarek pochylali się nad biurkami. Uzbrojeni byli w broń służbową: duże pistolety Sig-Sauer i Smith & Wesson, odpowiednio o kalibrze 10 mm i .45 cala. Kilku agentów otaczało komputer, do którego podłączono duży skaner.

Sachs nie podobał się sposób, w jaki Dellray przejął śledztwo, ale musiała przyznać, że pod jego pozerskim zachowaniem krył się dobry gliniarz. Agenci, młodzi i starsi, podchodzili do niego z pytaniami, a on im cierpliwie odpowiadał. Gwałtownym ruchem podnosił słuchawkę i krzykiem lub pochlebstwami, w zależności od tego, kto był po drugiej stronie, przekazywał swoje żądania i prośby. Czasami spoglądał na krzątających się agentów i grzmiącym głosem mówił: „Złapiemy tego gnoja? Bez wątpienia!". Patrząc na niego, można było odnieść wrażenie, że jeżeli ktoś złapie przestępcę, to właśnie Dellray.

– Nadchodzą wyniki – oznajmił jeden z agentów.

– Musimy otworzyć linie do baz danych w Nowym Jorku, Jersey, Connecticut. Wszystkie informacje. Z aresztów i poprawczaków też. Powinni zawiesić resztę zadań.

Agenci rozeszli się do telefonów.

Monitor komputera zaczął się zapełniać.

Nie mogła uwierzyć, że Dellray zacisnął nagle palce.

W pokoju zapadła kompletna cisza.

– Mamy go! – krzyknął agent siedzący przy klawiaturze.

– Już nie jest niezidentyfikowanym przestępcą – powiedział melodyjnym głosem Dellray, pochylając się nad ekranem. – Słuchajcie, to Victor Pietrs. Urodzony w Stanach w 1948 roku. Jego rodzice pochodzili z Belgradu. Sądzony za narkotyki i napady – jeden ze skutkiem śmiertelnym. Dwa wyroki. Słuchajcie teraz! Leczony psychiatrycznie. Trzy razy popełnił przestępstwo, nie będąc w pełni władz umysłowych. Leczony w szpitalach psychiatrycznych w Bellevue i na Manhattanie. Na wolności od trzech lat... – Uniósł wzrok. – Kto zajmie się firmami telefonicznymi?

Kilku agentów podniosło ręce.

– Do roboty – polecił Dellray.

Pięć minut nerwowego wyczekiwania.

– Nie ma go na liście abonentów w Nowym Jorku.

– W Jersey też – powiedział inny agent.

– I w Connecticut.

– Cholera – mruknął Dellray. – Spróbujcie z innymi wersjami nazwiska. Sprawdźcie, czy nie odcięto w ciągu ostatniego roku telefonu za niepłacenie rachunków.

Przez kilka minut gwar podnosił się i opadał jak morskie fale. Dellray nerwowo chodził po pokoju. Sachs zrozumiała, dlaczego jest taki chudy.

– Mam go! – krzyknął jeden z agentów.

Wszyscy zwrócili w tamtą stronę wzrok.

– Mam informacje z nowojorskiej bazy danych! – zawołał inny agent. – Zidentyfikowali go. Właśnie nadchodzą informacje. Jest taksówkarzem. Ma licencję.

– Dlaczego mnie to nie zaskoczyło? – mruknął Dellray. – Powinienem o tym pomyśleć. Gdzie mieszka?

– Morningside Heights. Budynek przy rzece. – Agent zapisał adres i podał go Dellrayowi, gdy ten znalazł się obok niego. – Znam okolice. Wyludniona. Pełno narkomanów.

Inny agent wpisał adres na komputerze.

– Okay, szuka dalej... To jest stary dom. Właścicielem jest bank. Musi być wynajmowany.

– Oddział specjalny FBI?! – krzyknął agent z drugiego końca pokoju. – Mam Quantico na linii.

– Nie ma na to czasu – oznajmił Dellray. – Użyjemy lokalnego oddziału SWAT. Niech się odpowiednio przygotują.

– A co z następną ofiarą? – zapytała Sachs.

– Jaką następną ofiarą?

– On już kogoś porwał. Wie, że mamy jego wskazówki od godziny albo dwóch. Niedawno porwał kogoś. Musiał to zrobić.

– Nie ma informacji, że ktoś zaginął. A nawet jeśli kogoś porwał, to przypuszczalnie przetrzymuje go w swoim mieszkaniu.

– Nie, tam nie.

– Dlaczego?

– Oni sprawdzili dużo śladów – wyjaśniła. – Lincoln Rhyme powiedział, że ma kryjówkę.

– Dobrze, zapytamy go później, gdzie ona się znajduje.

– Musimy być o tym przekonani – dodał inny agent.

– Ruszamy! – zawołał Dellray. – Podziękujmy funkcjonariuszce Sachs. Znalazła odcisk palca.

Zaczerwieniła się. Czuła to, ale nie mogła nic poradzić. Nienawidziła takiej reakcji. Spojrzała w dół, zobaczyła dziwne linie na swoich butach. Zmrużyła oczy. Zauważyła, że buty wciąż ma owinięte gumową taśmą.

Gdy uniosła wzrok, zobaczyła, że ponurzy agenci sprawdzają broń i kierują się do wyjścia. Spoglądali na nią. W ten sam sposób patrzą drwale na zwalone drzewa, pomyślała.

Rozdział 19

W 1911 roku ogromna tragedia wstrząsnęła naszym ukochanym miastem. Dwudziestego piątego marca setki robotnic pracowało ciężko w szwalni, jednej z wielu „fabryk potu", w Greenwich Village, w południowej części Manhattanu. Właściciele byli tak żądni zysku, że odmawiali biednym dziewczynom nawet podstawowych udogodnień, którymi cieszyć się mogli niewolnicy. Uznali, że robotnice nie powinny wychodzić na krótkie przerwy, aby odpocząć, i zamykali pomieszczenia, w których pracowały.

Kolekcjoner Kości wracał do swojego domu. Przejechał obok pojazdu policyjnego, ale jechał ostrożnie i konstable nawet go nie zauważyli.

Tego dnia na siódmym piętrze budynku wybuchł pożar i w ciągu kilku minut rozprzestrzenił się w całej fabryce, z której młode robotnice usiłowały uciec. Nie było to jednak możliwe, ponieważ drzwi pozamykano łańcuchami. Wiele zginęło na miejscu, inne – czasami okropnie poparzone – zabiły się, wyskakując z wysokości kilkudziesięciu metrów na kamienny chodnik.

Doliczono się stu czterdziestu sześciu ofiar śmiertelnych. Policja była jednak zbita z tropu tym, że nie może znaleźć jednej ofiary: młodej kobiety, Esther Weinraub, która – jak widziało kilku świadków – w desperacji wyskoczyła przez okno z siódmego piętra. Żadna z dziewcząt, które skakały z tej wysokości, nie przeżyła upadku. Czy możliwe, że ona cudem ocalała? Gdy ułożono wszystkie ciała na ulicy, aby pogrążone w smutku rodziny mogły je rozpoznać, nie znaleziono nieszczęsnej panny Weinraub.

Zaczęły pojawiać się upiorne informacje, że widziano mężczyznę wywożącego duży pakunek z miejsca tragedii. Policjanci byli tym tak rozzłoszczeni, że ktoś śmiał sprofanować zwłoki młodej, niewinnej kobiety, iż rozpoczęli wyjątkowo skrupulatne poszukiwania mężczyzny.

Po kilku tygodniach ich ogromny wysiłek przyniósł owoce. Dwóch mieszkańców Greenwich Village zeznało, że widziało mężczyznę wynoszącego na ramieniu z pożaru duży pakunek, „jakby dywan". Policjanci podążyli śladem tych informacji i dotarli do West Side, gdzie przepytali mieszkańców i dowiedzieli się, że opis mężczyzny odpowiada rysopisowi Jamesa Schneidera, który wciąż przebywał na wolności.

Policjanci ograniczyli poszukiwania do walącego się budynku w Hell's Kitchen, w pobliżu rzeźni na Ulicy Sześćdziesiątej. Gdy weszli w boczną uliczkę, otoczył ich wstrętny odór...

Przejeżdżał teraz obok miejsca pożaru. Podświadomie chciał się zatrzymać i pójść tam. Żar Krosna – ironiczna nazwa dla budynku, w którym mieściła się spalona fabryka – został zburzony. Wtedy i teraz... Kolekcjoner Kości nie był zdziwiony, że zobaczył ubrane w białe bluzki młode robotnice, które ciągnąc za sobą ogon ognia i dymu, szukały śmierci i spadały na chodnik jak śnieg.

Po wyważeniu drzwi do domu Schneidera policjantom ukazał się widok, który wstrząsnął nawet najbardziej zahartowanymi. Ciało nieszczęsnej Esther Weinraub – albo to, co z niego pozostało – znaleziono w piwnicy. Schneider kończył dzieło tragicznego pożaru i powoli usuwał mięśnie kobiety w sposób, który jest zbyt przerażający, aby tu go opisywać.

Poszukiwania prowadzone w tym okropnym miejscu doprowadziły do odkrycia tajnego pomieszczenia wypełnionego kośćmi pozbawionymi ścięgien i mięśni.

Pod łóżkiem Schneidera jeden z policjantów znalazł pamiętnik, w którym ten obłąkaniec prowadził kronikę zbrodni. „Kości – pisał Schneider – są istotą człowieka. One nie zmieniają się, nie oszukują, nie poddają się. Gdy usuniemy skórę i mięso – nieważne, czy z kogoś pochodzącego z upośledzonej rasy, czy kobiety – pozostają szlachetne kości. Kości nie kłamią. Są nieśmiertelne".

Koszmarny pamiętnik przedstawiał opis makabrycznych eksperymentów prowadzonych w celu znalezienia najlepszych sposobów oczyszczania kości. Ciała gotował, spalał, moczył w ługu, rzucał na żer zwierzętom, zatapiał.

Jedną metodę uznał za najbardziej skuteczną. „Doszedłem do wniosku – pisał w pamiętniku – że najlepszą metodą jest po prostu zakopanie ciała w żyznej ziemi. Trzeba pozwolić naturze wykonać żmudną pracę. Sposób ten zajmuje najwięcej czasu, ale jest najbezpieczniejszy, ponieważ nie wydzielają się żadne zapachy. Wolę zakopywać żywe ofiary, ale nie jestem pewien, czy to jest lepszy sposób".

W jego tajnym pomieszczeniu znaleziono zakopane trzy ciała. Wykręcone ręce i wykrzywione twarze stanowiły wymowne świadectwo, że biedne ofiary jeszcze żyły, kiedy Schneider rzucał ostatnią łopatę ziemi na udręczone ciało.

Sposób postępowania przestępcy skłonił dziennikarzy do nadania Schneiderowi przydomku, pod którym będzie znany: Kolekcjoner Kości.

Jechał dalej, myślami wracał do kobiety w bagażniku – Esther Weinraub. Do chudego łokcia, obojczyka delikatnego jak skrzydło ptaka. Przyspieszył, nawet zaryzykował, dwukrotnie przejeżdżając skrzyżowanie na czerwonych światłach. Nie mógł się doczekać.

– Nie jestem zmęczony – burknął Rhyme.
– Zmęczony czy nie, ale potrzebujesz odpoczynku.
– Nie, potrzebuję kolejnego drinka.

Czarne walizy stojące pod ścianą czekały na policjantów, którzy mieli je zabrać z powrotem do laboratorium. Mel Cooper zniósł już mikroskop na dół. Lon Sellitto wciąż siedział w rattanowym fotelu, nie mówił zbyt dużo. Doszedł tylko do wniosku, że Rhyme nie jest wcale pijany.

– Jestem pewny, że skoczyło ci ciśnienie – powiedział Thom.
– Chcę drinka.

Pieprzę cię, Amelio Sachs, pomyślał Rhyme. Nie wiedział, dlaczego to przyszło mu do głowy.

– Powinieneś zrezygnować z picia. Źle wpływa na twoje zdrowie.

Zrezygnuję, rzekł Rhyme do siebie. Na zawsze, w poniedziałek. Nie będzie żadnego programu dwunastu kroków. Zrobię to od razu.

– Nalej mi następnego drinka – zażądał.

W rzeczywistości nie miał na niego ochoty.

– Nie.

– Natychmiast nalej mi drinka! – warknął Rhyme.

– Nie ma mowy.

– Lon, czy mógłbyś mi nalać drinka?

– Ja...

– Nie dostanie już więcej. Gdy jest w takim nastroju jak teraz, staje się nieznośny. Nie wytrzymamy z nim.

– Odmawiasz mi? Mogę cię zwolnić.

– Spróbuj.

– Obraża kalekę! Oskarżę cię. Lon, aresztuj go.

– Lincoln – powiedział Lon łagodnie.

– Aresztuj go!

Detektyw był zaskoczony jego wybuchem złości.

– Hej, chłopie, może powinieneś się trochę uspokoić – rzekł.

– Jezu – stęknął Rhyme. Zaczął głośno jęczeć.

– Co się stało? – zaniepokoił się Sellitto. Thom nic nie mówił, tylko przyglądał się uważnie.

– Wątroba. – Rhyme wykrzywił twarz. – Prawdopodobnie marskość.

Thom odwrócił się, wściekły.

– Nie mam zamiaru leczyć cię z kaca. W porządku?

– Nie, nie w porządku.

– Mamy mało czasu – usłyszeli kobiecy głos na schodach.

Amelia Sachs weszła do pokoju.

Spojrzała na puste stoły.

Na ustach Rhyme'a pojawiła się ślina. Ogarnęła go wściekłość. Ponieważ się ośmieszył. Ponieważ włożył dla niej elegancką białą koszulę. I ponieważ rozpaczliwie chciał być sam, na zawsze, sam w ciemnej, nieruchomej ciszy, gdzie byłby królem. Nie królem dnia, ale królem wieczności.

Zaczęła mu cieknąć ślina. Usiłował zmusić swoje bolące mięśnie do działania – oblizać wargi i połknąć ślinę. Thom zwinnym ruchem wyjął chusteczki z pudełka i wytarł mu usta i brodę.

– Funkcjonariuszko Sachs – odezwał się Thom. – Witamy. Co za przykład lojalności. Nie spodziewaliśmy się.

Była bez czapki i miała rozpięty guzik kołnierzyka granatowej bluzki. Długie rude włosy otulały ramiona. Nikt nie miałby kłopotów z rozpoznaniem tych włosów pod mikroskopem.

- Mel wpuścił mnie do domu - powiedziała, kierując wzrok w stronę schodów.
- Nie powinnaś być już w łóżku, Sachs?
Thom opuścił rękę. Zachowuj się kulturalnie - oznaczał ten gest.
- Byłam właśnie w budynku FBI - powiedziała do Sellitta.
- I co robią nasi nadzorcy?
- Namierzyli go.
- Co?! - wykrzyknął Sellitto. - W jaki sposób? Jezu! Szefowie wiedzą o tym?
- Perkins dzwonił do burmistrza. Facet jest taksówkarzem. Urodził się w Stanach, ale jego ojciec był Serbem. Myślą więc, że zaatakuje ONZ lub coś w tym rodzaju. Wchodził w konflikt z prawem. Leczył się psychiatrycznie. Dellray i oddział SWAT udali się do jego mieszkania.
- Jak go znaleźli? - zapytał Rhyme. - Sądzę, że pomógł odcisk palca.
Skinęła głową.
- To bardzo ważny ślad. Powiedz mi, czy interesują się losem następnej porwanej ofiary.
- Interesują - odparł spokojnie. - Ale chcą przede wszystkim złapać przestępcę.
- Cóż, taka jest ich natura. Niech zgadnę. Wyobrażają sobie, że poznają miejsce ukrycia ofiary, gdy go złapią.
- Właśnie.
- To nie będzie łatwa sprawa - rzekł Rhyme. - Nawet bez pomocy naszego doktora Dobynsa i behawiorystów mogę zaryzykować takie twierdzenie. Co się wydarzyło, Amelio? Dlaczego wróciłaś?
- Ponieważ niezależnie od tego czy Dellray złapie przestępcę, czy nie, nie możemy czekać. Oczywiście myślę o następnej ofierze.
- Ale odebrano nam sprawę. Nie słyszałaś? Wypadliśmy z interesu.
Rhyme spojrzał na ciemny monitor komputera. Chciał zobaczyć, czy nie ma potarganych włosów.
- Rezygnujesz? - zapytała.
- Amelio - zaczął Sellitto - nawet gdybyśmy chcieli coś zrobić, nie mamy śladów, wskazówek. To jedyny punkt zaczepienia...
- Mam je.
- Co?

– Są w samochodzie na dole.

Detektyw wyjrzał przez okno.

– Z miejsca ostatniego przestępstwa. Ze wszystkich miejsc – kontynuowała Sachs.

– Masz je? – spytał Rhyme. – W jaki sposób?

Sellitto się roześmiał.

– Podprowadziła je, Lincoln. Niesamowite!

– Dellray ich teraz nie potrzebuje – wyjaśniła Sachs. – Dopiero w sądzie. Oni mają przestępcę, my uratujemy ofiarę. Dobry układ, nie?

– Ale Mel Cooper już pojechał.

– Nie, jest na dole. Poprosiłam go, by poczekał. – Sachs skrzyżowała ramiona. Spojrzała na zegar. Po jedenastej. – Nie mamy zbyt wiele czasu – przypomniała.

Rhyme też patrzył na zegar. Boże, ale jestem zmęczony. Thom miał rację: nigdy jeszcze tak długo nie siedziałem. Jednak był zdziwiony – nie, zszokowany – że chociaż dzisiaj kilkakrotnie wpadał we wściekłość, przeżywał chwile załamania, to jednak upływający czas nie ciążył mu na duchu, jak to działo się w ciągu ostatnich lat.

– Thom? Thom! Zrób kawę. Mocną. Sachs, weź do laboratorium próbki celofanu oraz zdjęcie tego kawałka, który Mel znalazł na kości. Trzeba go obejrzeć pod mikroskopem polaryzacyjnym. Chcę mieć wyniki za godzinę. Proszę bez sformułowań typu „najbardziej prawdopodobne". Chcę wiedzieć, w której sieci sklepów przestępca kupował cielęcinę. Lon, potrzebujemy też twojego wsparcia.

Czarne samochody pędziły bocznymi uliczkami.

Była to wprawdzie okrężna droga do domu przestępcy, ale Dellray wiedział, co robi. W operacjach antyterrorystycznych unika się jazdy głównymi ulicami, ponieważ są one często obserwowane przez wspólników. Dellray, który siedział z tyłu prowadzącego pojazdu, zapiął paski w kamizelce kuloodpornej. Wyjechali dziesięć minut temu.

Patrzył na walące się kamienice, na zasypane śmieciami place. Ostatni raz, gdy tu był, wcielił się w rastafarianina Petera Haile'a Thomasa z Queens. Kupował sto trzydzieści siedem działek kokainy od małego wysuszonego Portorykańczyka, który w ostatniej chwili zdecydował się zastrzelić nabywcę. Wziął od

Dellraya pieniądze i wymierzył mu z pistoletu w pachwinę. Pociągnął za spust spokojnie, jakby wybierał warzywa w sklepie. *Klik, klik, klik.* Pistolet się zaciął. Toby Dolittle i inni ludzie z obstawy obezwładnili sukinsyna i jego kompanów, zanim zdążył wyciągnąć inną broń. Dellray pomyślał wtedy o ironii losu – zginąłby dlatego, że dobrze udawał handlarza narkotyków.

– Za cztery minuty będziemy na miejscu – powiedział kierowca.

Dellray zaczął myśleć o Lincolnie Rhymie. Ubolewał, że w taki sposób przejął sprawę, ale nie miał wyboru. Sellitto jest uparty jak buldog, a Polling to psychol, ale z nimi można sobie poradzić. Jedynie przed Rhyme'em czuł respekt. Ostry jak brzytwa (do diabła, to jego zespół znalazł odcisk palca, chociaż nie zareagowali tak, jak powinni). Kiedyś, przed wypadkiem, nikt nie mógł podskoczyć Rhyme'owi. Nikt nie potrafił go wykiwać.

Teraz Rhyme to tylko popiersie. Ze smutkiem myślał, co może przytrafić się człowiekowi. Można umrzeć i wciąż pozostać żywym. Wszedł do jego pokoju – właściwie sypialni – i bardzo go uraził. Bardziej, niż to było konieczne.

Może powinien zadzwonić. On mógł...

– Czas na przedstawienie – zawołał kierowca i Dellray zapomniał o Rhymie.

Samochody skręciły w ulicę, przy której mieszkał Pietrs. Ulice, którymi dotąd jechali, pełne były spoconych ludzi z butelkami piwa i papierosami w rękach, czekających na chłodny powiew. Ta ulica jednak była pusta i ciemna.

Samochody zatrzymały się powoli. Wyskoczyło z nich trzydziestu agentów, ubranych w czarne kamizelki i uzbrojonych w broń z celownikami laserowymi. Dwóch bezdomnych mężczyzn gapiło się na nich. Jeden z włóczęgów schował szybko za pazuchę butelkę piwa.

Dellray spojrzał na okno w budynku Pietrsa. W środku jarzyło się słabe żółte światło.

Kierowca cofnął samochód na zacieniony plac i szepnął do Dellraya:

– Perkins na linii. – Odciągnął słuchawki z uszu. – I dyrektor. Chcą wiedzieć, kto dowodzi operacją.

– Ja – burknął Kameleon. I zwrócił się szybko do grupy operacyjnej: – Stanowiska po przeciwnej stronie ulicy i w alejkach.

Snajperzy: tam, tam i tam. Za pięć minut macie być gotowi do działania. Zrozumiano?

Schodzili po skrzypiących schodach. Prowadził ją do piwnicy, trzymając pod ramię, była półprzytomna po uderzeniu w głowę. Gdy zeszli, pchnął ją na podłogę i zaczął się przyglądać.

Esther... Uniosła wzrok i spojrzała mu w oczy. Rozpaczliwie błagała o litość. Nie zauważył tego. Widział jedynie jej ciało. Zaczął zdejmować purpurowy strój do joggingu. W tamtych czasach było nie do pomyślenia, aby kobieta wyszła na ulicę tylko w samej bieliźnie. Nie sądził jednak, żeby Esther Weinraub była kurwą. Była pracującą dziewczyną, szyjącą koszule – pensa za pięć.

Kolekcjoner Kości przyjrzał się jej wystającemu obojczykowi. Podczas gdy inni mężczyźni patrzyliby na jej piersi, on wpatrywał się w mostek z odchodzącymi od niego – jak kończyny pająka – żebrami.

– Co robisz? – zapytała, wciąż oszołomiona po uderzeniu w głowę.

Kolekcjoner przyjrzał się jej uważnie, ale nie zwrócił uwagi, że jest młodą anorektyczką; że ma zbyt szeroki nos i zbyt pełne usta oraz skórę o barwie brudnego piasku. Pod tymi niedoskonałościami widział nieskończone piękno szkieletu.

Dotknął jej skroni, lekko przycisnął. Nie pozwól, aby była złamana. Proszę...

Zakasłała, z nosa wypuściła strumień śluzu. Nie zwrócił na to uwagi.

– Nie kalecz mnie znów – wyszeptała, przekrzywiając głowę. – Po prostu mnie nie bij. Proszę.

Wyjął nóż z kieszeni i schyliwszy się, rozciął kostium. Patrzył na jej nagie ciało.

– Chcesz tego? – zapytała, wstrzymując oddech. – Okay, możesz mnie zgwałcić. Naprawdę możesz.

Przyjemności ciała, pomyślał. Trzymać się od tego z daleka.

Podniósł ją na nogi. Odepchnęła go i chwiejnym krokiem ruszyła w stronę małych drzwi znajdujących się w rogu piwnicy. Nie biegła, nie chciała uciekać. Z wyciągniętą ręką, szlochając, powoli zmierzała do drzwi.

Kolekcjoner Kości z zaciekawieniem obserwował jej powolny, niepewny krok.

Drzwi, które kiedyś były przeznaczone do wrzucania węgla, teraz prowadziły do wąskiego tunelu łączącego się z piwnicą w sąsiednim, opuszczonym budynku. Esther z trudem otworzyła metalowe drzwi. Weszła do tunelu. Nie minęła minuta, gdy usłyszał krzyk. Potem rumor.

– Boże, nie, nie, nie... – Inne słowa zagłuszył jęk przerażenia. Wróciła do piwnicy, poruszała się teraz znacznie szybciej. Wymachiwała rękami, jakby chciała otrząsnąć z siebie to, co widziała.

Esther, chodź do mnie.

Potykała się na nierównej podłodze, szlochała.

Chodź do mnie.

Wpadła w jego ramiona, które szybko ją objęły. Przycisnął kobietę mocno jak kochanek. Pod palcami czuł jej wspaniały obojczyk. Powoli zaczął ciągnąć przerażoną kobietę w stronę drzwi do tunelu.

Rozdział 20

Fazy księżyca, liść, wilgotna bielizna, brud. Zespół ponownie znajdował się w sypialni Rhyme'a – wszyscy z wyjątkiem Pollinga i Haumanna. Kapitan nie mógł brać udziału w operacji, która bez wątpienia nie była całkiem legalna.

– Mel, zrobiłeś chromatogram i spektrogram cieczy z bielizny?

– Właśnie byłem w trakcie, gdy przyszli federalni. Muszę powtórzyć analizę.

Pobrał próbkę i wprowadził ją do komory chromatografu. Włączył aparat. Sachs z zainteresowaniem obserwowała sygnały pojawiające się na ekranie. Wyglądały jak wskaźniki giełdowe.

Rhyme zauważył, że stoi blisko niego. Przysunęła się chyba, gdy nie patrzył na nią.

– Ja byłam... – odezwała się cicho.

– Tak?

– Byłam bardziej otwarta, niż powinnam. Mówiłam bez osłonek. Wpadłam w złość. Nie wiem dlaczego, ale wpadłam.

– Miałaś rację – powiedział Rhyme.

Patrzyli sobie w oczy. Rhyme przypomniał sobie poważne dyskusje z Blaine. Gdy rozmawiali, skupiali swój wzrok na przedmiotach znajdujących się między nimi: na jednym z ceramicznych koników, które zbierała, na książce, na prawie pustej butelce merlota lub chardonnay.

– Badam miejsce przestępstwa inaczej niż większość kryminalistyków – zaczął. – Potrzebowałem kogoś, kto nie miał z góry wyrobionego sądu. Poza tym kogoś myślącego.

Sprzeczne cechy, których szukamy bez skutku u kochanej osoby. Odporność i kruchość w odpowiedniej proporcji.

– Gdy poszłam do Eckerta, chodziło mi jedynie o moje przeniesienie. Nie sądziłam, że skontaktuje się z FBI i zabiorą nam sprawę.

– Wiem o tym.

– Nie potrafiłam utrzymać nerwów na wodzy. Przepraszam.

– Nie musisz się tłumaczyć, Sachs. Potrzebuję kogoś, kto by mi powiedział, że właśnie zachowuję się jak idiota. Thom to robi, dlatego go lubię.

– Nie rozczulaj mnie, Lincoln! – zawołał Thom z drugiego końca pokoju.

– Nikt poza nim mi nie powie, żebym wyniósł się do stu diabłów – kontynuował Rhyme. – Wszyscy traktują mnie, jakbym był z porcelany. Nienawidzę tego.

– Nie wydaje się, żebyś w ostatnim czasie otoczony był ludźmi...

– To prawda – przyznał po chwili milczenia.

Obraz na monitorze komputera połączonego z chromatografem i spektrometrem zatrzymał się. Sygnały tworzyły ciągnący się w nieskończoność podpis. Mel Cooper wpisał coś na klawiaturze i odczytał wyniki:

– Woda, olej napędowy, fosforany, sód, ślady minerałów... Nie mam pojęcia, co to jest.

Rhyme zastanawiał się, co miało być informacją przekazaną przez przestępcę. Sama bielizna czy tajemnicza ciecz?

– Zajmijmy się czymś innym. Chcę zobaczyć kurz.

Sachs pokazała mu torebkę, która zawierała różowawy piasek z kawałkami gliny i kamykami.

– Stabilizator – oznajmił. – Mieszanina piasku i kawałków skał. Materiał pochodzi bezpośrednio znad podłoża skalnego na Manhattanie. Znajdują się w nim domieszki krzemianu sodu?

Cooper przyjrzał się wynikom.

– Tak. Jest go dużo.

– Zatem trzeba szukać miejsca w południowej części Manhattanu, w promieniu kilkudziesięciu metrów od zbiorników wodnych. – Rhyme roześmiał się, widząc zdumiony wzrok Sachs. – To nie jest magia, Sachs. Po prostu odrobiłem pracę domową. Firmy budowlane, gdy kopały fundamenty w podłożu skalnym w pobliżu zbiorników wodnych, mieszały krzemian sodu i odpowiednie minerały do stabilizowania podłoża. Oznacza to, że materiał pochodzi z południowej części miasta. Teraz zajmiemy się liściem.

Uniosła torbę.

– Nie domyślam się, co to jest. Nigdy takiego na Manhattanie nie widziałem.

– Mam spis stron internetowych poświęconych ogrodnictwu – powiedział Cooper, wpatrując się w ekran. – Przeszukam je.

Rhyme w pewnym okresie zainteresował się Internetem, ale podobnie jak w przypadku książek, filmów i malarstwa jego zainteresowanie cyberświatem w końcu osłabło. Być może dlatego, że jego świat był w dużej mierze wirtualny i sieć była dla niego miejscem wyjątkowo smutnym.

Ekran szybko zmieniał się, gdy Cooper przeszukiwał Internet.

– Muszę ściągnąć kilka plików. Zajmie to dziesięć–piętnaście minut.

– Dobrze – powiedział Rhyme. – Zajmiemy się teraz pozostałymi materiałami znalezionymi przez Sachs, ale nie wskazówkami. Mel, użyjemy teraz naszej tajnej broni.

– Tajnej broni? – spytała Sachs.

– Analizy śladowej.

Agent specjalny Fred Dellray zdecydował, że do domu wejdzie dziesięciu agentów: dwie grupy operacyjne oraz śledczy i obserwator. Spoceni agenci w kamizelkach stali w krzakach. Po przeciwnej stronie ulicy, na piętrze opuszczonego domu z brązowego kamienia, zespół poszukiwań i obserwacji umieścił mikrofony i czujniki podczerwieni, kierując je w stronę mieszkania przestępcy.

Trzech snajperów z remingtonami ulokowało się na dachach. Obok nich znajdowali się wyposażeni w lornetki obserwatorzy.

Dellray ubrany w kurtkę FBI i dżinsy – zdjął zielony garnitur – słuchał raportów przekazywanych drogą radiową.

– Punkt obserwacyjny do dowódcy. Mamy sygnał w podczerwieni. Coś porusza się w piwnicy.

– Jak wygląda? – spytał Dellray.

– Nie wiemy. Szyby są zbyt brudne.

– Jest sam? Może prowadzi ofiarę? – Uznał, że Sachs prawdopodobnie miała rację: przestępca porwał już kolejną ofiarę.

– Trudno powiedzieć. Widzimy tylko źródło ciepła i ruch.

Dellray umieścił kilku agentów wokół domu. Meldowali teraz: „Nie ma znaków życia na parterze i pierwszym piętrze. Garaż jest zamknięty".

– Snajperzy? – spytał Dellray. – Raporty.

– Snajper jeden do dowódcy. Celuję w drzwi wejściowe. Koniec.

Pozostali celowali w stronę korytarza i pokoju na piętrze.

– Gotowi do działania – zameldowali.

Dellray wyciągnął duży pistolet.

– Okay, mamy papiery – powiedział. Oznaczało to, że mieli nakaz sądowy. Nie musieli pukać. – Naprzód! Zespół pierwszy i drugi. Ruszamy!

Pierwszy zespół operacyjny wywalił drzwi taranem. Drugi – użył trochę bardziej cywilizowanych metod. Wybito szybę w drzwiach z tyłu domu i otworzono je. Agenci wpadli do środka. Dellray wszedł za agentami pierwszego zespołu.

Smród rozkładającego się ciała był tak intensywny, że Dellray – nie nowicjusz – musiał głęboko wciągnąć powietrze, by powstrzymać wymioty.

Agenci z drugiego zespołu sprawdzili parter, po czym wbiegli na górę do sypialni. Pierwszy zespół skierował się do piwnicy. Słychać było szuranie butów na starej drewnianej podłodze.

Dellray wbiegł na schody prowadzące do piwnicy, skąd dochodził odór. Usłyszał kopnięcie w drzwi i krzyk:

– Nie ruszać się! Agenci federalni! Stać!

Ale gdy dobiegł do drzwi piwnicy, agent wykrztusił innym tonem:

– Do diabła, co to jest? Jezu...

– Cholera! – prychnął inny agent. – Obrzydliwość.

– Gówno w pozłotku – burknął Dellray, gdy wszedł do środka. Oddychał głęboko. Co za upiorny zapach.

Na podłodze leżało ciało mężczyzny, sączyła się z niego czarna ciecz. Miał podcięte gardło. Jego martwe, szkliste oczy były nieruchome, ale tułów zdawał się poruszać – unosił się i przesuwał. Dellray się wzdrygnął. Nie udało mu się do tej pory polubić robactwa. Duża liczba robaków i larw wskazywała, że mężczyzna nie żyje co najmniej od trzech dni.

– Dlaczego zarejestrowano sygnał w podczerwieni? – zapytał jeden z agentów.

Dellray wskazał ślady zębów myszy i szczurów na spuchniętych nogach i boku ofiary.

– One są wszędzie. Pochowały się teraz. Przerwaliśmy im obiad.

– Co się stało? Jedna z ofiar go sprzątnęła?

– O czym ty mówisz? – burknął Dellray.

– To nie jest on?
– Nie, to nie on! – wybuchnął Dellray, wpatrując się w ranę na ciele.
Jeden z agentów zmarszczył brwi.
– Ale, Dellray. Mamy przecież zdjęcie. To jest Pietrs.
– Oczywiście, że to jest pieprzony Pietrs, ale to nie on jest poszukiwanym przestępcą! Nie rozumiecie?
– Nie. Co chcesz przez to powiedzieć?
Wszystko stało się dla niego jasne.
– Sukinsyn.
Zadźwięczał telefon. Dellray aż podskoczył. Otworzył go i słuchał chwilę, nim wrzasnął:
– Co zrobiła?! Ja też ich potrzebuję... Nie, nie aresztowaliśmy pieprzonego przestępcy!
Wyłączył telefon. Wściekły wskazał na dwóch agentów z oddziału SWAT.
– Pojedziecie ze mną.
– Co się stało, Dellray?
– Złożymy komuś wizytę. I wiecie, jak będziemy się zachowywać? – Agenci spojrzeli na siebie, marszcząc brwi. Ale Dellray sam udzielił odpowiedzi: – Na pewno nie będziemy grzeczni...

Mel Cooper wysypał zawartość koperty na papier. Przyjrzał się pyłowi przez lupę.
– Tak. Pył ceglany oraz pył z kamienia. Przypuszczam, że marmur... – Włożył próbkę pod mikroskop. – Tak, marmur. Różowy.
– Czy był jakiś marmur w tunelu, w którym znalazłaś tę Niemkę?
– Nie – odparła Sachs.
Cooper zasugerował, że pył może pochodzić z domu, z którego została porwana Monelle.
– Nie. Znam budynki przy tej ulicy. Niemiecki Dom to czynszówka. Najlepszy kamień, jaki tam można znaleźć, to polerowany granit. Może pochodzi z jego kryjówki. Zauważyłeś coś szczególnego?
– Ślady cięcia – powiedział Cooper, pochylając się nad mikroskopem.
– To dobrze. Czy są gładkie?
– Nie. Są nierówne.
– Zatem marmur był cięty piłą parową.

– Ja też tak sądzę.

– Zapisz, Thom – poinstruował Rhyme, wskazując głową na reprodukcję. – W jego kryjówce jest marmur. Stary.

– Ale dlaczego zajmujemy się jego domem? – zapytał Banks.

– Federalni powinni już tam być.

– Nigdy za dużo informacji, Banks. Zapamiętaj to. Co jeszcze?

– Kolejny kawałek rękawiczki. Tej z czerwonej skóry. A co to...

– Próbka płynu po goleniu. Pozostał po nim zapach przy słupie.

– Będziemy szukać fabryk kosmetyków? – zastanawiał się Cooper.

– Najpierw powącham – powiedział Rhyme.

Sachs wzięła worek. W środku znajdował się mały drewniany krążek. Otworzyła worek. Rhyme głęboko wciągnął powietrze.

– Brut. Jak mogłaś nie rozpoznać? Thom, dodaj do charakterystyki, że przestępca używa taniej wody kolońskiej.

– Mam kolejny włos – oznajmił Cooper. Technik umieścił go pod mikroskopem. – Bardzo podobny do tego, który znaleźliśmy wcześniej. To samo źródło. Lincoln, coś dla ciebie. Jest taki sam. Kasztanowy.

– Obcięty czy złamał się w naturalny sposób?

– Obcięty.

– Dobrze, zatem wiemy więcej o kolorze jego włosów – powiedział Rhyme.

Gdy Thom zaczął pisać „kasztanowe", Sellitto krzyknął:

– Nie pisz tego!

– Co?!

– Oczywiście, że nie ma kasztanowych włosów – kontynuował Rhyme.

– Myślałem...

– Może mieć włosy każdego koloru, tylko nie kasztanowe. Jasne, rude, czarne...

– Stara sztuczka – dodał detektyw. – Idziesz obok zakładu fryzjerskiego i ze śmietnika wyciągasz kilka włosów. Potem rozrzucasz je na miejscu przestępstwa.

– No nie! – Banks z entuzjazmem przyjął kolejną informację.

– Okay. Teraz włókno – powiedział Rhyme.

Cooper umieścił włókno w mikroskopie polaryzacyjnym.

– Wykazuje dwójłomność. 0,053.

– Nylon 6 – stwierdził Rhyme. – Jak wygląda?

– Szorstkie. Przekrój kołowy. Jasnoszare.

– Okładzina.

– Tak. Sprawdzę w bazie danych. – Po chwili oderwał wzrok od komputera. – Hampstead Textile 118B.

Rhyme westchnął niezadowolony.

– Źle? – zapytała Sachs.

– Najpowszechniej stosowana okładzina w bagażnikach. Używana od piętnastu lat przez różnych producentów samochodów. Beznadziejna sprawa... Czy jest coś na włóknie? Skorzystaj ze skaningowego mikroskopu elektronowego.

Technik włączył mikroskop. Ekran zaświecił niepokojącym niebieskozielonym światłem.

Włókno na monitorze wyglądało jak gruba lina.

– Coś tutaj jest. Kryształy. Dużo ich. Używają dwutlenku tytanu, żeby nie było połysku. To może być to.

– Przeprowadź analizę chromatograficzną.

– Za małe włókno. Musiałbym całe zużyć.

– No to zużyj.

– Pożyczenie dowodów od FBI to jedno, a zniszczenie ich to co innego – delikatnie wtrącił się Sellitto. – Nie jestem pewny, czy możemy to zrobić, Lincoln. W razie rozprawy sądowej...

– Musimy to zrobić.

– O Boże. – Banks westchnął.

Sellitto z ociąganiem skinął głową i Cooper umieścił włókno w komorze chromatografu. Urządzenie syknęło. Chwilę później ekran zamigotał – pojawiły się na nim sygnały.

– Długie łańcuchy polimeru. Nylon. Słaby sygnał. Jest coś jeszcze. Chlor, detergent... To płyn do czyszczenia.

– Przypominam sobie, że dziewczyna mówiła, że samochód pachniał czystością. Sprawdź, jaki to płyn.

Cooper zaczął przeszukiwać bazę danych.

– Płyn został wyprodukowany przez Pfizer Chemicals. Sprzedawany jest pod nazwą Tidi-Kleen przez Baer Automotive Products.

– Doskonale! – krzyknął Lincoln Rhyme. – Znam firmę. Sprzedaje płyn w dużych partiach, głównie wypożyczalniom samochodów. Zatem przestępca jeździ samochodem z wypożyczalni.

– Czy nie jest to dla niego zbyt ryzykowne? – zapytał Banks.

– Ukradł go – mruknął Rhyme, jakby młody policjant pytał, ile jest dwa dodać dwa. – Trzeba sprawdzić numery. Czy Emma jeszcze pracuje?

– Prawdopodobnie poszła już do domu.

– Obudź ją. Niech sprawdzi wszystkie przypadki kradzieży samochodów z wypożyczalni.

– Zaraz to zrobię – powiedział podenerwowany Sellitto. Zapewne zniszczone dowody nie dawały mu spokoju.

– A ślady butów? – zapytała Sachs.

Rhyme przyjrzał się elektrostatycznemu obrazowi, który wykonała Sachs.

– Nietypowe. Zdarta jest zewnętrzna strona podeszew.

– Może jest szpotawy? Ma palce nóg zwrócone do środka? – Thom zastanowiał się głośno.

– Niewykluczone. Ale wtedy starte byłyby też obcasy. – Rhyme studiował odciski. – Sądzę, że dużo czyta.

– Czyta?

– Usiądź tu na krześle – Rhyme powiedział do Sachs. – Pochyl się nad stołem i udawaj, że czytasz.

Usiadła i uniosła wzrok.

– I co?

– Udawaj, że odwracasz kartki książki.

„Odwróciła" kilka kartek. Znów uniosła wzrok.

– Dalej. Czytasz grubą „Wojnę i pokój".

Gdy odwracała kartki, skłaniała głowę. Po chwili odruchowo skrzyżowała nogi. Podłogi dotykała tylko zewnętrzną stroną podeszew.

Rhyme zwrócił wszystkim na to uwagę.

– Thom, umieść to w charakterystyce. Ale postaw znak zapytania. Teraz przyjrzymy się odciskom palców.

Sachs powiedziała, że nie zabrała tego wyraźnego odcisku palca.

– Jest wciąż w biurze FBI.

Ale Rhyme nie był zainteresowany tym odciskiem. Chciał zobaczyć ten, który Sachs zdjęła ze skóry dziewczyny.

– Bardzo niewyraźny – powiedział Cooper. – Nie mieści się nawet w kategorii C. Nie może być użyty do porównań.

– Nie chcę prowadzić identyfikacji. Interesuje mnie ta linia.

– Była półokrągła i znajdowała się na środku poduszki palca.

– Co to jest? – spytała Sachs.

– Myślę, że blizna – powiedział Cooper. – Stara. Skaleczenie było bardzo głębokie, prawdopodobnie do kości.

Rhyme zaczął myśleć o wszystkich rodzajach blizn i znaków na skórze, które widział w ciągu swojej pracy. Dawniej, zanim praca większości ludzi zaczęła polegać na przerzucaniu papierów i stukaniu w klawiaturę, łatwiej można było określić wykonywany zawód, patrząc na ręce. Zajęcie wypisane było dużymi literami: zdeformowane poduszki palców u maszynistek, ślady ukłuć u krawców, odciski po piórze i ślady atramentu u stenografów i księgowych itd. Miejsca stwardnienia naskórka były charakterystyczne dla wykonywanego zawodu.

Ale ta blizna nic nie mówiła Rhyme'owi.

Przynajmniej na razie. Odcisk będzie można wykorzystać, gdy znajdą przestępcę.

– Co jeszcze? Odcisk kolana. To dobrze. Będzie można określić, co ma na sobie. Pokaż go, Sachs. Wyżej! Workowate spodnie. Ostry kant świadczy, że zostały uszyte z materiału naturalnego. Jest ciepło, zatem przypuszczam, że spodnie są bawełniane, nie wełniane. Nie sądzę, by nosił spodnie z jedwabiu.

– Cienka bawełna, nie drelich – powiedział Cooper.

– Ubranie sportowe – podsumował Rhyme. – Thom, dopisz to do charakterystyki.

Cooper wrócił do komputera.

– Nie mamy szczęścia z liściem. Nie pasuje do żadnego wzorca z bazy danych.

Rhyme znów położył głowę na poduszkę. *Ile mają czasu? Godzinę? Dwie?*

Księżyc. Brud. Słona woda...

Spojrzał na Sachs, która stała samotnie w rogu pokoju z opuszczoną głową. Wpatrywała się w dowody. Miała zmarszczone czoło, intensywnie myślała. Ile razy on sam stał w takiej pozie, usiłując...

– Gazeta! – krzyknęła nagle, unosząc wzrok. – Gdzie jest gazeta? – Zaczęła szybko rozglądać się po stołach. – Dzisiejsza gazeta...

– O co chodzi, Sachs? – zapytał Rhyme.

Wzięła „New York Timesa" od Jerry'ego Banksa i zaczęła go szybko przeglądać.

– Ta ciecz... na bieliźnie – zwróciła się do Rhyme'a. – Czy może to być woda morska?

– Woda morska? – Cooper zamyślił się nad wynikami analizy. – Oczywiście! Woda, chlorek sodu, inne sole. Olej i fosforany. To zanieczyszczona woda morska...

Rhyme i Sachs spojrzeli na siebie i jednocześnie powiedzieli:

– Przypływ!

Uniosła gazetę otwartą na prognozie pogody. Znajdował się tam diagram faz księżyca identyczny ze znalezionym na miejscu przestępstwa. Pod spodem znajdował się wykres pływów.

– Maksimum przypływu za czterdzieści minut.

Rhyme się skrzywił. Zawsze najbardziej się wściekał na siebie.

– Zamierza utopić ofiarę. Przykuł ją do filaru w południowej części miasta. – Patrzył beznadziejnym wzrokiem na mapę Manhattanu z długą linią brzegową. – Sachs, znów zabawisz się w kierowcę rajdowego. Pojedziesz z Banksem na zachodnie wybrzeże. Lon, dlaczego nie miałbyś pojechać na East Side. Sprawdź okolice portu. A ty, Mel, dowiedz się w końcu, skąd ten liść pochodzi...

Fala omyła przekrzywioną twarz.

William Everett otworzył oczy i wydmuchał słoną wodę z nosa. Była lodowata, czuł, jak jego chore serce gwałtownie wali, pompując ciepłą krew po całym ciele.

Był bliski omdlenia, jak wtedy gdy ten sukinsyn złamał mu palec. Oprzytomniał i znów wrócił do rozmyślania.

Przypomniał sobie ostatnią żonę i – nie wiedząc dlaczego akurat to – ich podróże. Byli w Gizie, Gwatemali, Nepalu, Teheranie (tydzień przed zajęciem ambasady).

Gdy lecieli z Pekinu chińskimi liniami lotniczymi, godzinę po starcie awarii uległ jeden z dwóch silników samolotu. Evelyn schyliła głowę i skuliła się – przyjęła pozycję zalecaną podczas katastrof. Przygotowywała się do śmierci i czytała artykuł zamieszczony w jakimś czasopiśmie. Ostrzegano w nim, że picie gorącej herbaty bezpośrednio po posiłku może być niebezpieczne. Opowiedziała mu o tym artykule, gdy siedzieli już w barze w Singapurze. Zaczęli śmiać się histerycznie, a potem rozpłakali.

Przypomniał sobie lodowaty wzrok porywacza, jego zęby, grube rękawiczki.

Teraz znajduję się w strasznym, mokrym grobie. Jego ramię i szczękę przeszył nieznośny ból.

Złamany palec czy atak serca? – zastanawiał się.

Być może i to, i to.

Everett zamknął oczy, dopóki ból nie ustąpił.

Potem rozejrzał się wokół siebie. Komora, w której go przykuto, znajdowała się poniżej butwiejącego pomostu. Na spienioną wodę, znajdującą się około piętnastu centymetrów poniżej krawędzi, spadł kawałek drewna. Przez wąską szczelinę mógł dostrzec światła statków płynących rzeką oraz światła New Jersey. Woda sięgała mu teraz do szyi. Sam pomost znajdował się dwa metry nad jego głową. Ponownie ból złamanego palca rozszedł się po całym ciele. Wrzasnął i stracił przytomność. Głowa zanurzyła się w wodzie. Zachłysnął się. Gwałtowny kaszel otrzeźwił go. Przyciąganie księżyca powoli podnosiło powierzchnię wody. Szpara, przez którą prześwitywało światło, znalazła się pod wodą. W komorze zrobiło się ciemno. Docierał do niego pomruk fal i jęki, które wydawał z bólu. Wiedział, że już jest martwy. Wiedział, że jego głowa będzie ponad powierzchnią wody jeszcze kilka minut. Zamknął oczy i przycisnął twarz do gładkiego czarnego filaru.

Rozdział 21

aly czas na południe, Sachs – w głośniku zabrzęczał głos Rhyme'a.

Włączyła sygnał, gdy pędzili autostradą przez West Side. Bez zmrużenia oka przyśpieszyła do stu trzydziestu.

– Wolniej – jęknął Jerry Banks.

Odliczali. Ulica Trzydziesta Trzecia, Dwudziesta. Na Czternastej wpadli w poślizg. Gdy pędzili przez Village, z bocznej uliczki wyjechała przed nich ciężarówka. Sachs nie zahamowała, tylko jak kierowca na wyścigach terenowych skręciła gwałtownie i wjechała na pas jezdni prowadzący w przeciwnym kierunku. Słychać było jęki Banksa i zawodzący sygnał.

– No, udało się – rzekła Amelia Sachs, wracając na pas prowadzący na południe. – Powtórz. Nie dosłyszałam – zwróciła się do Rhyme'a.

– Południowa część miasta, tyle na razie mogę powiedzieć – usłyszała jego metaliczny głos. – Musimy dowiedzieć się, co oznacza liść.

– Dojechaliśmy do parku Battery.

– Dwadzieścia minut do przypływu! – zawołał Banks.

Być może grupa Dellraya wydobyła z przestępcy miejsce, w którym przywiązał ofiarę. Nick opowiadał, że jeżeli policjanci chcą zmusić przestępcę do mówienia, biją go torbą z miękkimi owocami po żołądku i innych wrażliwych miejscach. Jest to bardzo bolesne i nie zostawia śladów. Kiedy dorastała, nie wyobrażała sobie, że policjanci mogą tak postępować. Teraz wiedziała co innego.

Banks stuknął ją w ramię.

– Tutaj.

Zbutwiałe drewno, brud. Ponure miejsce.

Zatrzymała furgonetkę. Wysiedli i pobiegli w stronę wody.
– Rhyme?
– Mów, Sachs. Gdzie jesteście?
– Przy pomoście na północ od parku Battery.
– Rozmawiałem właśnie z Lonem, który jest na East Side. Nic nie znalazł.
– Beznadziejna sprawa – powiedziała. – Cała promenada. Falochrony... pomieszczenie na motorówki gaśnicze, doki, pirsy, molo przy parku Battery... Jest potrzebny oddział specjalny.
– Nie mamy do dyspozycji oddziału specjalnego, Sachs. Dwadzieścia minut do przypływu.
Jej oczy lustrowały nadbrzeże. Bezradnie opuściła ramiona. Z bronią w ręku podbiegła do rzeki.
Jerry Banks podążył za nią.

– Mel, powiedz mi coś na temat liścia. Cokolwiek. Rusz głową.
Zdenerwowany Cooper spoglądał to w mikroskop, to na ekran.
Osiem tysięcy różnych roślin na Manhattanie.
– Nie pasuje do żadnej struktury komórkowej.
– Jest stary – powiedział Rhyme. – Jak stary?
Cooper ponownie spojrzał na liść.
– Zasuszony. Daję mu sto lat lub trochę mniej.
– Jakie gatunki roślin wyginęły w ciągu ostatnich stu lat na Manhattanie?
– Nie można mówić o ginięciu gatunków roślin na Manhattanie. Pojawiają się na nowo.
Jakaś myśl przebiegła Rhyme'owi po głowie. Lubił to uczucie, a jednocześnie nienawidził. Lubił, gdy mógł myśl uchwycić; nienawidził, jeżeli po chwili w głowie pozostawała pustka.
Szesnaście minut do przypływu.
O czym pomyślał? Skupił się, zamknął oczy...
Nadbrzeże, myślał. Ofiara przy nadbrzeżu.
Z czym to się kojarzy? Pomyśl!
Nadbrzeże... statki... rozładunek... ładunek.
Rozładunek statku!
Gwałtownie otworzył oczy.
– Mel, może rośliny uprawne?
– Cholera. Przeglądałem tylko strony poświęcone roślinom

ogrodowym. Nie pomyślałem o uprawnych. – Zaczął pisać na klawiaturze. Wydawało się, że trwa to wieczność.

– I co?

– Powoli, powoli... Na razie informacje są zakodowane. – Po chwili zaczął czytać: – Lucerna, jęczmień, buraki, kukurydza, owies, tytoń...

– Tytoń! Sprawdź!

Cooper kliknął myszą i na ekranie pojawił się obraz.

– Tak, zgadza się.

– World Trade Towers – oznajmił Rhyme. – Na północ od tego miejsca znajdowały się plantacje tytoniu. Thom, przeszukaj moje książki. Znajdź mapę z lat czterdziestych XVIII wieku oraz mapę, której używał Bo Haumann, gdy szukaliśmy miejsc, gdzie usuwa się azbest. Powieś je na ścianie obok siebie.

Thom wykonał polecenie. Stara mapa, narysowana dość topornie, przedstawiała założone miasto. Południową część wyspy pokrywały plantacje. Przy rzece – nienazywającej się wtedy Hudson, ale West River – znajdowały się trzy pirsy. Rhyme spojrzał na najnowszą mapę miasta. Farmy oczywiście zniknęły, tak samo osiemnastowieczne pirsy. Ale na mapie zaznaczono opuszczone nadbrzeże, gdzie znajdował się pirs, z którego ładowano kiedyś tytoń.

Rhyme wytężał wzrok, aby odczytać nazwę ulicy znajdującej się w pobliżu pirsu. Już miał krzyknąć na Thoma, by przysunął mapę bliżej, gdy usłyszał łoskot otwieranych drzwi na dole. Rozprysła się szyba w drzwiach.

Thom zbiegł na dół.

– Chcę się z nim widzieć! – zdecydowany głos wypełnił korytarz.

– Ale on akurat... – zaczął Thom.

– Nie. Nie za minutę, nie za godzinę. Do cholery. Teraz!

– Mel, schowaj dowody i wyłącz system – wyszeptał Rhyme.

– Ale...

– Idziemy!

Rhyme gwałtownie potrząsnął głową. Zrzucił słuchawki, które upadły obok łóżka. Od strony schodów dochodził odgłos ciężkich butów.

Thom robił wszystko, by powstrzymać gości, ale dwóch z trzech przybyłych agentów FBI trzymało w rękach duże pistolety. Powoli szli za nim po schodach.

Dzięki Thomowi Mel Cooper mógł wyjąć liść z mikroskopu i gdy agenci wtargnęli do pokoju, zajęty był rozkładaniem przyrządu. Worki ze śladami leżały pod stołem, przykryte egzemplarzami „National Geographics".

– A, Dellray – odezwał się Rhyme. – Znaleźliście przestępcę?

– Dlaczego nam nie powiedziałeś?

– O czym?

– Że odcisk palca był fałszywym tropem.

– Nikt mnie o to nie pytał.

– Fałszywy? – zdziwił się Cooper.

– Cóż, to był autentyczny odcisk palca – powiedział Rhyme, jakby to było oczywiste. – Ale to nie był odcisk przestępcy. Nasz chłopiec potrzebował taksówki, żeby porywać ofiary. Zatem ją znalazł. Jak on się nazywał?

– Victor Pietrs – mruknął Dellray i opowiedział o taksówkarzu.

– Świetny pomysł – zauważył Rhyme z podziwem w głosie. – Znalazł Serba, który wszedł w konflikt z prawem i był leczony psychiatrycznie. Zastanawia mnie, jak długo szukał odpowiedniego kandydata. W każdym razie 823 zabił biednego Pietrsa i ukradł jego taksówkę. Odciął mu palec. Zachował go, aby zostawić odcisk, gdy będziemy deptać mu po piętach, i skierować nasze śledztwo na fałszywy trop.

Rhyme spojrzał na zegar. Zostało czternaście minut.

– Skąd wiedziałeś? – Dellray spojrzał na mapy wiszące na ścianie, ale, dzięki Bogu, nie zainteresował się nimi.

– Odcisk wskazywał, że palec był odwodniony, wysuszony. Założę się, że ciało znajdowało się w bardzo złym stanie. I znaleźliście je w piwnicy? Mam rację? Nasz chłopiec lubi podrzucać tam ofiary.

Dellray nie odpowiedział. Węszył po pokoju jak ogromny terier.

– Gdzie ukryłeś dowody?

– Dowody? Nie wiem, o czym mówisz. Powiedz, wyważyłeś drzwi do mieszkania? Ostatnio wszedłeś bez pukania, a teraz wywaliłeś drzwi.

– Lincoln, myślałem o tym, żeby cię przeprosić, zanim...

– To miłe, Fred.

– Ale teraz jestem o krok od zakucia cię w kajdanki.

Rhyme spojrzał na mikrofon zwisający nad podłogą. Wyobraził sobie rozpaczliwy głos Sachs, która nie może doczekać się odpowiedzi.

- Oddaj mi dowody, Rhyme. Chyba nie zdajesz sobie sprawy, w jakie kłopoty się pakujesz.

- Thom - spokojnie powiedział Rhyme - agent Dellray przestraszył mnie i zrzuciłem mikrofon i słuchawki. Mógłbyś je podnieść?

Gdy Dellray nie patrzył, Thom umieścił mikrofon na łóżku, przy głowie Rhyme'a.

- Dziękuję - rzekł Rhyme do Thoma. - Nie kąpałem się jeszcze dzisiaj. Czy nie sądzisz, że już jest pora?

- Zastanawiałem się, kiedy o to zapytasz - odparł Thom, właściwie odgrywając swoją rolę.

- Rhyme, zgłoś się. Jezu! Co się dzieje?!

Po chwili usłyszała w słuchawkach głos Thoma.

Był nienaturalny, nerwowy.

- Mam nową gąbkę - powiedział.

- Wygląda, że będzie dobra - rzekł Rhyme.

- Rhyme? - syknęła Sachs. - Do diabła, co się dzieje?

- Kosztowała siedemnaście dolarów. Powinna być dobra.

W słuchawkach słyszała więcej głosów, ale nie mogła ich rozpoznać.

Sachs i Banks biegali wzdłuż nadbrzeża, wpatrując się w szarobrunatną wodę. Pokazała Banksowi, żeby się zatrzymał. Poczuła silne kłucie w piersiach. Pochyliła się i splunęła do rzeki. Usiłowała złapać oddech.

W słuchawkach usłyszała:

- ...to nie potrwa długo.

- ...poczekamy, jeżeli nie masz nic przeciw temu.

- Mam - powiedział Rhyme. - Chcę mieć trochę prywatności.

- Rhyme, słyszysz mnie?! - zawołała zdesperowana Sachs. - Do cholery, co się dzieje?

- Nic. Nie chcą mnie zostawić w spokoju, bo zginęły im dowody. Dellray! To on jest w pokoju Rhyme'a. To koniec. Nie uratują ofiary.

- Chcę dostać dowody - warknął agent.

- Dellray, zobaczysz jedynie mężczyznę biorącego kąpiel i korzystającego z gąbki.

Banks zaczął coś mówić, ale uciszyła go.

Słyszała jakieś głosy, lecz nie rozumiała ich.

Potem wrzasnął agent.

I zaraz rozległ się spokojny głos Rhyme'a:

– ...Dellray, jestem pływakiem. Pływam codziennie.

– Mamy mniej niż dziesięć minut – wyszeptała Sachs. Woda łagodnie pluskała. Rzeką majestatycznie przepłynęły dwa statki. Dellray coś mruknął.

– Jadę nad Hudson i pływam. Kiedyś rzeka była znacznie czystsza.

Zniekształcone słowa. I po chwili:

– ...stary pomost. Bardzo zniszczony. Kiedyś zbierali się na nim Hudson Dusters. Był taki gang. Słyszałeś o nim? Działał w latach dziewięćdziesiątych dziewiętnastego wieku. Na północ od parku Battery. Wyglądasz na znużonego. Zmęczyłeś się, oglądając sflaczałą dupę kaleki? Ten pomost znajduje się między North Moore a Chambers. Nurkuję, pływam wokół filarów.

– North Moore i Chambers! – krzyknęła Sachs. Odwróciła się szybko. Pojechali za daleko na południe. Miejsce znajdowało się czterysta metrów od nich. Mogła dostrzec zbutwiały pomost i ogromną rurę odpływową. Jak dużo mają czasu? Prawie wcale. Nie zdążą go uratować.

Zrzuciła słuchawki i zaczęła biec w kierunku samochodu. Banks podążył za nią.

– Umiesz pływać? – zapytała.

– Ja? Przepłynę kilkadziesiąt metrów na basenie.

Nie uratują go.

Sachs zatrzymała się i obróciła wokół, patrząc na puste ulice.

Woda sięgała mu do nosa.

Niewielka fala omyła mu twarz, właśnie gdy wciągał powietrze. Zachłysnął się słoną, cuchnącą wodą.

William Everett zakrztusił się, zaczął gwałtownie kasłać. Woda wypełniła mu płuca. Puścił filar i zanurzył się w wodzie. Zdobył się jeszcze na jeden wysiłek, uniósł się na filarze, ale po chwili znów znalazł się pod wodą.

Nie, Boże, nie... nie pozwól!

Szarpnął kajdankami i odepchnął się od słupa, jakby miał nadzieję, że stanie się cud i jego wątłe mięśnie rozerwą sworzeń, do którego był przykuty.

Wydmuchnął wodę z nosa. Gwałtownie poruszał głową. Na chwilę opróżnił płuca. Bolały go mięśnie szyi – prawie tak samo jak złamany palec – od odchylania głowy, by zaczerpnąć powietrza.

Chwila ulgi.

Nadpłynęła kolejna fala, trochę wyższa.

To była ta.

Nie mógł dłużej walczyć. Stracił nadzieję. Dołączy do Evelyn. Zrezygnował. Zanurzył się w cuchnącej wodzie, pełnej śmieci i wodorostów.

Nagle zatrząsł się z przerażenia. *Nie, nie...* On jest tutaj. Porywacz! Wrócił. Everett uniósł głowę nad powierzchnię. Wydmuchnął wodę. Usiłował się wyrwać. Mężczyzna zaświecił latarką wprost w oczy. Zbliżył się do niego z nożem. *Nie, nie...* Nie dość, że chciał go utopić, to teraz przyszedł go zarżnąć.

Instynktownie Everett usiłował kopnąć napastnika, ale porywacz zniknął pod wodą... i, trach, ręce Everetta były wolne.

Starszy mężczyzna zapomniał o wszystkim. Gwałtownie wynurzył się na powierzchnię. Wciągnął nosem kwaśne powietrze i zaczął zrywać taśmę z ust. Ciężko oddychał, wypluwając śmierdzącą wodę. Uderzył mocno głową w dębowy filar i roześmiał się głośno.

– Boże, Boże, Boże...

Ukazała się druga twarz... Do hełmu przymocowana była latarka. Everett mógł dostrzec na kombinezonie mężczyzny odznakę nowojorskiej straży. Mężczyźni nie mieli w rękach noży, tylko nożyce do cięcia metalu. Jeden z nich zerwał do końca taśmę z ust Everetta, który wciągnął głęboko powietrze. Potem drugi nurek objął Everetta ramieniem i obaj podpłynęli do krawędzi pomostu.

– Proszę wziąć głęboki oddech, musimy się zanurzyć.

Everett wciągnął powietrze i zamknął oczy. Zanurzył się z nurkiem w wodę rozświetloną jaskrawym światłem. Była to krótka, ale bardzo przykra wycieczka w głąb mętnej, brudnej rzeki. Wynurzyli się na powierzchnię. Everett wyślizgnął się z rąk nurka i odpłynął. Po wydarzeniach dzisiejszego wieczoru pływanie w lekko wzburzonej rzece było bułką z masłem.

Nie zamierzała jechać taksówką. Nie miała nic przeciw autobusom odjeżdżającym z lotniska.

Ale Pammy była niewyspana – wstały o piątej rano – i ledwo trzymała się na nogach. Mała dziewczynka powinna jak najszybciej znaleźć się w łóżku. Poza tym Carole nie mogła się doczekać, kiedy zobaczy Manhattan. Szczupła kobieta ze Środkowego Zachodu, która w ciągu czterdziestu jeden lat swego życia nie była dalej na wschodzie niż w Ohio. Umierała z niecierpliwości – chciała jak najszybciej zobaczyć Nowy Jork.

Carole wzięła bagaże i ruszyły w kierunku wyjścia. Sprawdzała, czy zabrała wszystko, gdy dziś po południu opuszczały dom Kate i Eddiego.

Pammy, Kubuś Puchatek, portmonetka, walizka, żółty plecak. Wszystko się zgadza.

Jej przyjaciele ostrzegali ją przed Nowym Jorkiem.

„Popchną cię i zabiorą portmonetkę – mówił Eddie. – Kieszonkowcy".

„I nie graj w karty na ulicy" – dodała opiekuńcza Kate.

„Nie gram w karty w domu, dlaczego miałabym zacząć grać na ulicach Manhattanu?".

Carole roześmiała się, przypominając sobie to ostrzeżenie. Ale doceniała ich troskę. W końcu jechała z trzyletnią córką na konferencję pokojową do najbardziej niebezpiecznego miasta na świecie. I miało tam być więcej obcokrajowców, do diabła, więcej ludzi, niż kiedykolwiek widziała w jednym miejscu.

Carole znalazła telefon i zadzwoniła do hotelu, by upewnić się, czy rezerwacja jest aktualna. Portier powiedział, że pokój jest przygotowany i czeka na nią. Powinna dotrzeć za czterdzieści minut.

Wyszły drzwiami automatycznymi. Na zewnątrz panował nieznośny upał. Carole zatrzymała się i rozejrzała wokół. Jedną ręką ściskała mocno Pammy, w drugiej trzymała zniszczoną walizkę. Ciężki żółty plecak zarzuciła na ramię.

Stanęły w kolejce na postoju taksówek.

Carole spojrzała na ogromny billboard wiszący po przeciwnej stronie ulicy. Witamy Delegatów ONZ! – oznajmiał. Był koszmarny, ale przyglądała mu się dłużej, bo jeden z mężczyzn był podobny do Ronniego.

Po jego śmierci – dwa lata temu – wszystko przypominało jej przystojnego, krótko ostrzyżonego męża. Gdy przejeżdżała obok McDonald'sa, przypominała sobie, że lubił big maca. U wszystkich aktorów, nawet tych do niego zupełnie niepodobnych, zauważała jego gesty. Widziała reklamę kosiarek i przypominała sobie, że bardzo lubił strzyc ich mały trawnik w Arlington Heights.

Potem płakała. Brała Prozac lub imipraminę i szła do łóżka, w którym spędzała całe tygodnie. Niechętnie przyjmowała propozycje Kate, aby została u nich na noc lub na tydzień, lub na miesiąc.

Ale teraz nie płakała. Postanowiła rozpocząć życie od nowa. Smutek już przeminął.

Carole popchnęła nogą bagaż, gdy kolejka przesunęła się do przodu, i odgarnęła ciemnoblond włosy. Rozejrzała się wokół, usiłując dostrzec Manhattan. Widziała jednak tylko samoloty, samochody, taksówki i morze ludzi. Para unosząca się z włazów przypominała duchy. Nocne niebo było ciemne i zamglone.

No cóż, wkrótce zobaczy miasto. Miała nadzieję, że Pammy jest dostatecznie duża, żeby zapamiętać pierwsze wrażenia.

– Jak ci się podoba nasza przygoda, kochanie?

– Przygoda. Lubię przygody. Chcę Hawajskiego Ponczu. Proszę. Proszę... To coś nowego. Trzyletnie dzieci szybko się uczą. Carole się roześmiała.

– Dobrze. Za chwilę.

Podjechała taksówka. Otworzył się bagażnik i Carole wrzuciła do niego bagaż. Zatrzasnęła go. Wsiadły do tyłu samochodu i Carole zamknęła drzwi.

Pammy, Kubuś Puchatek, portmonetka.

– Dokąd? – zapytał taksówkarz.

Carole podniesionym głosem – ze względu na szybę pleksiglasową oddzielającą je od kierowcy – podała adres hotelu.

Taksówka wjechała na jezdnię. Carole wzięła Pammy na kolana.

– Będziemy jechali obok ONZ? – głośno spytała.

Kierowca jednak skupił się na zmianie pasa ruchu i nie słyszał jej.

– Przyjechałam na konferencję – wyjaśniła. – Konferencję ONZ.

Wciąż brak odpowiedzi.

Być może ma kłopoty z angielskim. Kate ostrzegła ją, że wszyscy taksówkarze w Nowym Jorku to obcokrajowcy (zabierają Amerykanom pracę, gderał Eddie). Nie mogła jednak przyjrzeć mu się dokładnie, ponieważ szyba pleksiglasowa była porysowana.

Może po prostu nie ma ochoty na rozmowę.

235

Wjechali na inną autostradę i nagle wyrosła przed nimi postrzępiona sylwetka miasta na tle nieba. Olśniewające. Jak kryształy, które zbierali Kate i Eddie. Ogromne grono niebieskich, złocistych i srebrnych budynków na środku wyspy i drugie – po lewej stronie. Niczego tak ogromnego w swoim życiu nie widziała. Przez moment wyspa wyglądała jak wielki statek.

– Spójrz, Pammy. Tam jedziemy. Jest wspaaaniałe.

Jednak po chwili widok zniknął, gdy kierowca gwałtownie skręcił i zjechał z drogi ekspresowej. Jechali teraz pustymi ulicami, wzdłuż brudnych domów z cegły.

Carole wychyliła się do przodu.

– Czy to jest droga do centrum?

Znów brak odpowiedzi.

Zapukała gwałtownie w szybę.

– Czy my dobrze jedziemy? Proszę mi odpowiedzieć... Niech pan mi odpowie!

– Mamusiu, co się stało? – spytała Pammy i zaczęła płakać.

Mężczyzna nie reagował. Jechał, nie przekraczając dozwolonej prędkości i zatrzymując się na czerwonych światłach. Gdy wjeżdżali na pusty plac znajdujący się za opuszczoną fabryką, sprawdził, czy włączył kierunkowskaz.

Och, nie... nie!

Nałożył maskę na twarz i wysiadł z taksówki. Podszedł do tylnych drzwi. Chwycił za klamkę, ale się zawahał i opuścił rękę. Zbliżył twarz do szyby, zaczął w nią lekko stukać. Raz, dwa, trzy. W ten sposób zwraca się na siebie uwagę jaszczurek i węży w ogrodzie zoologicznym. Taksówkarz długo przypatrywał się matce i córce, zanim otworzył drzwi.

Rozdział 22

Sachs, jak to zrobiłaś?

Stała nad Hudsonem.

– Przypomniałam sobie, że widziałam budynek straży wodnej przy parku Battery – mówiła do mikrofonu. – Wysłali dwóch nurków, którzy dotarli do pomostu w ciągu trzech minut. Żebyś widział, jak ta łódź szybko płynęła! Muszę kiedyś spróbować.

Rhyme opowiedział jej o odcisku palca.

– Sukinsyn! – krzyknęła, cmokając z niezadowolenia. – Szczurek przechytrzył nas wszystkich.

– Nie wszystkich – zauważył skromnie Rhyme.

– Zatem Dellray wie, że zwędziłam dowody? Szuka mnie?

– Powiedział, że jedzie do budynku FBI. Prawdopodobnie będzie się zastanawiał, kogo z nas aresztować najpierw. Sachs, jak wygląda miejsce przestępstwa?

– Nieciekawie – zameldowała. – Zaparkował na żwirze...

– Nie ma więc śladów butów.

– Jeszcze gorzej. Woda podczas przypływu przykryła tę dużą rurę oraz miejsce, w którym zaparkował.

– Cholera – mruknął Rhyme. – Brak śladów, odcisków. Nic. Jak czuje się ofiara?

– Nie najlepiej. Wychłodzenie ciała, złamany palec. Ma chore serce. Będzie w szpitalu dzień lub dwa.

– Czy może nam coś powiedzieć?

Sachs podeszła do Banksa, który przepytywał Williama Everetta.

– Nie jest wysoki – powiedział trzeźwo mężczyzna, uważnie przyglądając się opatrunkowi gipsowemu, który założył mu na palec lekarz. – Nie jest potężnie zbudowany czy muskularny, ale jest silniejszy ode mnie. Chwyciłem go, ale odepchnął moje ręce.

237

– Rysopis? – zapytał Banks.

Everett powiedział, że miał na sobie ciemne ubranie i maskę na twarzy. Jedynie to sobie przypomniał.

– Jeszcze jedno mogę wam powiedzieć. – Everett uniósł zabandażowaną dłoń. – To podły człowiek. Chwyciłem go, jak już wam mówiłem. Nie myślałem, wpadłem w panikę, ale on dostał wtedy szału. I złamał mi palec...

– Zemsta?

– Tak sądzę, ale nie to było najdziwniejsze.

– Nie?

– On tego słuchał.

Młody detektyw przestał pisać, spojrzał na Sachs.

– Przyłożył moją rękę do ucha i zginał palec, aż go złamał. Słuchał. Chyba sprawiało mu to przyjemność.

– Rhyme, słyszałeś?

– Tak. Thom dopisze to do charakterystyki przestępcy. Jednak nie wiem, jak wykorzystać tę informację. Pomyślimy o tym później.

– Nie ma żadnych podrzuconych wskazówek?

– Jeszcze nic nie znalazłam.

– Obejdź miejsce przestępstwa... Jeszcze coś, weź...

– Ubranie mężczyzny? Już go o to prosiłam. Ja... Rhyme, wszystko w porządku? – Usłyszała atak kaszlu.

Na chwilę zerwała się łączność.

– Rhyme, jesteś tam? Wszystko w porządku?

– Tak – odparł szybko. – Obejdź miejsce.

Uważnie zbadała teren, oświetlając go lampą halogenową. Ogarnęło ją zwątpienie. On był tutaj. Chodził po żwirze, ale wszystko, co zostawił, znalazło się pod kilkunastocentymetrową warstwą wody.

– Nic nie znalazłam. Wskazówki przypuszczalnie zmyła woda.

– Nie, on jest zbyt inteligentny, aby nie wziąć pod uwagę przypływu. Wskazówki musiał ukryć w suchym miejscu.

– Mam pomysł – powiedziała nagle. – Przyjedź tutaj.

– Co?

– Zbadaj ze mną miejsce przestępstwa.

Zapadła cisza.

– Rhyme, słyszysz mnie?

– Do mnie mówisz? – zapytał.

– Kupiłeś to od De Niro. Ale nie jesteś tak dobrym aktorem. Pamiętasz tę scenę z „Taksówkarza" i tyle!

238

Rhyme się nie roześmiał.

– Tam było inaczej – powiedział. – „O mnie ci chodzi?", a nie „Do mnie mówisz?".

– Przyjedź. Zbadaj ze mną miejsce przestępstwa – kontynuowała niezrażona Sachs.

– Rozpostrę moje skrzydła. Nie. Przeniosę się myślami. Telepatia.

– Nie żartuj. Mówię poważnie.

– Ja...

– Potrzebujemy cię. Nie mogę znaleźć podrzuconych wskazówek.

– Ale one tam są. Spróbuj jeszcze raz, staranniej.

– Obeszłam całe miejsce dwa razy.

– Zatem wzięłaś pod uwagę zbyt mały teren. Dodaj po kilka metrów i zbadaj go ponownie. 823 jeszcze nie skończył.

– Zmieniłeś temat. Przyjedź i pomóż mi.

– Jak? – spytał Rhyme. – W jaki sposób mam to zrobić?

– Miałam przyjaciela, który był zawzięty – zaczęła. – I jakoś...

– Chciałaś powiedzieć, że był sparaliżowany – przerwał jej Rhyme delikatnie, ale stanowczo.

– Jego pielęgniarz umieszczał go każdego ranka w specjalnym wózku inwalidzkim. Mógł wszędzie jeździć sam: do kina, do...

– Te wózki – Rhyme mówił matowym głosem – nie są dla mnie odpowiednie.

Zamilkła.

– To zależy od urazu – kontynuował Rhyme. – Ryzykowałbym dużo, gdybym jeździł na wózku. – Zawahał się. – Mój stan mógłby się pogorszyć.

– Przepraszam, nie wiedziałam.

– Oczywiście, że nie wiedziałaś – powiedział po chwili.

Ale nie zdenerwował się jej gafą.

– Zajmijmy się poszukiwaniami – ciągnął spokojnie. – Przestępca chytrze ukrył wskazówki, ale można je znaleźć. Mam pomysł. On jest człowiekiem podziemi. Może zakopał te wskazówki...

Rozejrzała się wokół.

Może tam... W wysokiej trawie obok żwiru spostrzegła kopiec ziemi i liści. Chyba nie. Ziemia jest zbyt ubita.

Sachs kucnęła przy kopczyku. Używając ołówków, zaczęła usuwać z niego liście.

Spojrzała w lewo. Po chwili zorientowała się, że patrzy na uniesioną głowę, zęby jadowe...
– Jezus Maria! – krzyknęła, odskakując. Potknęła się i upadła. Usiłowała wyciągnąć broń.
Nie...
– Nic ci się nie stało?! – wrzasnął Rhyme.
Sachs trzymała w trzęsących się rękach pistolet, z którego usiłowała mierzyć do celu. Nadbiegł Banks ze swoim glockiem. Zatrzymał się. Sachs wstała, nie odrywając wzroku.
– Boże – wyszeptał Banks.
– To wąż... no, szkielet węża – powiedziała Sachs do Rhyme'a.
– Grzechotnik. Cholera. – Schowała broń do kabury. – Jest przyczepiony do deski.
– Wąż? Interesujące – rzekł Rhyme zaintrygowany.
– Tak, rzeczywiście interesujące – burknęła. Włożyła gumowe rękawiczki i podniosła skręcony szkielet. Odwróciła go. – Metamorphosis.
– Co?
– Nalepka na spodzie. Sądzę, że jest to nazwa sklepu, skąd pochodzi szkielet. Broadway 604.
– Chłopcy Twardziele powinni sprawdzić ten sklep – powiedział Rhyme. – Co tam mamy? Jakie jeszcze wskazówki?
Były w torbie pod szkieletem węża. Serce mocniej jej zabiło, gdy schylała się nad torbą.
– Pudełko zapałek – powiedziała.
– Okay, może zamierza podpalić ofiarę. Czy jest coś na nim napisane?
– Nie, ale jest pomazane. Wygląda to jak wazelina, tylko że cuchnie.
– Dobrze, Sachs. Zawsze trzeba powąchać ślady, gdy nie wiadomo, co to jest. Jednak wrażenia muszą być precyzyjniejsze.
Pochyliła się bardziej.
– Smród...
– To nie jest precyzyjne określenie.
– Może siarka.
– To może być materiał wybuchowy, Tovex. Czy jest niebieski?
– Nie, biały.
– Przypuszczam, że nawet jeżeli jest to materiał wybuchowy, to nie eksploduje bez zapalnika. Jest stabilny. Coś jeszcze?
– Kolejny kawałek papieru. Coś na nim napisano.

– Co, Sachs? Jego nazwisko, adres zamieszkania, adres poczty elektronicznej?

– To chyba kawałek kartki z czasopisma. Widzę tu niewielkie czarno-białe zdjęcie. Przedstawia fragment budynku, ale nie wiem jakiego. Mogę jedynie odczytać datę pod spodem: 20 maja 1906 roku.

– Zastanawiam się, czy to może być kod albo adres. Muszę nad tym pomyśleć. Coś jeszcze?

– Nie.

Usłyszała, że głęboko westchnął.

– Dobrze, Sachs – powiedział. – Wracaj. Która godzina? Dochodzi pierwsza. Od lat tak długo nie siedziałem. Wracaj szybko. Przyjrzymy się temu, co mamy.

Ze wszystkich dzielnic Manhattanu południowa część East Side najmniej zmieniła się w ciągu lat.

Oczywiście wiele znikło z krajobrazu dzielnicy: pastwiska dla owiec; okazałe rezydencje Johna Hanckocka i innych współczesnych mu polityków; duże jezioro Der Kolek; Five Points – na początku XIX wieku najbardziej niebezpieczny zakątek na Ziemi (w jednym kwartale domów – zwanym Bramy Piekieł – zdarzało się 200–300 morderstw rocznie).

Ale tysiące starych budynków pozostało: czynszówki z XIX wieku, domy w stylu kolonialnym, budynki federalne, zdobione hale, budynki publiczne w stylu egipskim, zbudowane z polecenia skorumpowanego kongresmana Fernanda Wooda. Niektóre były opuszczone, porośnięte zielskiem, wewnątrz nich rosły drzewka. Jednak wiele wykorzystywano. Były to budynki, w których mieściły się instytucje dobroczynne, cukiernie, teatrzyki, miały też siedzibę Tammany Hall oraz Gomorra – mafia żydowska. Takie miejsca szybko nie umierają.

Właśnie do tej dzielnicy jechał Kolekcjoner Kości ze szczupłą kobietą i jej małą córką.

Stwierdziwszy, że policja depcze mu po piętach, James Schneider przywarł do ziemi jak żmija – którą w rzeczywistości był – i czekał. Spekulowano, że ukrył się w piwnicach któregoś z budynków czynszowych. W każdym razie nie dawał znaku życia.

Gdy Kolekcjoner Kości jechał w stronę domu, nie widział współczesnego Manhattanu: koreańskich restauracyjek, małych piekarni, wypożyczalni kaset z filmami pornograficznymi, pustych butików; widział świat mężczyzn w melonikach, kobiet w szeleszczących krynolinach, brudnych ulic, dorożek i konnych furgonów – wypełniony czasami przyjemnym, kiedy indziej odrażającym zapachem gazu węglowego.

Jednak jego szalona, niestrudzona w okrucieństwie dusza kazała mu wyjść z ukrycia i porwać kolejną niewinną ofiarę. Był nią młody mężczyzna, który przyjechał do miasta, aby wstąpić na uniwersytet.

Jechał przez słynną Osiemnastą Dzielnicę, zamieszkaną kiedyś prawie przez pięćdziesiąt tysięcy ludzi, stłoczonych w tysiącu rozpadających się domów. Ze względu na stare fotografie większość ludzi myśli o XIX wieku w kolorze sepii. Jednak stary Manhattan był koloru kamienia. Zanieczyszczenie powietrza, słabe oświetlenie oraz drogie farby powodowały, że miasto było szaro-żółte.

Schneider skradał się, aby zaatakować mężczyznę, ale w końcu Sprawiedliwość otworzyła oczy. Dwóch konstabli przypadkowo zapobiegło napaści. Rozpoznali Schneidera i ruszyli w jego stronę. Morderca zaczął uciekać w kierunku wschodnim przez most Manhattański – cud techniki inżynierskiej – ukończony w 1908 roku, dwa lata przed tymi wydarzeniami. Zatrzymał się na środku mostu, gdy zobaczył trzech policjantów zbliżających się od strony Brooklynu. Zostali zaalarmowani gwizdkami i strzałami przez swoich kolegów z Manhattanu.

Los tak chciał, że Schneider był nieuzbrojony. Wszedł na balustradę mostu, gdy otoczyli go konstable. Zaczął wariacko krzyczeć, oskarżać policjantów, że zniszczyli mu życie. Jego słowa stawały się coraz bardziej szalone. Kiedy konstable zbliżyli się do niego, skoczył do wody.

Tydzień później znaleziono jego zwłoki na brzegu wyspy Welfare. Niewiele z nich zostało. Kraby i żółwie obgryzły ciało prawie do kości, które on w swoim szaleństwie tak miłował.

Skręcił w pustą brukowaną ulicę. Zatrzymał się przed domem. Sprawdził, czy są dwa brudne sznurki, które umieścił przy drzwiach. Miały go informować o niepożądanych gościach.

Zaniepokoił go nagły ruch. Usłyszał gardłowe warczenie psów, zobaczył ich żółte oczy, brązowe, wyszczerzone zęby oraz ciała pokryte bliznami i wrzodami. Sięgnął po broń, ale psy nagle odwróciły się i skowycząc, pobiegły aleją za kotem lub szczurem. Nie zobaczywszy nikogo na chodnikach, otworzył kłódkę zamykającą drzwi do powozowni, po czym wrócił do samochodu i wjechał do środka. Zaparkował obok swojego taurusa.

Po śmierci nikczemnika detektywi dokładnie zbadali jego zbrodnie. Z pamiętnika, jaki prowadził, wynikało, że zamordował ośmioro porządnych obywateli miasta. Poza tym (jeśli napisał prawdę) sprofanował kilka grobów na cmentarzach wokół miasta. Żadna z ofiar nie wyrządziła mu najmniejszej krzywdy. W większości byli to uczciwi, pracowici i niewinni obywatele. Przestępca nie miał żadnych wyrzutów sumienia. Co więcej, przypuszczalnie żył w przeświadczeniu, że uszczęśliwia ofiary.

Zatrzymał się, wytarł pot z ust. Swędziała go skóra pod maską. Wyciągnął matkę i córkę z bagażnika, wyprowadził je z garażu. Kobieta była silna, stawiała opór. W końcu postanowił zakuć je obie w kajdanki.

– Ty bucu! – wrzasnęła kobieta. – Nie waż się dotykać mojej córki! Jeśli jej dotkniesz, zabiję cię!

Przytrzymał ją mocno i zakleił jej taśmą usta. Tak samo postąpił z dziewczynką.

„Mięśnie obumierają i mogą być słabe – pisał przestępca bezlitosną, pewną ręką. – Kości są najmocniejszą częścią ciała. Nieważne jak stare są twoje mięśnie, kości zawsze pozostają młode. Miałem przed sobą szlachetny cel i nie interesuje mnie, że ktoś mógłby być innego zdania. Wyświadczyłem im przysługę. Teraz są nieśmiertelni. Uwolniłem ich. Oczyściłem ich do kości".

Zaciągnął je do piwnicy. Mocno pchnął kobietę na podłogę. Po chwili córka znalazła się obok niej. Kajdanki przywiązał do ściany linką do suszenia bielizny. Wyszedł z piwnicy.

Wyciągnął żółty plecak i walizki z taksówki. Udał się z nimi do głównego pokoju w budynku. Chciał je rzucić do kąta, ale nie wiedząc dlaczego, zainteresowała go ich zawartość. Usiadł przed jednym z malunków na ścianie – przedstawiającym rzeźnika spokojnie trzymającego w jednej ręce nóż, a w drugiej kawałek wołowiny. Przeczytał etykietkę na walizce. Carole Ganz. Carole z „e" na końcu. Po co ta dodatkowa litera? – zdziwił się. W walizce były tylko ubrania. Zaczął przeszukiwać plecak. Znalazł pieniądze, cztery–pięć tysięcy dolarów. Włożył je z powrotem do kieszonki. W plecaku odkrył dużo zabawek: lalkę, farbki, modelinę, klocki. Znajdował się też tam drogi, przenośny odtwarzacz płyt kompaktowych, kilka kompaktów, radio Sony z budzikiem. Zaczął przeglądać fotografie: zdjęcia Carole i jej córki. Na większości kobieta była przygnębiona. Tylko na kilku wydawała się szczęśliwa. Nie było zdjęć Carole z mężem, chociaż miała na palcu obrączkę. Natomiast na wielu fotografiach matce i córce towarzyszyła para osób: otyła kobieta ubrana staromodnie i łysiejący mężczyzna z brodą, we flanelowej koszuli. Dłuższy czas Kolekcjoner Kości przyglądał się zdjęciu dziewczynki.

Los biednej Maggie O'Connor – drobnej, zaledwie ośmioletniej dziewczynki – był szczególnie tragiczny. Nieszczęśliwym trafem – spekuluje policja – przypadkowo natknęła się na Jamesa Schneidera, gdy ten mordował jedną ze swoich ofiar.

Dziewczynka, mieszkająca w osławionej dzielnicy Hell's Kitchen, wyszła z domu, aby wyrwać włosy z końskiego ogona. Padłe zwierzęta bardzo często znajdowano na ulicach tej bardzo biednej części miasta. Dzieci robiły z końskiego włosia pierścionki i bransoletki – jedyne ozdoby, na jakie mogły sobie pozwolić.

Skóra i kości, skóra i kości.

Postawił zdjęcie nad kominkiem, obok niewielkiej sterty kości, które dzisiaj obrabiał. Wyniósł je ze sklepu, gdzie znalazł szkielet węża.

244

Podejrzewa się, że Schneider zauważył małą Maggie w pobliżu swojej kryjówki, gdy obserwowała scenę zabójstwa. Nie wiemy, czy zabił ją od razu, czy też maltretował. W przeciwieństwie do innych ofiar, których szczątki w końcu znaleziono, zwłok kruchej Maggie O'Connor nigdy nie odkryto.

Kolekcjoner Kości zszedł na dół.

Zerwał taśmę z ust kobiety. Głęboko wciągnęła powietrze i spojrzała na niego z wściekłością.

– Czego chcesz? – warknęła. – Czego?

Nie była tak szczupła jak Esther, ale dzięki Bogu nie była tak otyła jak Hanna Goldschmidt. Mógł zobaczyć prawie całą jej duszę: wąską żuchwę, obojczyki. I przez cienką, niebieską spódnicę cień miednicy: kość biodrową, kulszową, łonową, krzyżową, ogonową.

Mała dziewczynka się skuliła. Pochylił się i położył rękę na jej główce. Czaszka nie składa się z jednej kości, ale z wielu tworzących jakby kopułę obserwatorium astronomicznego. Dotknął kości potylicznej i ciemieniowej, tworzących sklepienie czaszki, oraz swoich ulubionych, otaczających oko: kości sitowej i klinowej.

– Przestań! – Carole kręciła wściekle głową. – Zostaw ją w spokoju!

– Sza – powiedział, przykładając palec do ust.

Przypatrywał się małej postaci, która kuliła się i przytulała do matki.

– Maggie O'Connor – gaworzył, spoglądając na twarz dziewczynki. – Moja mała Maggie.

Kobieta utkwiła w nim wzrok.

– Byłaś, dziewczynko, w złym miejscu o złym czasie. Widziałaś, co robiłem?

Kości są zawsze młode.

– O czym ty mówisz? – wyszeptała Carole.

Skierował na nią uwagę.

Kolekcjonera Kości zawsze ciekawiło, kim była matka Maggie O'Connor.

– Gdzie jest twój mąż?

– Nie żyje – prychnęła. Potem spojrzała na córkę i rzekła łagodnie: – Został zamordowany dwa lata temu. Słuchaj, pozwól jej odejść. Ona nic nikomu nie powie. Jesteś... słuchasz mnie? Co robisz?

Chwycił ręce Carole i uniósł je.

Zaczął obmacywać kości śródręcza, palców. Ściskał je.

– Nie, nie rób tego. Nie chcę. Proszę! – wołała spanikowanym głosem.

Czuł, że traci kontrolę nad sobą. Nie lubił tego uczucia. Jeżeli mają powieść się jego plany, to powinien opanować żądze. Szaleństwo przenosiło go coraz bardziej w przeszłość, mieszało ją z teraźniejszością.

Przedtem i potem...

Potrzebował całej swojej inteligencji i przebiegłości, by zakończyć to, co rozpoczął.

Jeszcze... jeszcze...

Jest tak szczupła, tak wysoka. Zamknął oczy i wyobrażał sobie odgłos wydawany przez ostrze noża przesuwającego się po jej piszczeli – podobny do dźwięku starych skrzypiec.

Zaczął szybciej oddychać. Cały był zlany potem.

Kiedy otworzył oczy, stwierdził, że patrzy na jej sandały. Nie ma w swojej kolekcji ładnych kości stóp. Bezdomni ludzie, którzy padli jego ofiarą w ciągu ostatnich miesięcy... cóż, cierpieli na krzywicę, osteoporozę. Palce ich nóg były zniekształcone przez źle dopasowane obuwie.

– Zawrę z tobą umowę – usłyszał swój głos.

Spojrzała na córkę. Przytuliła się bardziej do niej.

– Zawrzemy umowę. Wypuszczę was, jeśli pozwolisz mi coś zrobić.

– Co? – wyszeptała Carole.

– Pozwól mi zedrzeć z ciebie skórę.

Zamrugała oczami.

– Pozwól mi. Proszę – szeptał. – Ze stopy. Tylko z jednej stopy. Gdy mi pozwolisz to zrobić, puszczę was wolno.

– Co...?

– Do kości.

Spojrzała na niego z przerażeniem. Przełknęła ślinę.

Dlaczego tak postępuje? – zastanowił się. Przecież jest blisko, tutaj – taka szczupła, koścista. Ale to co innego niż w przypadku pozostałych ofiar. Różni się od nich.

Odłożył rewolwer i wyjął nóż z kieszeni. Otworzył go z głośnym trzaskiem.

Nie poruszała się. Jej wzrok ześlizgnął się na córkę. Potem znów spojrzała na niego.

– Pozwolisz nam odejść?

Skinął głową. Rozejrzała się po piwnicy. Mruknęła jakieś słowo. Imię, domyślił się. Ron albo Rob.

Patrząc na niego twardo, wyciągnęła nogi. Skierowała stopy w jego kierunku. Zdjął but z jej prawej nogi. Wziął w ręce palce nogi. Delikatnie ugniatał kosteczki. Odchyliła się do tyłu. Na szyi zarysowały się ładne ścięgna. Zmrużyła oczy. Przejechał nożem po jej skórze. Mocno ścisnął go w ręku.

Zamknęła oczy, głęboko wciągnęła powietrze i jęknęła.

– Zaczynaj – wyszeptała. Odwróciła na bok głowę dziewczynki. Mocno ją przytuliła.

Kolekcjoner Kości wyobraził sobie ją w stroju wiktoriańskim: w krynolinie, w koronkach. Widział ich troje siedzących w „U Delmonico" lub spacerujących Piątą Aleją. Widział Maggie ubraną w koronkową sukienkę, toczącą przed sobą obręcz, gdy przechodzili przez most.

Wtedy, teraz...

Przystawił poplamione ostrze noża do podbicia stopy.

– Mamusiu! – wrzasnęła dziewczynka.

Coś nim wstrząsnęło. Przez moment był przygnębiony tym, co robi.

Nie! Nie może tego zrobić. Przynajmniej jej. Esther lub Hannie, tak. Albo kolejnej ofierze, ale nie jej.

Kolekcjoner Kości potrząsnął głową ze smutkiem. Dotknął jej kości policzkowej wierzchem dłoni. Ponownie zakleił usta taśmą i przeciął sznur krępujący nogi.

– Chodź – mruknął.

Szarpała się gwałtownie, więc chwycił ją mocno za głowę i zaciskał nos, dopóki nie zemdlała. Następnie zarzucił ją na ramię i zaczął ostrożnie wchodzić po schodach. Bardzo ostrożnie. Nie chciał jej upuścić. Raz się zatrzymał, by spojrzeć na małą Maggie O'Connor, która siedziała na brudnej podłodze i rozpaczliwie mu się przyglądała.

Rozdział 23

Zaskoczył ich oboje przed domem Rhyme'a. Szybko i zwinnie – jak wąż, którego niósł pod pachą Jerry Banks, jakby to była pamiątka z Santa Fe. Dellray z dwoma agentami wyszedł z alejki.

– Mam dla was wiadomość, kochani – oświadczył zdawkowo. – Jesteście aresztowani za kradzież dowodów będących własnością służb federalnych.

Lincoln Rhyme mylił się. Dellray wcale nie pojechał do budynku FBI. Czatował pod domem Rhyme'a.

Banks wywracał oczami.

– Przesadza pan, Dellray. Ocaliliśmy ofiarę.

– Zrobiliście bardzo dobrą rzecz, synku. Gdybyście go nie ocalili, oskarżylibyśmy was o morderstwo.

– Ale to my go uratowaliśmy, a nie wy – powiedziała Sachs.

– Dziękuję za złośliwe podsumowanie, funkcjonariuszko. Proszę wyciągnąć ręce.

– To kretyństwo.

– Zakuj tę młodą damę. – Kameleon zwrócił się dramatycznym głosem do stojącego obok niego tęgiego agenta.

– Znaleźliśmy więcej wskazówek, agencie Dellray – zaczęła Sachs. – Porwał już kolejną ofiarę. Nie wiemy, jak dużo czasu mamy.

– Och, zapraszamy też tego chłopca na nasze przyjęcie.

Dellray wskazał na Banksa, który odwrócił się w stronę agentki FBI podchodzącej do niego. Wydawało się, że Jerry zaraz się na nią rzuci.

– Nie chcesz? – zapytał Dellray pogodnie.

Banks z ociąganiem wyciągnął ręce.

Rozzłoszczona Sachs uśmiechnęła się lodowato do agenta.

248

– Jak udała się wycieczka do Morningside Heights?

– Zabił tego taksówkarza. Nasi ludzie z wydziału badania śladów pełzają po domu jak żuki po łajnie.

– I tylko tyle znajdą – powiedziała Sachs. – Ten przestępca zna się lepiej na śladach niż pan czy ja.

– Do biura – oznajmił Dellray.

Patrzył na Sachs, która się skrzywiła, gdy kajdanki ścisnęły jej nadgarstki.

– Możemy też uratować następną ofiarę. Mamy chyba...

– Czy pani wie, co pani ma, funkcjonariuszko Sachs? Proszę się domyślić. Ma pani prawo nic nie mówić. Ma...

– Wystarczy już – usłyszeli głos z tyłu.

Sachs obejrzała się i zobaczyła Jima Pollinga. Jego spodnie i szara sportowa koszula były pogniecione. Wyglądało, jakby w nich spał, chociaż zamglone oczy wskazywały, że jest na nogach od kilku dni. Miał jednodniowy zarost i rozczochrane włosy.

Dellray niepewnie zamrugał oczami. Zaniepokoiła go nie obecność Pollinga, ale prokuratora generalnego Dystryktu Południowego, który zjawił się z kapitanem. Był też szef wydziału specjalnego Perkins.

– Okay, Fred. Wypuść ich – powiedział prokurator.

– Ukradła dowody. Ona... – zaczął Kameleon modulowanym barytonem disc jockeya.

– Ja tylko przyspieszyłam sprawę – wtrąciła Sachs.

– Słuchaj... – zaczął Dellray.

– Nie – powiedział Polling. Był teraz zupełnie spokojny. – Nie. Nie będziemy słuchać. – Zwrócił się do Sachs: – Nie usiłuj być dowcipna.

– Tak jest. Przepraszam.

– Fred, zrobiłeś już swoje. Sprawą zainteresował się Waszyngton. Takie są fakty – powiedział prokurator.

– Ale to był dobry trop – bronił się Dellray.

– No cóż, zmieniliśmy kierunek śledztwa – dodał prokurator.

– Rozmawiałem z dyrektorem i wydziałem behawioralnym – odezwał się Perkins. – Uznaliśmy, że detektyw Rhyme i Sellitto powinni dalej prowadzić śledztwo.

– Mój informator był pewny, że coś wydarzy się na lotnisku. To nie miała być zwykła sprawa kryminalna.

– Do tego się na razie sprowadza – powiedział oschle prokurator. – Niezależnie od tego, co ten pojeb wymyśli, to właśnie zespół Rhyme'a uratował ofiary.

Dellray rozwinął zaciśniętą pięść.

– Zdaję sobie z tego sprawę, ale...

– Agencie Dellray, ta decyzja została już podjęta.

Lśniąca, czarna twarz Dellraya – na której tyle się malowało, gdy wydawał polecenia w budynku FBI – była teraz posępna.

– Tak jest.

– Ostatni porwany by zginął, gdyby detektyw Sachs nie interweniowała – powiedział prokurator.

– Nie jestem detektywem – poprawiła go Sachs. – Przede wszystkim to zasługa Rhyme'a. Ja byłam tylko gońcem, że tak powiem.

– Sprawa wraca do nowojorskiej policji – oznajmił prokurator. – Wydział antyterrorystyczny FBI nadal będzie penetrował organizacje terrorystyczne, ale ograniczonymi siłami. Wszystkie informacje, które zdobędą, przekażą detektywom Sellitcie i Rhyme'owi. Dellray, będziesz ze swoimi ludźmi do ich dyspozycji. Przyjąłeś do wiadomości?

– Tak jest.

– Dobrze. Czy zechcesz zdjąć teraz kajdanki z rąk policjantów?

Dellray delikatnym ruchem rozpiął kajdanki i wsunął je do kieszeni. Podszedł do dużego pojazdu zaparkowanego w pobliżu.

Gdy Sachs podnosiła torbę z dowodami, spostrzegła, że Dellray stoi sam, poza światłem latarni i wskazującym palcem pociera papierosa umieszczonego za uchem. Przez chwilę zrobiło się jej żal agenta. Odwróciła się i wbiegła na schody, przeskakując po dwa stopnie. Podążyła za Jerrym Banksem, który niósł grzechotnika.

– Zrozumiałem, co oznaczają te ślady. No, prawie.

Sachs właśnie wchodziła do pokoju, gdy usłyszała to oświadczenie Rhyme'a. Wydawał się zadowolony z siebie.

– Wszystko z wyjątkiem grzechotnika i substancji na zapałkach.

Wręczyła nowe ślady Melowi Cooperowi. Pokój znów zmienił wygląd. Stoły zostały zastawione nowymi buteleczkami, zlewkami, słoikami, sprzętem laboratoryjnym, pudełkami. Nie można było tego porównać z laboratorium FBI, ale Amelia Sachs czuła się dziwnie.

– No to mów – odezwała się.

- Jutro, w niedzielę... przepraszam, dzisiaj zamierza podpalić kościół.
- Jak na to wpadłeś?
- Data.
- Na kartce papieru? Co ona oznacza?
- Słyszeliście kiedykolwiek o anarchistach?
- Mali Rosjanie w płaszczach, rzucający bomby, które przypominają kule do gry w kręgle – powiedział Banks.
- Oto ktoś czytający książeczki z obrazkami – skomentował oschle Rhyme. – Widać, że oglądasz kreskówki w sobotę rano. Anarchizm to stary ruch społeczny postulujący zniesienie rządów. Anarchista Enrico Malatesta głosił „propagandę czynu". Oznaczało to morderstwa, zamachy. Jeden z amerykańskich zwolenników jego koncepcji – Eugene Lackworthy – mieszkał w Nowym Jorku. Pewnego niedzielnego ranka zaryglował drzwi kościoła na East Side zaraz po rozpoczęciu mszy i podłożył ogień. W płomieniach zginęło osiemnaście osób.
- Wydarzyło się to 20 maja 1906 roku? – zapytała Sachs.
- Tak.
- Nie mam zamiaru pytać, jak na to wpadłeś.
Rhyme zmarszczył brwi.
- To oczywiste. Przestępca lubi historię, prawda? Podrzucił zapałki, aby powiedzieć nam, że planuje podpalenie. Przypomniałem sobie najsłynniejsze pożary w mieście: pożar szwalni w 1911 roku, Crystal Palace, statek wycieczkowy „General Slocum"... Sprawdziłem daty – 20 maja spalił się kościół metodystów.
- Ale gdzie podłoży ten ogień? W pobliżu miejsca, w którym stał kościół? – dociekała Sachs.
- Wątpię – odezwał się Sellitto. – Tam teraz stoją drapacze chmur. 823 nie lubi takich miejsc. Wysłałem tam kilku ludzi, ale jesteśmy pewni, że podpali kościół.
- Poza tym sądzimy, że poczeka do rozpoczęcia mszy.
- Dlaczego?
- Powód jest tylko jeden: tak postąpił Lockworthy – kontynuował Sellitto. – Braliśmy pod uwagę też to, co mówił Terry Dobyns: przestępca będzie szukał wielu ofiar.
- Zatem mamy trochę więcej czasu, aż do rozpoczęcia mszy.
Rhyme spojrzał na sufit.
- Ile jest kościołów w mieście?

– Setki.

– Banks, to było pytanie retoryczne. Chciałem powiedzieć, że powinniśmy zająć się wskazówkami. Ograniczyć liczbę kościołów, które mogą stać się celem ataku.

Rozległy się kroki na schodach.

– Na zewnątrz mijaliśmy Freda Dellraya.

– Nie był serdeczny.

– Ani szczęśliwy.

– Co ja widzę!

To powiedział Saul, nagle wskazując głową na węża. Rhyme sądził, że Saul, chociaż zapomniał, który z nich miał piegi.

– Widziałem ich dziś więcej, niż chciałbym kiedykolwiek zobaczyć.

– Węży? – zapytał Rhyme.

– Byliśmy w Metamorphosis. To...

– ...niesamowite miejsce. Spotkaliśmy właściciela. Dziwaczny facet. Zresztą tego można było oczekiwać.

– Długa, długa broda. Był niezadowolony, że przyszliśmy w nocy – kontynuował Bedding.

– Tam sprzedają wypchane nietoperze i owady. Czy uwierzycie, że niektóre owady miały...

– ...piętnaście centymetrów długości.

– ...i gady takie jak ten. – Saul wskazał znowu na węża.

– Skorpiony, dużo skorpionów.

– Tak czy owak, miesiąc temu włamano się do sklepu. Zgadnijcie, co skradziono? Szkielet grzechotnika.

– Zgłoszono włamanie? – zapytał Rhyme.

– Tak.

– Ale straty wyniosły nieco ponad sto dolarów. Jak wiecie, w wypadku takich kradzieży policja nie angażuje wszystkich sił i środków...

– Powiedz im resztę...

Saul skinął głową.

– Szkielet węża nie był jedyną rzeczą, która zginęła. Włamywacz ukradł też kilkadziesiąt kości.

– Ludzkich? – zapytał Rhyme.

– Tak. To bardzo zdziwiło właściciela. Niektóre owady...

– ...zapomnij o piętnastu centymetrach. Niektóre miały dwadzieścia. Co najmniej.

– ...są warte trzysta–czterysta dolarów. Jednak złodziej ukradł tylko szkielet węża i kości.
– Jakieś szczególne?
– Cały asortyment.
– Ale głównie małe. Kości ręki i stopy oraz żebro lub dwa.
– Facet nie był pewien.
– Czy sporządzono jakiś raport przedstawiający wyniki badania miejsca przestępstwa?
– Nieee.

Chłopcy Twardziele wyszli. Pojechali na miejsce ostatniego przestępstwa, by przesłuchać okolicznych mieszkańców.

Rhyme zastanawiał się nad sprawą z wężem. *Czy chce nam przekazać informacje o miejscu podpalenia? Czy wąż ma jakiś związek z pożarem kościoła metodystycznego? Jeżeli węże były kiedyś pospolite na Manhattanie, to rozwijające się miasto odegrało rolę świętego Patryka i oczyściło z nich wyspę. Może słowa wąż lub grzechotnik coś oznaczają.*

Nagle Rhyme'owi wydało się, że zrozumiał.

– Ten wąż przeznaczony jest dla nas.
– Dla nas? – Banks się roześmiał.
– To policzek.
– Dla kogo?
– Dla wszystkich, którzy go śledzą. To taki figiel.
– Nie rozbawił mnie – powiedziała Sachs.
– Sądzę, że doszedł do wniosku, iż jesteśmy lepsi, niż się spodziewał, i nie jest z tego zadowolony. Jest wściekły na nas. Thom, dodaj do charakterystyki, że przestępca kpi z nas.

Zadzwonił telefon Sellitta. Otworzył go i odpowiedział:

– Emmo, kochanie. Co masz dla nas? – Skinął głową i zaczął robić notatki. Po chwili uniósł wzrok. Oznajmił: – Kradzieże samochodów z wypożyczalni. Dwa samochody firmy Avises zniknęły w ubiegłym tygodniu w Bronksie; jeden w Śródmieściu. Trzeba je wykluczyć ze względu na kolory: czerwony, zielony i biały. Nationals nic nie zginęło. Ukradziono cztery samochody firmy Hertz. Trzy z nich na Manhattanie: na East Side, w śródmieściu oraz w północnej części West Side. Dwa z nich były zielone, a jeden – to mógłby być ten – jasnobrązowy. Poza tym skradziono im srebrzystego forda w White Plains. Uważam, że ta kradzież jest dziełem 823.

– Zgadzam się – oznajmił Rhyme. – White Plains.

- Skąd jesteście tacy pewni? – spytała Sachs. – Monelle powiedziała, że samochód był beżowy lub srebrzysty.
- Ponieważ przestępca starał się ukraść samochód jak najdalej od swojej kryjówki – wyjaśnił Rhyme. – Mówiłeś, że to ford? Sellitto zapytał Emmę. Po chwili uniósł wzrok.
- Taurus. Tegoroczny model. Ciemnopopielate wnętrze. Numery rejestracyjne nie mają znaczenia.

Rhyme skinął głową.

- Pierwsza rzecz, którą zmienił, to tablice rejestracyjne. Podziękuj Emmie i powiedz, że może położyć się spać, ale niech nie oddala się zbytnio od telefonu.
- Lincoln, mam coś! – zawołał Mel Cooper.
- Co?
- Ta maź na zapałkach. Sprawdzam właśnie w bazach danych nazwy produktów. – Zerknął na ekran. – Odsyłacze... Prawdopodobnie jest to Kink-Away. Murzyni używają tego do prostowania włosów.
- Politycznie niepoprawne, ale pomocne. Wskazuje to na Harlem. Zgadzacie się ze mną? To bardzo ogranicza liczbę kościołów.

Banks zaczął przeglądać gazety.

- Doliczyłem się dwudziestu dwóch kościołów w Harlemie.
- Kiedy rozpoczynają się msze?
- W trzech kościołach o ósmej; w sześciu – o dziewiątej; w jednym – wpół do dziesiątej; w pozostałych – o dziesiątej lub jedenastej.
- Wybierze któraś z mszy rozpoczynających się najwcześniej. Dał nam dużo czasu na znalezienie miejsca.
- Mamy ponownie do dyspozycji ludzi Haumanna – rzekł Sellitto.
- Co z Dellrayem? – spytała Sachs. Przypomniała sobie niepocieszonego agenta, który stał samotnie na rogu ulicy.
- Co nas obchodzi? – mruknął Sellitto.
- Powinniśmy go zaangażować. On też chce mieć udział w złapaniu przestępcy.
- Perkins powiedział, że Dellray jest do naszej dyspozycji – przypomniał Banks.
- Czy rzeczywiście go potrzebujemy? – zapytał Sellitto, marszcząc czoło.

– Pewnie – orzekła Sachs.

– Tak – zgodził się z nią Rhyme. – Będzie kierował grupami operacyjnymi FBI. Potrzebuję ludzi przy każdym kościele, przy wszystkich wyjściach. Ale nie powinni rzucać się w oczy. Nie możemy go wystraszyć. Może powinniśmy go złapać na gorącym uczynku.

Zadzwonił telefon Sellitta. Wysłuchał informacji, zamknął oczy.

– Jezu!

– Nie – mruknął Rhyme.

Detektyw wytarł spoconą twarz.

– Pod numer 911 dzwonił portier z hotelu w śródmieściu. Kobieta z małą córką dzwoniła do hotelu z lotniska La Guardia. Mówiła, że już bierze taksówkę, ale do tej pory się nie zjawiła. Portier uznał, że w związku z porwaniami w mieście powinien zadzwonić na policję. Kobieta nazywa się Carole Ganz. Jest z Chicago.

– Cholera – mruknął Banks. – Mała dziewczynka też? Może powinniśmy wydać zakaz poruszania się taksówek w mieście, dopóki nie złapiemy przestępcy.

Rhyme był wyczerpany. Bolała go głowa. Przypomniał sobie, jak badał miejsce przestępstwa w fabryce amunicji. Nitrogliceryna wyciekała z dynamitu i skapywała mu na ramię, gdy szukał śladów. Po wybuchu tak go bolała głowa, że nic nie widział.

Zamigotał ekran komputera.

– E-mail – oznajmił Cooper.

Wywołał informację.

– W laboratorium zbadali pod mikroskopem polaryzacyjnym próbki celofanu, które zgromadził oddział specjalny. Sądzą, że kawałek celofanu, który znaleźliśmy na kości w piwnicy domu na Perłowej, pochodzi z sieci sklepów ShopRite.

– Doskonale! – zawołał Rhyme. Spojrzał na charakterystykę. – Thom, wykreśl wszystkie sklepy z wyjątkiem ShopRite. Jakie lokalizacje nam pozostały?

Przyglądał się, gdy Thom wykreślał sklepy, pozostawiając tylko cztery.

– Północna część West Side, West Village, Chelsea i południowa część East Side.

– Ale mógł kupić kości zupełnie gdzie indziej.

– Oczywiście, że mógł, Sachs. Mógł je kupić w White Plains,

gdy przyjechał tam ukraść samochód. Albo w Cleveland podczas odwiedzin u swojej matki. Ale zawsze nadchodzi moment, gdy przestępca zaczyna czuć się pewnie i przestaje starannie zacierać ślady. Głupi lub leniwy przestępca wrzuca dymiący jeszcze pistolet do pojemnika na śmieci obok własnego domu i wraca do niego szczęśliwy. Bardziej inteligentny – wkłada broń do pojemnika z gipsem i zatapia go w rzece. Błyskotliwy – włamuje się do zakładu i odparowuje pistolet w piecu. Nasz przestępca jest oczywiście inteligentny, ale jak inni nie jest doskonały. Jestem pewien, że zakładał, iż nie będziemy mieli czasu ani ochoty, by szukać jego kryjówki – skupimy się na podrzuconych wskazówkach. Tu się pomylił. Właśnie na podstawie innych śladów go znajdziemy. A teraz zobaczymy, czy potrafimy więcej powiedzieć o jego kryjówce. Mel, znalazłeś coś na ubraniu ostatniej ofiary?

Jednak zanieczyszczona woda zmyła wszystko z ubrania Everetta.

– Sachs, mówiłaś, że walczyli ze sobą: przestępca i Everett.

– Trudno to nazwać walką. Everett chwycił go za koszulę.

Rhyme cmoknął.

– Muszę być bardzo zmęczony. Gdybym o tym pomyślał, kazałbym ci wyskrobać brud zza jego paznokci. Mimo że był pod wodą...

– Tutaj jest – powiedziała, pokazując dwie torebki.

– Wyskrobałaś?

Skinęła głową.

– Ale dlaczego dwie torebki?

– Z lewej ręki, z prawej ręki – powiedziała, unosząc kolejno torebki.

Mel Cooper wybuchnął śmiechem.

– Nawet ty nie pomyślałeś o osobnych torebkach dla każdej ręki. To wspaniały pomysł.

– Różnicowanie rąk na podstawie śladów za paznokciami może mieć jedynie marginalne znaczenie w kryminalistyce – gderał Rhyme.

– Ejże – zawołał Cooper, wciąż się śmiejąc. – Oznacza to, że jest to doskonały pomysł, ale zdenerwowało go, że nie wpadł na niego pierwszy.

Technik zbadał materiał.

– Znalazłem pył z cegły – oznajmił.

– Nie widziałam cegieł w pobliżu miejsca przestępstwa – powiedziała Sachs.

– To są bardzo małe ziarnka. Coś na nich osiadło. Nie wiem co.

– Może pył pochodzi z tunelu rzeźni? Tam ściany były z cegieł, prawda? – odezwał się Banks.

– Pył tam osiadł w większych ilościach po strzałach naszej bohaterki – powiedział Rhyme, spoglądając ponuro na Sachs. – Kiedy wyciągała swoją broń, przestępcy już tam nie było. – Zmarszczył czoło, próbując odruchowo wychylić do przodu. – Mel, chcę zobaczyć ten pył ceglany pod mikroskopem. Czy to możliwe?

Cooper przyjrzał się komputerowi Rhyme'a.

– Myślę, że da się coś zrobić. – Połączył mikroskop ze swoim komputerem, a następnie z dużej walizki wyciągnął długi, gruby kabel. Użył go do połączenia dwóch komputerów. Do compaqa Rhyme'a wprowadził odpowiednie oprogramowanie. Po pięciu minutach zadowolony Rhyme mógł oglądać na ekranie obraz z mikroskopu.

Oczy kryminalistyka wpatrywały się w ogromne, znacznie powiększone kawałki cegły. Roześmiał się głośno.

– Przechytrzył się. Widzicie te plamki na cegle?

– Co to? – zapytał Sellitto.

– Wygląda jak klej – zauważył Cooper.

– Właśnie. To jest klej pochodzący z wałka do zbierania włosów zwierząt. Przezorni przestępcy używają takich wałków do usuwania śladów z ubrań. Ale tym razem ta metoda zawiodła. Niewielkie kawałki kleju pozostały na ubraniu i zatrzymały pył ceglany pochodzący z jego domu. Właśnie ten pył dostał się pod paznokcie Everetta.

– Czy ta cegła coś nam mówi?

– Jest stara, wysokiej jakości. Droga, tanie cegły były bardziej porowate. W tym budynku mieściła się jakaś instytucja lub został zbudowany przez kogoś bardzo bogatego. Ma co najmniej sto lat.

– Jest coś jeszcze – odezwał się Cooper. – Prawdopodobnie kolejny kawałek rękawiczki.

Monitor komputera zamigotał i po chwili pojawiło się na nim coś, co Rhyme rozpoznał jako mikroskopijny fragment skóry.

– Dziwne – powiedział Cooper.

– Nie jest czerwony tak jak poprzednie kawałki, ale czarny. Zbadaj go w mikrospektrofotometrze – polecił Rhyme.

Cooper przeprowadził analizę. Wskazał palcem monitor.

– To skóra, ale barwnik jest inny. Może wypłowiał albo został wypłukany.

Rhyme wychylał się do przodu, usiłując lepiej przyjrzeć się fragmentom skóry na ekranie, gdy poczuł, że dzieje się z nim coś złego. Bardzo złego.

– Hej, wszystko w porządku? – usłyszał głos z oddali.

Rhyme nie odpowiedział. Jego szyja i szczęki zaczęły gwałtownie dygotać. Poczuł narastającą panikę, która zrodziła się w uszkodzonym rdzeniu kręgowym. Nagle zniknęły dreszcze. Zaczął się intensywnie pocić, jakby znalazł się w łaźni. Kropelki potu łaskotały go w twarz.

– Thom! – jęknął. – To ten atak.

Wstrzymał oddech, gdy piekący ból przebiegł po jego czaszce i twarzy. Zacisnął zęby i potrząsnął kilkakrotnie głową, ale nieznośny ból nie ustępował. Nic nie pomagało. Wydawało mu się, że światła w pokoju migoczą. Ból był tak okropny, że Rhyme, gdyby mógł, wstałby i rzucił się do ucieczki.

– Lincoln! – krzyknął Sellitto.

– Jaki on czerwony na twarzy – wysapała Sachs.

Natomiast jego ręce były białe jak kość słoniowa. Całe ciało poniżej magicznego czwartego kręgu było białe. Krew, która niby ożywiała ciało, napłynęła teraz do mózgu, grożąc rozerwaniem delikatnych naczyń krwionośnych.

Był jeszcze świadomy. Zdawał sobie sprawę, że Thom podszedł do niego i zdjął z łóżka koce. Zauważył też Sachs podchodzącą do łóżka – jej niebieskie, zaniepokojone oczy. Zanim otoczyła go ciemność, spostrzegł jeszcze, że sokół za oknem rozpostarł skrzydła i odleciał, przestraszony nagłym zamieszaniem w pokoju.

Rozdział 24

Sellitto pierwszy podbiegł do telefonu, gdy Rhyme zemdlał.
– Najpierw proszę zadzwonić po pogotowie – poinstruował go Thom. – A potem wybrać zakodowany numer. To szybkie połączenie z Pete'em Taylorem, specjalistą, który leczy Rhyme'a.

Sellitto zadzwonił.
– Niech ktoś mi pomoże! Ktokolwiek! – krzyknął Thom. Sachs była najbliżej. Podeszła do Rhyme'a. Thom chwycił nieprzytomnego mężczyznę pod ramię i uniósł go na łóżku. Rozerwał koszulę. Uciskając bladą pierś Rhyme'a, zwrócił się do pozostałych mężczyzn:
– Czy moglibyście zostawić nas teraz samych?

Sellitto, Banks i Cooper zawahali się, ale po chwili wyszli z pokoju. Sellitto zamknął drzwi za nimi.

Thom wziął brązowe pudełko. Miało kilka przycisków, odchodził od niego przewód zakończony płaskim krążkiem, który Thom umieścił poniżej piersi Rhyme'a.
– To stymulator nerwów przepony. Będzie podtrzymywał oddychanie. – Włączył urządzenie.

Gdy Thom przygotowywał się do zmierzenia ciśnienia, Sachs zauważyła ze zdziwieniem, że na ciele Rhyme'a nie ma zmarszczek. Był po czterdziestce, ale miał ciało dwudziestopięciolatka.
– Dlaczego ma taką czerwoną twarz? Wygląda, jakby zamierzał eksplodować.
– Tak – powiedział trzeźwo Thom, wyciągając spod stolika przy łóżku ciśnieniomierz. – To wina wszystkich tych dzisiejszych stresów... Fizycznych i psychicznych. Nie jest przyzwyczajony.
– Wielokrotnie mówił, że jest zmęczony.
– Słyszałem, ale nie przywiązywałem do tego dostatecznej

wagi. Sza. Muszę posłuchać. – Napompował powietrze i zaczął je powoli wypuszczać. – Cholera, rozkurczowe sto dwadzieścia pięć.

Jezus Maria, będzie miał wylew, przebiegło Sach przez myśl. Thom wskazał ruchem głowy czarną torbę.

– Znajdź butelkę z nifedipiną. Wyciągnij też strzykawkę.

Podczas gdy Sachs przeszukiwała torbę, Thom ściągnął Rhyme'owi piżamę i rozpakował cewnik. Posmarował jego końcówkę. Uniósł bladego penisa i delikatnym, ale szybkim ruchem umieścił w nim cewnik.

– To jest część problemu. Ciśnienie w jelitach i drogach moczowych mogło przyspieszyć atak. Wypił dziś stanowczo za dużo.

Otworzyła opakowanie ze strzykawką.

– Nie wiem, jak zamocować igłę.

– Zrobię to. – Spojrzał na nią. – Czy mogę cię... Możesz to zrobić? Nie chcę, żeby wężyk się skręcił.

– Okay. Oczywiście.

– Chcesz rękawiczki?

Włożyła je i ostrożnie chwyciła penisa Rhyme'a lewą ręką, w prawej trzymała wężyk. Od bardzo dawna nie trzymała penisa w ręku. Skóra była miękka. Wydawało się jej dziwne, że to centrum męskości większość czasu jest delikatne jak jedwab.

Thom fachowo wstrzyknął lek.

– Rusz się, Lincoln...

W oddali rozległ się odgłos syreny.

– Już dojeżdżają – powiedziała, wyglądając przez okno.

– Gdybyśmy odpowiednio szybko nie zareagowali, nie mieliby tu czego szukać.

– Kiedy lek zacznie działać?

Thom spojrzał na nieruchomego Rhyme'a.

– Już działa, ale nie mogłem od razu zaaplikować zbyt dużej dawki. Doznałby szoku.

Pochylił się i uniósł powiekę. Szklisty, nieprzytomny wzrok.

– Niedobrze. – Po raz drugi zmierzył ciśnienie. – Sto pięćdziesiąt. Boże.

– Zabije go – powiedziała.

– Och. To nie jest problem.

– A co? – wyszeptała zszokowana Amelia Sachs.

– On nie ma nic przeciwko śmierci. – Spojrzał na nią zdziwiony, że nie domyśliła się tego. – On tylko nie chce być bardziej sparaliżowany niż do tej pory. – Przygotował kolejny zastrzyk. – Już miał taki atak. To go przeraża.

Thom zrobił drugi zastrzyk.

Syrena była coraz bliżej. Słychać było odgłosy klaksonu. Samochody pewnie blokują drogę ambulansowi. To jedna z rzeczy, która w mieście doprowadzała Sachs do wściekłości.

– Możesz wyciągnąć cewnik.

Zrobiła to bardzo ostrożnie.

– Czy mam... – Wskazała na worek z moczem.

Thom uśmiechnął się lekko.

– To moja robota.

Upłynęło kilka minut. Wydawało się, że ambulans się zatrzymał. W końcu odgłos syreny zaczął się przybliżać.

Nagle Rhyme się poruszył. Potrząsnął lekko głową. Pochylił ją, a potem wcisnął w poduszkę. Twarz nie była już taka czerwona.

– Lincoln, słyszysz mnie?

– Thom... – jęknął.

Zaczął gwałtownie dygotać. Thom przykrył go kocem.

Sachs spostrzegła, że gładzi jego rozczochrane włosy. Wyjęła chusteczkę i wytarła mu czoło.

Rozległy się kroki na schodach. Dwóch tęgich pielęgniarzy wbiegło do pokoju. Zmierzyli ciśnienie i sprawdzili stymulator nerwów. Po chwili zjawił się doktor Peter Taylor.

– Peter – powiedział Thom. – Atak.

– Ciśnienie?

– Już spadło, ale było bardzo wysokie: sto pięćdziesiąt.

Na twarzy doktora pojawił się grymas.

Thom przedstawił Taylora pielęgniarzom. Wydawali się zadowoleni, że pojawił się specjalista. Odsunęli się, gdy Taylor podszedł do łóżka.

– Doktorze – wykrztusił Rhyme.

– Popatrzmy w oczy. – Taylor włączył małą latarkę.

Sachs patrzyła na doktora, czekając na reakcję. Zmartwiła się, gdy zmarszczył brwi.

– Nie potrzebuję stymulatora nerwów – wyszeptał Rhyme.

– Ani ty, ani te twoje płuca, co? – powiedział doktor cierpko.

– Mogę jeszcze chwilę pozostać? Chyba ci to nie przeszkadza? Wolałbym dokładnie cię zbadać... – Spojrzał na Sachs. – Może powinna pani zaczekać na dole...

Gdy Taylor się pochylił, Rhyme spostrzegł kropelki potu pod jego rzadkimi włosami.

Doktor uniósł powieki i przyglądał się badawczo. Zmierzył ciśnienie. Był spokojny w przeciwieństwie do pielęgniarzy, którzy już wyszli.

– Postąpiłeś właściwie – oznajmił. – Ile moczu?

– Tysiąc osiemset mililitrów – odrzekł Thom.

Taylor popatrzył groźnie.

– Czy wypił za dużo?

Rhyme odwzajemnił groźne spojrzenie.

– Byliśmy zajęci, doktorze. Miałem ciężką noc.

Taylor podążył za wzrokiem Rhyme'a. Rozejrzał się po pokoju zaskoczony, jakby ktoś przed chwilą przyniósł tutaj cały sprzęt laboratoryjny, gdy on badał Rhyme'a.

– Co to jest?

– Zmusili mnie do pracy.

Zdumienie na twarzy Taylora zmieniło się w uśmiech.

– Nareszcie. Mówiłem ci od miesięcy, że powinieneś zmienić swoje życie. Co ze stolcem?

– Ostatnie wypróżnienie było dwanaście–czternaście godzin temu – powiedział Thom.

– To nieodpowiedzialne z twojej strony – Taylor zbeształ Thoma.

– To nie jego wina – burknął Rhyme. – Przez cały dzień w pokoju było pełno ludzi.

– Nie chcę słyszeć żadnych wymówek – odburknął doktor. To był cały Taylor. Nigdy nie zwracał się do Rhyme'a przez kogoś. Postępował z pacjentami delikatnie, ale zdecydowanie. – Zajmijmy się tym.

Taylor włożył rękawiczki chirurgiczne i pochylił się nad Rhyme'em. Zaczął naciskać brzuch, by pobudzić jelita do działania. Thom zdjął koce i podłożył pieluchy.

Chwilę później było po wszystkim. Thom umył swojego szefa.

– Mam nadzieję, że zrezygnowałeś z tego absurdu – powiedział nagle Taylor. Przypatrywał się Rhyme'owi uważnie.

Tego absurdu...

Miał na myśli samobójstwo.

– Nie myślę o tym – odparł Rhyme, zerkając na Thoma.

– To dobrze. – Taylor przyjrzał się aparatom na stole. – Tym powinieneś się zająć. Może policja cię zatrudni.

– Nie sądzę, żebym podołał temu fizycznie.

– Jak twoja głowa?

– Młoty kowalskie stukają w nią. Tak to można opisać. Podobnie szyja. Dzisiaj dwa razy chwyciły mnie kurcze.

Taylor przeszedł za łóżko, nacisnął palcami po obu stronach kręgosłupa, gdzie – jak przypuszczał Rhyme, chociaż tego nie widział – znajdowały się blizny po nacięciach zrobionych w czasie operacji, którą przeszedł kilka lat temu. Taylor zaczął masować mięśnie szyi i ramion. Ból powoli ustępował.

Doktor przerwał. Rhyme domyślił się, że dotyka jego uszkodzonego kręgosłupa.

– Kiedyś będzie można to wyleczyć. Takie uszkodzenie nie będzie gorsze od złamania nogi. Słyszysz mnie? Przewiduję to...

Piętnaście minut później Peter Taylor zszedł po schodach i podszedł do policjantów stojących na chodniku.

– Nic mu nie jest? – zapytała Amelia Sachs niespokojnym głosem.

– Ciśnienie spadło. Potrzebuje przede wszystkim odpoczynku.

Doktor, który był nieatrakcyjnym mężczyzną, nagle zdał sobie sprawę, że rozmawia z bardzo piękną kobietą. Przygładził gładkie włosy i dyskretnie spojrzał na smukłą figurę. Następnie skierował wzrok na samochody policyjne stojące przed domem.

– Przy jakiej sprawie wam pomaga? – zapytał.

Sellitto nie chciał odpowiedzieć, podobnie jak uczyniliby inni detektywi pytani przez cywila. Jednak Sachs domyśliła się, że Taylora i Rhyme'a wiele łączy, więc się odezwała:

– Słyszał pan o porwaniach?

– Chodzi o taksówkarza? Jest o tym we wszystkich wiadomościach. Życzę wam powodzenia. Praca jest najlepszą rzeczą, jaka mogła mu się przytrafić. On potrzebuje przyjaciół i celu w życiu.

Thom pojawił się na schodach.

– Pete, on powiedział „dziękuję". To znaczy nie powiedział, ale miał taki zamiar. Wiesz, jaki jest.

– Bądź ze mną szczery – rzekł Taylor, zniżając głos. – Czy wciąż planuje rozmawiać z nimi?

– Nie, nie planuje – odparł Thom.

Sachs wyczuła w jego głosie fałszywą nutkę. Na pewno kłamie. Nie wiedziała, o co chodzi, ale się zaniepokoiła.

Planuje rozmawiać z nimi?

W każdym razie Taylor uwierzył Thomowi.

– Przyjdę jutro zobaczyć, jak się czuje.

Thom powiedział, że docenia troskę doktora. Taylor zarzucił torbę na ramię i ruszył chodnikiem. Wtedy Thom ruchem ręki przywołał Sellitta.

– Chce z panem chwilę porozmawiać.

Detektyw szybko wbiegł na schody. Zniknął w pokoju. Po kilku minutach wyszedł wraz z Thomem. Miał poważną minę. Spojrzał na Sachs.

– Twoja kolej – powiedział i wskazał na schody.

Rhyme leżał w ogromnym łóżku. Miał potargane włosy. Jego ręce nie były już koloru kości słoniowej, a twarz czerwona. W pokoju unosił się kwaśny zapach. Pościel została zmieniona. Tym razem miał na sobie piżamę, zieloną jak garnitur Dellraya.

– Najbrzydsza piżama, jaką kiedykolwiek widziałam – powiedziała. – Twoja była żona ci ją kupiła?

– Skąd wiesz? To prezent na urodziny... Przepraszam za zamieszanie – rzekł, nie patrząc na nią. Wydawał się onieśmielony i to ją zaniepokoiło. Przypomniała sobie swojego ojca w pokoju przedoperacyjnym. Operacja nie była udana. Bezradność bardziej przeraża niż pogróżki.

– Przepraszam? – rzuciła złowieszczo. – Nie chcę tych gównianych przeprosin.

Zastanowił się chwilę nad jej reakcją, nim oznajmił:

– We dwójkę zakończycie sprawę.

– We dwójkę?

– Ty i Lon. I Mel też. I jeszcze Polling.

– Co masz na myśli?

– Ja się wycofuję.

– Ty, co?

– Obawiam się, że jest to zbyt wyczerpujące dla starego organizmu.

– Przecież nie możesz się wycofać. – Wskazała na reprodukcję Moneta. – Spójrz, czego dowiedziałeś się o przestępcy 823. Jesteśmy tak blisko.

– Zatem nie potrzebujecie mnie. Potrzeba wam tylko trochę szczęścia.

– Szczęścia? Kilka lat było potrzeba, by złapać Bundy'ego. Tak samo Zodiaka czy Werewolfa...

– Macie precyzyjne informacje. Pewne informacje. Macie wskazówki. Złapiecie go. Szczęście się do ciebie uśmiechnie, zanim trafisz do wydziału spraw publicznych. Przestępca stał się zbyt pewny siebie. Być może zostanie zatrzymany już w kościele.

– Dobrze wyglądasz – rzekła po chwili, chociaż to nie była prawda.

Rhyme się roześmiał.

Jednak uśmiech szybko znikł z jego twarzy.

– Jestem zmęczony. Boli mnie nawet tam, gdzie – jak twierdzą lekarze – nie powinno mnie boleć.

– Zrób to, co ja robię w takich sytuacjach. Prześpij się.

Usiłował wybuchnąć szyderczym śmiechem, ale wydobył z siebie tylko chichot. Nienawidził, gdy go oglądano w takim stanie. Zakaszlał, spojrzał na stymulator i wykrzywił usta zdenerwowany, że jest uzależniony od takich urządzeń.

– Sachs... Nie przypuszczam, abyśmy kiedykolwiek jeszcze razem współpracowali. Chciałem ci tylko powiedzieć, że masz wspaniałą karierę przed sobą – dokonałaś właściwego wyboru.

– No cóż, przyjdę do ciebie, gdy go dopadniemy.

– Byłoby miło z twojej strony. Ucieszyłbym się, gdybyś była pierwszym policjantem, którego zobaczę rano. Tylko z tobą chciałbym badać miejsca przestępstw.

– Ja...

– Lincoln – rozległ się głos.

Odwróciła się i spostrzegła mężczyznę stojącego w drzwiach. Ze zdziwieniem przyglądał się wyposażeniu pokoju.

– Wygląda, że było tutaj niezłe zamieszanie.

– Doktorze, proszę wejść. – Na twarzy Rhyme'a pojawił się uśmiech.

Mężczyzna wszedł do pokoju.

– Otrzymałem informację od Thoma. Mówił, że to pilne.

– Doktor William Berger, Amelia Sachs.

Sachs spostrzegła, że w jednej chwili przestała istnieć dla Rhyme'a. Wszystko, co chciałaby jeszcze powiedzieć – czuła, że są sprawy, może wiele, do wyjaśnienia – musi poczekać. Wyszła z pokoju. Thom, który stał na przestronnym korytarzu, zamknął za nią drzwi i poprosił, by poszła za nim.

– Przepraszam – usłyszała głos za sobą, kiedy znalazła się na zewnątrz.

Odwróciła się i zobaczyła doktora Petera Taylora stojącego samotnie pod złotokapem.

– Czy możemy porozmawiać?

Przeszli kilkadziesiąt metrów.

– Tak? – zapytała.

Taylor oparł się o kamienną ścianę i ponownie przygładził włosy. Sachs przypomniała sobie, że wielokrotnie onieśmielała mężczyzn jednym słowem lub spojrzeniem. Jak bezużyteczną siłą jest piękno, pomyślała.

– Jest pani jego przyjaciółką? – zapytał doktor. – Wiem, że pani z nim współpracuje, ale chyba pani się z nim zaprzyjaźniła.

– Sądzę, że tak.

– Ten mężczyzna, który do niego przyszedł. Czy pani wie, kto to jest?

– Berger, jeśli się nie mylę. Jest lekarzem.

– Czy powiedział, skąd jest?

– Nie.

Zerknął na okno sypialni Rhyme'a.

– Wie pani, co to jest Lethe Society?

– Nie... zaraz... To jest grupa skupiająca zwolenników eutanazji?

Taylor skinął głową.

– Znam wszystkich lekarzy Lincolna, ale nie słyszałem dotąd o Bergerze. Myślę, że on jest jednym z tej grupy.

– Co?

Czy planuje rozmawiać z nimi... O tym miała być ta rozmowa.

Zamurowało ją.

– Czy... rozmawiał o tym przedtem?

– Ależ tak. – Spojrzał na jej odznakę. – Pani Sachs, spędziłem wiele godzin, aby odwieść go od tego zamiaru. Wiele dni. Leczę ludzi sparaliżowanych od lat i wiem, jacy są uparci. Może pani go przekona. Tylko kilka słów. Myślę... Czy mogłaby pani...

– Przeklęty Rhyme – mruknęła i pobiegła chodnikiem, zostawiając doktora, który nie dokończył wypowiedzi. Dotarła do drzwi wejściowych w chwili, gdy Thom je zamykał. Przeszła obok niego, mówiąc: – Zapomniałam wziąć swój notatnik.

– Twój...?

– Zaraz wyjdę.

– Nie możesz wejść na górę. On jest z doktorem.

– Tylko na sekundę.

Była już na schodach, gdy Thom ruszył za nią. Mimo że przeskakiwał po dwa stopnie, była od niego szybsza. Gwałtownie otworzyła drzwi.

Wpadła do pokoju, zaskakując Rhyme'a i doktora, który opierał się o stół, krzyżując ramiona. Zamknęła drzwi na klucz. Thom zaczął w nie walić. Berger odwrócił się w jej stronę zdziwiony.

– Sachs! – wybuchnął Rhyme.

– Muszę z tobą porozmawiać.

– O czym?

– O tobie.

– Później.

– Kiedy, Rhyme? – spytała złośliwie. – Jutro? W następnym tygodniu?

– Co to znaczy?

– Może chcesz mi wyznaczyć termin? Od środy za tydzień? Czy potrafisz określić następną datę?

– Sachs...

– Chcę porozmawiać z tobą w cztery oczy.

– Nie.

– Zatem postąpimy inaczej. – Podeszła do Bergera. – Jest pan aresztowany. Oskarżam pana o próbę asystowania przy samobójstwie. – Błysnęły kajdanki. Klik, klik – rozległ się metaliczny odgłos.

Domyśliła się, że znajduje się w kościele.

Carole Ganz leżała w piwnicy na podłodze. Pojedynczy, ukośny snop chłodnego światła padał na ścianę, oświetlając zniszczony wizerunek Chrystusa oraz stertę zapleśniałych książek z historiami biblijnymi. Na środku pokoju stało kilka krzeseł. Prawdopodobnie są przeznaczone dla uczniów szkółki niedzielnej, pomyślała.

Usta miała zaklejone taśmą, a ręce skute kajdankami. Metrową linką do bielizny została przywiązana do rury biegnącej wzdłuż ściany.

Na wysokim stole stojącym obok dostrzegła jedynie górną część niewielkiego, szklanego dzbanka.

Gdyby go strąciła, użyłaby kawałka szkła do przecięcia linki. Stół jednak chyba się znajdował poza jej zasięgiem, ale położyła się na boku i zaczęła przesuwać się w jego kierunku niczym gąsienica.

Przypomniało to jej kilkumiesięczną Pammy, która turlała się w łóżku między nią a Ronem.

Myśląc o swojej córce w tej straszliwej piwnicy, zaczęła płakać. *Pammy, Kubuś Puchatek, portmonetka.*

Opadła na chwilę z sił. Po co opuszczała Chicago... *Nie, nie myśl w ten sposób! Nie rozczulaj się nad sobą! Postąpiłaś słusznie. Zrobiłaś to dla Rona. I dla siebie też. Byłby dumny z ciebie.* Kate powtarzała to jej tysiące razy i ona w to uwierzyła.

Znów wytężyła siły. Przesunęła się kilkadziesiąt centymetrów w stronę stołu.

Była zmęczona. Nie potrafiła rozsądnie myśleć.

Piekło ją w gardle z pragnienia oraz od pleśni i stęchlizny, którymi przesycone było powietrze.

Podczołgała się na boku trochę dalej. Ciężko oddychała, spoglądała na stół. Nie ma szans. *Co zrobić?*

Zastanawiała się, co się dzieje w głowie Pammy.

Ty jełopie! – pomyślała Carole. *Zabiję cię za to!*

Ponownie się skręciła, aby przesunąć się po podłodze, jednak straciła równowagę i przewróciła się na plecy. *Nie!* Z głośnym trzaskiem pękła jej kość w nadgarstku. Wrzasnęła. Na moment straciła przytomność. Gdy oprzytomniała, chwyciły ją mdłości.

Nie, nie, nie... Jeśli zacznie wymiotować, umrze. Z taśmą na ustach na pewno tak się stanie.

Przezwycięż to! Przezwycięż! Musisz to zrobić. Dwukrotnie powstrzymała wymioty.

Nie! Opanuj je!

Zawartość żołądka podeszła jej do gardła.

Opanuj...

Opanuj je!

I tak zrobiła. Nosem wciągnęła głęboko powietrze, zaczęła myśleć o Kate, Eddiem, Pammy, o żółtym plecaku zawierającym wszystkie jej cenne przedmioty. W wyobraźni oglądała je ze wszystkich stron. Całe jej życie tam było. Nowe życie.

Ron, przyjechałam tu dla ciebie, kochanie.

Zamknęła oczy. Oddychaj głęboko, nakazała sobie. W końcu nudności ustąpiły. Poczuła się znacznie lepiej, chociaż wciąż płakała – bolał ją złamany nadgarstek. Ponownie zaczęła czołgać się w stronę stołu. Dwadzieścia centymetrów. Pół metra.

Rozległ się głuchy dźwięk. Uderzyła głową w nogę stołu. Nie mogła już posunąć się dalej. Zaczęła walić głową w stół. Gdy wpadł w drganie, usłyszała szczękanie szkła. Spojrzała w górę. Zobaczyła niewielką część dzbanka, wystającą znad blatu. Carole cofnęła głowę i znów uderzyła w nogę stołu. *Nie!* Noga przesunęła się i znalazła poza jej zasięgiem. Dzbanek zakołysał się, ale nie spadł ze stołu. Carole wytężyła wszystkie siły, by bardziej rozciągnąć linkę, ale nie mogła. *Cholera!* Spojrzała zrozpaczonym wzrokiem na brudny dzbanek. Zauważyła, że wypełniony jest jakąś cieczą. W środku coś pływało. Co to jest?

Cofnęła się kilkadziesiąt centymetrów i spojrzała na stół. Wyglądało to jak żarówka, nie cała żarówka, tylko włókno przymocowane do oprawki. Od oprawki odchodził przewód połączony ze znajdującym się poza dzbankiem wyłącznikiem czasowym, takim samym jak te, których używa się w domu, gdy wyjeżdża się na wakacje. To wygląda jak...

Bomba! Rozpoznała teraz słaby zapach benzyny.

Nie, nie...

Carole zaczęła odczołgiwać się od stołu tak szybko, jak to tylko możliwe. Szlochała zrozpaczona. Przy ścianie znajdowała się półka na książki. Powinna zapewnić jej częściową osłonę. Podciągnęła nogi. Poczuła dreszcz paniki i wyprostowała je. Gwałtowny ruch wytrącił ją z równowagi. Spostrzegła ku swojemu przerażeniu, że znów leży na plecach. *Och, przestań. Nie...* Uniosła się i przez chwilę pozostała nieruchomo. Drżała, gdy usiłowała przenieść środek ciężkości. Odwróciła się i całym ciężarem ciała przygniotła zgruchotany nadgarstek. Moment niewiarygodnego bólu, ale na szczęście zemdlała.

Rozdział 25

Nie ma mowy, Rhyme. Nie możesz tego zrobić. Berger patrzył niepewnym wzrokiem. Rhyme przypuszczał, że doktor znał wiele scenariuszy wypadków w takich histerycznych momentach jak ten. Największym problemem dla Bergera nie było to, że ktoś chce umrzeć, ale to, że samobójca się waha i znajdują się osoby, które chcą go ratować.

Thom dobijał się do drzwi.

– Thom! – zawołał Rhyme. – Wszystko w porządku. Możesz nas zostawić w spokoju. Następnie zwrócił się do Sachs: – Pożegnaliśmy się. Ty i ja. Chcesz zakłócić idealne odejście.

– Nie możesz tego zrobić.

Kto się wygadał? Pewnie Pete Taylor. Musiał się domyślić, że Thom kłamie.

Rhyme zauważył, że Sachs patrzy na przedmioty na stoliku, podarunki od Trzech Króli: brandy, tabletki, plastikową torbę, oraz na gumową taśmę, podobną do tej, którą miała oklejone buty. (Ile to razy Blaine patrzyła z przerażeniem na taśmę na jego butach, gdy wracał do domu po skończonym badaniu miejsca przestępstwa. „Wszyscy myślą, że mojego męża nie stać na nowe buty. Podeszwy zakleja taśmą. Zlituj się, Lincoln!").

– Sachs, zdejmij poczciwemu doktorowi kajdanki. Po raz ostatni proszę cię, żebyś wyszła z pokoju.

Wybuchła śmiechem.

– Prokurator może oskarżyć pana o morderstwo.

– Ja tylko rozmawiam z pacjentem.

– Dlatego oskarżam pana o próbę. Jak dotąd. Może powinnam sprawdzić pana nazwisko i odciski palców w policyjnej bazie danych. Być może jest pan poszukiwany. Ciekawe, co tam znajdą.

– Lincoln – powiedział szybko przestraszony Berger. – Nie mogę...
– Musimy opracować projekt z doktorem – przerwał mu Rhyme. – Sachs, proszę.

Stała na rozstawionych nogach, ręce trzymała na zgrabnych biodrach. Jej piękna twarz wyrażała nakaz.

– Wychodzimy – warknęła do doktora.

– Sachs, nie masz pojęcia, jakie to dla mnie ważne.

– Nie pozwolę ci popełnić samobójstwa.

– Nie pozwolę? – mruknął Rhyme. – Nie pozwolę? A czy ja potrzebuję twojej zgody?

– Pani... Funkcjonariuszko Sachs, to jest jego decyzja – odezwał się Berger. – Podjął ją naprawdę po długim namyśle. Lincoln jest bardziej poinformowany niż większość moich pacjentów...

– Pacjentów? Chciał pan powiedzieć: ofiar.

– Sachs! – syknął Rhyme. Usiłował mówić spokojnie. – Zajęło mi cały rok poszukiwanie kogoś, kto zgodziłby się mi pomóc.

– Może dlatego, że twoja decyzja jest zła. Nie pomyślałeś o tym? Dlaczego teraz, Rhyme? W trakcie śledztwa?

– W wyniku kolejnego ataku mogę stracić możliwość kontaktowania się z otoczeniem. Przez czterdzieści lat zachowam świadomość i nie dam rady wykonać żadnego ruchu. Nie znajdzie się nikt, kto wyciągnie wtyczkę. Teraz przynajmniej mogę poinformować o swojej decyzji.

– Ale dlaczego? – spytała.

– A dlaczego nie? – odparł pytaniem. – Powiedz mi. Dlaczego nie?

– No... – Argumenty przeciw samobójstwu były dla niej tak oczywiste, że miała kłopoty z ich wyartykułowaniem. – Ponieważ...

– Ponieważ co, Sachs?

– Podam ci jeden powód. To jest tchórzostwo.

Rhyme roześmiał się.

– Chcesz o tym rozmawiać, Sachs? Chcesz? „Tchórzostwo" – powiedziałaś. To nas prowadzi do sir Thomasa Browne'a: „Kiedy życie jest bardziej okrutne od śmierci, wtedy wykazujemy prawdziwe męstwo". Odwaga stawiania czoła nieprzezwyciężonym przeciwnościom losu... Klasyczny argument przeciw samobójstwom. Jeżeli jest prawdziwy, to dlaczego usypiają pacjentów przed operacją? Dlaczego sprzedają aspirynę? Dlaczego zestawiają złamane kości? Dlaczego Prozac jest najczęściej przepisy-

271

wanym lekarstwem w Ameryce? Ubolewam, ale nie widzę żadnej wartości w bólu.

– Ale przecież ciebie nie boli.

– Jak definiujesz ból, Sachs? Może brak czucia też jest bólem. – Mógłbyś jeszcze wiele zrobić w życiu. Pomyśl o swojej ogromnej wiedzy z kryminalistyki, historii.

– Argument o użyteczności społecznej. Bardzo popularny. Spojrzał na Bergera, ale ten się nie odezwał. Zainteresował się kością leżącą na stole: kręgiem szyjnym. Uniósł go, ściskając w rękach zakutych w kajdanki. Był kiedyś ortopedą, przypomniał sobie Rhyme.

– Kto powiedział, że powinniśmy służyć społeczeństwu? Poza tym mogę przyczynić się do szerzenia zła. Mogę wyrządzić wiele krzywdy. Sobie lub komuś innemu.

– Na tym polega życie.

Rhyme się uśmiechnął.

– Ale ja wybrałem śmierć, nie życie.

Sachs patrzyła niepewnie.

– To nie śmierć jest czymś naturalnym, ale życie – powiedziała twardo.

– Nie? Freud by się z tobą nie zgodził. Istnieją w nas popędy, które starają się zniszczyć wszystko, co osiągnęliśmy w życiu. Autodestrukcja tkwiąca w nas jest ze wszech miar naturalną siłą. Wszystko umiera. Co może być bardziej naturalnego niż śmierć, rozpad?

Sachs podrapała się po głowie.

– Dobrze. Życie postawiło ci większe wyzwania niż większości ludzi. Ale myślę... Wszystko, co o tobie wiem, każe mi sądzić, że lubisz wyzwania.

– Wyzwania? Pozwól mi powiedzieć coś o wyzwaniach. Byłem podłączony przez rok do urządzenia podtrzymującego oddychanie. Czy widziałaś bliznę po tracheotomii? Dzięki wysiłkowi lekarzy i mojemu uporowi można było mnie odłączyć od urządzenia. Teraz mam płuca jak nikt podobnie jak ja sparaliżowany. Są tak samo sprawne jak twoje. To jedyny przypadek wśród paralityków z uszkodzonym czwartym kręgiem szyjnym. Poświęciłem temu osiem miesięcy życia. Czy rozumiesz, co ja mówię? Osiem miesięcy, żeby podtrzymać jedną z podstawowych funkcji organizmu. Nie mówię o stworzeniu fresków w Kaplicy Sykstyńskiej ani o nauce gry na skrzypcach. Mówię o pieprzonym oddychaniu.

– Ale twój stan może się poprawić. W przyszłym roku może opracują metodę leczenia takich urazów.

– Nie. Ani w przyszłym roku, ani za dziesięć lat.

– Nie wiesz tego. Chyba prowadzone są jakieś badania.

– Oczywiście, że są. Chcesz o nich wiedzieć? Znam się na tym. Transplantacja tkanki nerwowej do uszkodzonych tkanek w celu regeneracji. – Te słowa gładko spłynęły z jego kształtnych ust. – Brak widocznych efektów. Niektórzy specjaliści pracują nad stworzeniem odpowiednich warunków, w których komórki nerwowe mogłyby się regenerować. Brak efektów – przynajmniej u wyższych organizmów. Osiągnięto sukcesy, jeżeli chodzi o mniej zaawansowane formy życia. Gdybym był żabą, już bym chodził. Albo miałbym taką nadzieję.

– Jednak specjaliści chyba nad tym pracują? – dociekała Sachs.

– Pewnie, lecz nie mają nadziei na przełom w badaniach w ciągu najbliższych dwudziestu–trzydziestu lat.

– Gdyby nie mieli nadziei, nie prowadziliby tych badań – odparła.

Rhyme się roześmiał. *Jest bystra, myśli logicznie.*

Sachs odrzuciła kosmyk rudych włosów z oczu i powiedziała:

– Pracowałeś w wymiarze sprawiedliwości. Wiesz, że samobójstwo jest bezprawne...

– I jest grzechem – dodał. – Indianie Dakota wierzą, że dusze samobójców muszą po śmierci ciągnąć drzewo, na którym się powiesili. Czy nie popełniają samobójstw? Ależ tak, tylko wieszają się na małych drzewkach.

– Rhyme, powiem ci coś jeszcze. To będzie ostatni mój argument. – Podeszła do Bergera i chwyciła za kajdanki. – Zabieram go. Przekonaj mnie, że nie mogę tego zrobić.

– Lincoln – wykrztusił Berger niepewnym głosem. Patrzył spanikowanym wzrokiem.

Sachs wzięła doktora za ramię i skierowała go do drzwi.

– Nie – wyszeptał. – Proszę tego nie robić.

Gdy Sachs podeszła do drzwi, Rhyme zawołał:

– Sachs, zanim wyjdziesz, odpowiedz mi na jedno pytanie.

Zatrzymała się. Jedną rękę położyła na gałce u drzwi.

– Jedno pytanie.

Obejrzała się.

– Czy kiedykolwiek myślałaś o tym? O samobójstwie?

Otworzyła zamek z głośnym trzaskiem.
– Odpowiedz mi! – krzyknął.
Sachs nie otworzyła drzwi. Znów podeszła do niego.
– Nie, nigdy.
– Jesteś zadowolona ze swojego życia?
– Tak jak każdy.
– Nie wpadłaś nigdy w depresję?
– Tego nie powiedziałam. Mówiłam tylko, że nigdy nie chciałam popełnić samobójstwa.
– Lubisz prowadzić samochód. Mówiłaś mi o tym. Ludzie, którzy lubią prowadzić, jeżdżą szybko, prawda?
– Tak. Czasami.
– Z jaką największą prędkością jechałaś?
– Nie wiem.
– Ponad sto trzydzieści?
– Tak. – Uśmiechnęła się tajemniczo.
– Ponad sto sześćdziesiąt?
Uniosła w górę kciuk.
– Sto osiemdziesiąt? Sto dziewięćdziesiąt? – spytał, uśmiechając się zaskoczony.
– Na prędkościomierzu było dwieście siedemdziesiąt.
– Zaskakujesz mnie, Sachs. Czy prowadząc tak szybko, nie pomyślałaś, że może – podkreślam, może – coś się stać? Pęknąć oś, opona. Plama oleju na jezdni.
– To jest prawie bezpieczne. Nie szaleję na szosie.
– Prawie bezpieczne. Jeżdżenie z prędkością małego samolotu w ogóle nie jest bezpieczne, prawda?
– Jednak to co innego niż samobójstwo.
– Nie. Jeśli jeździsz tak szybko, musisz brać pod uwagę, że będziesz miała wypadek. Prawda?
– Być może – przyznała.
Berger z wyciągniętymi, skutymi kajdankami rękami rozglądał się nerwowo, ściskając żółtawy dysk z kręgosłupa.
– Zatem zbliżasz się do linii. Wiesz, o czym mówię. Wiem, że wiesz. Mam na myśli linię oddzielającą ryzyko utraty życia od pewności. Łatwo możesz ją przekroczyć, wożąc ze sobą śmierć. Tylko jeden krok.
Spuściła głowę. Jej twarz była nieruchoma, włosy zasłoniły oczy.
– Porzuć myśl o śmierci – wyszeptał, mając nadzieję, że nie

zabierze Bergera. Wiedział, że znalazła się na krawędzi. – Trafiłem w sedno. Jaka część twojej duszy pragnie śmierci? Więcej niż niewielka. Znacznie więcej.

Zawahała się. Wiedział, że wczuł się w jej psychikę.

Odwróciła się gniewnie do Bergera, chwyciła za kajdanki.

– Idziemy.

Pchnęła drzwi.

– Wiesz, co chciałem powiedzieć? – zawołał Rhyme.

Ponownie się zatrzymała.

– Czasami coś się wydarza. Czasami jesteś kimś innym, niżbyś chciała. Robisz co innego, niżbyś chciała. Życie się zmienia. Czasem trochę, kiedy indziej bardziej. W pewnym momencie może dojść do takiego punktu, że nie warto już dłużej walczyć.

Patrzył na Sachs i Bergera stojących nieruchomo w drzwiach. Zapadła cisza. Odwróciła się i odwzajemniła jego spojrzenie.

– Śmierć leczy samotność – kontynuował Rhyme. – Leczy depresje, stresy. – Spojrzał na jej pokaleczone palce w ten sam sposób, w jaki patrzyła na jego nogi.

Puściła kajdanki i podeszła do okna. Łzy na jej policzkach odbijały żółte światło ulicznych latarń.

– Sachs, jestem zmęczony – rzekł poważnym głosem. – Nie umiem ci powiedzieć, jak jestem zmęczony. Wiesz, jak trudno jest rozpocząć nowe życie. Całe to zamieszanie. Góra obowiązków: mycie, jedzenie, sranie, telefony, zapinanie koszul, wycieranie ci nosa... i tysiące innych.

Zapadła cisza.

– Zawrę z tobą układ – powiedziała po chwili.

– Jaki?

Wskazała na reprodukcję z charakterystyką.

– Osiemset dwadzieścia trzy porwał matkę z małą córką... Pomóż nam je ocalić. Tylko je. Jeśli zgodzisz się, pozwolę mu, żeby spędził z tobą godzinę sam na szam. – Przyjrzała się Bergerowi. – Pod warunkiem że wyniesie się potem z miasta.

Rhyme pokręcił głową.

– Sachs, jeśli będę miał atak, jeśli stracę kontakt z otoczeniem...

– Jeśli to się zdarzy – powiedziała spokojnie – jeśli nawet nie będziesz mógł powiedzieć ani jednego słowa, umowa obowiązuje. Będziecie mieli godzinę dla siebie.

Znów skrzyżowała ramiona i rozstawiła nogi. Lubił tę jej postawę. Żałował, że nie mógł jej zobaczyć, gdy zatrzymywała pociąg.

– To wszystko, co mogę zrobić – dodała.

Po chwili Rhyme skinął głową.

– Okay. Umowa stoi. – Do Bergera rzekł: – W poniedziałek?

– Dobrze, Lincoln. Przyjdę.

Berger wciąż był przestraszony. Patrzył niespokojnym wzrokiem na Sachs, kiedy rozpinała kajdanki. Obawiał się, że może zmienić decyzję. Gdy zdjęła mu kajdanki, szybko podszedł do drzwi. Nagle zauważył, że wciąż trzyma w ręku kość. Wrócił i położył ją z namaszczeniem na stole przy łóżku, obok raportu z pierwszego miejsca przestępstwa.

– Są szczęśliwsi niż świnie taplające się w błocie – oznajmiła Sachs, zagłębiając się w skrzypiącym rattanowym fotelu. Miała na myśli Sellitta i Pollinga, gdy powiedziała im, że Rhyme zgodził się jeszcze dzień brać udział w śledztwie. – Szczególnie Polling – dodała. – Myślałam, że ten mały facet mnie uściska. Nie powtarzaj, że tak go określiłam. Jak się czujesz? Wyglądasz lepiej. – Wypiła trochę whisky i odstawiła szklaneczkę na stolik przy łóżku, obok jego szklanki.

– Nieźle.

Thom zmienił pościel.

– Bardzo się pocisz. Przypominasz fontannę – powiedział.

– Ale tylko powyżej szyi – zauważył Rhyme. – Mówię o poceniu.

– To dobrze? – spytała Sachs.

– Tak. Właśnie w ten sposób działa mój organizm. Termostat poniżej szyi się zepsuł. Nie potrzebuję żadnych dezodorantów pod kończyny...

– Pod co?

– Pod pachy – parsknął Rhyme. – Tak określał to mój pierwszy pielęgniarz. Mówił: „Mam zamiar podnieść cię za twoje kończyny”. A potem: „Jeżeli czujesz, że chcesz zwrócić pokarm, zrób to, Lincoln”. Określał się jako „opiekun specjalny”. Te słowa dobrze go opisywały. Nie mam pojęcia, dlaczego go zatrudniłem. Ludzie są zabobonnymi istotami, Sachs. Sądzimy, że nadając czemuś inną nazwę, zmieniamy to. Podejrzany, morderca... Tego opiekuna, który był po prostu pielęgniarzem, kiedyś zapewne podnoszono pod pachami, by się wyrzygał. Prawda, Thom? Nie ma co ukrywać. To szlachetny zawód. „Brudny" i uciążliwy, ale szlachetny.

– Kwitnę w brudzie. Dlatego pracuję u ciebie.

– Thom, kim ty jesteś? Opiekunem, pomocnikiem, pielęgniarzem?

– Świętym.

– Ha! Szybko ripostuje. Szybko też wbija igłę. Wyrwał mnie z rąk śmierci. I to nie jeden raz...

Nagle Rhyme zaniepokoił się, że Sachs mogła widzieć go nago. Wbił oczy w charakterystykę przestępcy i zapytał:

– Sachs, czy tobie też mam podziękować? Grałaś tutaj rolę siostrzyczki?

Z niepokojem oczekiwał odpowiedzi. Nie wiedział, czy mógłby na nią patrzeć, gdyby tak było.

– Nie – szybko odparł Thom. – Sam się tobą zajmowałem. Oszczędziłem tym wrażliwym duszom widoku twojego pomarszczonego tyłka.

Dziękuję, Thom, powiedział w myślach. A głośno:

– No to już sobie idź. Bo my musimy porozmawiać teraz o naszej sprawie. Mojej i Sachs.

– Ale potrzebujesz trochę snu.

– Oczywiście, że potrzebuję, ale powinienem porozmawiać też o sprawie. Dobranoc, dobranoc.

Po wyjściu Thoma Sachs nalała do szklaneczki macallana. Pochyliła się i wciągnęła przyjemny zapach oparów.

– Kto doniósł? – spytał Rhyme. – Pete?

– Kto?

– Doktor Taylor.

Wahała się dostatecznie długo, żeby mógł się domyślić, że to on.

– Martwi się o ciebie – powiedziała w końcu.

– Oczywiście, że tak. Właśnie w tym tkwi problem. Chcę, żeby się martwił o mnie trochę mniej. Czy wie, kim jest Berger?

– Domyśla się.

Rhyme wykrzywił usta.

– Powiedz mu, że Berger jest moim starym przyjacielem... Zrobisz to?

Sachs oddychała powoli, jakby wciągała dym papierosowy.

– Nie tylko chcesz, żebym pozwoliła ci popełnić samobójstwo,

277

ale chcesz też, bym oszukiwała osobę, która może skłonić cię do porzucenia tego zamiaru.

– On nie jest w stanie wpłynąć na moją decyzję – odparł Rhyme.

– Więc dlaczego chcesz, żebym kłamała?

Roześmiał się.

– Potrzymajmy doktora Taylora w nieświadomości przez kilka dni.

– Dobrze – rzekła. – Jezu, ale ciężko jest się z tobą porozumieć.

Przyjrzał się jej uważnie.

– Dlaczego nie powiedziałaś mi o tym?

– Niby o czym?

– Kto umarł? Wtedy przerwałaś...

– Wielu umarło.

– Kto?

– Przeczytaj w gazecie.

– Powiedz mi, Sachs.

Potrząsnęła głową i wbiła wzrok w szklaneczkę whisky. Lekko się uśmiechała.

– Nie, nie sądzę, bym mogła o tym mówić.

Uznał, że Sachs nie ma ochoty zwierzać się komuś, kogo zna zaledwie jeden dzień. Wydało mu się to jednak paradoksalne, gdy spojrzał na leżące obok niej cewniki, żel, pudełko z pieluchami. Ale nie zamierzał naciskać i nic nie powiedział. Zaskoczyło go więc, gdy nagle uniosła wzrok i zaczęła mówić:

– To tylko... To... Ach, do diabła.

Zaczęła płakać. Uniosła dłonie do twarzy, rozlewając najlepszą szkocką whisky na parkiet.

Rozdział 26

Nie mogę uwierzyć, że ci o tym mówię...

Siedziała rozparta w fotelu, z wyciągniętymi nogami. Zdjęła buty. Łzy spływały po jej twarzy, czerwonej jak jej włosy.

– Mów – zachęcał ją.

– O tym znajomym, o którym wspominałam? Mieliśmy razem zamieszkać.

– A, wraz z collie. Nie mówiłaś, że był to twój znajomy. Twój chłopak?

Kochanek? – dodał w myślach Rhyme.

– To był mój chłopak.

– Myślałem, że mówiłaś o swoim ojcu.

– Nie. Tata rzeczywiście zmarł, trzy lata temu. Na raka. Ale wiedzieliśmy, że to nastąpi. Jeśli jesteś przygotowany na to... Sądzę, że byliśmy przygotowani. Ale Nick...

– Został zabity? – delikatnie zapytał Rhyme.

Nie odpowiedziała.

– Nick Carelli – dokończyła po chwili – był jednym z nas: policjantem. Detektywem. Zajmował się przestępstwami na ulicach.

Rhyme przypomniał sobie to nazwisko, ale nic nie powiedział. Nie chciał jej przerywać.

– Byliśmy trochę ze sobą. Rozmawialiśmy o małżeństwie. – Zamilkła. Widać było, że zbiera myśli. – Pracował jako tajniak, dlatego nasz związek utrzymywany był w sekrecie. Nikt nie mógł się domyślić, że jego dziewczyna jest policjantką. – Chrząknęła. – Trudno to wyjaśnić. Robiliśmy te rzeczy. To było... rzadko mi się to wcześniej zdarzało. Do cholery, nigdy przed spotkaniem z Nickiem. Robiliśmy to z miłości. Wiedział, że będę policjantką, i nie miał nic przeciwko temu. Tak samo mnie nie przeszkadzało, że jest tajniakiem. Nadawaliśmy na tej samej fali. Dochodzi do tego wtedy, gdy ludzie doskonale się rozumieją. Wiesz, o czym mówię? Czułeś to samo w stosunku do swojej żony?

Rhyme uśmiechnął się lekko.

– Wiem, co masz na myśli. Nie, z Blaine, moją żoną, nigdy nie nawiązała się taka nić porozumienia... – Tylko tyle chciał powiedzieć na ten temat. – Jak się spotkaliście? – zapytał.

– W czasie zajęć w akademii. Mieliśmy wykłady, na których omawiano różne rodzaje służby w policji. Nick mówił o sposobach pracy w ukryciu. Poprosił mnie o spotkanie. Pierwszą randkę mieliśmy na Rodman's Neck.

– Na strzelnicy?

Skinęła głową, pociągając nosem.

– Potem pojechaliśmy do jego matki na Brooklyn. Zjedliśmy pastę i wypiliśmy butelkę chianti. Ścisnęła mnie mocno i powiedziała, że jestem zbyt szczupła, żeby mieć dzieci. Kazała mi zjeść dwa cannoli. Wróciliśmy do mojej kwatery. Pozostał u mnie całą noc. Na pierwszej randce! Od tego czasu widywaliśmy się bez przerwy. Ten związek powinien być udany, Rhyme. Czułam to. Miał być trwały.

– Co się stało?

– On był... – Kolejny łyk starej whisky na odwagę.

– On był?

– Oszustem. Nic na to nie wskazywało. Ani cienia podejrzeń. Pieniądze ulokował w bankach poza miastem. Prawie dwieście tysięcy dolarów.

Lincoln milczał chwilę.

– Przepraszam, Sachs. Narkotyki?

– Nie. Kradzieże, napady. Sprzęt elektroniczny. Nazwano tę sprawę „Brooklyński łącznik". Prasa tak ją określiła.

Rhyme skinął głową.

– Przypominam sobie. Kilkanaście osób było w to zamieszanych. Wszyscy byli policjantami?

– Przeważnie. Było też kilku ludzi z Federalnej Komisji Handlu.

– Co się z nim stało? Z Nickiem?

– Wiesz, jak to jest, gdy aresztuje się policjantów. Skatowali go. Twierdzono, że stawiał opór, ale nie jestem o tym przekonana. Złamano mu trzy żebra, kilka palców, zmasakrowano twarz. Przyznał się do winy, ale mimo to dostał dwadzieścia do trzydziestu lat.

– Za kradzieże? – zapytał zdziwiony Rhyme.

– Za rozbój. Pistoletem uderzył w głowę jednego kierowcę. Do innego strzelał, żeby go nastraszyć. Wiem, że tylko w tym celu strzelał, jednak sąd mu nie uwierzył. – Zamknęła oczy i zacisnęła usta. – Gdy go aresztowano, wydział spraw wewnętrznych zaczął węszyć jak pies gończy. Sprawdzili rozmowy telefoniczne. Staraliśmy się do siebie nie dzwonić. Nick mówił, że przestępcy mogą podsłuchać rozmowy. Jednak kilkakrotnie do mnie zadzwonił. Zainteresowali się mną. Wtedy Nick odciął się ode mnie. To znaczy: musiał to zrobić. Bo pociągnąłby mnie za sobą. Wiesz przecież, że wydział nikomu nie daruje. To młot na czarownice.

– W jaki sposób?

– Przekonał ich, że byłam dla niego nikim. No cóż, powiedział parę rzeczy o mnie. – Przełknęła ślinę, wzrok wbiła w podłogę. – W czasie przesłuchania pytano go o mnie. Nick odparł: „A, CK Sachs. Przerżnąłem ją kilka razy. To szmata. Zerwałem z nią". – Odchyliła głowę do tyłu i wytarła łzy rękawem. – Czy słyszałeś o moim przezwisku CK?

– Lon mi powiedział.

Zmarszczyła czoło.

– Mówił ci, co ono znaczy?

– Córka Krawężnika. Po twoim ojcu.

Uśmiechnęła się zdawkowo.

– Taki był początek, ale potem się zmieniło. Na przesłuchaniu Nick powiedział, że czuł do mnie odrazę, ponieważ przypuszczalnie wolę dziewczyny. Domyśl się, jak szybko rozeszła się ta informacja.

– Nie powinnaś się tym przejmować, Sachs.

Wciągnęła głęboko powietrze.

– Widziałam go w sądzie przed zakończeniem sprawy. Spojrzał na mnie raz i... Nie potrafię opisać jego spojrzenia. Omal nie przyprawił mnie o zawał serca. Och, postąpił tak, żeby mnie chronić. Ale wciąż... Wiesz, miałeś rację, mówiąc o tym lekarstwie na samotność.

– Nie miałem na myśli...

– Nie – powiedziała, nie uśmiechając się. – Dotknęłam ciebie, ty dotknąłeś mnie. To jest fair. Nienawidzę być sama. Ale po Nicku straciłam chęć do seksu. – Roześmiała się gorzko. – Wszyscy, patrząc na mnie, myślą: jaka ona piękna. Powinnam mieć całe grono wielbicieli, prawda? Gówno. Jedyni, którzy mają jaja, by mnie poderwać, myślą wyłącznie o pieprzeniu. Nie odpowiada mi to. Łatwiej być samotną. Nienawidzę tego, ale jest łatwiej.

W końcu Rhyme zrozumiał jej reakcję, gdy po raz pierwszy go zobaczyła. W jego obecności czuła się bezpiecznie, ponieważ był mężczyzną, który jej nie zagrażał. Nie obawiała się seksualnych propozycji. Nie musiała się przed nim bronić. I być może nawiązała się między nimi swego rodzaju przyjaźń. Oboje stracili coś bardzo ważnego w życiu.

– Wiesz, ty i ja powinniśmy być razem – zażartował.

Roześmiała się.

– Opowiedz mi teraz o swojej żonie. Jak długo byłeś żonaty?

– Siedem lat, w tym sześć przed wypadkiem.

– Opuściła cię?

– Nie. Ja ją opuściłem. Nie chciałem, żeby miała wyrzuty sumienia.

– To wspaniałomyślne z twojej strony.

– W rzeczywistości to ją wypędziłem. Jestem kawał skurwysyna. Do tej pory poznałaś mnie tylko z dobrej strony... – Po chwili zapytał: – To, co było z Nickiem... czy miało wpływ na twoją decyzję o opuszczeniu służby patrolowej?

– Nie. No, tak.

– Lęk przed bronią?

Po długim namyśle potwierdziła.

– Życie na ulicach wygląda teraz inaczej. Po tym, co zdarzyło się Nickowi. Po tym, co go zmieniło. Na ulicach jest dziś inaczej niż wtedy, gdy chodził po nich mój ojciec. Było lepiej.

– Masz na myśli, że jest inaczej niż w opowieściach ojca.

– Być może – przyznała. Osunęła się w fotelu. – Chodzi ci też o artretyzm? To prawda, ale choroba nie jest tak poważna, jak usiłuję sobie wmówić.

– Wiem – odparł Rhyme.

– Wiesz? Skąd?

– Spojrzałem na dowody i wyciągnąłem wnioski.

– To dlatego kazałeś mi pracować cały dzień. Wiedziałeś, że przesadzam?

– Nie – powiedział. – Dlatego że jesteś lepsza, niż myślisz.

Spojrzała na niego podejrzliwie.

– Ach, Sachs, jesteś bardzo do mnie podobna.

– Tak?

– Pozwól, że opowiem ci pewną historię. Wtedy już chyba rok pracowałem przy badaniu miejsc przestępstw, gdy zadzwoniono do nas, że znaleziono martwego mężczyznę w alei w Greenwich Village. Wszyscy sierżanci wyszli, więc mnie skierowano do prowadzenia badań. Miałem wtedy dwadzieścia sześć lat. Gdy zameldowałem się w alei, okazało się, że zabitym mężczyzną jest szef miejskiego wydziału zdrowia i opieki społecznej. Miał przy sobie jedynie plik zdjęć. Trzeba było je widzieć. Zrobione zostały w jednym z klubów sadomaso w pobliżu ulicy Waszyngtona. Aha, zapomniałem powiedzieć, że kiedy go znaleziono, miał na sobie jedynie czarną minispódniczkę i siatkowe pończochy. Zabezpieczyłem miejsce przestępstwa. Nagle zjawił się jakiś kapitan i usiłował przejść za taśmę. Wiedziałem, że zamierza zabrać zdjęcia, ale byłem tak naiwny, że myślałem jedynie o tym, by nikt nie zanieczyścił miejsca przestępstwa.

– R – redukować dostęp do miejsca przestępstwa.

Rhyme zachichotał.

– Więc go nie wpuściłem. Podczas gdy stał przy taśmie i wrzeszczał na mnie, próbę zabrania zdjęć podjął komisarz. Powiedziałem mu: nie. Ten też zaczął krzyczeć na mnie. Wyjaśniłem im, że nikt nie wejdzie na oznakowany teren, dopóki nie zostaną zakończone badania. Zgadnij, kto w końcu się zjawił.

– Burmistrz?

– Prawie. Zastępca burmistrza.

– I nikogo nie wpuściłeś?

– Nie. Nikt nie wszedł na teren z wyjątkiem ludzi badających ślady i fotografów. Oczywiście jedyną zapłatą było to, że musiałem przez sześć miesięcy wypełniać druki. Ale złapaliśmy przestępcę dzięki pewnym śladom i odciskowi palca na jednym ze zdjęć – tym samym, które po morderstwie zamieszczono w „Post" na pierwszej stronie. Zachowałaś się podobnie jak ja, zamykając wczoraj rano linię kolejową i Jedenastą.

– Nie sądzę – powiedziała. – Zrobiłam to odruchowo. Dlaczego patrzysz na mnie w ten sposób?

– Ależ Sachs. Wiesz, gdzie powinnaś pracować? W terenie. W policji patrolowej, w wydziale zabójstw, wydziale badań i zasobów informacji, obojętne... Ale wydział spraw publicznych? Skiśniesz tam. To jest dobra praca dla niektórych ludzi, ale nie dla ciebie. Nie rezygnuj tak szybko.

– Och, a ty nie rezygnujesz? A co powiesz o Bergerze?

– To co innego.

Spojrzała pytającym wzrokiem. *Rzeczywiście?* Wstała, by poszukać opatrunku. Kiedy wróciła na fotel, spytała:

– Czy nie prześladują cię wspomnienia zamordowanych ofiar?

– Nie. Myślę o nich tylko w czasie śledztwa.

– Naprawdę?

– Naprawdę, nigdy.

– Nie mówisz teraz prawdy. Wiem to. Powiedz – ja odsłoniłam się przed tobą...

Poczuł dziwne mrowienie. Wiedział, że nie jest to początek ataku. Uśmiech zniknął z jego twarzy.

– Rhyme, dalej – naciskała. – Chcę usłyszeć.

– Dobrze. To sprawa sprzed kilku lat – powiedział. – Popełniłem błąd. Straszliwy błąd.

– Opowiedz. – Nalała sobie i Rhyme'owi niewielką ilość whisky.

– W mieszkaniu w Chinatown znaleziono zwłoki małżeństwa. Mąż miał zastrzelić żonę i popełnić samobójstwo. Miałem mało czasu i pracowałem szybko. Ale przede wszystkim popełniłem klasyczny błąd: z góry założyłem, czego będę szukał i co będę starał się udowodnić. Znalazłem kilka włókien, których nie mogłem do niczego dopasować, ale uznałem, że pochodzą z ubrań męża lub żony. Znalazłem fragmenty pocisku, ale nie porównałem ich ze znalezioną w mieszkaniu bronią. Zauważyłem ślady po odrzucie, lecz nie określiłem dokładnie, nie sprawdziłem dwukrotnie, z którego miejsca strzelano. Szybko skończyłem badania i pojechałem do biura.

– Co się wydarzyło?

– Miejsce przestępstwa zostało zainscenizowane. W rzeczywistości doszło do napadu rabunkowego. Przestępca nie opuścił mieszkania.

– Co? Cały czas tam był?!

– Kiedy wyszedłem, wyczołgał się spod łóżka i zaczął strzelać. Zabił technika, ranił asystenta. Wybiegł na ulicę, gdzie wywiązała się strzelanina z zaalarmowaną policją. Został postrzelony – zmarł później – ale zastrzelił jednego policjanta, a innego zranił. Przestępca otworzył też ogień do rodziny wychodzącej z chińskiej restauracji znajdującej się po przeciwnej stronie ulicy. Użył jednego z dzieci jako tarczy.

– Boże.

– Ojciec nazywał się Colin Stanton. Był lekarzem wojsko-

284

wym. Nie został ranny i prawdopodobnie – tak mówili lekarze – mógłby uratować żonę i jedno lub oboje dzieci, gdyby zatamował u nich krwawienie. Jednak spanikował i nic nie robił. Stał i patrzył, jak umierają.

– Jezus, Rhyme. Ale to nie była twoja wina. Ty...

– Nie przerywaj. Jeszcze nie skończyłem.

– Nie?

– Stanton wrócił do swojego domu, w północnej części stanu Nowy Jork. Przeżył załamanie psychiczne i trafił do szpitala psychiatrycznego. Tam usiłował popełnić samobójstwo. Za pierwszym razem chciał podciąć sobie żyły kawałkiem okładki z kolorowego magazynu. Za drugim zakradł się do biblioteki i w łazience rozbił szkło. Uratowano go, pozszywano rozcięte żyły. Był w szpitalu rok lub dłużej. W końcu go wypuszczono. Po miesiącu podjął kolejną próbę. Użył noża. Tym razem skutecznie.

Rhyme dowiedział się o śmierci Stantona z notatki przesłanej faksem przez koronera z hrabstwa Albany do wydziału spraw publicznych nowojorskiej policji. Ktoś przesłał tę informację Rhyme'owi pocztą wewnętrzną. Dopisał: „Pomyślałem, że jesteś zainteresowany".

– Wydział wewnętrzny prowadził dochodzenie. Zarzucono mi zawodową niekompetencję, udzielono nagany. Sądzę, że powinni mnie zwolnić.

Westchnęła i na chwilę zamknęła oczy.

– Mówiłeś, że nie masz poczucia winy?

– Teraz nie.

– Nie wierzę ci.

– Odpokutowałem to, Sachs. Przez pewien czas nie mogłem zapomnieć o tych ofiarach. Ale udało się. Gdybym tego nie zrobił, czy mógłbym pracować?

Zamilkli oboje na chwilę.

– Gdy miałam osiemnaście lat, zrobiłam prawo jazdy – odezwała się Sachs. – Jeździłam sto pięćdziesiąt na godzinę po terenie, gdzie prędkość ograniczona była do sześćdziesięciu.

– Ładnie.

– Ojciec powiedział, że da mi pieniądze na samochód, ale będę musiała je oddać z odsetkami. Wiesz, co jeszcze powiedział? Oświadczył, że wygarbuje mi skórę, jeżeli będę przejeżdżała na czerwonym świetle lub prowadziła nierozważnie. Ale wykazywał zrozumienie dla szybkiej jazdy. Powiedział: „Wiem, co czujesz, kochanie. Gdy się poruszasz, nie dopadną cię". Gdybym nie mogła jeździć, poruszać się, prawdopodobnie też bym to zrobiła: zabiła się.

– Ja wszędzie chodziłem – rzekł Rhyme. – Nigdy dużo nie jeździłem. Przez dwadzieścia lat nie miałem nawet samochodu. Jaki masz?

– Żaden bajer. To chevrolet camaro. Był mojego ojca.

– Wiertarkę też masz od niego?

Skinęła głową.

– I urządzenie do ustawiania zapłonu, i klucz dynamometryczny. Komplet narzędzi dostałam na trzynaste urodziny. – Roześmiała się. – Chevrolet jest zupełnie rozklekotany. Wiesz, co to znaczy? Amerykański samochód. Wszystko tam jest luźne: radio, pokrętła, przyciski. Ale zawieszenie ma jak skała i jest lekki jak skorupka jajka. W żadnym razie nie zamieniłabym go na BMW.

– Samochody są przedmiotem pożądania w świecie ludzi sparaliżowanych – wyjaśnił Rhyme. – Siedzieliśmy lub leżeliśmy w szpitalu i rozmawialiśmy, na jakie samochody będzie nas stać po wypłacie ubezpieczenia. Szczytem marzeń były pojazdy, do których można wjechać wózkiem. Następnie samochody prowadzone całkowicie ręcznie. Takie oczywiście są dla mnie bezużyteczne. – Zmrużył oczy, sprawdzając swoją doskonałą pamięć. – Nie byłem w samochodzie od lat. Nie mogę sobie przypomnieć, kiedy po raz ostatni.

– Mam pomysł – powiedziała nagle Sachs. – Zanim twój przyjaciel – doktor Berger – przyjdzie ponownie, wezmę cię na przejażdżkę. Dałbyś radę? Z siedzeniem? Mówiłeś, że nie możesz korzystać z wózków inwalidzkich.

– No, korzystanie z wózka może być ryzykowne. Ale samochód? Myślę, że nic mi się nie stanie. – Roześmiał się. – Dwieście siedemdziesiąt kilometrów na godzinę?

– To był wyjątkowy dzień. – Sachs westchnęła, uśmiechając się do wspomnień. – Doskonałe warunki i brak patroli policyjnych.

Zadzwonił telefon. Rhyme sam odebrał.

To był Lon Sellitto.

– Rozmieściliśmy policjantów i agentów z oddziałów specjalnych we wszystkich kościołach w Harlemie. Dellray nimi kieruje. Facet stał się prawdziwym entuzjastą, Lincoln. Nie poznałbyś go. Aha, poza tym trzydziestu policjantów z patroli i dziesiątki ludzi z ochrony ONZ szuka kościołów, o których moglibyśmy zapomnieć. Jeżeli nic się nie wydarzy do wpół do ósmej, wszystkie będą sprawdzone i obstawione. Gdy się w którymś z nich zjawi, nic nie zauważy. Myślę, że go złapiemy, Linc – powiedział detektyw z tak nietypowym dla policjantów zajmujących się zbrodniami w Nowym Jorku entuzjazmem w głosie.

– Okay, Lon. Przyślę Amelię na stanowisko kierowania akcją około ósmej.

Przerwali połączenie.

Thom zapukał do drzwi, nim wszedł do pokoju.

Jakby obawiał się, że zastanie nas w kompromitującej sytuacji. Rhyme roześmiał się do siebie.

– Żadnych wyjaśnień – powiedział gniewnie. – Spać. Już.

Było po trzeciej i Rhyme od dłuższego czasu czuł się wyczerpany. Unosił się w przestworzach ponad swoim ciałem. Zastanawiał się, czy nie ulegnie halucynacjom.

– Dobrze, mamusiu – rzekł. – Funkcjonariuszka Sachs zostanie tutaj. Daj jej koc, proszę.

– Co powiedziałeś? – Thom odwrócił w jego stronę głowę.

– Koc.

– Nie. Chodzi o to następne słowo.

– Nie wiem. Proszę?

Thom otworzył szeroko oczy, w których pojawił się niepokój.

– Dobrze się czujesz? Chcesz, żebym znów wezwał Pete'a Taylora? Może głowę Kościoła prezbiteriańskiego? Albo naczelnego chirurga?

– Zobacz, jak ten sukinsyn znęca się nade mną. – Rhyme zwrócił się do Sachs. – Nie wie, jak bliski jestem, żeby go zwolnić.

– Na którą nastawić budzik?

– Na wpół do siódmej – odparł Rhyme.

– Sachs, lubisz muzykę? – zapytał, gdy Thom wyszedł.

– Kocham.

– Jaki rodzaj?

– Starszą. Doo-wop, Motown... A ty? Wydaje się, że jesteś miłośnikiem muzyki klasycznej.

– Widzisz te drzwi?

– Te?

– Nie, inne! Na prawo. Otwórz je.

Stanęła jak wryta. W niewielkim pokoiku znajdowało się około tysiąca kompaktów.

– Jak w studiu nagrań.

– Widzisz sprzęt stereo na półce?

Przejechała ręką po zakurzonym, czarnym Harmon Kardonie.

– Kosztował więcej niż mój pierwszy samochód – powiedział Rhyme. – Nie używam go już.

– Dlaczego?

Nie odpowiedział na to pytanie.

– Wybierz coś. Czy jest podłączony? Tak? Dobrze. Włącz coś.

Po chwili wyszła z pokoiku i podeszła do kanapy, podczas gdy Levi Stubbs i Four Tops zaczęli śpiewać o miłości.

– Już od roku nie rozbrzmiewały w tym pokoju dźwięki muzyki – rzekł. Po cichu usiłował odpowiedzieć Sachs na pytanie, dlaczego przestał słuchać muzyki. Nie potrafił.

Przerzuciła książki znajdujące się obok kanapy. Leżąc na plecach, zaczęła przeglądać „Badanie miejsc przestępstw".

– Dasz mi jeden egzemplarz? – spytała.

– Weź, ile chcesz.

– Czy mógłbyś... – Ugryzła się w język.

– Napisać dedykację? – Roześmiał się. Dołączyła do niego. – Może zostawię odcisk kciuka? Grafolodzy mogą określić z prawdopodobieństwem co najwyżej osiemdziesięciu procent, że ta osoba pisała dany tekst. A odcisk kciuka? Każdy specjalista potwierdzi, że jest mój.

Zauważył, że czyta pierwszy rozdział. Po chwili zamknęła jednak oczy i odłożyła książkę.

– Mógłbyś coś dla mnie zrobić? – spytała.

– Co?

– Kiedy byliśmy razem, Nick często czytał głośno przed zaśnięciem. Książki, gazety, czasopisma... To jest jedna z rzeczy, której mi najbardziej brakuje.

– Okropnie czytam – przyznał Rhyme. – Jakbym referował wyniki badania miejsca przestępstwa. Ale pamiętam co nieco. Mam dobrą pamięć. Chcesz, żebym ci opowiedział o kilku miejscach przestępstw?

– Mógłbyś? – spytała, odwracając się tyłem.

Zdjęła granatową bluzkę i rozpięła cienką kamizelkę kuloodporną. Odrzuciła ją na bok. Pod spodem miała siatkową koszulkę i sportowy biustonosz. Włożyła ponownie bluzkę i położyła się na kanapie. Okryła się kocem, skuliła na boku i zamknęła oczy.

Za pomocą urządzenia kontrolnego przygasił światło.

– Zawsze fascynowały mnie miejsca śmierci – zaczął. – Są

święte. Znacznie bardziej interesujemy się, gdzie ludzie zmarli, niż gdzie się urodzili. Pomyślmy o Johnie Kennedym. Dziennie tysiące ludzi odwiedza miejsce zabójstwa w Dallas. Jak sądzisz, ilu pielgrzymuje do szpitala w Bostonie, w którym się urodził? – Rhyme przytulił głowę do wygodnej poduszki. – Nie nudzi cię to? – Nie – odparła. – Nie przerywaj.
– Wiesz, o czym często myślę?
– Powiedz.
– Fascynuje mnie to od lat: Golgota. Dwa tysiące lat temu. To jest miejsce przestępstwa, na którym chciałbym pracować. Wiem, co chcesz powiedzieć: przecież znamy zabójców. Naprawdę? Znamy tylko relacje świadków. Zapamiętaj to, co powiem: Nigdy nie wierz świadkom. Może do wydarzeń opisanych w Biblii nigdy nie doszło. Gdzie są dowody? Paznokcie, krew, pot, włócznia, krzyż, ocet. Ślady sandałów i odciski palców...

Rhyme przekręcił nieznacznie głowę w lewo i opowiadał o miejscach zbrodni i o dowodach, dopóki nie zauważył, że pierś Sachs łagodnie faluje. Równomierny oddech unosił kosmyk płomiennorudych włosów, który opadł jej na twarz. Sprawnym ruchem palca wyłączył światło. On też wkrótce zasnął.

Słabe światło poranka zaczęło rozpraszać mrok.

Obudziwszy się, Carole Ganz mogła to zauważyć poprzez szklany dzbanek z drutem, znajdujący się nad jej głową. *Pammy, kochanie...* Potem pomyślała o Ronie i o wszystkich jej rzeczach, które zostały w tej koszmarnej piwnicy. O pieniądzach, o żółtym plecaku...

Myślała jednak głównie o Pammy.

Coś wyrwało ją z lekkiego, niespokojnego snu. Co to było?

Ból w nadgarstku? Był nie do wytrzymania. Poprawiła się nieznacznie. Czy to...

Odgłos organów i chóru znów wypełnił pokój.

To ją obudziło: donośny odgłos organów. Kościół nie jest opuszczony. Są tutaj ludzie! Roześmiała się do siebie. Ktoś mógłby...

W tym momencie przypomniała sobie o bombie.

Carole wyjrzała zza półki.

Wciąż tam się znajdowała. Kołysała się nad krawędzią stołu. Miała toporny wygląd prawdziwej bomby, morderczej broni, a nie wypucowanego filmowego gadżetu do zabijania. Poplamiona taśma, niestarannie usunięta izolacja, brudna benzyna... Może to niewypał, pomyślała. W świetle dnia nie wyglądała tak groźnie.

Kolejne odgłosy muzyki. Pochodziły bezpośrednio znad jej głowy. Dołączyło do nich szuranie nogami i trzask zamykanych drzwi. Słychać było skrzypienie i stękanie starych drewnianych podłóg, gdy ludzie wchodzili do kościoła. Kurz sypał się z belek. Na chwilę ucichł śpiew chóralny.

Carole walnęła w betonową podłogę. Ten hałas nie mógł nikogo zaalarmować. Usiłowała krzyczeć, lecz taśma na ustach skutecznie tłumiła jej wrzaski. Kontynuowano próbę. Uroczyste dźwięki wypełniły piwnicę.

Po dziesięciu minutach wyczerpana Carole wyciągnęła się na podłodze. Znów spojrzała na bombę. Zrobiło się jaśniej i dokładniej mogła przyjrzeć się wyłącznikowi czasowemu.

Carole zmrużyła oczy. *Wyłącznik!*

To nie był niewypał. Wyłącznik czasowy nastawiony był na 6.15. Wyświetlacz pokazywał, że jest 5.30.

Kuląc się za metalową półką, zaczęła walić w nią kolanami. Jednak słabe odgłosy uderzeń ginęły tłumione głośnymi dźwiękami pieśni dobiegającymi z góry.

IV
Do kości

Jednego nie potrafią bogowie: wskrzeszać przeszłości.

Arystoteles

Niedziela, 5.45–poniedziałek, 19.00

Rozdział 27

budził go zapach. Często się to zdarzało.
Nie otwierał wtedy oczu, tylko usiłował określić, jakie jest pochodzenie nieznanego mu zapachu.

Aromat poranka? Zapach rosy z pokrytej kroplami oleju ulicy? Wilgotny tynk? Usiłował wyczuć zapach Amelii, ale nie potrafił. Pomyślał chwilę o niej i znów zaczął odgadywać.

Środek czyszczący? Nie.

Chemikalia z laboratorium Coopera?

Nie. Rozpoznaję zapach tych związków.

To... Ach, tak... pisak.

Teraz mógł otworzyć oczy.

Najpierw spojrzał na Sachs, by się upewnić, że go nie opuściła. Potem zaczął przyglądać się charakterystyce przestępcy. Stąd pochodził zapach. Gorące powietrze sierpniowego poranka osuszyło papier i przyniosło woń rozpuszczalnika.

Cyfry na zegarze ściennym jarzyły się bladym światłem. 5.45. Znów skierował wzrok na reprodukcję. Nie widział dokładnie liter – upiorne białe znaki na mniej białym tle – ale było dostatecznie widno, by mógł odczytać większość wyrazów.

Sokoły już się obudziły. Słyszał trzepotanie skrzydeł. Ponownie zaczął wpatrywać się w charakterystykę. W biurze kazał też powiesić kilkanaście ścieralnych tablic, na których umieszczał informacje dotyczące przestępców. Przypomniał sobie, jak chodził, patrzył na nie, myślał o ludziach, których one dotyczyły. Przez drobiny farby, błota, liści, pyłki kwiatów.

Wiekowy budynek, różowy marmur...

Pomyślał o bystrym złodzieju biżuterii, którego on i Lon zatrzymali dziesięć lat temu. W areszcie przestępca powiedział im, że nigdy nie znajdą łupów pochodzących z poprzednich kradzieży, ale zdradzi im miejsce ich ukrycia, gdy wystąpią o złagodzenie kary. Rhyme rzekł wtedy: „No cóż, mamy pewne kłopoty z określeniem miejsca ukrycia łupów".

„Jestem pewien, że macie" – odparł złodziej.

„Jednak – kontynuował Rhyme – wiemy, że ukryte są w kamiennej ścianie w pomieszczeniu na węgiel w kolonialnym domu znajdującym się na brzegu rzeki Connecticut, osiem kilometrów od cieśniny Long Island. Nie potrafię tylko powiedzieć, na którym brzegu znajduje się ten dom – na wschodnim czy zachodnim...".

Gdy skończył, na twarzy przestępcy pojawiło się zaskoczenie, jakby chciał powiedzieć: Do cholery, musiałeś przy tym być!

Może to jest magia, Sachs, pomyślał.

Przynajmniej stuletni; jakaś rezydencja siedziba instytucji... Kiedy uważnie przyjrzał się charakterystyce, zamknął oczy. Wtulił głowę we wspaniałą poduszkę.

Nagle poczuł wstrząs, jakby ktoś go spoliczkował. Wbił znowu wzrok w reprodukcję.

Zafascynowany podziemiami...

– Sachs! – wrzasnął. – Wstawaj!

Poruszyła się i usiadła na kanapie.

– Co? Co...?

Stary, stary, stary.

– Popełniłem błąd – powiedział krótko. – Jest problem.

Początkowo myślała, że Rhyme ma znów atak. Szybko wstała z kanapy i ruszyła w stronę worka Thoma ze sprzętem medycznym.

– Nie, Sachs. Wskazówki... Źle je odczytałem. – Szybko oddychał, zacisnął zęby.

Włożyła ubranie, z powrotem usiadła i odruchowo zaczęła drapać się po głowie.

– Co, Rhyme? Co się stało?

– Kościół. Może wcale nie chodzi o kościół w Harlemie. Popełniłem błąd... – powtórzył.

Tak samo jak w przypadku przestępcy, który zabił rodzinę Colina Stantona. W kryminalistyce można zidentyfikować setki śladów właściwie, ale pomylisz się przy jednym i masz na sumieniu śmierć niewinnych ludzi.

– Która godzina? – spytała.

– Za piętnaście szósta. Trochę po. Weź gazetę. Znajdź plan odprawiania mszy.

Sachs poszukała gazety, otworzyła ją. Uniosła wzrok.

– O czym pomyślałeś?

– 823 ma obsesję na punkcie historii. Stary kościół dla czarnych nie musi oznaczać, że znajduje się w północnej części Manhattanu. Philip Payton utworzył w Harlemie Afroamerykańskie Stowarzyszenie Nieruchomości w 1900 roku. Poza tym jeszcze w dwóch rejonach Manhattanu mieszkali Murzyni: na południu, gdzie są teraz gmachy sądu, oraz w San Juan Hill. Teraz mieszkają tam głównie biali, ale... Do cholery, o czym ja myślałem?

– Gdzie jest San Juan Hill?

– Na północ od Hell's Kitchen. Na West Side. Nazwa została nadana na cześć czarnych żołnierzy amerykańskich, którzy brali udział w wojnie hiszpańsko-amerykańskiej.

Zaczęła czytać.

– Kościoły na południu – powiedziała. – Tak, w parku Battery znajduje się Instytut Marynarki. Jest tam kaplica. Odprawia się w niej msze. Trójca Święta. Święty Paweł.

– Tam nie mieszkali Murzyni. Dalej na północ i wschód.

– Kościół prezbiteriański w Chinatown.

– Nie ma żadnych kościołów baptystów, ewangelików?

– Nie, na tym terenie nie ma takich. Jest... do diabła. – Z rezygnacją w głosie westchnęła. – Och, nie.

Rhyme zrozumiał. *Msza o wschodzie słońca!*

Skinęła głową.

– Baptystyczny kościół Arki Przymierza... Och, Rhyme, msza rozpoczyna się tam o szóstej. Skrzyżowanie Pięćdziesiątej Dziewiątej i Jedenastej.

– Tak, to San Juan Hill! Zadzwoń do nich.

Chwyciła słuchawkę i wystukała numer. Stała ze spuszczoną głową, wściekle skubała brwi i potrząsała głową.

– Odezwij się, odezwij... Cholera, automatyczna sekretarka. Pastor musiał wyjść. – Rzuciła do słuchawki: – Nowojorski departament policji. Mamy powód, by sądzić, że w waszym kościele podłożono bombę. Ewakuujcie jak najszybciej z niego ludzi. – Skończyła rozmowę, włożyła buty.

– Jedź, Sachs. Musisz tam jechać. Od razu!

– Sama?

– Jesteśmy najbliżej tego miejsca. Powinnaś tam być za dziesięć minut.

Podbiegła do drzwi, zapinając pas.

– Wezwę posiłki! – wrzasnął, gdy zbiegała już po schodach.

Jej włosy utworzyły czerwoną chmurę wokół głowy. – Jeśli kiedykolwiek chciałaś szybko jechać, możesz to zrobić teraz.

Furgonetka pędziła na zachód Osiemdziesiątą Pierwszą. Na skrzyżowaniu z Broadwayem wpadła w poślizg i walnęła w automat sprzedający „New York Post", który przez szybę wpadł do sklepu. Sachs opanowała samochód. Pomyślała o sprzęcie do badania miejsc przestępstw, znajdującym się z tyłu pojazdu. Samochód jest obciążony, nie mogę skręcać osiemdziesiątką, uznała. Jechała w dół Broadwayu. Hamowała na skrzyżowaniach. Lewa wolna, prawa też. Gazu! Skręciła w Dziewiątą Aleję i skierowała się na południe. *Muszę...*

Cholera!

Zahamowała z piskiem opon.

Ulica była zamknięta.

Przegradzał ją rząd niebieskich kozłów. Przed południem rozpoczynał się tu kiermasz uliczny. Transparent głosił: Wyroby Artystyczne i Przysmaki Wszystkich Narodów. Jednoczmy się, wszyscy jesteśmy braćmi.

Przeklęta ONZ! Cofnęła samochód kilkadziesiąt metrów. Rozpędziła furgonetkę do osiemdziesiątki, zanim uderzyła w kozły. Rozrzucała po drodze aluminiowe przenośne stoliki i drewniane stojaki. Siała zniszczenie na wyludnionej ulicy. Dwie przecznice dalej sforsowała rząd kozłów zamykających ulicę od południowej strony i skręciła w Pięćdziesiątą Dziewiątą. Jechała głównie chodnikiem, chociaż nie miała takiego zamiaru.

Była już sto metrów od kościoła.

Parafianie wchodzili do niego po schodach. Rodzice; małe dziewczynki w plisowanych, białych lub różowych spódniczkach; chłopcy ubrani w czarne garnitury i białe koszule, z włosami wskazującymi na przynależność do gangów ulicznych.

Z okna w piwnicy unosiła się niewielka smuga dymu.

Sachs wcisnęła do końca pedał gazu. Silnik zawył.

Chwyciła radio.

– RRV Dwa do centrali...

Gdy rzuciła wzrokiem na motorolę, aby się upewnić, czy radio jest włączone, drogę przeciął jej duży mercedes.

Zobaczyła w przelocie rodzinę siedzącą w środku. Patrzyli przerażonymi oczami, gdy ojciec gwałtownie wcisnął hamulec.

Sachs instynktownie obróciła kierownicę w lewo. Wprowadziła furgonetkę w kontrolowany poślizg. Zatrzymaj się, zatrzymaj, prosiła samochód. Ale asfalt był rozmiękły po upałach i pokryty rosą. Furgonetka tańczyła na jezdni jak wodolot. W końcu tył samochodu z dużą prędkością zderzył się z przodem mercedesa. Z głośnym hukiem mercedes rozerwał tylną część karoserii furgonetki z prawej strony. Czarne walizki ze sprzętem do badania miejsc przestępstw z trzaskiem wypadły na zewnątrz, rozsypując całą zawartość po ulicy. Ludzie idący na mszę szukali schronienia przed odłamkami szkła, plastiku i metalu. Zadziałała poduszka powietrzna, ogłuszając Sachs. Ukryła twarz w rękach, gdy furgonetka zahaczyła o rząd parkujących samochodów i uderzyła w kiosk z gazetami. Samochód przekoziołkował i zatrzymał się na dachu. Gazety i plastikowe woreczki na dowody spadały na ziemię jak małe spadochrony.

Pasy bezpieczeństwa utrzymywały ją w pozycji do góry nogami. Włosy zasłaniały jej oczy. Wytarła krew z rozciętego czoła i ust. Usiłowała odpiąć pasy, ale nie mogła tego zrobić. Ciepła benzyna ciekła do środka, spływała jej po ramieniu. Z tylnej kieszeni wyciągnęła nóż sprężynowy, otworzyła go i przecięła pas. Spadając z siedzenia, omal nie nadziała się na nóż. Leżała i ciężko oddychała. Dusiła się w oparach benzyny.

Rusz się, dziewczyno. Wyskakuj!

Drzwi były zakleszczone. Nie mogła też uciec przez zmiażdżony tył pojazdu. Zaczęła kopać w szybę. Szkło jednak się nie roztrzaskało. Mocno uderzyła stopą w szybę ochronną. Bez skutku poza tym, że o mało co nie zwichnęła sobie nogi w kostce.

Pistolet!

Poklepała się po biodrze. W czasie wypadku rozerwała się kabura. Broń była gdzieś w samochodzie. Czując krople ciepłej benzyny kapiące na ramiona, nerwowo przerzucała papiery i urządzenia zaściełające sufit furgonetki.

Nagle dostrzegła glocka obok lampy. Szybkim ruchem podniosła go i wymierzyła w boczną szybę.

Dalej. Linia strzału jest wolna, nie zjawili się jeszcze gapie.

Zawahała się. Czy wystrzał nie spowoduje zapłonu par benzyny?

Odsunęła pistolet jak najdalej od nasączonej paliwem bluzy. Zastanawiała się. W końcu nacisnęła spust.

Rozdział 28

Oddała pięć strzałów, ale na szybie pojawiły się tylko gwiazdki. Doskonałe szkło General Motors.

Odgłos kolejnych trzech wystrzałów ogłuszył ją w zamkniętym pomieszczeniu. Ale przynajmniej benzyna się nie zapaliła.

Znów zaczęła kopać w szybę. W końcu szkło rozsypało się na niebieskozielone kryształki. Zaraz potem, jak wyczołgała się na zewnątrz, furgonetka eksplodowała z głuchym hukiem.

Sachs zdjęła z siebie nasączoną benzyną bluzę i kamizelkę kuloodporną. Zrzuciła też z głowy słuchawki. Mimo bolącej kostki podbiegła chwiejnym krokiem do drzwi kościoła obok uciekających uczestników mszy i członków chóru. Parter kościoła wypełniał kłębiący się dym. Fragment podłogi stanął w płomieniach.

Nagle pojawił się pastor. Dusił się dymem, po policzkach spływały mu łzy. Ciągnął nieprzytomną kobietę. Sachs pomogła donieść ją do drzwi.

– Gdzie jest piwnica? – zapytała.

Kaszląc gwałtownie, pokręcił głową.

– Gdzie?! – krzyknęła, myśląc o Carole Ganz i jej córce. – Piwnica?

– Tam, ale...

Po drugiej stronie płonącej podłogi.

Sachs z trudem mogła dostrzec przez gęsty dym drzwi do piwnicy. Zawaliła się ściana przed nimi. W powietrzu unosiły się iskry.

Gorące powietrze od płonących belek i filarów z sykiem wdarło się do zadymionego pomieszczenia. Zawahała się, ale po chwili ruszyła w stronę drzwi. Pastor chwycił ją jeszcze za ramię.

– Proszę poczekać. – Otworzył szafkę i wyciągnął gaśnicę. Wyciągnął z niej zatyczkę. – Idziemy.

Sachs pokręciła głową.

– Pan nie. Pastor zostanie tutaj. Proszę powiedzieć strażakom, że w piwnicy jest policjantka i ofiary.

Sachs zaczęła biec.

Gdy się poruszasz...

Przeskoczyła nad płonącą podłogą, ale ponieważ pokój był zasnuty dymem, źle oceniła odległość – ściana była bliżej, niż sądziła – i uderzyła w nią. Upadła na plecy. Zwinęła się, gdy jej włosy znalazły się na płonącej podłodze. Kilka kosmyków zaczęło płonąć. Powstrzymując mdłości wywołane smrodem, zgasiła płonące włosy. Spróbowała wstać. Jednak podłoga osłabiona przez ogień szalejący na dole zarwała się pod nią. Twarzą uderzyła w dębowe deski. Płomienie z dołu liznęły jej ręce i ramiona. Gwałtownie wyciągnęła ręce z dziury.

Odczołgała się i wstała. Po omacku zaczęła szukać gałki u drzwi do piwnicy. Nagle się zatrzymała.

Naprzód, dziewczyno, tylko najpierw pomyśl. Zaczęła zastanawiać się, czy otworzyć drzwi. Jeżeli w pokoju jest odpowiednio wysoka temperatura, to dopływ powietrza wznieci pożar. Wtedy na pewno przysmaży sobie tyłek. Dotknęła drewna. Było bardzo gorące.

Ale, do diabła, co innego mogę zrobić? – pomyślała po chwili.

Splunęła na rękę i szybko chwyciła za gałkę. Przekręciła ją i puściła, zanim płomienie zdążyły przypalić jej dłoń.

Drzwi otworzyły się z trzaskiem. Na zewnątrz wydostała się chmura dymu i iskier.

– Jest tam ktoś? – zawołała i ruszyła w dół.

Schody na dole płonęły. Ugasiła języki ognia krótkim strumieniem dwutlenku węgla i zaczęła zbiegać. Przedarła się do dwóch ostatnich stopni. Gaśnica z łoskotem upadła na podłogę, gdy chwyciła za poręcz, w samą porę, by uchronić zapadającą się nogę przed złamaniem.

Po wydostaniu się z dziury Sachs zmrużyła oczy, żeby dokładniej przyjrzeć się pomieszczeniu. Mniej tu było dymu niż na parterze – unosił się – ale za to otoczyły ją płomienie. Gaśnica potoczyła się pod płonący stół. *Zapomnij o niej!* Przebiegła przez ścianę dymu.

– Hej? – wrzasnęła.

Nie usłyszała odpowiedzi.

Przypomniała sobie, że przestępca używa taśmy izolacyjnej; lubi, kiedy ofiary siedzą cicho.

Podeszła do niewielkich drzwi i zajrzała do kotłowni. Zauważyła drzwi prowadzące na zewnątrz, ale droga do nich była zablokowana przez płonące kawałki belek. Obok nich stał otoczony płomieniami zbiornik na olej opałowy. *Nie eksploduje.* Sachs przypomniała sobie to z wykładów w akademii na temat podpaleń. Olej opałowy nie eksploduje. Nogami usunęła płonące szczapy i pchnęła drzwi. Zabezpieczała drogę ucieczki.

Teraz poszukaj kobiety i jej córki.

Zawahała się, gdy zobaczyła płomienie na zbiorniku.

Olej nie eksploduje, nie eksploduje.

Ruszyła w stronę drzwi.

Olej nie...

Zbiornik nagle zasyczał jak podgrzane naczynie z wodą sodową. Zawartość wylała się na zewnątrz. Olej, który wytrysnął do góry, utworzył ogromny pomarańczowy pióropusz. Płonąca plama zbliżała się do Sachs.

Nie eksplodował. Okay. Ale pali się jak cholera. Wybiegła drzwiami, zamknęła je z trzaskiem. Skorzystała z drogi ucieczki.

Cofała się w stronę schodów, dusząc się dymem. Pochylona, wzrokiem szukała Carole i Pammy. Może przestępca zmienił reguły? Może teraz nie umieścił ofiar w piwnicy, ale na strychu?

Traaach.

Szybko spojrzała do góry. Zauważyła, że ogromna płonąca belka dębowa zaczęła spadać.

Sachs odskoczyła z krzykiem, ale się potknęła i upadła na plecy. Patrzyła, jak belka zmierza w stronę jej twarzy i piersi. Instynktownie wyciągnęła ręce.

Rozległ się przeraźliwy łoskot. Drewno spadło na jedno z krzeseł przeznaczonych dla uczniów szkółki niedzielnej. Belka zatrzymała się kilka centymetrów od jej twarzy. Wyczołgała się spod niej, podniosła się z podłogi.

Rozejrzała się po pomieszczeniu, wytężając wzrok.

Do diabła, nie, pomyślała nagle. *Nie zamierzam dopuścić, by zginęła kolejna ofiara.*

Dusząc się dymem, Sachs odwróciła się tyłem do ognia i chwiejnym krokiem podążyła w kierunku kąta, którego jesz-

300

cze nie sprawdzała. Nagle za szafką przy ścianie dostrzegła nogę. Ale za późno, potknęła się o nią.

Z wyciągniętymi rękami wylądowała na podłodze. Jej twarz znalazła się kilka centymetrów od płonącej plamy oleju. Szybko odwróciła się na bok i wyciągnęła broń. Zauważyła, że mierzy w spanikowaną twarz jasnowłosej kobiety, która usiłuje usiąść. Sachs zerwała taśmę z jej ust i kobieta wypluła czarny śluz. Wrzasnęła przeraźliwym głosem.

– Carole Ganz?

Skinęła głową.

– A twoja córka?! – krzyknęła Sachs.

– Nie... tutaj. Moje ręce! Kajdanki!

– Nie mamy czasu. Chodź. – Sachs nożem rozcięła linkę krępującą nogi kobiety.

Nagle pod ścianą obok okna zauważyła nadtopiony plastikowy woreczek.

Podrzucone ślady!

Mogą powiedzieć, gdzie znajduje się dziewczynka.

Ruszyła w ich kierunku. Jednak w tym momencie z hukiem pękły drzwi do kotłowni i po pokoju zaczęła się rozlewać płonąca plama oleju. Otoczyła woreczek ze wskazówkami, który spłonął w ciągu kilku sekund.

Sachs patrzyła bezradnie. Usłyszała krzyk kobiety. Schody płonęły już na całej długości. Sachs wykopnęła gaśnicę spod tlącego się stołu. Plastikowa rączka i dysza uległy stopieniu, metal był zbyt rozgrzany, by za niego chwycić. Nożem odcięła nogawkę spodni i złapała przez nią kołnierz skwierczącej gaśnicy. Wrzuciła ją na szczyt schodów. Gaśnica chwilę kołysała się jak muśnięty kręgiel, a potem zaczęła staczać się po stopniach.

Sachs wyciągnęła glocka i kiedy czerwony walec znalazł się w połowie schodów, strzeliła.

Piana pokryła schody. Odłamki metalu świstały nad jej głową.

– Teraz! Biegniemy! – wrzasnęła.

Podtrzymując Carole, Sachs przeskakiwała po dwa stopnie. Pchnęła drzwi prowadzące do ognistych czeluści na parterze.

Oparły się o ścianę, gdy dotarły do wyjścia. Pękające witraże obsypały je kolorowymi fragmentami wizerunków Jezusa, Marii, ewangelistów i samego Boga.

Rozdział 29

Czterdzieści minut później obandażowana, pozszywana i wysmarowana różnymi maściami Sachs siedziała obok Carole Ganz. Wpompowano w nią tyle tlenu, że odnosiła wrażenie, iż za chwilę poszybuje jak balon. Kobiety patrzyły na to, co pozostało z kościoła: prawie nic.

Tylko dwie ściany i – o dziwo – fragment podłogi drugiego piętra, wiszący na kilku nadpalonych filarach nad przypominającą księżycowy krajobraz stertą popiołu i osmalonych desek.

– Pammy, Pammy... – jęczała Carole. Po chwili chwyciły ją mdłości, zaczęła pluć. Nałożyła na twarz maskę tlenową i przechyliła się do tyłu. Była wyczerpana z bólu.

Sachs przyjrzała się kolejnemu nasączonemu alkoholem tamponowi, którym otarto jej twarz. Początkowo były prawie brązowe, teraz – lekko różowe. Rany nie były poważne – rozcięte czoło, oparzenia drugiego stopnia na ramieniu i ręce. Jednak jej usta nie pozostały nieskazitelne. Na dolnej wardze miała założone trzy szwy.

Carole była zatruta dymem i miała złamany lewy nadgarstek, na który nałożono prowizoryczny opatrunek. Patrzyła na niego i szeptała przez zaciśnięte zęby. Każdy jej oddech brzmiał groźnie.

– Skurwysyn! – Zakaszlała. – Dlaczego... Pammy? Dlaczego, do cholery? Trzyletnie dziecko! – Gniewnie wytarła łzy sprawną ręką.

– Może nic jej nie zrobi. Przecież przywiózł cię do kościoła.

– Nie – parsknęła. – Skrzywdzi ją. On jest chory! Widziałam, jak na nią patrzył. Zabiję go. Zajebię. – Jej ostre słowa stłumił gwałtowny kaszel.

Sachs wykrzywiła twarz z bólu. Odruchowo wbiła paznokieć w oparzony palec. Wyciągnęła notatnik.

– Czy możesz powiedzieć, co się wydarzyło?

Opowieść Carole o porwaniu przerywały ataki płaczu i kaszlu.

– Chcesz, żebym do kogoś zadzwoniła? – spytała Sachs. – Do twojego męża?

Carole nie odpowiedziała. Wcisnęła głowę między kolana. Ciężko oddychała.

Sachs ścisnęła ramię kobiety oparzoną prawą ręką i powtórzyła pytanie.

– Mój mąż... – Spojrzała na Sachs dziwnym wzrokiem. – Mój mąż nie żyje.

– Och, przepraszam.

Carole poczuła się słabo po środkach uspokajających i lekarka zaprowadziła ją do ambulansu. Sachs uniosła wzrok i zauważyła Lona Sellitta i Jerry'ego Banksa biegnących w ich kierunku od spalonego kościoła.

– Jezus Maria, Sachs! – Sellitto przyglądał się spustoszeniom na ulicy. – Co z dziewczynką?

– Wciąż ją przetrzymuje.

– Nic ci się nie stało? – spytał Banks.

– Nic poważnego. – Sachs spojrzała na ambulans. – Ofiara, Carole, nie ma pieniędzy. Nie ma też gdzie się zatrzymać. Czy mógłby pan to załatwić?

– Oczywiście – odparł Sellitto.

– Podrzucone ślady? – zapytał Banks. Skrzywił się, gdy dotknął opatrunku, jaki miał nad prawym okiem.

– Stracone – odparła Sachs. – Widziałam je w piwnicy, ale nie zdążyłam w porę. Spaliły się.

– Boże – mruknął Banks. – Co się z nią stanie?

O czym pomyślał?

Podeszła do wraku furgonetki i poszukała radia. Nałożyła słuchawki. Chciała połączyć się z Rhyme'em, ale się zawahała.

Co może jej powiedzieć?

Spojrzała na spalony kościół. Jak można badać miejsce przestępstwa, gdy go w zasadzie nie ma?

Stojąc z rękami opartymi na biodrach, patrzyła na tlące się zgliszcza kościoła. Usłyszała odgłos, którego nie mogła zlokalizować – jękliwy, mechaniczny dźwięk. Nie zwróciłaby na niego uwagi, gdyby nie zauważyła, że Lon Sellitto stanął jak wryty i otrzepał popiół z wymiętej koszuli.

– Nie wierzę swoim oczom – wykrztusił.

Odwróciła się w stronę ulicy.

Duży czarny van zaparkował przecznicę dalej. Z boku wysunęła się hydrauliczna rampa. Sachs zmrużyła oczy. W pierwszej chwili wydawało się jej, że na rampie znajduje się robot służący do rozbrajania bomb.

Robot zjechał na chodnik.

Wybuchnęła głośnym śmiechem.

Machina ruszyła w ich kierunku.

Wózek inwalidzki skojarzył się jej z pontiakiem firebirdem. Miał małe tylne kółka. Duża bateria i silnik były zamontowane pod siedzeniem.

Thom szedł obok, ale Lincoln Rhyme sam kierował wózkiem za pomocą czujnika, który trzymał w ustach – połączonego z pulpitem. Jego ruchy były pełne osobliwego wdzięku. Podjechał do niej i zatrzymał się.

– No dobrze, kłamałem – powiedział szorstko.

Westchnęła.

– Mówią, że nie możesz korzystać z wózka?

– Przyznaję, że kłamałem. Wiem, że jesteś zła, Amelio. Ale pozłość się i wybacz mi...

– Czy zauważyłeś, że gdy jesteś w dobrym nastroju, mówisz do mnie Sachs, a gdy w złym – Amelio?

– Nie jestem w złym humorze – burknął.

– Rzeczywiście nie jesteś – przyznał Thom. – On nienawidzi tylko, gdy łapie się go na kłamstwie. – Wskazał na imponujący wózek. – Cały czas stał w pomieszczeniu obok sypialni, gdy on opowiadał wzruszającą historię o swoim nieszczęściu. Pozwoliłem mu na to.

– Bez takich uwag, Thom. Dziękuję. Bardzo mi przykro. Przepraszam.

– Ma go od wielu lat – kontynuował Thom. – Nauczył się nim kierować przy użyciu czujnika umieszczonego w ustach. Jest w tym bardzo dobry. Nawiasem mówiąc, do mnie zawsze zwraca się: Thom. Nigdy nie miałem tej satysfakcji, żeby zwrócił się do mnie po nazwisku.

– Męczyło mnie, że ludzie się na mnie gapią – powiedział Rhyme zgodnie z prawdą. – Zrezygnowałem zatem z przejażdżek. – Spojrzał na rozciętą wargę Sachs. – Boli?

Dotknęła ust.

– Piecze jak diabli.

Rhyme spojrzał w bok.

– Banks, co ci się stało? Goliłeś się na czole?

– Stanąłem na drodze wozu strażackiego. – Młody mężczyzna skrzywił się i ponownie dotknął bandaża.

– Rhyme – zaczęła Sachs. Uśmiech zniknął jej z twarzy. – Tutaj nic nie ma. Przetrzymuje dziewczynkę, ale nie zdążyłam zabrać podrzuconych śladów.

– Ależ Sachs, zawsze coś się znajdzie. Uwierz w zasadę monsieur Locarda.

– Widziałam, jak paliły się wskazówki. Jeżeli nawet coś z nich pozostało, to pokryte jest tonami popiołu.

– Więc szukajmy śladów, które zostawił nieumyślnie. Będziemy razem badać miejsce przestępstwa. Ty i ja. Zaczynamy.

Dwukrotnie krótko dmuchnął w czujnik i wózek ruszył do przodu. Przejechał kilka metrów.

– Poczekaj – powiedziała.

Zatrzymał się.

– Jesteś nieostrożny, Rhyme. Powinieneś okleić kółka taśmą. Nie chcesz chyba, żeby twoje odciski pomieszały się z odciskami przestępcy.

– Od czego zaczynamy?

– Potrzebujemy próbki popiołu – rzekł Rhyme. – Z tyłu furgonetki znajdowały się puste pojemniki na farby. Poszukaj, może coś ocalało.

Wyciągnęła puszkę z wraku samochodu.

– Czy wiesz, w którym miejscu wybuchł pożar? – spytał Rhyme.

– Mniej więcej.

– Pobierz z tego miejsca próbkę popiołu: pół litra–litr.

– Dobrze – powiedziała i weszła na ścianę z cegieł dwumetrowej wysokości. Jedynie to pozostało z północnej części kościoła.

Spojrzała w dół na dymiący parter.

– Hej, funkcjonariuszko! – zawołał komendant straży. – Jeszcze nie skończyliśmy. Tu jest niebezpiecznie.

– Nie bardziej niebezpiecznie, niż gdy tu byłam po raz pierwszy.

Trzymając pojemnik w zębach, zaczęła schodzić po ścianie.

Lincoln Rhyme patrzył na nią, ale w rzeczywistości widział siebie, gdy trzy i pół roku temu zdejmował kurtkę i wchodził do przebudowywanej stacji metra w pobliżu ratusza.
– Sachs! – zawołał. Odwróciła się. – Bądź ostrożna. Widziałem, co zostało z furgonetki. Nie chcę cię dzisiaj stracić po raz drugi.
Kiwnęła głową i znikła za ścianą.
Po kilku minutach Rhyme mruknął do Banksa:
– Gdzie ona jest?
– Nie wiem.
– Spytałem, bo chciałem, żebyś sprawdził.
– Ach, oczywiście. – Podszedł do ściany i rozejrzał się.
– I co? – spytał Rhyme.
– Ale tu bałagan.
– Wiem o tym. Czy ją widzisz?
– Nie.
– Sachs! – krzyknął Rhyme.
Rozległ się trzask. Spadła jakaś belka. Uniosły się tumany pyłu.
– Sachs?! Amelio?!
Nie usłyszał odpowiedzi.
Już chciał wysłać policjantów z oddziału specjalnego, gdy usłyszał jej głos:
– Wychodzę.
– Jerry?! – zawołał Rhyme.
– Czekam tutaj! – krzyknął młody detektyw.
Wyrzuciła pojemnik z piwnicy. Banks złapał go jedną ręką. Sachs wydostała się na zewnątrz. Wytarła ręce w spodnie, krzywiąc się.
– Wszystko w porządku?
Skinęła głową.
– Sprawdzimy aleję – zarządził Rhyme. – Ulicą jeździły cały czas samochody, więc zaparkował w głębi, gdy wyciągał ofiarę z bagażnika. Dostał się do środka drzwiami znajdującymi się po prawej stronie.
– Skąd wiesz?
– Są dwa sposoby na otwarcie zamkniętych drzwi bez wysadzania ich. Kluczem i wyważając je. Te były zamknięte od wewnątrz na zasuwę. Opuszczając kościół, nie umieścił ich na zawiasach.
Zaczęli cofać się od drzwi ponurym kanionem. Tlący się budynek znajdował się po ich prawej stronie. Sachs poruszała się

drobnymi krokami, oświetlając urządzeniem PoliLight kocie łby.

– Musimy znaleźć ślady kół – rzekł Rhyme. – Chcę wiedzieć, gdzie znajdował się bagażnik samochodu.

– Tutaj – powiedziała, badając nawierzchnię. – Ślady kół. Ale nie wiem, czy tylnych, czy przednich. Mógł cofać.

– Ślady są wyraźne czy zamazane?

– Lekko zamazane.

– Zatem pochodzą od przednich kół. – Roześmiał się, widząc zaskoczenie na jej twarzy. – Jesteś ekspertem od motoryzacji. Gdy wsiądziesz do samochodu, zauważ, że pierwszą czynnością, która wykonujesz, jest lekki ruch kierownicą, żeby sprawdzić, czy koła nie są skręcone. Zatem ślady pozostawione przez przednie opony są bardziej zamazane niż zrobione przez tylne. Skradzionym samochodem jest ford taurus rocznik '97. Ma pięćset dwa centymetry długości, rozstaw osi – dwieście siedemdziesiąt sześć centymetrów. Bagażnik znajduje się około stu czternastu centymetrów od środka tylnego koła. Odmierz tę odległość i zbierz ślady odkurzaczem.

– Skąd wziąłeś te liczby?

– Sprawdziłem dziś rano. Czy zebrałaś ślady z ubrań ofiary?

– Tak. Zza paznokci i z włosów też. Rhyme, zwróć na to uwagę: dziewczynka ma na imię Pam, ale przestępca nazywał ją Maggie. Tak samo jak w przypadku tej Niemki: mówił do niej Hanna. Pamiętasz?

– Chciałaś powiedzieć, że to jego drugie „ja" tak mówiło – zauważył Rhyme. – Zastanawiam się, kim są te postacie w jego sztuce.

– Mam zamiar zebrać pył wokół drzwi – oświadczyła.

Rhyme przyglądał się jej pokaleczonej twarzy, osmalonym włosom. Gdy skończyła pracę, chciał jej przypomnieć, że miejsce przestępstwa ma trzy wymiary, ale już zaczęła zbierać pył z framugi.

– Zajrzał prawdopodobnie najpierw do środka, zanim wprowadził ją do kościoła – powiedziała i zaczęła odkurzać parapety.

Miało to być kolejne polecenie Rhyme'a.

Słuchał pojękiwania odkurzacza, ale coraz bardziej tracił kontakt z otoczeniem. Zagłębiał się w wydarzeniach sprzed kilku godzin.

– Ja... – zaczęła Sachs.

– Sza.

Jak w czasie spacerów, które kiedyś robił, jak w czasie koncertów, na które chodził, jak podczas rozmów, które prowadził, Rhyme zagłębiał się teraz w myślach. Kiedy wyobraził sobie pewne miejsce – nie miał pojęcia, gdzie ono się znajduje – zauważył, że nie jest sam. Widział niskiego mężczyznę ubranego w ciemne, sportowe ubranie, z rękawiczkami na rękach i maską na twarzy. Wysiadał ze srebrzystego forda taurusa, który pachniał środkiem czyszczącym i nowością. Kobieta – Carole Ganz – leżała w bagażniku, jej porwana córka znajdowała się w starym budynku z drogiej cegły i różowego marmuru. Mężczyzna wyciągał kobietę z samochodu...

Obraz był tak wyraźny, jakby Rhyme przy tym był. Tamten wyważył drzwi z zawiasów, pchnął je i wciągnął kobietę do środka. Przywiązał ją do ściany. Chciał wyjść, ale się zatrzymał. Podszedł do miejsca, z którego mógł się dokładnie przyjrzeć Carole. Patrzył na nią tak jak na mężczyznę, którego pochował żywcem wczoraj rano przy torach.

Jak na Tammie Jean Colfax, którą przywiązał do rury na środku pomieszczenia, aby móc lepiej się jej przyjrzeć.

Ale dlaczego? – zastanawiał się Rhyme. Dlaczego się im przypatrywał? Aby się upewnić, że nie uciekną? Aby sprawdzić, czy nie zostawił jakichś śladów? Aby...

Gwałtownie otworzył oczy. Mętny obraz przestępcy 823 zniknął.

– Sachs! Przypominasz sobie piwnicę, w której znalazłaś Colfax? W momencie gdy odkryłaś odcisk rękawiczki?

– Oczywiście.

– Powiedziałaś, że przykuł ją na środku pomieszczenia, ponieważ chciał ją dobrze widzieć. Jednak nie wiedziałaś, dlaczego tak postąpił. Znalazłem odpowiedź na to pytanie. Przyglądał się ofiarom, ponieważ musiał.

Ponieważ ma taką naturę.

– Co masz na myśli?

– Ruszamy.

Rhyme dwukrotnie delikatnie wciągnął powietrze przez czujnik. Wózek obrócił się. Wtedy dmuchnął i ruszył do przodu.

Wjechał na chodnik. Wciągnął głęboko powietrze przez czujnik, wózek się zatrzymał. Rhyme zmrużył oczy, gdy rozglądał się wokół.

– Chciał widzieć swoje ofiary. Jestem pewny, że chciał też przyjrzeć się ludziom idącym na mszę. Wybrał miejsce, w którym czułby się bezpiecznie. Gdzie nie musiał zacierać śladów... – Spojrzał na drugą stronę ulicy, na dogodny punkt do obserwacji: zewnętrzny dziedziniec restauracji naprzeciw kościoła. – Tam! Sachs, poszukaj śladów.

Skinęła głową. Włożyła nowy magazynek do glocka, wzięła worki na dowody, dwa ołówki i odkurzacz. Rhyme widział, jak przebiegła przez ulicę i zaczęła badać teren.

– Był tutaj! – krzyknęła. – Znalazłam odcisk rękawiczki. Jest tu też ślad buta, taki sam jak poprzednie.

Tak! – pomyślał Rhyme. Czuł się świetnie. Słońce, świeże powietrze, widzowie. I emocje wywołane polowaniem na przestępcę. *Gdy się poruszasz, nie dopadną cię.*

Gdyby byli szybsi.

Rhyme spojrzał na tłum gapiów i zauważył, że niektórzy ludzie patrzą na niego. Jednak znacznie więcej przypatrywało się Amelii Sachs.

Piętnaście minut badała teren, po czym podeszła do Rhyme'a i uniosła woreczek.

– Sachs, co znalazłaś? Jego prawo jazdy? Metrykę urodzenia?

– Złoto – powiedziała, uśmiechając się. – Znalazłam kawałek złota.

Rozdział 30

Ruszajcie się! – zawołał Rhyme. – Musimy się spieszyć. I znaleźć go, nim przewiezie dziewczynkę w inne miejsce. Powiedziałem: spieszyć.

Thom, korzystając z suwnicy, przeniósł Rhyme'a z wózka na jego klinitron. Sachs spojrzała na windę przeznaczoną do przewożenia wózka. Drzwi do niej znajdowały się w sypialni. To właśnie ich nie zdążyła otworzyć, gdy szukała sprzętu stereo i kompaktów.

Rhyme chwilę leżał spokojnie i głęboko oddychał. Był wyczerpany.

– Wskazówki uległy zniszczeniu – przypomniał im. – Nie ma możliwości zlokalizowania następnego miejsca przestępstwa. Musimy zatem poszukać najważniejszego: jego kryjówki.

– Sądzisz, że dasz radę ją znaleźć? – spytał Sellitto.

Czy mamy wybór? – pomyślał Rhyme, ale nic nie powiedział.

Banks wbiegł po schodach. Nie zdążył wejść do pokoju, gdy Rhyme wyrzucił z siebie:

– Masz wyniki analizy? Mów...

Wiedział, że mikroskopijny kawałek złota, znaleziony przez Sachs, nie może być zbadany w prowizorycznym laboratorium Coopera. Polecił więc młodemu detektywowi, żeby zawiózł próbkę do laboratorium FBI.

– Zadzwonią do nas w ciągu pół godziny.

– Pół godziny? – mruknął Rhyme. – Nie nadali tej sprawie priorytetu?

– Pewnie, że nadali. Był tam Dellray. Trzeba było go widzieć. Kazał odłożyć wszystkie inne sprawy.

– Rhyme – odezwała się Sachs. – Coś jeszcze mówiła Ganz.

Może to być istotne. Przestępca powiedział, że wypuści ją, jeżeli pozwoli obedrzeć stopę ze skóry.

– Obedrzeć?!

– Tak. Ale w końcu nic jej nie zrobił. Powiedziała, że wahał się, nie mógł się na to zdecydować.

– Chciał postąpić jak przy pierwszym zabójstwie, gdy zabił mężczyznę przy torach kolejowych – wtrącił Sellitto.

– Interesujące – zauważył Rhyme. – Myślałem, że odciął skórę i mięśnie z palca mężczyzny, aby zniechęcić potencjalnego złodzieja, który chciałby ukraść pierścionek. Ale chyba nie. Przyjrzyjmy się jego postępowaniu: Odcina palec taksówkarzowi i wozi go ze sobą. Rozcina do kości ramię i nogę tej Niemki. Kradnie kości i szkielet węża. Przysłuchuje się odgłosowi wydawanemu przez łamany palec Everetta... Jest coś w sposobie, w jaki przestępca postrzega ofiary. Coś...

– Anatomicznego.

– Właśnie, Sachs.

– Z wyjątkiem Ganz – wtrącił Sellitto.

– Mógł ją okaleczyć. Wtedy też znaleźlibyśmy ją żywą. Jednak coś go powstrzymało. Co?

– Co ją różni od innych ofiar? – zapytał Sellitto – Nie to, że jest kobietą. Ani to, że jest spoza miasta. Niemka też nie była mieszkanką Nowego Jorku...

– Może nie chciał okaleczać jej w obecności córki – podsunął Banks.

– Nie – odparł Rhyme, uśmiechając się ponuro. – Uczucie litości jest mu obce.

– Wyróżnia ją to, że jest matką – powiedziała nagle Sachs.

Rhyme pomyślał nad tym.

– Tak. To może być powód. Matka i córka. Nie skłoniło go to wprawdzie do wypuszczenia ich, ale powstrzymało od zadawania jej cierpień. Thom, zapisz to w charakterystyce, ale postaw znak zapytania. – Zwrócił się do Sachs: – Czy powiedziała, jak wygląda?

Sachs przerzuciła notatki.

– Opis zgadza się z poprzednimi. – Zaczęła czytać: – Maska na twarzy, wątła budowa ciała, czarne rękawiczki. On...

– Czarne rękawiczki? – Rhyme zerknął na charakterystykę. – Nie czerwone?

– Powiedziała, że czarne. Zapytałam, czy jest pewna.

- Ten znaleziony kawałek skóry był czarny. Prawda, Mel? Może pochodził z jego rękawiczki. Zatem skąd pochodzi czerwona skóra?

Cooper wzruszył ramionami.

- Nie wiem, ale znaleźliśmy kilka jej kawałków. To on musiał je pozostawić.

Rhyme spojrzał na torebki z dowodami.

- Co jeszcze znaleźliśmy?

- Pył, który zebrałam na alei i przy drzwiach. - Sachs strząsnęła kurz z filtru na kartkę papieru.

Cooper przyjrzał mu się przez lupę.

- Dużo niczego - oznajmił. - Głównie ziemia. Kawałki minerałów. Łupki miki z Manhattanu. Skalenie.

Takie minerały można znaleźć w całym mieście.

- Dalej.

- Fragmenty rozłożonych liści. To wszystko.

- Ubrania Ganz?

Cooper i Sachs rozłożyli papier, na którym znajdował się kurz zebrany z ubrań kobiety.

- Przede wszystkim ziemia - powiedział Cooper. - Kilka kawałków czegoś, co wygląda jak fragmenty kamienia.

- Gdzie ją przetrzymywał w swojej kryjówce? Dokładnie.

- Na podłodze w piwnicy. Mówiła, że była bardzo brudna.

- Doskonale! - krzyknął Rhyme. - Mel, odparuj kurz.

Cooper umieścił próbkę w chromatografie gazowym.

Wszyscy z niecierpliwością czekali na wyniki.

W końcu monitor komputera zamigotał. Spektrogram przypominał krajobraz księżycowy.

- Nieźle. To jest interesujące. Duża zawartość taniny i...

- Węglanu sodu?

- Czyż nie wprowadza was w zdumienie? - Cooper się roześmiał. - Skąd wiesz?

- Taniny i sody używano w garbarniach w osiemnastym i dziewiętnastym wieku. Kwas taninowy i węglan sodu służyły jako środki ściągające i konserwujące. Czyli w pobliżu jego kryjówki znajdowała się kiedyś garbarnia.

Uśmiechnął się. Nie mógł się powstrzymać.

823, czy słyszysz nasze kroki za sobą? - pomyślał.

Jego wzrok ześlizgnął się na mapę Randela.

- Ze względu na unoszące się wokół garbarni zapachy nikt nie chciał ich mieć w swoim sąsiedztwie. Władze miasta pozwalały budować je tylko na wyznaczonych terenach. Wiem, że kilka takich garbarni zbudowano na Lower East Side. W Greenwich Village też. Kiedyś było to odrębne miasto – przedmieście Nowego Jorku. Garbarnie znajdowały się też na West Side, w pobliżu pomieszczeń rzeźnych, w których znaleźliśmy Niemkę. A, jeszcze w Harlemie na początku naszego wieku.

Rhyme spojrzał na spis sklepów spożywczych sieci ShopRite, w których sprzedawano ostatnio gicz cielęcą.

– Chelsea odpada. Nie było tam garbarni. Harlem także. W spisie nie ma sklepu ShopRite w tej dzielnicy. Pozostaje: West Village, Lower East Side lub Midtown West Side – ponownie Hell's Kitchen. Wydaje się, że lubi tę dzielnicę.

Tylko około dwudziestu pięciu kilometrów kwadratowych, ocenił cynicznie Rhyme. Przypomniał sobie, że w pierwszym dniu swojej pracy doszedł do wniosku, iż łatwiej się ukryć na Manhattanie niż w lasach na północy kraju.

– Dobrze, następne ślady. Co można powiedzieć o kawałkach kamieni z ubrania Carole?

Cooper pochylił się nad mikroskopem.

– Okay. Widzę je.

– Ja też chcę je zobaczyć.

Ekran komputera Rhyme'a ożył. Mógł przyjrzeć się powiększonym kawałkom kamieni i kryształów, które przypominały świecące planetoidy.

– Obróć ten kawałek – poinstruował Rhyme.

Trzy różne minerały tworzyły ten fragment materiału.

– Po lewej znajduje się różowawy marmur – powiedział Cooper. – Taki sam jak znaleźliśmy wcześniej. W środku, ten szary materiał...

– To zaprawa murarska. Poza tym piaskowiec – oznajmił Rhyme. – Kamień pochodzi z budynku w stylu federalnym, podobnego do ratusza wybudowanego w 1812 roku. Jedynie fasada była z marmuru. Reszta to piaskowiec. Zrobiono to, żeby zaoszczędzić na kosztach. Może niezupełnie. Pieniądze przeznaczone na marmur trafiły do prywatnych kieszeni. Co jeszcze mamy? Popiół. Trzeba sprawdzić, czego użył do wzniecenia pożaru.

Cooper przeprowadził analizę chromatograficzną i spektrometryczną popiołu.

Wpatrywał się w krzywą, która pojawiła się na ekranie.

Benzyna opuszczająca rafinerię zawiera specyficzne barwniki i dodatki, które pozwalają jednoznacznie określić źródło pochodzenia paliwa. Jednak na stacjach benzynowych często miesza się różne gatunki benzyn. Cooper oświadczył, że benzyna najprawdopodobniej pochodzi ze stacji Gas Exchange.

Banks chwycił książkę z adresami firm i otworzył ją.

– Na Manhattanie znajduje się sześć stacji tej firmy, z czego trzy w południowej części wyspy. Jedna przy skrzyżowaniu Szóstej Alei z Houston. Druga – na Delacey. Trzecia – przy Dziewiętnastej i Ósmej.

– Dziewiętnasta jest zbyt daleko na północ – zauważył Rhyme i spojrzał na charakterystykę. – East Side czy West Side?

– Sklepy spożywcze, benzyna...

Chuda postać pojawiła się w drzwiach.

– Wciąż zapraszasz mnie na przyjęcie? – zapytał Frederick Dellray.

– Zależy – odparł Rhyme. – Przyniosłeś prezenty?

– Mam dużo podarków – powiedział agent i pomachał teczką ozdobioną znakiem FBI.

– Dellray, czy ty kiedykolwiek pukasz? – spytał Sellitto.

– Zapomniałem o tym zwyczaju.

– Wejdź już – rzekł Rhyme. – Co masz?

– Właściwie nie wiem. Nie rozumiem, jaki to może mieć związek z przestępcą.

Dellray spojrzał na raport i po chwili powiedział:

– Analizę tego śladu prowadził Tony Farco. Aha, kazał cię pozdrowić. Stwierdził, że jest to fragment złotej folii. Wyprodukowana została przypuszczalnie sześćdziesiąt–osiemdziesiąt lat temu. Znalazł na niej kilka włókien celulozy, dlatego uważa, że pochodzi z książki.

– Oczywiście! Złocenia stron – powiedział Rhyme.

– Znalazł również na folii drobiny tuszu. Powiedział, cytuję: „Materiał nie wydaje się różnić od tuszu, którego używa Biblioteka Publiczna Nowego Jorku do stemplowania swoich książek". Zabawnie brzmi, co?

– Książka z biblioteki. – Rhyme się zamyślił.

– Oprawiona w czerwoną skórę – dodała Sachs.

Rhyme spojrzał na nią ze zdziwieniem.

– No pewnie! – wykrzyknął. – To z niej pochodzą kawałki czerwonej skóry. Nie z rękawiczek. Tę książkę wozi ze sobą. To jest jego biblia.

– Biblia? – spytał Dellray. – Sądzisz, że to jakiś fanatyk religijny?

– Nie Biblia, Fred. Banks, zadzwoń ponownie do biblioteki. Być może tam zdarł swoje podeszwy – w czytelni. Wiem, że to mało prawdopodobne, ale musimy wykorzystać wszystkie informacje. Chcę mieć listę wszystkich książek antykwarycznych, które zginęły z bibliotek publicznych na Manhattanie w ciągu ostatniego roku.

– Już się robi.

Młody detektyw pocierał ranę na głowie zafrasowany, jakby dzwonił do domu burmistrza. Bez ogródek poprosił jednak, by połączono go z dyrektorem biblioteki, i przekazał prośbę.

Pół godziny później faks zabrzęczał i wypluł dwie kartki. Thom wziął je do ręki.

– Czytelnicy w Nowym Jorku mają lepkie palce – powiedział, pokazując kartki Rhyme'owi.

Osiemdziesiąt cztery książki wydane przed pięćdziesięciu lub więcej laty zniknęły z bibliotek publicznych w Nowym Jorku w ciągu ostatniego roku. Z tego trzydzieści pięć na Manhattanie.

Rhyme zaczął czytać listę. Dickens, Austen, Hemingway, Dreiser... Książki o muzyce, filozofii, winach. Krytyka literacka, baśnie. Ich wartość była zaskakująco niska: dwadzieścia–trzydzieści dolarów. Rhyme przypuszczał, że żadna z nich nie pochodziła z pierwszego wydania, ale może złodzieje o tym nie wiedzieli.

Dalej przeglądał listę.

Nic, nic. Być może...

Nagle zauważył coś.

„Zbrodnie w starym Nowym Jorku", autorstwa Richarda Wille'a Stephansa. Książka została wydana przez Bountiful Press w 1919 roku. Jej wartość oszacowano na sześćdziesiąt dolarów. Przed dziewięcioma miesiącami została skradziona z filii Biblioteki Publicznej Nowego Jorku przy ulicy Delancey. Podano, że miała rozmiar 12,7 x 17,8 centymetrów, oprawiona była w czerwoną koźlą skórę, miała marmurkowany papier i złocone krawędzie.

– Chcę mieć egzemplarz tej książki. Nie interesuje mnie,

w jaki sposób ją zdobędziecie. Jeżeli zajdzie taka potrzeba, wyślijcie kogoś do Biblioteki Kongresu.

– Ja się tym zajmę – powiedział Dellray.

Sklepy spożywcze, benzyna, biblioteka...

Rhyme musiał podjąć decyzję. Do dyspozycji miał wprawdzie trzystu agentów i policjantów, ale to kropla w morzu potrzeb, jeżeli wziąć pod uwagę rozległość terenu, który trzeba przeszukać.

Wbił wzrok w charakterystykę przestępcy.

– Czy twój dom znajduje się w West Village? – zapytał cicho.

– Czy kupowałeś benzynę i ukradłeś książkę na East Side, aby nas wyprowadzić w pole? Może rzeczywiście tam się ukrywasz? Bardzo jesteś sprytny? Nie, pytanie jest inne: Jak oceniasz swój spryt? Czy byłeś przekonany, że nigdy nie znajdziemy tych mikroskopijnych śladów, które pozostawiłeś i które – jak upewnia nas monsieur Locard – musiałeś zostawić?

W końcu Rhyme podjął decyzję.

– Sprawdzamy Lower East Side. Zapominamy o Village. Wszystkie siły należy skierować do tej dzielnicy. Wszystkich policjantów Bo i agentów Freda. Szukamy dużego budynku w stylu federalnym, zbudowanego około dwustu lat temu. Front wykonano z różowego marmuru, a resztę z piaskowca. Kiedyś mogła to być rezydencja lub budynek użyteczności publicznej. Obok znajduje się garaż lub stara powozownia. Często tam wjeżdżał taurus lub żółta taksówka, szczególnie w ostatnich dniach.

Rhyme spojrzał na Sachs.

Nie myśleć o śmierci...

– Ja też jadę – powiedziała Sachs do Rhyme'a.

– Nie sądziłem, że podejmiesz inną decyzję.

Gdy zamknęły się drzwi na dole, wyszeptał:

– Niech Bóg błogosławi twoją szybką jazdę, Sachs.

Rozdział 31

Trzy samochody policyjne powoli krążyły ulicami południowej części East Side. Dwóch konstabli w każdym. Chwilę później pojawiły się dwa czarne, kryte powozy... dwa sedany – miał na myśli. Były nieoznakowane, ale reflektory umieszczone przy lusterku po lewej stronie jednoznacznie wskazywały, do kogo należą pojazdy.

Oczywiście wiedział, że będą zawężać poszukiwania i było kwestią czasu znalezienie jego kryjówki. Jednak był zaskoczony, że to tak szybko nastąpiło. Szczególnie zdenerwował się, gdy zobaczył konstabli wysiadających z pojazdu i sprawdzających srebrzystego taurusa zaparkowanego na ulicy Kanałowej.

W jaki sposób dowiedzieli się o tym wozie? Wiedział, że kradzież samochodu związana jest z dużym ryzykiem, ale sądził, że firma Hertz nie zauważy tak szybko zniknięcia pojazdu. Poza tym był pewny, że konstable nie odkryją, iż to on ukradł ten samochód.

Jeden z policjantów spojrzał na jego taksówkę.

Patrząc przed siebie, Kolekcjoner Kości powoli skręcił w ulicę Houston i wmieszał się pomiędzy inne taksówki. Pół godziny później porzucił swoją taksówkę i taurusa, po czym pieszo wrócił do rezydencji.

Mała Maggie spojrzała na niego.

Była wciąż przestraszona, ale przestała już płakać. Zastanawiał się, czy powinien ją zatrzymać przy sobie, traktować jak córkę, wychowywać. Pomysł ten zaświtał mu w głowie, ale po chwili się ulotnił.

Nie, wiąże się z tym zbyt wiele problemów. Poza tym było coś niesamowitego w spojrzeniu dziewczynki. Wydawała się starsza, niż była w rzeczywistości. Na zawsze zapamięta, co zrobił.

Przez pewien czas może jej się wydawać, że to tylko zły sen, ale pewnego dnia prawda wyjdzie na jaw. Zawsze tak się dzieje. Możesz ukrywać prawdę dłuższy czas, ale w końcu i tak wypływa. Nie, nie mógł jej zaufać bardziej niż komukolwiek innemu. Każda dusza ludzka w końcu cię oszuka. Możesz wierzyć nienawiści. Możesz wierzyć kościom. Wszystko inne jest zdradą.

Pochylił się nad Maggie i odkleił taśmę z jej ust.

– Mamusiu! – zaszlochało dziecko. – Chcę do mamy!

Nic nie powiedział, stał i patrzył na dziewczynkę: na jej delikatną czaszkę, na szczupłe ramiona.

Zawodziła jak syrena.

Zdjął rękawiczkę.

Chwilę trzymał rękę nad jej głową. Potem zaczął delikatnie pieścić jej włosy. („Odciski palców można zebrać ze skóry w ciągu dziewięćdziesięciu minut od kontaktu, jednak do tej pory nie udało się nikomu zrekonstruować odcisków pozostawionych na ludzkich włosach". L. Rhyme, „Badanie miejsc przestępstw", wydanie czwarte, Wydawnictwo Sądowe, 1994).

Kolekcjoner Kości wszedł na schody. Skierował się do dużego pokoju gościnnego.

Szedł wzdłuż ścian pokrytych malunkami przedstawiającymi robotników, kobiety i dzieci. Uniósł głowę, gdy usłyszał stłumiony hałas dochodzący z zewnątrz. Potem głośniejszy: brzęk metalu. Wyciągnął broń i podbiegł do tylnej części budynku. Odsunął zasuwę i gwałtownie pchnął drzwi, przyjmując pozycję strzelecką.

Wataha dzikich psów przyglądała się mężczyźnie. Zwierzęta szybko jednak wróciły do pojemnika na śmieci, w którym znów zaczęły buszować.

Włożył broń do kieszeni, wrócił do salonu.

Podszedł do okna i zaczął przyglądać się staremu cmentarzowi. *Tak! Tam!* Znów widział mężczyznę ubranego na czarno, stojącego na cmentarzu. W oddali majaczyły czarne maszty kliperów i małych statków jednożaglowych, cumujących na East River wzdłuż nabrzeża.

Kolekcjonera Kości ogarnął ogromny smutek.

Zastanawiał się, jaka tragedia się wydarzyła. Może wielki pożar w 1776 roku właśnie strawił większość budynków wzdłuż Broadwayu. Albo epidemia żółtej febry w 1795 roku zdziesiątkowała społeczność irlandzką. Lub w 1904 roku spalił się statek wycieczkowy „General Slocum", wywołując pożar w niemieckiej dzielnicy East Side, w wyniku którego zginęło ponad tysiąc kobiet i dzieci.

Być może instynktownie przeczuwał zbliżające się tragedie.

Po kilku minutach płacz Maggie ucichł, zastąpiły go odgłosy starego miasta: łoskot silników parowych, dźwięk dzwonków, wystrzały z broni ładowanej czarnym prochem, stukot podków na kocich łbach.

Patrzył w przestrzeń. Zapomniał o konstablach, którzy go tropili, o Maggie. Przyglądał się zjawie poruszającej się po ulicy. Wtedy i teraz.

Stał zatopiony w myślach. Zagubił się w przeszłości. Nie zauważył, że dzikie psy dostały się do środka budynku drzwiami z tyłu domu, które zostawił uchylone. Przyjrzały mu się przez drzwi do salonu, odwróciły i po cichu wróciły do tylnej części budynku.

Węszyły i nasłuchiwały w tym dziwnym miejscu. Szczególnie zainteresował je cichy płacz dochodzący gdzieś z dołu.

Byli tak zdesperowani, że nawet Chłopcy Twardziele się rozdzielili.

Bedding pracował przy ulicy Delancey, Saul – dalej na południe. Sellitto i Banks też mieli swoje rejony. Tak samo dziesiątki innych policjantów oraz agentów FBI. Chodzili od drzwi do drzwi, pytając o drobnego mężczyznę, płaczącą małą dziewczynkę, srebrzystego forda taurusa, opuszczony budynek w stylu federalnym z fasadą z różowego marmuru i pozostałymi ścianami z ciemnego piaskowca.

Hę? Co do diabła znaczy: federalny? Czy widziałam dziecko? Pytacie, czy widziałam dziecko na Lower East Side? Jimmy, czy widiałeś jakieś dziecko tutaj?

Amelia Sachs naprężyła mięśnie. Nalegała, żeby być w grupie Sellitta sprawdzającej sklep ShopRite na ulicy Houston, w którym sprzedano gicz cielęcą, stację benzynową oraz bibliotekę, z której skradziono książkę „Zbrodnie w starym Nowym Jorku".

Nie znaleźli tam jednak żadnych wskazówek i rozbiegli się jak wilki, które wyczuły dziesiątki różnych zapachów. Każdy z policjantów zaczął przeszukiwać wyznaczony rejon.

Gdy Sachs włączyła silnik i skierowała się w stronę kolejnej przecznicy, poczuła tę samą frustrację, która towarzyszyła jej, kiedy rozpoczynała badanie miejsc przestępstw. Za dużo możliwych śladów, za duży obszar do przeszukania. Ogarnęło ją uczucie beznadziejności. Znalezienie na tych brudnych, upalnych ulicach – rozgałęziających się w setki innych ulic i alei – kryjówki przestępcy wydało się równie niemożliwe jak odszukanie tego włosa, który odrzucony podmuchem wystrzału przykleił się do sufitu.

Początkowo miała zamiar sprawdzić dokładnie każdą ulicę, ale z upływem czasu, myśląc o dziewczynce ukrytej w piwnicy, bliskiej śmierci, zaczęła jeździć znacznie szybciej. Rozglądała się na prawo i lewo, szukając budynku z fasadą z różowego marmuru. Miała wątpliwości. Może w pośpiechu przeoczyła budynek? Czy powinna jeździć tak szybko, by sprawdzić więcej ulic? Kolejna przecznica, następny kwartał domów. I wciąż nic.

„Po śmierci nikczemnika detektywi dokładnie zbadali jego zbrodnie. Z pamiętnika, który prowadził, wynikało, że zamordował ośmioro porządnych obywateli miasta. Poza tym (jeśli napisał prawdę) sprofanował kilka grobów na cmentarzach wokół miasta. Żadna z ofiar nie wyrządziła mu najmniejszej krzywdy. W większości byli to uczciwi, pracowici i niewinni obywatele. Przestępca nie miał żadnych wyrzutów sumienia. Co więcej, przypuszczalnie żył w przeświadczeniu, że uszczęśliwia ofiary".

Lincoln Rhyme nieznacznie poruszył palcem i urządzenie odwróciło przyżółkłą stronę książki „Zbrodnie w starym Nowym Jorku", dostarczonej dziesięć minut wcześniej przez dwóch agentów FBI. Zostali przysłani przez Freda Dellraya.

„Mięśnie obumierają i mogą być słabe – pisał przestępca pewną ręką. – Kości są najmocniejszą częścią ciała. Nieważne, jak stare są twoje mięśnie, kości zawsze pozostają młode. Miałem przed sobą szlachetny cel i nie interesuje mnie, że ktoś mógłby być innego zdania. Wyświadczyłem im przysługę. Teraz są nieśmiertelni. Uwolniłem ich. Oczyściłem ich do kości".

Terry Dobyns miał rację. Dziesiąty rozdział tej książki pod tytułem „James Schneider – Kolekcjoner Kości" był wzorcem dla przestępcy 823. Sposoby działania były takie same: ogień, zwierzęta, woda, gotowanie żywcem. 823 szukał też podobnych ofiar do tych zamordowanych przez Schneidera. Odwiedził te same miejsca. Turystkę z Niemiec wziął za Hannę Goldschmidt, emigrantkę z początku wieku. Udał się do Niemieckiego Domu, by ją tam porwać. Małą Pammy Ganz nazywał Maggie. Widocznie uznał, że jest to mała O'Connor, jedna z ofiar Schneidera. Nieudana akwaforta w książce ukazywała demonicznego Jamesa Schneidera, który siedział w piwnicy i przyglądał się kościom nogi.

Rhyme spojrzał na mapę Randela.

Kości...

Przypomniał sobie miejsce przestępstwa, które kiedyś badał. Został wezwany na miejsce budowy w południowej części Manhattanu, gdzie w czasie wykopów znaleziono czaszkę na głębokości kilku metrów. Rhyme od razu ocenił, że czaszka jest bardzo stara i ściągnął antropologa sądowego. Kontynuowali wykopki i odkryli jeszcze pojedyncze kości i szkielety.

Rhyme bez trudu odszukał informację, że w 1741 roku na Manhattanie wybuchł bunt niewolników. Wielu z nich – a także niektórych ze wspierających ich białych abolicjonistów – powieszono na wysepce znajdującej się na jeziorze Collect. Wyspa była znanym miejscem straceń. Znajdowały się tam też nielegalne cmentarze.

Gdzie to jezioro było? – Rhyme usiłował sobie przypomnieć. Tam gdzie styka się Chinatown z Lower East Side. Ale nie mógł tego powiedzieć z całą pewnością, ponieważ jezioro zostało zasypane bardzo dawno temu. Zostało...

Tak! – pomyślał. Jego serce zaczęło gwałtownie bić. Jezioro zostało zasypane, ponieważ było tak zanieczyszczone, że władze miasta obawiały się, iż może stać się wylęgarnią chorób. Wśród głównych trucicieli znajdowały się garbarnie na wschodnim wybrzeżu.

Nieźle posługując się już telefonem, Rhyme wprowadził numer. Nie pomylił ani jednej cyfry i za pierwszym razem uzyskał połączenie z burmistrzem. Osobisty sekretarz powiedział, że burmistrz jest na przyjęciu w ONZ. Jednak gdy Rhyme się przedstawił, sekretarz powiedział:

– Proszę poczekać minutę.

Minęło zaledwie kilkanaście sekund, gdy Rhyme usłyszał głos mężczyzny mającego usta pełne jedzenia:

– Proszę mówić, detektywie. Chodzi panu o tego pieprzonego mordercę?

– Funkcjonariusz 5885 – powiedziała Amelia Sachs, odpowiadając na wezwanie.

Rhyme słyszał w jej głosie zdenerwowanie.

– Sachs?

– Niedobrze – powiedziała. – Nie mamy szczęścia.

– Sądzę, że ja mam.

– Gdzie?

– East Van Brewoort. W pobliżu Chinatown.

– Skąd wiesz?

– Burmistrz skontaktował mnie z prezesem Towarzystwa Historycznego. Prowadzono tam badania archeologiczne na starym cmentarzu. Po przeciwnej stronie ulicy znajdowała się duża garbarnia. Były tam też rezydencje rządowe. W tej okolicy znajduje się kryjówka przestępcy.

– Jadę.

W głośniku usłyszał pisk opon, a potem odgłos syreny.

– Dzwoniłem do Lona i Haumanna – dodał. – Oni też tam jadą.

– Rhyme – powiedziała natarczywie. – Ja ją uratuję.

Amelio, masz dobre serce policjanta, serce zawodowca, pomyślał Rhyme. Ale wciąż jesteś żółtodziobem.

– Sachs? – odezwał się.

– Tak?

– Właśnie czytałem tę książkę. 823 wybrał wyjątkowo przerażającą postać jako wzorzec.

Nic nie odparła.

– Chcę ci powiedzieć – kontynuował – że niezależnie od tego, czy dziewczynka tam jest, czy nie, jeżeli natkniesz się na przestępcę, nie wahaj się go zastrzelić.

– Ale jeżeli dostaniemy go żywego, może nam powiedzieć, gdzie jest dziewczynka. Możemy...

– Nie, Sachs. Słuchaj mnie. Zastrzel go. Nawet jeżeli nie będzie sięgał po broń ani wykonywał innych podejrzanych ruchów. Masz go zlikwidować.

Rozległy się trzaski.

– Rhyme, jestem na Van Brevoort – usłyszał po chwili jednostajny głos. – Miałeś rację. Wygląd miejsca odpowiada opisowi.

Osiemnaście nieoznakowanych pojazdów, dwa wozy oddziału szybkiego reagowania i furgonetka Sachs zgromadziły się wokół opustoszałej ulicy na Lower East Side.

East Van Brevoort wyglądała jak Sarajewo. Budynki były opuszczone, dwa z nich wypaliły się całkowicie. Na wschodniej stronie ulicy znajdował się stary szpital z zawalonym dachem. Obok był ogrodzony wykop. Prowadzono tam wykopaliska archeologiczne, o których wspominał Rhyme. Wychudzony, zdechły pies leżał w rynsztoku. Częściowo zjadły go szczury.

Pośrodku innego placu przy ulicy stał budynek z marmurową fasadą, lekko różową. Obok znajdowała się powozownia. Był w trochę lepszym stanie niż inne budynki wzdłuż Van Brevoort. Sellitto, Banks i Haumann stali obok pojazdu oddziału specjalnego. Podobnie jak inni policjanci mieli na sobie kamizelki kuloodporne. Uzbrojeni byli w karabinki M-16. Sachs podeszła do nich i bez pytania włożyła na głowę hełm. Zaczęła zapinać kamizelkę kuloodporną.

– Sachs, nie jesteś policjantem operacyjnym – powiedział Sellitto.

Odpinając pas, zaczęła przyglądać się badawczo detektywowi, dopóki nie ustąpił i powiedział:

– Okay. Ale będziesz zabezpieczała tyły. To jest rozkaz.

– Będziesz w Oddziale Drugim – dodał Haumann.

– Tak jest. Mogę z tym żyć.

Jeden z policjantów podał jej karabinek MP-5. Pomyślała o Nicku – o ich randce na strzelnicy. Dwie godziny ćwiczyli strzelanie z broni automatycznej. Strzelali, wbiegając do pomieszczeń treningowych, szybko przy tym wymieniając magazynki w kształcie bananów. Potem czyścili karabinki, usuwając z nich piasek, który jest prawdziwą zmorą dla broni automatycznej. Nick lubił staccato karabinów maszynowych, jednak Sachs była trochę przerażona hałasem robionym przez broń o dużym kalibrze. Zaproponowała pojedynek. Trzykrotnie pokonała go w strzelaniu z glocka z odległości 15 metrów. Roześmiał się i pocałował ją mocno, gdy ostatnia łuska wyskoczyła z komory jej pistoletu i upadła na strzelnicy.

– Będę używała mojej broni osobistej – powiedziała policjantowi.

Podbiegli do nich Chłopcy Twardziele, kuląc się i klucząc, jakby byli ostrzeliwani przez snajperów.

– Sprawdziliśmy. Wokół nikogo nie ma. Budynek jest...

– ...całkowicie opuszczony.

– Szyby są wybite. Wejście z tyłu...

– ...prowadzące na aleję. Drzwi są otwarte.

– Otwarte? – powtórzył Haumann, spoglądając na kilku swoich policjantów.

Saul potwierdził.

- Nie chodzi mi o to, że nie są zamknięte na klucz, ale że są otwarte na oścież.
- Jakieś pułapki?
- Nie widzieliśmy, co nie znaczy...
- ...że ich nie ma.
- Są jakieś pojazdy w alei? - zapytał Sellitto.
- Nie.
- Od frontu mamy dwa wejścia. Główne drzwi do budynku...
- ...które chyba są zamknięte na stałe oraz drzwi do starej powozowni - podwójne, zmieściłyby się w nich dwa pojazdy. Była tam kłódka i łańcuch.
- Ale leżały na ziemi.

Haumann kiwnął głową.

- Może jest w środku.
- Może - rzekł Saul i dodał: - Powiedz mu, co chyba słyszeliśmy.
- Słaby odgłos. Mógł to być płacz.
- Tak. Mógł to być płacz.
- Małej dziewczynki? - spytała Sachs.
- Niewykluczone. W jaki sposób Rhyme odszukał to miejsce?
- Mnie też nie zdradza, jak pracuje jego umysł - odparł Sellitto.

Haumann przywołał jednego ze swoich dowódców i wydał rozkazy. Chwilę później dwa pojazdy oddziału specjalnego pojechały na skrzyżowanie i zamknęły ulicę.

- Oddział Pierwszy - drzwi frontowe. Użyjcie niewielkich ładunków. Oddział Drugi - w aleję. Na trzy ruszacie. Zrozumiano? Unieszkodliwcie go, ale ponieważ może tam być ta dziewczynka, sprawdźcie najpierw, czy macie wolną linię strzału. Sachs, czy na pewno chcesz brać w tym udział?

Stanowczo potwierdziła.

- Okay, chłopcy i dziewczęta. Ruszamy.

Rozdział 32

Sachs i pięciu innych policjantów z Oddziału Drugiego wbiegli na skwarną aleję, zablokowaną przez pojazdy oddziału specjalnego. Zielsko obficie porastało brukowaną ulicę. To oraz popękane fundamenty i puste place przypominały jej grób, który odkryła wczoraj rano.

Ma nadzieję, iż ofiara nie żyje. Uchroniło ją to przed czymś znacznie gorszym... Haumann rozkazał, żeby policjanci z policji konnej zajęli stanowiska na dachach sąsiednich domów. Lufy ich karabinów sterczały jak anteny.

Oddział zatrzymał się przy drzwiach z tyłu domu. Towarzyszący jej policjanci przyglądali się, gdy Sachs sprawdzała taśmę, którą okleiła buty. Słyszała, jak jeden z nich powiedział coś cicho o przesądzie.

Wtedy usłyszała w słuchawkach.

– Dowódca Oddziału Pierwszego. Przy drzwiach frontowych. Ładunki założone i uzbrojone. Jesteśmy gotowi.

– Dowódca Oddziału Drugiego? Oddział Drugi?

– Oddział Drugi na stanowisku.

– Dowódca Oddziału Drugiego prowadzi. Oba oddziały, wpadamy na trzy.

Po raz ostatni sprawdziła broń.

– Raz...

Językiem dotknęła kropli potu spływającej jej po nabrzmiałej ranie na wargach.

– Dwa...

Okay, Rhyme, popatrz...

– Trzy!

Eksplozja nie była głośna: stłumiony trzask. Policjanci szybko ruszyli naprzód. Wbiegła do budynku za grupą z oddziału specjalnego. Rozproszyli się. Wiązki światła rzucane przez latarki przymocowane do luf karabinów krzyżowały się ze snopami światła słonecznego wpadającego przez okna. Sachs spostrzegła, że jest sama. Inni policjanci rozbiegli się po budynku, przeszukiwali pomieszczenia, szafy. Zaglądali za dziwaczne posągi, którymi dom był zapełniony. Skręciła za róg. Zamajaczyła przed nią blada twarz. Nóż... Zamarło jej serce. Przyjęła pozycję strzelecką, uniosła broń. Zaczęła naciskać spust, gdy zdała sobie sprawę, że patrzy na malowidło na ścianie. Niesamowity rzeźnik z okrągłą twarzą trzymał nóż w jednej ręce, a w drugiej kawał mięsa.

Towarzysz...

Przestępca wybrał wielki budynek na kryjówkę.

Policjanci wbiegli po schodach na górę. Przeszukiwali pierwsze i drugie piętro.

Ale Sachs szukała czegoś innego.

Znalazła drzwi prowadzące do piwnicy. Były uchylone. Okay. Włączyła latarkę. Chciała zajrzeć za drzwi, ale przypomniała sobie, co mówił Nick: Nigdy nie zaglądaj do pomieszczeń ani za róg na wysokości głowy lub piersi. Tam będzie strzelał przestępca. Uklękła na jedno kolano, wzięła głęboki oddech. Naprzód!

Nic. Mrok.

Odwróciła się, mierzyła z pistoletu.

Słuchaj.

Na początku nic nie słyszała. Potem dotarły do niej nieokreślone szmery, stukot. Odgłosy przyspieszonego oddechu lub chrząknięć.

On tutaj jest! Ucieka!

– Jestem w piwnicy. Proszę o wsparcie – powiedziała do mikrofonu.

– Zrozumiałem. Czekaj.

Nie czekała jednak. Pomyślała o małej dziewczynce, którą porwał. Zaczęła zbiegać po schodach. Zatrzymała się i znów nasłuchiwała. Nagle zdała sobie sprawę, że ma odsłonięte ciało od pasa w dół. Zeskoczyła na podłogę, skuliła się w ciemnościach.

Głęboko oddychała.

Teraz!

Halogenowa lampa, którą trzymała w lewej ręce, rzuciła jaskrawy snop światła poprzez pomieszczenie. Sachs celowała w środek świetlistego dysku, gdy latarka omiatała pokój. Skierowała wiązkę światła w dół. Tamten też mógł przywrzeć do podłogi. Pamiętała, co mówił Nick: Przestępcy nie fruwają.

Nic. Ani śladu bandyty.

– Funkcjonariuszko Sachs?

Policjant z oddziału specjalnego pojawił się na szczycie schodów.

– Och, nie – wymamrotała, gdy latarka oświetliła Pammy Ganz, skuloną w rogu piwnicy. – Nie ruszaj się! – szepnęła do policjanta.

Centymetry od dziewczynki stała wataha wychudzonych, zdziczałych psów. Obwąchiwały jej twarz, ręce i nogi. Dziewczynka patrzyła szeroko otwartymi oczami na zwierzęta. Jej drobna pierś unosiła się miarowo, łzy spływały po policzkach. Miała otwarte usta, wydawało się, że koniec języka przykleił się jej do górnej wargi.

– Zostań tam – powiedziała Sachs do policjanta. – Nie przestrasz ich.

Wymierzyła z broni, ale nie strzeliła. Zastrzeliłaby dwa lub trzy psy, lecz pozostałe mogłyby wpaść w panikę i zaatakować dziewczynkę. Jeden z nich był na tyle duży, że mógł zagryźć ją jednym kłapnięciem szczęk.

– On jest na dole? – spytał policjant.

– Nie wiem. Przywołaj lekarza. Nie schodźcie jednak na dół.

– Rozumiem.

Kierując broń w stronę psów, Sachs zaczęła powoli podchodzić do dziewczynki. Zwierzęta po kolei odwracały się od Pammy. Mała dziewczynka była po prostu łupem, a Sachs – drapieżnikiem. Psy warczały. Ich przednie łapy drżały, gdy zwierzęta napinały mięśnie. Gotowały się do skoku.

– Boję się – powiedziała Pammy piskliwym głosem, znów przyciągając uwagę psów.

– Cicho, kochanie – wyszeptała Sachs. – Nic nie mów. Nie ruszaj się.

– Mamusiu, chcę do mamy! – Jej przeraźliwy krzyk wystraszył psy. Zaczęły się kręcić, obracając swoje pokancerowane nosy we wszystkie strony.

– Spokojnie, spokojnie...

Sachs przesunęła się w lewo. Teraz na nią psy zwróciły uwagę. Patrzyły najpierw w oczy, a potem kierowały wzrok na wyciągniętą rękę i pistolet. Rozdzieliły się na dwie grupy. Jedna skupiła się przy Pammy, druga usiłowała podkraść się do Sachs z tyłu.

Poruszając się powoli, policjantka znalazła się w końcu między dziewczynką a trzema psami.

Unosiła i opuszczała glocka, mierzyła po kolei do zwierząt. Psy wpatrywały się czarnymi oczami w pistolet.

Jeden z nich, pokryty ranami, z żółtą sierścią, warknął i zaczął zbliżać się do Sachs z prawej strony.

– Mamusiu... – kwiliła dziewczynka.

Sachs pochyliła się powoli, chwyciła za dres i pociągnęła dziewczynkę do siebie. Żółty pies się przysunął.

– Sio – powiedziała Sachs.

Nie posłuchał.

– Poszedł!

Psy napięły mięśnie i obnażyły brązowe zęby.

– Spierdalać! – Sachs krzyknęła i walnęła żółtego psa lufą w nos. Pies zamrugał przerażony oczami, zaskowyczał i wpadł na schody.

Pammy wrzasnęła, doprowadzając pozostałe psy do szału. Zaczęły walczyć między sobą. W piwnicy utworzyło się kłębowisko ciał, w którym co chwila błyskały obnażone zęby. Pokiereszowany rottweiler rzucił pod nogi Sachs kawałek sierści z brązowego kundla. Mocno tupnęła nogą i rottweiler uciekł na schody. Pozostałe psy pobiegły za nim jak charty za królikiem.

Pammy zaniosła się płaczem. Sachs kucnęła przy niej i omiotła światłem latarki piwnicę. Ani śladu przestępcy.

– W porządku, kochanie. Zaraz będziesz w domu. Już dobrze. Pamiętasz tego pana, który tu był? Wyszedł stąd?

– Nie wiem. Chcę do mamy.

W słuchawkach usłyszała głosy policjantów. Parter i pierwsze piętro zostały sprawdzone.

– Samochód i taksówka? – spytała Sachs. – Nie znaleziono ich?

– Nie. Przestępca prawdopodobnie uciekł.

Jego tam nie ma, Amelio. To byłoby bez sensu.

– Piwnica jest bezpieczna? – zawołał policjant ze szczytu schodów.

– Mam zamiar sprawdzić – odparła. – Zaczekajcie.

– Schodzimy.

– Nie – powiedziała. – Miejsce przestępstwa jest prawie niezanieczyszczone i chcę, żeby takie pozostało. Niech tylko lekarz zejdzie na dół i zbada dziewczynkę.

Młody jasnowłosy lekarz zszedł po schodach i pochylił się nad Pammy.

Wtedy Sachs spostrzegła ślady prowadzące w głąb piwnicy do pomalowanych na czarno niskich metalowych drzwi. Podeszła do nich, unikając zadeptania śladów. Kucnęła. Drzwiczki były uchylone. Wydawało się jej, że za nimi znajduje się tunel prowadzący do innego budynku. W środku nie było zupełnie ciemno.

Droga ucieczki. Skurwysyn.

Palcami lewej ręki pchnęła drzwi. Nie zapiszczały.

Wcisnęła się do tunelu.

Przeszła kilka metrów, w słabym świetle nie zauważyła żadnych poruszających się cieni.

Widziała jedynie oczami wyobraźni poparzone ciało T.J. Colfax zwisające przy czarnej rurze i Monelle Gerger otoczoną przez szczury.

– Funkcjonariusz 5885 do dowódcy – powiedziała Sachs do mikrofonu.

– Mów – zwięźle odezwał się Haumann.

– Znalazłam tunel prowadzący do budynku na południe. Trzeba zabezpieczyć drzwi i okna.

– Zrozumiałem.

– Weszłam do niego.

– Do tunelu? Zaraz dostaniesz wsparcie.

– Nie. Nie chcę, żeby ślady w piwnicy zostały zatarte. Niech tylko ktoś zaopiekuje się dziewczynką.

– Powtórz.

– Nie. Bez wsparcia.

Wyłączyła latarkę i zaczęła się czołgać.

Nie miała oczywiście w akademii zajęć z penetrowania tuneli, ale Nick powiedział jej, jak zachowywać się w takich sytuacjach. Broń musi być przy ciele – nie należy wyciągać jej zbyt daleko, aby przestępca jej nie wytrącił. Trzy kroki – dobrze, przesunęła się do przodu. Nasłuchuj. Kolejne dwa kroki. Przerwa. Nasłuchuj. Tym razem cztery kroki. Zachowuj się tak, żeby nie mógł przewidzieć twoich ruchów.

Do cholery, ale tu ciemno.

Poza tym tu śmierdzi. Czym? Zrobiło jej się niedobrze, gdy poczuła drażniący odór.

Doszła do tego klaustrofobia. Zatrzymała się, starała się myśleć o wszystkim, tylko nie o otaczających ją ścianach. Uspokoiła się, ale smród stawał się coraz bardziej drażniący.

Spokojnie, dziewczyno. Spokojnie!

Sachs powstrzymała wymioty.

Co to za hałas? Brzęczenie jakiegoś urządzenia elektrycznego.

Odgłos unosił się i opadał.

Znalazła się trzy metry od wylotu tunelu. Dostrzegła dużą piwnicę. Było w niej ciemno, ale nie tak jak w tej, gdzie znalazła Pammy. Oświetlało je skąpe światło wpadające przez okienko. Widziała unoszące się w powietrzu tumany kurzu.

Uważaj, masz pistolet zbyt daleko od ciała. Jedno kopnięcie i wylatuje ci z rąk. Obniż i przesuń do tyłu środek ciężkości ciała! Użyj ramion do celowania, a tyłka jako podpórki.

Znalazła się przy drzwiach.

Znów powstrzymała wymioty, stłumiła odgłos.

Czeka na mnie czy nie?

Szybko wyjrzyj i schowaj głowę. Masz na głowie hełm. Nie jest całkowicie kuloodporny, ale przypomnij sobie, że przestępca ma przy sobie trzydziestkędwójkę. Damska broń.

W porządku. Pomyśl. W którą stronę najpierw spojrzeć? „Poradnik dla policji patrolowej" nie jest tu pomocny, a i Nick nie chce służyć jej radą. Rzuć monetą.

Lewa.

Szybko wysunęła głowę, spojrzała w lewo. Cofnęła się do tunelu.

Nic nie zauważyła, tylko pustą ścianę i cienie.

Jeżeli jest po prawej stronie, widział mnie. Przygotuje się do strzału.

Okay, ruszaj. Tylko szybko.

Gdy się poruszasz...

Sachs wyskoczyła z tunelu.

...nie dopadną cię.

Rzuciła się na podłogę, przeturlała i odwróciła.

Jakaś postać ukryła się w cieniu pod oknem, po prawej stronie. Szybko wycelowała, ale nie strzeliła – zamarła z przerażenia. Straciła oddech.

Boże...

Jej wzrok przyciągnęło ciało kobiety przytwierdzone do ściany.

Od pasa w górę kobieta była szczupła, miała ciemnokasztanowe włosy, wychudzoną twarz, małe piersi, kościste ramiona. Jej skórę pokrywał rój much – to ich brzęczenie słyszała.

Ale od pasa w dół... Zakrwawione kości miednicy, udowe, stóp. Mięso rozpuściło się we wstrętnej cieczy, w której kobieta została zanurzona. Zawartość kadzi przypominała gulasz. Ciecz była ciemnobrązowa, pływały w niej kawałki mięsa. Był to ług albo jakiś kwas. Opary płynu gryzły Sachs w oczy. Przerażenie i wściekłość wypełniły jej serce.

Biedactwo.

Sachs bezskutecznie opędzała się od much, które znalazły kolejną ofiarę.

Ręce kobiety nie były związane. Dłonie miała wzniesione, jakby medytowała, oczy zamknięte. Purpurowy strój do biegania leżał obok niej.

Nie była jedyną ofiarą w piwnicy.

Inny szkielet – całkowicie pozbawiony mięśni – leżał obok podobnej kadzi, tyle że bez okropnego kwasu, pokrytej wewnątrz warstwą krwi i rozpuszczonych mięśni. Brakowało kości przedramienia i ręki. Dalej znajdował się kolejny szkielet. Ten został dokładnie rozebrany, kości starannie oczyszczono z mięśni i ułożono na podłodze. Obok czaszki leżał stos papieru ściernego. Wygładzona świeciła jak trofeum.

Za sobą usłyszała jakiś hałas.

Odgłos oddechu. Był słaby, ale łatwy do rozpoznania. Głęboko wciągnęła powietrze.

Odwróciła się, wściekła na siebie, że zachowała się tak nieostrożnie.

Jednak za nią nikogo nie było. Skierowała wiązkę światła na podłogę wyłożoną kamieniem. Ślady butów przestępcy nie były tak widoczne jak na zakurzonej podłodze w piwnicy w sąsiednim budynku.

Kolejny głęboki oddech.

Gdzie on jest? Gdzie?

Skulona Sachs ruszyła naprzód. Oświetlała wszystkie zakątki... Nic.

Gdzie, do cholery, on jest? Może znajduje się tu inny tunel albo wyjście na ulicę?

Gdy znów spojrzała na podłogę, dostrzegła coś, co przypominało słabe ślady. Prowadziły do najmroczniejszej części piwnicy. Poszła obok nich.

Zatrzymała się. Nasłuchiwała.

Odgłos oddechu?

Tak. Nie.

Nierozważnie odwróciła się i ponownie przyjrzała zamordowanej kobiecie.

Dalej!

Znów się obejrzała.

Szła w stronę cienia.

Nic. Czy to możliwe, że go słyszy, ale nie może dostrzec? Ściana przed nią była jednolita. Nie znalazła żadnych drzwi i okien. Zaczęła iść w kierunku szkieletów.

Nagle usłyszała w myślach głos Lincolna Rhyme'a: Miejsca przestępstw mają trzy wymiary.

Gwałtownie uniosła wzrok, oświetliła przestrzeń przed sobą. Błysnęły zęby ogromnego dobermana. Zwisały z nich kawałki sinego mięsa. Pies znajdował się pół metra przed nią na dużym występie. Czekał na nią jak żbik.

Na chwilę Sachs i doberman zamarli w bezruchu.

Sachs odruchowo opuściła głowę i zanim zdążyła unieść broń, pies rzucił się na nią. Zębami chwycił za hełm. Gwałtownie szarpiąc pasek, doberman usiłował złapać Sachs za gardło, gdy upadli na podłogę obok zakopanej w ziemi kadzi z kwasem. Pistolet wypadł jej z ręki.

Zęby psa zaciskały się na hełmie. Przebierał tylnymi łapami, jego pazury wbijały się w kamizelkę, brzuch, uda. Uderzyła go pięściami, ale był jak kłoda drewna – nic nie poczuł.

W końcu, kiedy ściągnął jej hełm z głowy, cofnął się, a następnie rzucił na twarz. Zasłoniła się lewą ręką. Gdy zęby psa zatopiły się w jej przedramieniu, prawą ręką sięgnęła do kieszeni, wyciągnęła nóż i wbiła go między żebra zwierzęcia. Rozległ się przeraźliwy skowyt. Pies stoczył się na bok, by po chwili pobiec w stronę drzwi.

Sachs podniosła pistolet z podłogi i natychmiast ruszyła za nim niskim tunelem. Kiedy się z niego wydostała, zauważyła, że ranne zwierzę biegnie w kierunku Pammy i lekarza, który zamarł z przerażenia, gdy doberman wyskoczył w powietrze.

Sachs przykucnęła i dwukrotnie strzeliła. Jeden z pocisków trafił psa w tył głowy, natomiast drugi był niecelny: uderzył w ścianę z cegły. Dygoczące ciało dobermana upadło u stóp lekarza.

– Oddano strzały! – usłyszała w swoim radiu i po chwili kilku policjantów zbiegło po schodach. Odciągnęli ciało psa i otoczyli dziewczynkę.

– Wszystko w porządku! – krzyknęła Sachs. – To ja strzelałam!

Policjanci wstali z pozycji strzeleckich.

Pammy głośno płakała.

– Piesek nie żyje... Pani zabiła pieska.

Sachs włożyła broń do kabury i wzięła dziewczynkę na ręce.

– Mamusiu!

– Za chwilę zobaczysz się z mamą – powiedziała Sachs. – Zaraz do niej zadzwonimy.

Na górze postawiła Pammy na podłodze i zwróciła się do młodego policjanta z oddziału specjalnego:

– Zgubiłam kluczyk do kajdanek. Możesz zdjąć je z rąk dziewczynki? Otwórz je nad kartką czystego papieru. Zawiń i włóż do plastikowego worka na dowody.

Policjant wywracał oczami.

– Słuchaj, piękna, znajdź sobie jakiegoś młodego i jemu rozkazuj.

Chciał odejść.

– Funkcjonariuszu – warknął Haumann – masz robić to, co ci powie.

– Ale jestem z oddziału specjalnego – protestował.

– Przyjmij do wiadomości, że teraz jesteś policjantem badającym miejsce przestępstwa – mruknęła Sachs.

Carole Ganz leżała na plecach w beżowym pokoju. Wpatrywała się w sufit, myślała o wydarzeniach sprzed kilku tygodni, kiedy ona i Pammy oraz grono przyjaciół siedzieli przy ognisku w Wisconsin u Kate i Eddiego. Rozmawiali, opowiadali, śpiewali piosenki. Kate nie miała ładnego głosu, ale Eddie mógłby śpiewać w chórze. Śpiewał dla niej, tylko dla niej, tylko dla Carole, piosenkę Carole King „Gobelin". Płacząc, Carole Ganz śpiewała razem z nim. Sądziła, że być może wtedy postanowiła zapomnieć o śmierci Rona i rozpocząć życie od nowa.

Przypomniała sobie Kate, mówiącą tej nocy: „Kiedy jesteś zła, powinnaś zapakować gniew i odrzucić go od siebie. Przekazać go komuś. Słuchasz mnie? Nie duś gniewu w sobie. Pozbądź się go". No cóż, teraz była zła. Wściekła.

Jakiś dzieciak – bezmyślne małe gówno – zabrał jej męża, strzelając mu w plecy. A teraz stuknięty facet porwał jej córkę. Chciała eksplodować. Powstrzymywała się ze wszystkich sił, aby nie rzucać przedmiotami o ścianę i nie wyć jak kojot.

Teraz leżała w łóżku na plecach. Złamaną rękę położyła ostrożnie na brzuchu. Wzięła Demerol, który uśmierzył ból, ale nie mogła zasnąć. Nie wychodziła na zewnątrz, nic nie robiła, tylko usiłowała skontaktować się z Kate i Eddiem, i czekała na informacje o Pammy.

Cały czas wyobrażała sobie Rona oraz swój gniew. Teraz dokładnie owijała złość w papier, wkładała ją do pudełka i starannie zaklejała paczkę...

Zadzwonił telefon. Patrzyła przez moment na aparat bezmyślnym wzrokiem, potem szybko podniosła słuchawkę.

– Halo?

Carole słuchała policjantki, która mówiła, że znaleziono Pammy. Jest w szpitalu, nic się jej nie stało. Chwilę później usłyszała głos Pammy. Obie zaczęły płakać i śmiać się jednocześnie.

Dziesięć minut później Carole jechała do szpitala czarnym policyjnym sedanem. Siedziała z tyłu pojazdu.

W szpitalu zaczęła biec korytarzem do pokoju, w którym znajdowała się Pammy. Była zaskoczona, że pilnowali jej policjanci. Czyżby nie złapali jeszcze tego popaprańca? Ale jak tylko zobaczyła córkę, zapomniała o nim, o chwilach grozy, które przeżyła w taksówce i w płonącej piwnicy. Objęła córkę.

– Kochanie, bardzo mi ciebie brakowało! Nic ci się nie stało? Naprawdę?

– Ta pani zabiła pieska...

Carole odwróciła się i spostrzegła wysoką, rudą policjantkę – tę samą, która wyciągnęła ją z piwnicy płonącego kościoła.

– ...ale dobrz zrobiła, bo chciał mnie zjeść.

Carole uścisnęła Sachs.

– Nie wiem, co powiedzieć... Ja tylko... Dziękuję, bardzo dziękuję.

– Pammy nic się nie stało – Sachs zapewniła kobietę. – Kilka niegroźnych zadrapań, poza tym ma lekki kaszel.

– Pani Ganz?

Do pokoju wszedł młody mężczyzna, niósł jej walizkę i żółty plecak.

– Jestem detektyw Banks. Znaleźliśmy pani rzeczy.

– Och, Bóg zapłać.

– Czy coś zginęło? – zapytał.

Dokładnie przejrzała zawartość plecaka.

Wszystko było: pieniądze, lalka Pammy, Pan Kartofel, paczka modeliny, kompakty, radio z budzikiem... Niczego nie wziął. Zaraz...

– Myślę, że zginęło zdjęcie, ale nie jestem pewna. Wydaje mi się, że było ich więcej. Jednak najważniejsze rzeczy nie zginęły.

Detektyw dał jej do podpisania potwierdzenie odbioru.

Potem do pokoju wszedł młody lekarz. Żartował z Kubusia Puchatka Pammy, gdy mierzył ciśnienie.

– Kiedy ją stąd wypuścicie? – spytała Carole.

– Cóż, chcemy zatrzymać ją kilka dni. Tylko by się upewnić.

– Kilka dni?! Przecież nic jej się nie stało.

– Ma niegroźny nieżyt oskrzeli. Chciałbym się temu przyjrzeć. Poza tym... – zniżył głos – musi ją zbadać specjalista. Aby się upewnić.

– Ale ona ma iść jutro ze mną na uroczystość w ONZ. Obiecałam jej to.

Odezwała się policjantka:

– Tu będzie łatwiej jej pilnować. Nie wiemy, gdzie jest przestępca, porywacz. Pani też przydzielimy ochronę.

– No cóż, nie mam innego wyboru. Mogę tu zostać chwilę?

– Pewnie – odparł lekarz. – Może pani zostać na noc. Wstawimy do pokoju dodatkowe łóżko.

Carole została sama z córką. Usiadła na łóżku i objęła chude ramiona dziecka. Wzdrygnęła się, gdy przypomniała sobie tego szaleńca dotykającego Pammy. Jakim okropnym wzrokiem patrzył, kiedy pytał, czy może obedrzeć jej skórę ze stopy... Zaczęła dygotać i płakać.

Pammy oderwała ją od przykrego wspomnienia.

– Mamusiu, opowiedz mi bajkę... Nie, nie, zaśpiewaj mi piosenkę. O przyjacielu. Prooooszę.

Carole uspokoiła się i zapytała:

– Zaśpiewać ci tę piosenkę?

– Tak!

335

Carole posadziła dziewczynkę na kolanach i zaczęła śpiewać piskliwym głosem „Masz przyjaciela". Pammy podśpiewywała z nią. Ta piosenka była jedną z ulubionych Rona. Długo po jego śmierci nie potrafiła wysłuchać kilku taktów piosenki, aby się nie rozpłakać.

Dzisiaj ona i Pammy skończyły śpiewać piosenkę i śmiały się.

Rozdział 33

W końcu Amelia Sachs pojechała do swojego mieszkania na Caroll Gardens w Brooklynie. Znajdowało się dokładnie sześć przecznic od domu rodziców, w którym wciąż mieszkała jej matka.

Gdy tylko weszła do mieszkania, wybrała jedynkę na klawiszach pamięci telefonu znajdującego się w kuchni.

– Mamo. To ja. Zabieram cię na śniadanie do Plaza w środę. Świętujemy.

– Z jakiej okazji? Chcesz uczcić swój nowy przydział? Jak ci się podoba w wydziale spraw publicznych? Nie dzwoniłaś.

Sachs roześmiała się krótko. Zdała sobie sprawę, że matka nie ma pojęcia, co ona robiła w ciągu ostatnich dwóch dni.

– Mamo, oglądałaś wiadomości?

– Ja? Przecież wiesz, że nie mogłabym ich przegapić...

– Słyszałaś o tym porywaczu?

– Kto nie słyszał... A czemu ty o tym mówisz, kochanie?

– Brałam w tym udział.

Opowiedziała zdumionej matce o poszukiwaniach przestępcy, o tym, że uratowała porwane ofiary, o Lincolnie Rhymie i – z pewnymi poprawkami – o miejscach przestępstw.

– Amie, twój ojciec byłby z ciebie dumny.

– Zatem czekam z niecierpliwością na środę. Plaza. Okay?

– Zapomnij o tym, złotko. Oszczędzaj pieniądze. Mam wafle z ciasta naleśnikowego i miód. Możesz przyjechać do mnie.

– To nie będzie duży wydatek, mamo.

– Nieduży? Stracisz fortunę.

– No dobrze – powiedziała Sachs. Chciała, by jej głos brzmiał spontanicznie: – Ale lubisz „Pink Teacup", prawda?

W tym niewielkim lokalu w West Village podaje się najlepsze naleśniki i potrawy z jajek na całym Wschodnim Wybrzeżu. Chwila milczenia.

– Tam byłoby przyjemnie.

To była strategia, którą Sachs stosowała z powodzeniem od wielu lat.

– Mamo, muszę teraz odpocząć. Zadzwonię jutro.

– Za ciężko pracujesz, Amie. To śledztwo... Czy nie groziło ci niebezpieczeństwo?

– Wykonywałam pracę technika, mamo. Badałam miejsca przestępstw. To najbardziej bezpieczne zajęcie w policji.

– I ciebie specjalnie do tego potrzebowali?! – krzyknęła. – Twój ojciec byłby z ciebie dumny – powtórzyła na koniec rozmowy.

Sachs poszła do sypialni i rzuciła się na łóżko.

Po wyjściu ze szpitala od Pammy odwiedziła dwie inne ofiary przestępcy 823. Monelle Gerger upstrzona bandażami i nafaszerowana szczepionką przeciw wściekliźnie została wypuszczona ze szpitala. Wyjechała już do rodziny we Frankfurcie. „Aby spędzić tam resztę wakacji – powiedziała twardo. – Nie na zawsze". Wskazała na sprzęt stereo i kompakty, zostawione w zniszczonym mieszkaniu w Niemieckim Domu, w sposób, który wyraźnie mówił, że żaden psychol nie jest w stanie wystraszyć jej z tego miasta.

William Everett wciąż przebywał w szpitalu. Złamany palec nie stanowił oczywiście wielkiego problemu, ale znów pojawiły się kłopoty z sercem. Sachs ogarnęło zdziwienie, gdy dowiedziała się, że przed laty był właścicielem sklepu w Hell's Kitchen i pomyślała, że może znał jej ojca. „Znałem wszystkich, którzy patrolowali dzielnicę" – powiedział. Z portfela wyjęła zdjęcie mężczyzny w mundurze. „Nie jestem pewny, ale wydaje mi się, że go widywałem" – rzekł wtedy.

Mimo że odwiedziła ofiary w celach towarzyskich, wzięła ze sobą notatnik. Jednak żadna z nich nie umiała powiedzieć nic więcej o przestępcy.

Wyjrzała teraz przez okno w swoim mieszkaniu. Widziała trzęsące się na silnym wietrze liście złotokapów i klonów. Zdjęła mundur i podrapała się pod biustem. Zawsze ją tam swędziało jak diabli, gdy miała na sobie kamizelkę kuloodporną. Włożyła szlafrok.

Przestępca 823 nie przypominał o swoim istnieniu, ale i tak dał im się we znaki. Kryjówka na Van Brevoort została przeszukana bardzo dokładnie. Chociaż – jak powiedział właściciel – przestępca wprowadził się do tego domu dawno, bo w styczniu (pod fałszywym nazwiskiem, co nikogo nie zaskoczyło), to jednak zdołał zabrać ze sobą wszystko, nie wyłączając śladów.

Po tym jak Sachs zbadała miejsce przestępstwa, do domu weszli technicy, którzy sprawdzili każdy centymetr kwadratowy powierzchni. Nic nie znaleźli. Wstępne raporty nie wyglądały zatem zachęcająco.

„Wygląda, że wkładał rękawiczki, nawet gdy szedł do ubikacji" – poinformował ją Banks.

Policja dowiedziała się, co stało się z taksówką i sedanem. Przestępca sprytnie zaparkował je w pobliżu alei D i ulicy Dziewiątej. Sellitto przypuszczał, że miejscowym złodziejom samochodów zajęło siedem do ośmiu minut rozebranie pojazdów na części. Jakiekolwiek ślady, które mogły pozostać w samochodach, rozrzucone były po dziesiątkach warsztatów w całym mieście.

Włączyła telewizor i poszukała wiadomości. Nie było nic o porwaniach. Mówiono wyłącznie o uroczystości otwarcia konferencji pokojowej ONZ.

Gapiła się na Bryanta Gumbela, na sekretarza generalnego ONZ, na ambasadorów z krajów Bliskiego Wschodu. Usiłowała skupić na informacjach całą swoją uwagę. Oglądała nawet reklamy, jakby chciała się ich nauczyć na pamięć.

Robiła to, żeby nie myśleć o umowie z Lincolnem Rhyme'em. Transakcja była jasna. Teraz gdy Carole i Pammy zostały uwolnione, powinna wywiązać się ze swojej części umowy: Pozwolić mu spędzić godzinę z doktorem Bergerem.

Teraz on, Berger... Nienawidziła spojrzenia doktora. Można było zobaczyć wielkie pieprzone ego w jego przysadzistym, atletycznym ciele. Trzeba było widzieć jego wykrętny wzrok, starannie uczesane włosy, drogie ubranie. Dlaczego Rhyme nie znalazł kogoś porządniejszego? Kogoś, kto przynajmniej wyglądem budziłby większy szacunek.

Zamknęła oczy.

Przestaniesz myśleć o śmierci...

Umowa jest umową. Ale do cholery, Rhyme...

Nie, musi jeszcze raz z nim o tym porozmawiać. Wtedy była zaskoczona, zdenerwowana. Nie przychodziły jej do głowy żadne przekonujące argumenty. W poniedziałek. Ma czas do jutra, by go przekonać, żeby tego nie robił albo przynajmniej odłożył decyzję. Na miesiąc, do diabła, na dzień.

Co mu powie? Powinna zapisać swoje argumenty, napisać krótką mowę.

Otworzyła oczy i wstała z łóżka, by poszukać pióra i czystej kartki.

Teraz mogę...

Zamarła. Powietrze w jej płucach świstało jak wiatr na zewnątrz.

823 stał na środku jej sypialni.

Miał na sobie ciemne ubranie, czarne rękawiczki i maskę na twarzy.

Instynktownie wyciągnęła rękę w kierunku stolika przy łóżku, na którym leżał pistolet i nóż. Ale 823 był przygotowany. Uderzył ją mocno w bok głowy. Żółte światło błysnęło jej przed oczami.

Klęczała na podłodze, gdy kopnął ją w żebra. Upadła na brzuch, usiłowała złapać oddech. Czuła, że z tyłu zapina jej kajdanki. Usta zakleił taśmą izolacyjną. Poruszał się szybko, sprawnie. Odwrócił ją na plecy. Rozpiął się szlafrok.

Kopała wściekle, usiłowała rozerwać kajdanki.

Uderzył ją w żołądek. Zwymiotowała. Chwycił ją pod pachy i zaciągnął przez tylne drzwi do ogródka znajdującego się za domem.

Patrzył wyłącznie na jej twarz, nie spojrzał nawet na piersi, płaski brzuch, wzgórek łonowy pokryty rudymi, kręconymi włoskami. Uznała, że mógłby ją zgwałcić, byleby tylko darował jej życie.

Jednak Rhyme miał rację. To nie żądze seksualne kierowały jego postępowaniem. Coś innego roiło się w jego głowie. Przestępca położył ją na plecach na grządce wilczomlecza. Nikt z sąsiadów nie mógł ich tutaj zobaczyć. Rozejrzał się wokół, ciężko łapał oddech. Potem uniósł łopatę i wbił ją mocno w ziemię.

Amelia Sachs zaczęła płakać.

Potarł tył głowy o poduszkę.

Wewnętrzny przymus – ocenił kiedyś lekarz, obserwując ten nawyk, chociaż Rhyme nie pytał go o zdanie na ten temat. To jest odmiana nawyku, który każe Amelii Sachs wbijać paznokcie w palce.

340

Wyciągnął szyję, by odwrócić głowę i spojrzeć na charakterystykę przestępcy wiszącą na ścianie. Rhyme wierzył, że cała historia szaleństwa tego człowieka znajduje się przed nim: w czarnych literach i przerwach między nimi. Jednak nie znał zakończenia tej historii, przynajmniej na razie.

Znów spojrzał na wskazówki. Tylko kilka pozostało niewyjaśnionych.

Blizna na palcu.

Węzeł.

Płyn po goleniu.

Blizna była bezużyteczna, dopóki nie zatrzymano przestępcy. Nie poszczęściło się im przy identyfikacji węzła – Banks stwierdził jedynie, że nie jest to węzeł żeglarski. Zakładając, że większość porywaczy nie używa wody kolońskiej przed akcją, dlaczego korzystał z niej 823? Rhyme ponownie doszedł do wniosku, że po to, aby zamaskować inny zapach, który mógłby go zdradzić. Rozważył wszystkie możliwości: żywność, alkohol, chemikalia, tytoń...

Rhyme poczuł na sobie wzrok, obejrzał się w prawo. Puste oczodoły grzechotnika skierowane były na łóżko. Szkielet węża to jedyna wskazówka, która nie miała swojego miejsca. Nic nie mówiła, tylko szydziła z nich.

Coś przyszło mu na myśl. Używając urządzenia do odwracania stron, Rhyme zaczął kartkować „Zbrodnie w starym Nowym Jorku". Wrócił do rozdziału poświęconego Jamesowi Schneiderowi. Odszukał ustęp, o którym pomyślał.

Bardzo znany lekarz umysłów (lekarz „psychelogii" – nazwa tej nowej dyscypliny dopiero później weszła do powszechnego użycia) zakładał, że zamiarem Jamesa Schneidera nie było krzywdzenie ofiar. Raczej – sugerował uczony lekarz – ten nikczemnik szukał zemsty na tych, którzy uczynili mu coś, co postrzegał jako krzywdę – na policji, jeżeli nie na całym społeczeństwie.

Któż może powiedzieć, gdzie leżały źródła jego nienawiści? Podobnie jak źródła Nilu, motywy jego postępowania ukryte były przed światem – być może również przed nim samym. Jedną z przyczyn można znaleźć jednak w mało znanym fakcie: James Schneider jako dziesięcioletnie dziecko widział, jak policjanci wyciągają jego ojca z domu. Zmarł w więzieniu, skazany za rabunek, który – jak później stwierdzono – nie był jego dziełem.

341

Po tym pomyłkowym aresztowaniu matka chłopca zaczęła prowadzić życie ulicznicy i porzuciła syna. Wychowywał się od tej pory w przytułku.

Czy ten szalony człowiek popełnił zbrodnie, aby urągać policji, która przez swoją niedbałość zniszczyła jego rodzinę? Zapewne nigdy się tego nie dowiemy. Jedno jest pewne: James Schneider – Kolekcjoner Kości – chcąc wystawić policję na urągowisko, wywierał zemstę na mieście, na jego niewinnych obywatelach...

Lincoln Rhyme ułożył wygodnie głowę na poduszce i ponownie zaczął przyglądać się charakterystyce.

Ziemia jest cięższa niż cokolwiek innego.

To jest ziemia – pył na metalowym jądrze. Nie zabija, odcinając dostęp powietrza do płuc, ale ściskając komórki, dopóki nie obumrą w wyniku stresu i bezruchu.

Sachs chciała umrzeć. Modliła się o to. Szybko. Ze strachu lub na atak serca. Zanim pierwsza łopata ziemi przykryje jej twarz. Modliła się o śmierć bardziej niż Lincoln Rhyme o pigułki i brandy.

Leżąc w grobie, który przestępca wykopał w jej ogródku, Sachs czuła, że zbita, pełna robaków ziemia porusza się wokół jej ciała.

Sadystycznie zakopywał ją powoli, rzucając na nią od czasu do czasu płaską łopatę ziemi. Rozpoczął od przysypywania stóp. Doszedł teraz do jej piersi. Ziemia wsypywała się pod szlafrok, łaskocząc piersi jak palce kochanka.

Przygniatał ją coraz większy ciężar. Mogła wciągać do płuc tylko małe porcje powietrza. Przerwał raz lub dwa razy i przyglądał się jej uważnie.

Lubi się przyglądać...

Ręce miała skute na plecach kajdankami. Napięła mięśnie szyi, starała się trzymać głowę jak najwyżej.

Jej pierś pokryła warstwa ziemi. Następnie ramiona, szyję. Chłodna ziemia zbliżała się do rozpalonej skóry twarzy. Nie mogła już poruszać głową. Pochylił się nad nią i zerwał taśmę z jej ust. Gdy usiłowała krzyknąć, rzucił garść ziemi na jej twarz. Zadygotała, zadławiła się czarną glebą. Zaczęło dzwonić jej w uszach – słyszała starą piosenkę z dzieciństwa: „Zielone liście lata". Ojciec bez przerwy puszczał tę piosenkę. Była smutna, łatwo zapadała w pamięć. Zamknęła oczy. Wszystko zniknęło w ciemnościach. Otworzyła usta, ale znów wpadły jej do ust grudki ziemi.

Nie myśleć o śmierci...

Była cała przykryta ziemią. Leżała spokojnie. Nie krztusiła się, nie oddychała. Ziemia była doskonałą pieczęcią. Nie miała powietrza w płucach, by krzyknąć. Nic nie słyszała z wyjątkiem narzucającej się melodii i dzwonienia w uszach.

Przestała odczuwać ciężar na twarzy, gdy jej ciało skostniało tak jak ciało Lincolna Rhyme'a. Pomału przestawała myśleć. Ciemność, ciemność. Nie słyszała już głosu swojego ojca, Nicka... nie widziała już wskaźnika prędkościomierza, zbliżającego się do stu sześćdziesięciu.

Ciemność.

Nie myśleć...

Ciężar ziemi wpychał ją w głąb. Widziała tylko jeden obraz: rękę wystającą z grobu przy torach, błagającą o litość. Litość, której tamten nie mógł się spodziewać.

Ręka wzywała ją.

Rhyme, opuściłam cię.

Nie myśleć...

Rozdział 34

Coś uderzyło ją w czoło. Mocno. Poczuła głuche uderzenie, ale nie zabolało jej.

Co to było? Łopata? Cegła? Może przestępcę ogarnęła litość i uznał, że ten rodzaj śmierci jest zbyt okrutny, dlatego postanowił odkopać jej szyję, aby podciąć żyły. Następne uderzenia i następne. Nie mogła jeszcze otworzyć oczu, ale zdawała sobie sprawę, że dociera do niej światło i powietrze. Strząsnęła warstwę ziemi z ust i wciągnęła trochę powietrza. Nie mogła jeszcze głęboko oddychać. Zaczęła głośno kasłać, wymiotować i pluć.

Gwałtownie otworzyła oczy i przez łzy dostrzegła rozmytą sylwetkę Lona Sellitta, który klęczał nad nią, oraz dwóch lekarzy. Jeden z nich włożył jej palce do ust i usuwał ziemię, drugi przygotowywał do użycia maskę tlenową.

Sellitto i Banks odkopywali jej ciało, odgarniając ziemię muskularnymi dłońmi. Wyciągnęli ją z dołu, zrzucając z niej szlafrok, jakby była to wyleniała skóra. Sellitto, stary rozwodnik, patrzył cnotliwie w bok, gdy wkładał jej na ramiona marynarkę. Młody Jerry Banks oczywiście gapił się na jej nagie ciało, ale jego lubiła i to jej nie denerwowało.

– Czy...? – Chrząknęła, po czym zaczęła gwałtownie kasłać.

Sellitto spojrzał wyczekująco na Banksa, który był bardziej wyczerpany. To on zapewne pobiegł za przestępcą. Młody detektyw pokręcił głową.

– Uciekł.

Usiadła. Chwilę oddychała tlenem z butli.

– Skąd? – wykrztusiła. – Skąd wiedzieliście?

– Rhyme – odparł Banks. – Nie pytaj, jak na to wpadł. Wezwał wszystkich członków zespołu. Gdy dowiedział się, że nic nam się nie stało, wysłał nas do twojego mieszkania.

Nagle poczuła, że ma zdrętwiałą lewą nogę. Dopiero wtedy w pełni zdała sobie sprawę z tego, co się wydarzyło. Zrzuciła maskę tlenową, cofnęła się w panice i zalała łzami. Krzyczała coraz przeraźliwiej:

– Nie, nie, nie...

Wściekle klepała się po ramionach, udach, jakby usiłowała strząsnąć z siebie przerażenie, które obsiadło ją jak rój pszczół.

– Boże, Boże... Nie...

– Sachs? – zawołał zaniepokojony Banks. – Hej, Sachs?

Starszy detektyw ruchem ręki kazał mu odejść na bok. Objął ją ramieniem, gdy znalazła się na czworakach i zaczęła wymiotować, szlochać i wbijać palce w ziemię, jakby chciała ją udusić.

W końcu uspokoiła się, usiadła i zaczęła się śmiać. Początkowo cicho, ale później coraz głośniej i głośniej – histerycznie. Nie zauważyła nawet, że otworzyło się niebo i zaczęły spadać ogromne, ciepłe krople letniego deszczu.

Położyła ręce na jego ramionach. Dłuższą chwilę patrzyli sobie w oczy.

– Sachs... Och, Sachs.

Odeszła od łóżka i wyciągnęła z rogu pokoju stary fotel. Sachs – ubrana teraz w granatowe wełniane spodnie i koszulkę – opadła ciężko na niego i jak uczennica podciągnęła swoje bardzo zgrabne nogi do ramion.

– Dlaczego my, Rhyme? Dlaczego nas tropi? – Mówiła chrapliwym głosem ze względu na pył, którego się nawdychała.

– Ludzie, których porywał, nie byli dla niego prawdziwymi ofiarami. To my byliśmy.

– Kto to jest „my"? – zapytała.

– Dokładnie nie wiem. Może społeczeństwo, miasto, ONZ, policja. Ponownie przeczytałem jego biblię: rozdział poświęcony Jamesowi Schneiderowi. Pamiętacie, co mówił psycholog o wskazówkach, które pozostawia przestępca?

– Chce nas uczynić współuczestnikami zbrodni, podzielić się z nami winą. Łatwiej mu wtedy mordować – odezwał się Sellitto.

Rhyme skinął głową.

– Nie sądzę, żeby tym się kierował. Każda wskazówka jest

wymierzonym w nas atakiem. Każda zamordowana ofiara oznacza naszą porażkę.

W podniszczonym ubraniu, z włosami uczesanymi w koński ogon, Sachs wydawała się piękniejsza niż do tej pory. Ale jej wzrok był posępny. Rhyme przypuszczał, że przypominała sobie każdą łopatę ziemi, która na nią spadła. W oczach Amelii dostrzegł tyle grozy, że musiał spojrzeć gdzie indziej.

– Co on ma przeciwko nam? – spytała.

– Nie wiem. Ojciec Schneidera został aresztowany przez pomyłkę i umarł w więzieniu. A nasz przestępca? Kto to wie? Interesują mnie ślady...

– ...nie motywy – Amelia Sachs dokończyła zdanie.

– Dlaczego uderzył w nas bezpośrednio? – spytał Banks, spoglądając na Sachs.

– Znaleźliśmy jego kryjówkę i ocaliliśmy małą dziewczynkę. Nie spodziewał się nas tak szybko. Może wtedy był na przykład w ubikacji. Lon, potrzebujemy całodobowej ochrony. Ukrył się, gdy uratowaliśmy dziewczynkę, ale zaatakował ponownie. Założę się, że ty, Jerry, ja, Cooper, Haumann, Polling jesteśmy na jego liście. Tymczasem wyślij ludzi Perettiego, aby zbadali mieszkanie Sachs. Jestem pewny, że zachował wszystkie środki ostrożności, ale mógł zostawić jakieś ślady. Zmuszony był opuścić miejsce szybciej, niż planował.

– Chcę tam pojechać – oznajmiła Sachs.

– Nie – powiedział Rhyme.

– Muszę zbadać miejsce przestępstwa.

– Musisz odpocząć – zarządził. – To właśnie musisz, Sachs. Nie mam oporów, żeby ci powiedzieć, że wyglądasz okropnie.

– Tak, on ma rację – odezwał się Sellitto. – To jest rozkaz. Powinnaś odpoczywać. Dwustu policjantów go szuka. Poza tym mamy do dyspozycji stu dwudziestu agentów Dellraya.

– Mam miejsce przestępstwa w swoim ogródku i nie pozwalacie mi go zbadać?

– Tak – odparł Rhyme.

Sellitto podszedł do drzwi.

– Czy wszystko jasne?

– Tak jest, sir.

– Chodź, Banks. Mamy dużo roboty. Sachs, podwieźć cię? Czy może jeszcze pozwalają ci samej prowadzić?

– Dziękuję, mam samochód na dole – odparła.

Obaj detektywi wyszli. Rhyme słyszał ich głosy na pustym korytarzu. Trzasnęły drzwi, policjanci wyszli z domu.

Rhyme zauważył, że nad jego głową jaskrawo świecą się lampy. Kliknął kilka razy i przyciemnił światła.

Sachs się przeciągnęła.

– Cóż – mruknęła w tym samym momencie, w którym Rhyme powiedział: „Zatem".

Spojrzała na zegar.

– Jest późno.

– Oczywiście.

Wstała i podeszła do stołu, na którym leżała jej torebka. Wzięła ją, otworzyła i wyciągnęła lusterko. Uważnie przyjrzała się swoim ustom.

– Nie wygląda to źle – odezwał się Rhyme.

– Prawie Frankenstein – powiedziała, dotykając ust. – Dlaczego nie używają nici w kolorze mięsa? – Odłożyła lusterko i zarzuciła torebkę na ramię. – Przesunąłeś łóżko – zauważyła. Znajdowało się bliżej okna.

– Thom przesunął. Teraz, jeśli chcę, mogę patrzeć na park.

– To dobrze.

Podeszła do okna. Spojrzała na ulicę.

Na Boga – pomyślał Rhyme. Zrób to. Nic się nie stanie.

– Chcesz tu zostać? Mam na myśli to, że jest późno, a ekipa będzie szukała śladów w twoim domu jeszcze przez kilka godzin – wyrzucił z siebie.

Poczuł niepokój, oczekując odpowiedzi. Zduś emocje, wydał sobie polecenie w myślach. Był wściekły na siebie, dopóki jej twarzy nie rozjaśnił uśmiech.

– Chciałabym.

– Świetnie. – Jego szczęka zaczęła drżeć od nadmiaru adrenaliny. – Wspaniale. Thom!

Będą słuchać muzyki, sączyć whisky. Może opowie jej o słynnych miejscach przestępstw. Historyka tkwiącego w nim interesowała też kariera jej ojca, praca w policji w latach sześćdziesiątych i siedemdziesiątych. Chciał się czegoś dowiedzieć o niesławnym dawnymi laty okręgu Midtown South.

– Thom! Przynieś pościel! I koc! Thom! Nie wiem, do cholery, co on robi. Thom! – krzyczał Rhyme.

Sachs chciała coś powiedzieć, ale właśnie w drzwiach zjawił się Thom.

– Jeden nieuprzejmy krzyk wystarczy – rzucił rozdrażniony. – Wiesz o tym, Lincoln.

– Amelia tu zostanie. Czy możesz przynieść koce i poduszki na kanapę?

– Nie chcę spać na tej kanapie – powiedziała. – Leżałabym jak na kamieniach.

Odmowa bardzo go zabolała. Od kilku lat nie odczuwałem takich emocji, pomyślał ponuro. Niemile zaskoczony uśmiechnął się mimo wszystko.

– Na dole jest sypialnia. Thom przygotuje ci miejsce do spania. Ale Sachs położyła na stole torebkę.

– W porządku. Thom. Nie musisz tego robić.

– Nie sprawi mi to kłopotu.

– W porządku. Dobranoc, Thom. – Podeszła do drzwi.

– Hm, ale ja...

Uśmiechnęła się.

– No to... – zaczął, odrywając wzrok od niej i kierując go na Rhyme'a, który zmarszczył czoło i potrząsnął głową.

– Dobranoc, Thom – powtórzyła twardo. – Idź już.

Zatrzasnęła drzwi, gdy Thom wyszedł na korytarz.

Sachs zdjęła buty, spodnie i koszulkę. Miała teraz na sobie tylko koronkowy biustonosz i luźne, bawełniane majtki. Wsuwając się do łóżka obok Rhyme'a, ukazała cały seksapil, którym piękna kobieta może oczarować mężczyznę.

Zwinęła się w kulkę i roześmiała.

– Niesamowite łóżko. – Przeciągnęła się jak kotka. Zamknąwszy oczy, zapytała: – Nie masz nic przeciwko temu?

– Nie mam nic przeciwko temu.

– Rhyme?

– Co?

– Opowiedz mi więcej o swojej książce, dobrze? O miejscach przestępstw.

Zaczął mówić o przebiegłym, seryjnym mordercy z Queens, ale po minucie spostrzegł, że Sachs śpi.

Rhyme spojrzał w dół i zauważył, że piersi Sachs dotykają jego piersi, jedno kolano położyła na jego udzie. Po raz pierwszy od wielu lat miał na twarzy włosy kobiety. Łaskotały go. Zapomniał, że taką reakcję wywołują włosy. Był tak zanurzony w przeszłości i miał tak doskonałą pamięć, że zaskoczyło go, iż nie może sobie przypomnieć, kiedy po raz ostatni doznawał takiego uczucia. Przypominał sobie jedynie wieczory z Blaine; sprzed wypadku, jak przypuszczał. Pamiętał, że kiedyś postanowił znieść łaskotki, nie usuwać włosów z twarzy, aby nie obudzić żony.

Teraz oczywiście nie mógł nic zrobić z włosami Sachs, nawet gdyby sam Bóg o to prosił. Nie myślał o tym, że mu przeszkadzają, wprost przeciwnie, chciał o tym pamiętać do końca świata.

Rozdział 35

Następnego ranka Lincoln Rhyme znów był sam. Thom poszedł na zakupy, Mel Cooper pracował w laboratorium policji. Vince Peretti zakończył badania w domu przy Van Brevoort i w mieszkaniu Sachs. Znaleziono zaledwie kilka śladów. Rhyme przypisał to inteligencji przestępcy, a nie niekompetencji Perettiego.

Rhyme oczekiwał kolejnego raportu, ale zarówno Dobyns, jak i Sellitto uważali, że przestępca ukrył się i przynajmniej na razie nie będzie dawał znaków życia. W ciągu ostatnich dwunastu godzin nie było żadnych ataków na policję ani porwań.

Ochroniarz Sachs – olbrzymi policjant z patrolu – towarzyszył jej w czasie wizyty u laryngologa w szpitalu na Brooklynie: wchłonięty pył spowodował kłopoty z gardłem. Rhyme też miał obstawę: umundurowany policjant pełnił wartę przed jego domem. Znał tego sympatycznego gliniarza od lat. Prowadził z nim kiedyś długie rozmowy o wyższości torfu irlandzkiego nad szkockim przy produkcji whisky.

Rhyme był w doskonałym nastroju. Powiedział do domofonu:

– Spodziewam się wizyty lekarza w ciągu kilku najbliższych godzin. Proszę go wpuścić.

Policjant powiedział, że wpuści.

Doktor William Berger potwierdził, że dzisiaj będzie punktualnie.

Rhyme położył głowę na poduszce i zauważył, że nie jest zupełnie sam. Po parapecie spacerowały sokoły. Zachowywały się niezwykle bojaźliwie, były zaniepokojone. Zbliżał się front niskiego ciśnienia. Wprawdzie przez okno Rhyme widział pogodne niebo, ale wierzył ptakom. Były niezawodnymi barometrami.

Zerknął na zegar na ścianie. 11.00. Tak jak dwa dni temu z niecierpliwością oczekiwał przybycia Bergera. Takie jest życie: niepowodzenie za niepowodzeniem, ale czasami uśmiecha się do nas szczęście. Oglądał telewizję przez dwadzieścia minut, szukał reportaży na temat porwań. Jednak wszystkie stacje nadawały specjalne programy poświęcone uroczystości otwarcia konferencji ONZ. Rhyme uznał, że jest to nudne. Przełączył na CNN, przyjrzał się pięknej reporterce stojącej przed siedzibą ONZ i w końcu wyłączył przeklęty telewizor.

Zadzwonił telefon. Rhyme wykonał wiele skomplikowanych czynności, zanim mógł powiedzieć:

– Halo.

Po chwili ciszy usłyszał męski głos:

– Lincoln?

– Tak?

– Jim Polling. Jak się czujesz?

Rhyme uświadomił sobie, że nie widział kapitana od wczorajszego ranka, jedynie w nocy oglądał go w telewizji na konferencji prasowej, podczas której szeptem podpowiadał burmistrzowi i szefowi policji Wilsonowi.

– Dobrze. Wiadomo coś więcej o przestępcy? – spytał Rhyme.

– Jeszcze nie, ale go złapiemy. – Kolejna przerwa. – Jesteś sam?

– Tak.

Tym razem dłuższa przerwa.

– Czy mogę wpaść do ciebie?

– Oczywiście.

– Za pół godziny?

– Nigdzie nie wychodzę – powiedział żartobliwie Rhyme.

Znów ułożył wygodnie głowę na grubej poduszce, jego wzrok ześlizgnął się na zawiązaną linkę do bielizny, która wisiała obok charakterystyki przestępcy. To jest nieuchwytny koniec, roześmiał się ze swojego dowcipu. Nie mógł pogodzić się z myślą, że zakończy się sprawa, a on nie będzie wiedział, jaki to rodzaj węzła. Przypomniał sobie, że Polling jest wędkarzem. Być może on go rozpozna.

Polling, Rhyme zaczął rozmyślać.

James Polling.

Zastanawiające, w jaki sposób kapitan ich przekonywał, żeby zaangażować Rhyme'a do prowadzenia śledztwa. Dlaczego mu na nim tak zależało? Przecież wybór Perettiego, ze względu na karierę, był dla niego korzystniejszy. Rhyme przypomniał sobie, jak Polling wpadł w szał, gdy Dellray przyszedł odebrać sprawę policji. Myśląc teraz o nim, doszedł do wniosku, że zaangażowanie się Pollinga w tę sprawę jest niezrozumiałe. Nikt nie zgłasza się na ochotnika do ścigania takich przestępców jak 823, nawet jeśli bardzo chce się zrobić karierę. Zbyt duże prawdopodobieństwo, że będą ofiary śmiertelne. Zbyt duża możliwość wystawienia się na ataki prasy, na zarzuty władz miasta.

Polling... Wpadał do pokoju, sprawdzał, co zrobili, i wychodził. Oczywiście musiał składać raporty burmistrzowi i szefowi policji.

Ale – nagle ta myśl błysnęła w głowie Rhyme'a – czy nie informował też kogoś innego?

Kogoś, kto chciał znać postępy śledztwa? Przestępcę?

Co, do diabła, Polling miałby wspólnego z porywaczem? Chyba że...

Zamarł.

Może to Polling jest poszukiwanym porywaczem?

Oczywiście, że nie. Ta myśl jest beznadziejnie głupia, śmieszna. Nawet nie biorąc pod uwagę motywów – nie mógł. Przecież był w tym pokoju, gdy porywano ofiary...

Był?

Rhyme spojrzał ponownie na charakterystykę przestępcy.

Ciemne ubranie, pogniecione bawełniane spodnie. Polling chodził w sportowym ubraniu przez kilka ostatnich dni. Co z tego? Wielu ludzi...

Otworzyły się i zamknęły drzwi na dole.

– Thom?

Brak odpowiedzi. Thom ma wolne do popołudnia.

– Lincoln?

Nie! Cholera! Zaczął wybierać numer.

9... 1...

Kursorem przejechał na dwójkę.

Kroki na schodach.

Usiłował ponownie wybrać numer 911, ale w zdenerwowaniu strącił joystick.

Jim Polling wszedł do pokoju. Może powinien najpierw zadzwonić do policjanta z ochrony, ale przecież i tak wpuściłby kapitana.

Polling miał rozpięty mundur. Rhyme spojrzał na jego broń przy biodrze. Nie rozpoznał rodzaju, ale wiedział, że kolt kalibru .32 jest na liście osobistej broni, której mogą używać nowojorscy policjanci.

– Lincoln – odezwał się Polling. Był niespokojny, ostrożny. Spojrzał na kręg leżący na stole.

– Co słychać, Jim?

– Na razie spokój...

Polling nie był domatorem. Czy miał bliznę na palcu zrobioną przez żyłkę wędkarską albo nóż? Rhyme chciał zobaczyć jego palce, ale Polling ręce trzymał w kieszeniach. Co w nich ściska? Nóż?

Polling oczywiście zna się na kryminalistyce i wie, jak zacierać ślady.

Maska na twarz? Gdyby Polling był przestępcą, musiałby nakładać maskę: ofiary mogłyby go rozpoznać. A płyn po goleniu... Może nosi buteleczkę w kieszeni i spryskuje miejsca przestępstw, żebyśmy uwierzyli, że używa bruta. Nikt nie mógł go rozpoznać po zapachu.

– Jesteś sam? – spytał Polling.

– Mój asystent...

– Policjant na dole powiedział, że wyszedł na dłużej.

Rhyme zawahał się.

– To prawda.

Jasnowłosy Polling był mizernej postury, ale silny. Rhyme słyszał słowa Dobynsa: Ktoś otwarty, pomocny. Ksiądz, adwokat, polityk, pracownik socjalny. Ktoś pomagający ludziom.

Jak policjant.

Rhyme rozważał to przed swoją – jak sądził – nieuniknioną śmiercią. Był zaskoczony, gdy spostrzegł, że nie chce umierać. Przynajmniej nie w ten sposób, nie na narzuconych przez kogoś warunkach.

Polling podszedł do łóżka.

Jednak Rhyme nie był w stanie nic zrobić. Był zdany na łaskę tego człowieka.

– Lincoln – powtórzył Polling grobowym głosem.

Ich wzrok się spotkał. Przeskoczyła między nimi iskra. Kapitan gwałtownie odwrócił głowę i wyjrzał przez okno.

– Dziwiłeś się, prawda?

– Dziwiłem?

– Dlaczego chciałem, żebyś prowadził śledztwo.

– Myślałem, że ze względu na moje kompetencje.

Kapitan nie uśmiechnął się.

– Jim, powiedz mi, dlaczego chciałeś mnie zaangażować...

Kapitan zacisnął palce. Były szczupłe, ale silne. Może uprawianie wędkarstwa należy do dobrego tonu, niemniej sport ten polega na wyciąganiu żywych istot z wody i rozcinaniu im śliskich brzuchów ostrymi nożami.

– Sprawa Shepherda, cztery lata temu. Razem prowadziliśmy śledztwo.

Rhyme przytaknął.

– Robotnicy znaleźli ciało policjanta na stacji metra.

Rhyme przypomniał sobie głośny jęk, jak odgłos tonącego Titanica. Potem usłyszał głośny jak wystrzał z armaty trzask i belka spadła na jego nieszczęsne plecy. Został przysypany gruzem.

– Badałeś miejsce przestępstwa. Robiłeś to sam, jak miałeś w zwyczaju.

– Tak, zgadza się.

– Czy wiesz, dlaczego mogliśmy aresztować Shepherda? Mieliśmy świadka.

Świadka? Rhyme nie wiedział o tym. Po wypadku nie interesował się sprawą. Dowiedział się jedynie, że Shepherda skazano i trzy miesiące później został zasztyletowany na Riker's Island przez napastnika, którego nigdy nie złapano.

– Świadek – kontynuował Polling – widział Shepherda z bronią w domu jednej z ofiar. – Kapitan podszedł do łóżka, skrzyżował ramiona. – Mieliśmy świadka dzień przed znalezieniem ostatniego ciała, zanim zażądałem, żebyś zbadał miejsce przestępstwa.

– Jim, co ty mówisz?

Kapitan wbił oczy w podłogę.

– Nie potrzebowaliśmy cię. Nie potrzebowaliśmy twojego raportu.

Rhyme nic nie powiedział.

Polling pokiwał głową.

– Rozumiesz, co ja chcę powiedzieć? Tak bardzo chciałem dobrać się do skóry temu pieprzonemu Shepherdowi... Nie chciałem, żeby się wywinął. Dobrze wiesz, jakie wrażenie na sądzie robiły raporty Lincolna Rhyme'a z miejsc przestępstw. Wytrącały wszystkie argumenty z rąk adwokatów.

– Ale Shepherd zostałby skazany bez mojego raportu.

– Tak, to prawda. Chociaż to nie wszystko. Miałem informację od firmy prowadzącej prace, że nie jest tam bezpiecznie.
– Na stacji metra... I chciałeś, żebym prowadził badanie, dopóki nie podparto stemplami stropu.
– Shepherd mordował policjantów. – Polling się skrzywił. – Tak bardzo chciałem go dopaść. Wtedy dałbym wszystko, żeby go schwytać. Ale... – Ukrył twarz w dłoniach.

Rhyme nic nie powiedział. Słyszał jęk belki, trzask pękającego drewna, potem szum sypiącego się pyłu. Jego ciało ogarnął dziwny spokój, podczas gdy serce zamarło z przerażenia.

– Jim...
– Dlatego chciałem zaangażować cię do prowadzenia tego śledztwa. – Twarz kapitana wyrażała przygnębienie. Patrzył na kręg leżący na stole. – Ciężko przeżywałem informacje o twoim kalectwie. Umierałeś tutaj powoli. Planowałeś samobójstwo. Żyłem w poczuciu winy. Chciałem przywrócić ci część twojego życia.

– Żyłeś z tym przez ostatnie trzy i pół roku – rzekł Rhyme.
– Znasz mnie, Lincoln. Wszyscy wiedzą, jaki jestem. Jestem bezwzględny dla przestępców. Bez skrupułów. Nie zrezygnuję, dopóki nie dopadnę skurwysyna. Nie umiem tego kontrolować. Wiem, że czasami przesadzałem, ale chodziło o przestępców lub przynajmniej podejrzanych. Nie byli z mojego świata, nie byli policjantami. Ale to, co ci się przytrafiło... to był mój grzech. Popełniłem cholerny błąd.

– Nie byłem nowicjuszem – powiedział Rhyme. – Powinienem wiedzieć, że miejsce nie jest bezpieczne.

– Ale...
– Przyszedłem nie w porę? – dało się słyszeć głos od drzwi.

Rhyme uniósł wzrok, spodziewając się zobaczyć Bergera, ale był to Peter Taylor. Rhyme przypomniał sobie, że miał dzisiaj przyjść, aby sprawdzić, jak po ataku czuje się jego pacjent. Przypuszczał też, że doktor będzie go namawiał do porzucenia myśli samobójczych i wyrzucenia Bergera. Nie miał teraz ochoty na takie rozmowy. Chciał być sam – przemyśleć wyznanie Pollinga. Nie mógł myśleć o czymś innym, jednak powiedział:

– Wejdź, Peter.
– Widzę, że masz obstawę, Lincoln. Policjant na dole zapytał mnie, czy jestem lekarzem i wpuścił mnie na górę. Czyżbyś obawiał się najścia prawników i komorników?

Rhyme się roześmiał. Znów zwrócił się do Pollinga:

– Jim, to był pech. Los tak zrządził. Znalazłem się w złym miejscu w złym czasie. Zdarza się.

– Dziękuję, Lincoln. – Polling położył rękę na ramieniu Rhyme'a i ścisnął je delikatnie.

Rhyme skinął głową i chcąc przerwać krępującą sytuację, przedstawił sobie obu mężczyzn.

– Jim, to jest Pete Taylor, jeden z moich lekarzy. A to jest Jim Polling, z którym kiedyś współpracowałem.

– Miło pana poznać – powiedział Taylor, wyciągając prawą rękę. Zrobił to zamaszyście i uwagę Rhyme'a coś przykuło. Na palcu wskazującym lekarza spostrzegł dużą szramę.

– Nie! – krzyknął Rhyme.

– Zatem też jesteś gliniarzem. – Taylor ścisnął mocno rękę Pollinga i nożem trzymanym w lewej ręce pchnął kapitana trzykrotnie w pierś. Wbił nóż między żebra precyzyjnie jak chirurg. Niewątpliwie nie chciał uszkodzić cennych kości.

Rozdział 36

W dwóch długich krokach Taylor znalazł się przy łóżku. Ściągnął urządzenie kontrolne z palca Rhyme'a i rzucił je na środek pokoju.

Rhyme wciągnął głęboko powietrze do płuc, aby krzyknąć, ale doktor powiedział:

– On też nie żyje. Ten konstabl.

Skinął w stronę drzwi: chciał pokazać, że ma na myśli policjanta, który ochraniał Rhyme'a.

Potem patrzył zauroczony na Pollinga, który wił się na podłodze jak zwierzę z przetrąconym kręgosłupem. Krew tryskała na ściany i podłogę.

– Jim! – wrzasnął Rhyme. – Nie, nie...

Kapitan kurczowo zaciskał ręce na przebitej piersi. Przeraźliwy bulgot wydobywający się z jego gardła wypełnił pokój. W agonii walił butami o podłogę. W końcu zadrżał mocno i zastygł w bezruchu. Jego szkliste, przekrwione oczy wpatrywały się w sufit.

Taylor odwrócił się i zaczął powoli obchodzić łóżko. W ręku trzymał nóż. Ciężko oddychał.

– Kim jesteś? – wysapał Rhyme.

Taylor podszedł do łóżka i zacisnął palce na ramieniu. Kilkakrotnie nacisnął kość – może mocno, może delikatnie. Potem chwycił Rhyme'a za palec serdeczny lewej ręki. Przejechał po nim zakrwawionym ostrzem. Wbił je pod paznokieć.

Rhyme poczuł przyprawiający o mdłości słaby ból, potem mocniejszy. Z trudem chwytał powietrze.

Nagle Taylor coś zauważył i zamarł. Stracił oddech ze zdziwienia. Pochylił się, zaczął przyglądać się książce „Zbrodnie w starym Nowym Jorku", znajdującej się w urządzeniu do odwracania stron.

– Jak... Nie do wiary. Znalazłeś ją. Tak, konstable powinni być dumni, że mają cię w swoich szeregach, Lincolnie Rhymie. Sądziłem, że zajmie wam kilka dni, zanim znajdziecie dom. Myślałem, że Maggie do tego czasu zostanie obgryziona przez psy do kości.

– Dlaczego to robisz? – zapytał Rhyme.

Ale Taylor nie odpowiedział; przyglądał się uważnie Rhyme'owi, mrucząc do siebie.

– Nie byłeś taki dobry, wiesz o tym. Dawnymi czasy. Popełniałeś błędy. Dawnymi czasy.

Dawnymi czasy... co on ma na myśli?

Doktor potrząsnął łysiejącą głową, siwymi – nie kasztanowymi – włosami i spojrzał na pisany przez Rhyme'a podręcznik kryminalistyki. Rhyme, patrząc w oczy doktora, zaczął powoli rozumieć.

– Czytałeś moją książkę – powiedział kryminalistyk. – Studiowałeś ją. W bibliotece, prawda? W oddziale biblioteki publicznej blisko twojego miejsca zamieszkania.

823 był przecież miłośnikiem książek.

Zatem znał procedury stosowane przez Rhyme'a podczas badania miejsc przestępstw. Dlatego bardzo uważnie zacierał ślady, wkładał rękawiczki, dotykając tych powierzchni, których nie badałaby większość kryminalistyków. Dlatego spryskiwał płynem po goleniu miejsca przestępstw: wiedział, czego będzie szukała Sachs.

Oczywiście podręcznik nie był jedyną książką, którą czytał. „Badanie miejsc przestępstw" też studiował. To z niej zaczerpnął pomysł, aby podrzucać wskazówki, które tylko Lincoln Rhyme mógł odszyfrować.

Taylor wziął do ręki dysk z kręgosłupa, który dał Rhyme'owi siedem miesięcy temu. Zatopiony w myślach ściskał go w palcach.

Rhyme teraz już wiedział, że ten prezent był przerażającą zapowiedzią tego, co nastąpi.

Taylor patrzył obojętnym wzrokiem w przestrzeń. Rhyme przypomniał sobie, że lekarz zawsze tak patrzył, gdy go badał. Wtedy uważał, że Taylor się koncentruje – teraz wiedział, iż to było szaleństwo. Zawsze starał się z tym walczyć, jednak w tej chwili stracił kontrolę nad sobą.

– Powiedz mi dlaczego? – spytał Rhyme.

– Dlaczego? – wyszeptał Taylor, przesuwając rękę wzdłuż nogi Rhyme'a. Znów nacisnął kolano, goleń, kostkę. – Ponieważ byłeś kimś godnym uwagi, Rhyme. Niezrównanym. Byłeś nieosiągalny.

– Co masz na myśli?

– Jak można ukarać kogoś, kto chce umrzeć? Jeśli go zabijesz, zrobisz to, czego on pragnie. Więc musiałem sprawić, żebyś chciał żyć.

W końcu Rhyme poznał odpowiedź.

– To było fałszerstwo? – wyszeptał. – Ta notatka od koronera z Albany. Sam ją napisałeś...

Colin Stanton. Doktor Taylor to Colin Stanton. Człowiek, którego rodzina została zamordowana w jego obecności na ulicy w Chinatown. Człowiek, który stał nad ranną żoną i dwójką dzieci i patrzył, jak się wykrwawiają. Nie mógł podjąć decyzji, kogo ratować.

Zawiodłeś. Dawnymi czasy...

Teraz – za późno – ślady ułożyły się w całość.

Ryzykując, że będzie schwytany, stał i przyglądał się swoim ofiarom: T.J. Colfax, Monelle i Carole Ganz, tak jak kiedyś Stanton patrzył na swoją umierającą rodzinę. Pragnął zemsty, ale był lekarzem, który przysięgał, że nie będzie odbierał życia. Żeby zabijać, musiał wcielić się w kogoś innego: w Jamesa Schneidera – szaleńca z dziewiętnastego wieku – którego rodzina została zniszczona przez policję.

– Gdy wyszedłem ze szpitala psychiatrycznego, wróciłem na Manhattan. Przeczytałem w raporcie ze śledztwa, że nie zauważyłeś przestępcy, który wydostał się potem z mieszkania. Wiedziałem, że muszę cię zabić. Ale nie mogłem. Nie wiem dlaczego... Czekałem i czekałem, aż coś się wydarzy... Wreszcie znalazłem książkę. James Schneider... On przeżył to, co ja. Zrobił to, więc i ja mogłem.

Oczyściłem ich do kości.

– A ta notatka o śmierci? – zapytał Rhyme.

– Napisałem ją na swoim komputerze i przesłałem faksem nowojorskiej policji, aby mnie nie podejrzewano. Potem stałem się kimś innym: doktorem Peterem Taylorem. Długo nie wiedziałem, dlaczego akurat to nazwisko wybrałem. Wiesz, dlaczego? – Jego wzrok ześlizgnął się na charakterystykę. – Odpowiedź jest tutaj.

Rhyme zaczął przyglądać się charakterystyce.

Zna słabo niemiecki.

– Schneider – powiedział Rhyme, wzdychając. – To niemiecki odpowiednik angielskiego słowa „tailor". Krawiec.

Stanton przytaknął.

– Spędziłem wiele tygodni w bibliotece, czytając na temat urazów kręgosłupa. Potem zgłosiłem się do ciebie. Miałem zamiar zabić cię podczas pierwszej wizyty – odcinać po kawałku mięso, aż się wykrwawisz. Trwałoby to wiele godzin albo dni. Ale co się nagle okazało... – Patrzył szeroko otwartymi oczami. – Zrozumiałem, że chcesz popełnić samobójstwo.

Pochylił się nad Rhyme'em.

– Jezu, wciąż pamiętam, jak po raz pierwszy cię zobaczyłem. Ty skurwysynie. Byłeś martwy. Wiedziałem, co powinienem zrobić: musiałem sprawić, żebyś nie chciał umrzeć, znaleźć ci cel w życiu.

Zatem nie miało znaczenia, kogo porywał. Mógł to być każdy.

– Nie interesowało cię, czy ofiary przeżyją?

– Oczywiście, że nie. Chciałem jedynie, abyś starał się je uratować.

– A ten węzeł? – zapytał Rhyme, zwracając uwagę na kawałek linki do suszenia bielizny, wiszący obok charakterystyki. – Szew chirurgiczny?

Przytaknął.

– No pewnie. A blizna na twoim palcu?

– Na moim palcu? – Zmarszczył czoło. – W jaki sposób to... Jej szyja! Zebraliście ślad z szyi Hanny. Wiedziałem, że to możliwe, ale nie pomyślałem o tym. – Był zły na siebie. – Stłukłem szybę w bibliotece w szpitalu psychiatrycznym. Naciskałem szkło, aż pękło. – Wściekle potrząsnął palcem wskazującym z blizną.

– Śmierć twojej żony i dzieci – spokojnie mówił Rhyme – to był wypadek. Straszny, przerażający wypadek. Nie zrobiłem tego celowo. To był błąd. Bardzo ubolewam, że tak się stało.

– Pamiętasz, co napisałeś? We wstępie do swojego podręcznika? „Kryminalistyk wie, że każde działanie ma swoje następstwa. Obecność przestępcy zmienia miejsce przestępstwa, chociaż często nieznacznie. Dlatego możemy zidentyfikować i znaleźć przestępcę: wymierzyć sprawiedliwość" – wyrecytował bezbłędnie Stanton.

Chwycił Rhyme'a za włosy i uniósł jego głowę. Ich twarze znalazły się blisko siebie. Rhyme czuł oddech szaleńca; widział kropelki potu na jego szarej skórze.

– No cóż, jestem efektem twojego działania.

– Co chcesz osiągnąć? Zabijesz mnie i spełnisz moje życzenie.

– Ależ nie zamierzam cię zabijać. Przynajmniej na razie. Stanton puścił włosy Rhyme'a. Jego głowa opadła na poduszkę.

– Chcesz wiedzieć, co zamierzam zrobić? – zapytał szeptem. – Mam zamiar zabić doktora Bergera. Ale nie w ten sposób, w jaki on to robi. Nie nafaszeruję go tabletkami, nie upiję. Zobaczymy, czy lubi umierać starodawnym sposobem. Następnie twój przyjaciel Sellitto. I policjantka Sachs. Ona też. Raz miała szczęście. Dostanie kolejną szansę. Przygotuję dla niej kolejny pochówek żywcem. Oczywiście Thom także. Będzie umierał tutaj, przed tobą. Oczyszczę go do kości.... Dokładnie i powoli. – Stanton zaczął szybko oddychać. – Może zajmę się nim dzisiaj. Kiedy powinien wrócić?

– To ja popełniłem błąd. I moja... – Nagle Rhyme gwałtownie zakasłał. Odchrząknął, starał się złapać oddech. – To moja wina. Zrób ze mną, co chcesz.

– Nie, ty to nie wszystko. To...

– Proszę. Nie możesz... – Rhyme zaczął znów kasłać. Kaszel stawał się coraz bardziej gwałtowny. Starał się go opanować.

Stanton wpatrywał się w niego.

– Nie możesz ich skrzywdzić. Zrobię, czego... – Głos Rhyme'a załamał się. Jego głowa opadła na poduszkę, wytrzeszczył oczy.

Stracił oddech. Jego głową i ramionami wstrząsały dreszcze. Ścięgna szyi naprężyły się jak stalowe liny.

– Rhyme! – krzyknął Stanton.

Pryskając śliną, Rhyme zatrząsł się dwukrotnie. Wcisnął głowę w poduszkę. W kącikach ust pojawiła się krew.

– Nie! – wrzasnął Stanton. Zaczął uciskać klatkę piersiową Rhyme'a. – Nie możesz umrzeć!

Uniósł powieki Rhyme'a. Widział tylko białka.

Rozerwał torbę medyczną Thoma i zrobił Rhyme'owi zastrzyk. Wyciągnął poduszkę. Bezwładną głowę Rhyme'a odchylił do tyłu. Wytarł jego usta i wdmuchnął powietrze do niereagujących płuc.

– Nie! – wściekał się Stanton. – Nie pozwalam ci umrzeć! Nie możesz!

Rhyme się nie poruszył.

Kolejny wydech. Stanton przyglądał się nieruchomym gałkom ocznym.

Rusz się. Rusz się.

Następny wydech. Uciskał pierś Rhyme'a.

W końcu cofnął się. Zamarł przerażony, patrzył i patrzył – przypatrywał się umierającemu mężczyźnie.

W końcu pochylił się, by po raz ostatni napełnić płuca Rhyme'a porcją powietrza.

Kiedy odwrócił swoją głowę i przyłożył ucho, by usłyszeć najmniejszy choćby szmer oddechu, głowa Rhyme'a wystrzeliła do przodu jak u atakującego węża. Zęby zacisnął na tętnicy szyjnej i kręgosłupie lekarza.

Do...

Stanton wrzasnął i gwałtownie rzucił się do tyłu, wyciągając Rhyme'a z łóżka. Upadli na podłogę. Tryskająca krew koloru miedzi wypełniła usta Rhyme'a.

...kości.

Jego płuca, płuca zabójcy, pozbawione były już prawie minutę dopływu powietrza, jednak nie zwolnił uścisku, aby głęboko odetchnąć. Nie zwracał uwagi na bolące policzki, które przygryzł, żeby wywołać krwawienie i upewnić Stantona, że ma atak.

Pomrukiwał z wściekłości – widział Amelię Sachs pogrzebaną żywcem, T.J. Colfax otoczoną kłębami gorącej pary. Potrząsał głową, czuł, że zacisnął zęby na kościach i chrząstce.

Okładając pięściami pierś Rhyme'a, Stanton wrzasnął. Kopniakami usiłował pozbyć się potwora, który wczepił się w niego.

Ale nie mógł wyrwać się z kurczowego uścisku. Wydawało się, że siła wszystkich martwych mięśni skupiła się w szczękach Rhyme'a.

Stantonowi udało się dotrzeć do stolika przy łóżku i chwycić swój nóż. Zaczął dźgać nim Rhyme'a. Ale jedynymi miejscami, których mógł dosięgnąć, były nogi i ramiona kryminalistyka. Rhyme nie czuł przeraźliwego bólu, który uczyniłby każdego zdrowego człowieka niezdolnym do jakiegokolwiek działania.

Jego szczęki zacisnęły się jeszcze bardziej. Krzyk Stantona załamał się, gdy pękła mu tchawica. Zatopił głęboko nóż w ramieniu Rhyme'a, ostrze zatrzymało się na kości. Chciał go wyciągnąć, aby zadać kolejny cios, ale jego ciało zamarło. Potem wstrząsnęły nim drgawki.

Bezwładny Stanton runął na podłogę, pociągając za sobą Rhyme'a. Głowa kryminalistyka z głośnym trzaskiem uderzyła w dębowe deski. Jednak nie rozwarł szczęk, nie przestał miażdżyć szyi Stantona. Potrząsał głową jak głodny lew, podniecony zapachem krwi i zadowolony, że zaspokoił swe krwiożercze żądze.

V

Gdy się poruszasz, nie dopadną cię

Obowiązkiem lekarza nie jest przedłużanie życia, ale przynoszenie ulgi w cierpieniu.

Dr Jack Kevorkian

Poniedziałek, 19.15–poniedziałek, 22.00

Rozdział 37

Zbliżał się zachód słońca, gdy Amelia Sachs weszła do pokoju. Nie była tym razem w dresie ani w mundurze. Miała na sobie dżinsy i zieloną bluzkę.

Na jej pięknej twarzy Rhyme zauważył kilka zadrapań, których sobie nie przypominał. Nie przypuszczał jednak, żeby były jej dziełem – powstały zapewne w czasie tragicznych wydarzeń ostatnich trzech dni.

– Koszmar – powiedziała, obchodząc wokół fragment podłogi, na którym umarli Stanton i Polling.

Ciała zostały już zabrane, podłoga starta, ale wciąż widać było różową plamę i ślady obrysowania zwłok przestępcy.

Rhyme zauważył, że Sachs zatrzymała się i sztywno ukłoniła doktorowi Williamowi Bergerowi, stojącemu przy oknie, za którym znajdowało się gniazdo sokołów. W ręku trzymał swoją niesławną teczkę.

– Więc dopadłeś go? – zapytała, kierując wzrok na ślady krwi na podłodze.

– Tak – odparł Rhyme. – Załatwiony.

– Sam?

– Nie można tego nazwać walką fair – odparł Rhyme. – Użyłem podstępu.

Na zewnątrz czerwone światło zachodzącego słońca oświetlało wierzchołki drzew i równą linię eleganckich budynków przy Piątej Alei, za parkiem.

Sachs spojrzała na Bergera, który powiedział:

– Lincoln i ja trochę rozmawialiśmy.

– Tak?

Na dłuższą chwilę zapadła cisza.

– Amelio – zaczął Rhyme – mam zamiar doprowadzić to do końca. Podjąłem decyzję.

– Widzę. – Jej wspaniałe usta, zeszpecone teraz niewielkimi szwami, zacisnęły się nieznacznie. To była jedyna widoczna jej reakcja. – Wiesz, że nie lubię, gdy używasz mojego imienia. Nienawidzę tego.

Jak jej wyjaśnić, że to ona jest główną przyczyną, iż nie zrezygnował z samobójstwa? Budząc się dziś rano, spojrzał na Sachs leżącą u jego boku i pomyślał z ogromnym smutkiem, że ona wkrótce wstanie, ubierze się i wyjdzie – wróci do swojego życia, normalnego życia. Gdyby byli przeznaczeni sobie jako kochankowie, gdyby mógł mieć taką nadzieję. Ale to tylko kwestia czasu, żeby znalazła sobie drugiego Nicka i się zakochała. Sprawa przestępcy 823 się zakończyła. Ta sprawa ich łączyła, ale teraz ich drogi się rozejdą. Nieuchronnie.

O, Stanton był bardziej przebiegły, niż można było przypuszczać. Rhyme został postawiony na krawędzi prawdziwego życia, a nawet, chyba tak, przekroczył ją.

Sachs, kłamałem: Czasami nie możesz przestać myśleć o śmierci. Czasami musisz...

Zacisnąwszy dłonie, Sachs podeszła do okna.

– Chciałam przedstawić cały worek argumentów, żeby odwieść cię od samobójstwa. Coś naprawdę ekstra. Ale nie potrafię. Mogę jedynie powiedzieć, że nie chcę, żebyś to zrobił.

– Sachs, umowa jest umową.

Spojrzała na Bergera.

– Do cholery, Rhyme. – Podeszła do łóżka i pochyliła się. Położyła rękę na jego ramieniu, odgarnęła włosy z czoła. – Ale czy możesz coś dla mnie zrobić?

– Co?

– Daj mi kilka godzin.

– Nie zmienię decyzji.

– Rozumiem. Tylko dwie godziny. Jest jeszcze coś, co powinieneś zrobić...

Rhyme spojrzał na Bergera, który powiedział:

– Lincoln, nie mogę tu zostać dłużej. Mój samolot... Jeżeli chcesz poczekać tydzień, mogę przyjechać ponownie...

– W porządku, doktorze – rzekła nagle Sachs. – Pomogę mu to zrobić.

– Pani? – ostrożnie zapytał doktor.

Po chwili wahania skinęła głową.
- Tak. Ja.
Nie leżało to w jej charakterze. Rhyme to wiedział. Jednak gdy spojrzał w jej błękitne oczy, zobaczył, że mimo łez nie były zamglone. Skinął głową.
- W porządku, doktorze - zwrócił się do Bergera. - Czy może pan zostawić te... Jaki eufemizm byłby tu dzisiaj najlepszy?
- Przybory? - zaproponował Berger.
- Czy może pan je zostawić tutaj, na stoliku? - zapytał. I szybko zwrócił się do Sachs: - Jesteś pewna?
Ponownie przytaknęła.
Doktor położył tabletki, brandy i plastikowy worek na stoliku przy łóżku. Potem zaczął szperać w teczce.
- Obawiam się, że nie mam przy sobie gumowej taśmy do worka.
- Nie szkodzi - rzekła Sachs, spoglądając na swoje buty. - Ja mam.
Berger podszedł do łóżka i położył rękę na ramieniu Rhyme'a.
- Życzę ci spokojnego samooswobodzenia.
- Samooswobodzenie - powiedział z przekąsem Rhyme, gdy Berger wyszedł. - A teraz, co powinienem jeszcze zrobić? - zwrócił się do Sachs.

Ostro przyhamowała, zakręt wzięła z prędkością osiemdziesięciu kilometrów na godzinę. Potem znów wrzuciła czwórkę.
Pęd powietrza odrzucał ich włosy do tyłu. Powiew był gwałtowny, ale Amelia Sachs nie chciała nic słyszeć o zamknięciu okien.
- To by było nie po hamerykańsku - oznajmiła i nacisnęła pedał gazu. Wskazówka na prędkościomierzu przekroczyła sto sześćdziesiąt.
Gdy się poruszasz...
Rhyme zasugerował, że może byłoby rozsądniej, gdyby pojechała na kurs treningowy, na który była zapisana. Nie zdziwił się jednak, gdy oświadczyła, że dopadł go cykor; a ten kurs zaliczyła już w akademii. Teraz znajdowali się na Long Island. Na wszelki wypadek przygotowali mało wiarygodną historyjkę dla policji hrabstwa Nassau.
- W skrzyni pięciobiegowej najwyższy bieg wcale nie jest najszybszy. Ta skrzynia ma swoje lata, ale jest wspaniała. Nie mogę nic złego o niej powiedzieć.

Położyła rękę na czarnej gałce i przesunęła dźwignię w dół. Silnik zawył i samochód przyspieszył do stu dziewięćdziesięciu. Drzewa i domy szybko znikały z tyłu pojazdu, pasące się na łąkach konie z niepokojem patrzyły na czarną smugę chevroleta.

– Rhyme, czy to nie jest najcudowniejsze?! – krzyknęła. – Człowieku, to jest lepsze niż seks. Lepsze niż cokolwiek innego.

– Czuję wibracje – powiedział. – Wydaje się mi się, że czuję. W moim palcu.

Uśmiechnęła się. Rhyme był przekonany, że zacisnęła swoją dłoń na jego ręce.

Skończyła się opustoszała szosa – ruch na jezdni był coraz większy. Niechętnie zwolniła, zawróciła, kierując przód pojazdu w stronę zamglonego sierpa księżyca, który wisiał nad odległym miastem. Był ledwo widoczny w wypełnionym parą, gorącym sierpniowym powietrzu.

– Spróbujemy dwieście czterdzieści – zaproponowała.

Rhyme zamknął oczy, zanurzył się w powiewie wiatru i zapachu świeżo skoszonej trawy. Dał się ponieść prędkości.

Ta noc była najbardziej upalna w tym miesiącu.

Z nowego punktu obserwacyjnego Lincoln Rhyme mógł patrzeć na park: na dziwaków i włóczęgów siedzących na ławkach, na zmęczonych biegaczy, na rodziny skupione w pozycji półleżącej wokół grilli, kojarzące się z niedobitkami średniowiecznych bitew. Kilka osób, które wyszły na spacer z psami, nie mogąc wytrzymać upału, zabierało swoich pupilów na rękach z obowiązkowej przebieżki.

Thom włożył do odtwarzacza kompakt z elegijnym adadżio na smyczki Samuela Barbera, ale Rhyme parsknął ironicznym śmiechem, oświadczając, że utwór jest mierną imitacją i polecił zastąpić go Gershwinem.

Gdy Amelia Sachs weszła po schodach i wkroczyła do pokoju, zobaczyła, że Rhyme wygląda przez okno.

– Co widzisz? – zapytała.

– Rozgorączkowanych ludzi.

– A ptaki? Sokoły?

– A tak, są tutaj.

– Też rozgorączkowane?

Przyjrzał się samczykowi.

– Nie sądzę. Wydaje się, że one są ponad to.

Położyła torbę w nogach łóżka i wyciągnęła z niej zawartość: butelkę drogiej brandy. Wprawdzie mówił jej o szkockiej, ale powiedziała, że kupi koniak. Postawiła butelkę obok tabletek i plastikowego worka. Wyglądała jak zatroskana żona, która wróciła ze sklepiku z masą warzyw i owoców morza i ma za mało czasu, aby przygotować obiad.

Na prośbę Rhyme'a kupiła również lód. Przypomniał sobie, co Berger mówił o cieple panującym w worku. Otworzyła butelkę courvoisiera, nalała do swojej szklaneczki i do tej Rhyme'a. W jego ustach umieściła słomkę.

– Gdzie jest Thom? – zapytał.

– Wyszedł.

– Wie?

– Tak.

Popijali koniak małymi łykami.

– Chcesz, żebym coś przekazała twojej żonie?

Chwilę zastanawiał się, myśląc: Mieliśmy lata na rozmowy, na podzielenie się tajemnicami, na opowiedzenie o swoich pragnieniach, żalach, pretensjach. Jak ten czas zmarnowaliśmy. Zna Amelię Sachs zaledwie od trzech dni, a odsłonili się przed sobą bardziej niż on i Blaine w ciągu prawie dziesięciu lat.

– Nie – odparł. – Wysłałem do niej e-mail. – Zachichotał. – To jest doskonały komentarz do naszych czasów.

Więcej koniaku. Smak na jego podniebieniu rozpłynął się, stał się słabszy.

Sachs pochyliła się nad łóżkiem i stuknęła w jego szklankę.

– Mam trochę pieniędzy – zaczął Rhyme. – Większość zostawię Blaine i Thomowi. Ja...

Uciszyła go, całując w czoło i kręcąc głową.

Rozległ się cichy odgłos wydawany przez małe tabletki Seconalu, które Sachs wysypała na dłoń.

Rhyme mimowolnie pomyślał o odczynniku Dilliego–Koppanyiego. Na badaną substancję działa się najpierw jednoprocentowym roztworem octanu kobaltu w metanolu, a następnie pięcioprocentowym roztworem izopropyloaminy w tym samym rozpuszczalniku. W razie obecności barbituranów w próbce pojawia się piękne fioletowoniebieskie zabarwienie.

– Co trzeba zrobić? – spytała, przypatrując się tabletkom. – Nie wiem.

– Rozpuść je w alkoholu – podsunął.

Wrzuciła je do szklanki. Rozpuściły się błyskawicznie. *Jakie one są nietrwałe! Jak sny, które wywołują.* Wymieszała zawartość szklanki słomką. Spojrzał na jej pokaleczone palce, ale się nie zasmucił. To była jego noc i była to noc radości.

Lincoln Rhyme nagle przypomniał sobie swoje dzieciństwo w podmiejskim osiedlu w Illinois. Nie chciał pić mleka i aby go do tego zachęcić, matka kupiła słomki z substancjami smakowymi w środku. Truskawki, czekolada. To był wspaniały wynalazek, pomyślał. Od tej pory z niecierpliwością czekał na wieczorną szklankę mleka.

Sachs podała mu słomkę, którą chwycił w usta. Położyła rękę na jego ramieniu.

Jasność czy ciemność, muzykę czy ciszę, marzenia czy nicość? Co znajdzie?

Zaczął popijać małymi łykami. Smak mikstury nie różnił się zbytnio od smaku czystego koniaku. Była chyba bardziej gorzka. Była...

Z dołu doszedł odgłos walenia w drzwi. Wydawało się, że rękami i nogami. Rozległy się też krzyki.

Oderwał usta od słomki, wzrok skierował w stronę ciemnego korytarza.

Sachs spojrzała na niego, marszcząc czoło.

– Idź zobaczyć – powiedział.

Zniknęła na dole schodów, a po chwili wróciła z nieszczęśliwą miną. Za nią do pokoju weszli Lon Sellitto i Jerry Banks. Rhyme zauważył, że młody detektyw znów wykonał brzytwą rzeźnicką robotę na twarzy. Powinien się w końcu nauczyć golić.

Sellitto spojrzał na butelkę i worek. Skierował swój wzrok na Sachs, ale ona skrzyżowała ramiona i wzrokiem nakazała mu, żeby się tym nie interesował. To nie jest sprawa do dyskusji, mówił jej wzrok. To nie twoja sprawa, co się tu dzieje. Oczy Sellitta zrozumiały przekaz, ale nie zamierzał rezygnować.

– Lincoln, muszę z tobą porozmawiać.

– Porozmawiać? Ale krótko, Lon. Jesteśmy zajęci.

Detektyw ciężko opadł w rattanowy, skrzypiący fotel.

– Godzinę temu wybuchła bomba w ONZ. Obok sali bankietowej w czasie powitalnego obiadu dla delegatów na konferencję pokojową.

– Sześć osób zabitych, pięćdziesiąt cztery ranne – dodał Banks. – W tym dwadzieścia ciężko.

– Mój Boże – szepnęła Sachs.

– Opowiedz im – mruknął Sellitto.

– Na czas konferencji – zaczął Banks – ONZ zatrudniła dodatkowe osoby. Przestępczyni była jedną z nich: recepcjonistką. Kilku świadków widziało, jak przyniosła do pracy żółty plecak i zostawiła go w sali bankietowej. Wyszła bezpośrednio przed wybuchem. Pirotechnicy oceniają, że użyto około kilograma C4 lub semteksu.

– Linc – odezwał się Sellitto – świadkowie powiedzieli, że ładunek wybuchowy znajdował się w żółtym plecaku.

– Żółtym? Dlaczego miałoby się to z czymś kojarzyć?

– Z listy zatrudnionych wynika, że recepcjonistką była Carole Ganz.

– Matka – powiedzieli jednocześnie Rhyme i Sachs.

– Tak. Kobieta, którą ocaliliście z płonącego kościoła. Ganz to fałszywe nazwisko. Naprawdę nazywa się Charlotte Willoughby. Jej mężem był Ron Willoughby. Kojarzysz?

Rhyme nic nie powiedział.

– Mówiono i pisano o tym kilka lat temu. Był sierżantem w armii amerykańskiej. Został przydzielony do sił pokojowych ONZ w Birmie.

– Dalej – powiedział kryminalistyk.

– Willoughby nie chciał tam jechać. Uważał, że żołnierz amerykański nie powinien wkładać munduru sił pokojowych ONZ i słuchać rozkazów kogoś, kto nie jest oficerem armii amerykańskiej. Tak uważają prawicowi ekstremiści. Jednak pojechał. Nie minął tydzień, gdy został zamordowany w Rangunie przez jakiegoś małego śmiecia, który strzelił mu w plecy. Willoughby stał się męczennikiem dla prawicowców. Wydział Antyterrorystyczny twierdzi, że jego żona została zwerbowana przez znaną im grupę ekstremistów z przedmieść Chicago...

Teraz Banks znowu zaczął mówić.

– Materiał wybuchowy był w opakowaniu po modelinie, wśród innych zabawek. Sądzimy, że miała zamiar wejść z córką do sali bankietowej. Ochrona nie zwróciłaby wtedy uwagi na modelinę. Ale Pammy była w szpitalu, zatem terrorystka musiała zmienić plany. Zrezygnowała z podrzucenia plecaka w sali bankietowej, zostawiła go w magazynie. I tak jest dużo ofiar.

– Wymknęła się?

– Tak.

– Co z dziewczynką? – spytała Sachs. – Z Pammy?

– Zniknęła. Kobieta zabrała ją ze szpitala w tym czasie, gdy był wybuch. Ulotniły się.

– A ta organizacja? – dociekał Rhyme.

– Grupa w Chicago? Też zniknęli. Mieli kryjówkę w Wisconsin, ale została opuszczona. Nie wiemy, gdzie są.

– Zatem o tym słyszał Dellray od kapusia. – Rhyme się roześmiał. – Carole była tą osobą, która przyleciała na lotnisko. Nie miała nic wspólnego z przestępcą 823.

Zauważył, że Banks i Sellitto wpatrują się w niego.

Stara sztuczka z milczeniem.

– Lon, zapomnij o tym – powiedział Rhyme, skupiając całą swoją uwagę na szklance znajdującej się kilkanaście centymetrów od niego, emitującej przyjemne ciepło. – To niemożliwe.

Starszy detektyw zdjął przepoconą koszulę, kuląc się.

– Cholernie tutaj zimno, Linc. Jezu. Pomyśl chwilę o sprawie. Co szkodzi...

– Nie mogę wam pomóc.

– Jest list – ciągnął Sellitto. – Carole napisała go i wysłała pocztą wewnętrzną do sekretarza generalnego. Oskarża w nim rząd ponadnarodowy o zabieranie Amerykanom wolności. I temu podobne pierdoły. Przyznała, że zamach bombowy w Londynie na UNESCO był ich dziełem, zapowiedziała też następne. Musimy ich złapać, Linc...

Czując, że teraz znowu jego kolej, Banks zaczął z grubej rury.

– Sekretarz generalny i burmistrz chcą, żeby pan zaangażował się w sprawę. Tak samo szef wydziału specjalnego FBI Perkins. Będzie też telefon z Białego Domu, jeżeli zajdzie taka konieczność. Mamy nadzieję, że nie zajdzie, detektywie.

Rhyme nic nie powiedział na temat słowa detektyw.

– Zespół badania śladów FBI jest gotowy do pracy. Sprawę prowadzi Dellray i prosi – uprzejmie, tak, użył tego słowa – uprzejmie prosi, żeby pan kierował badaniami. Miejsce przestępstwa jest nietknięte, zabrano z niego tylko zabitych i rannych.

– Czyli nie jest nietknięte – burknął Rhyme. – Jest w najwyższym stopniu zanieczyszczone.

– Tym bardziej potrzebujemy kogoś ekstra! – rzucił Banks. Rhyme'a obrzucił go wymownym spojrzeniem, więc ten szybko dodał: – To znaczy pana...

Rhyme głęboko westchnął, popatrzył na szklankę i słomkę. Spokój był tak blisko. I ból też. Nieskończona suma obu wrażeń. Zamknął oczy. W pokoju zapadła cisza.

– Gdyby chodziło o samą kobietę, nie byłby to wielki problem – odezwał się Sellitto. – Ale ma ze sobą córkę, Lincoln. Ukrywać się z małą dziewczynką? Wiesz, jak będzie wyglądało życie dziecka? *Co on sobie myśli!*

Rhyme wcisnął głowę w wygodną poduszkę. W końcu gwałtownie otworzył oczy.

– Ale są pewne warunki.

– Mów, Linc.

– Po pierwsze nie pracuję sam.

Rhyme spojrzał na Amelię Sachs.

Zawahała się przez moment, uśmiechnęła i wstała z krzesła. Wzięła szklankę z zatrutym koniakiem i wyciągnęła słomkę. Otworzyła szeroko okno. Brązowa ciecz rozprysła się w gorącym powietrzu ulicy. Sokół uniósł siwą głowę, groźnie spojrzał na rękę Sachs, ale po chwili znów zaczął karmić głodne pisklę.

Spis treści

Część I   – Król dnia   7

Część II   – Zasada Locarda   99

Część III – Funkcjonariuszka Sachs 193

Część IV – Do kości 291

Część V   – Gdy się poruszasz, nie dopadną cię ... 365